春声燕语

王小燕 著

山西出版传媒集团 ⚛ 山西人民出版社

图书在版编目（CIP）数据

春声燕语 / 王小燕著. -- 太原：山西人民出版社，
2022.10
ISBN 978-7-203-12402-3

Ⅰ.①春…　Ⅱ.①王…　Ⅲ.①散文集—中国—当代
Ⅳ.①I267

中国版本图书馆CIP数据核字(2022)第162527号

春声燕语

著　　者：王小燕
责任编辑：冯灵芝
复　　审：贾　娟
终　　审：梁晋华
装帧设计：谢　成

出 版 者：山西出版传媒集团·山西人民出版社
地　　址：太原市建设南路21号
邮　　编：030012
发行营销：0351—4922220　4955996　4956039　4922127（传真）
天猫官网：https://sxrmcbs.tmall.com　电话：0351—4922159
E - m a i l：sxskcb@163.com　发行部
　　　　　　sxskcb@126.com　总编室
网　　址：www.sxskcb.com

经 销 者：山西出版传媒集团·山西人民出版社
承 印 厂：晋中市美琳印务有限公司

开　　本：720mm×1020mm　1/16
印　　张：19.75
字　　数：300千字
版　　次：2022年10月　第1版
印　　次：2022年10月　第1次印刷
书　　号：ISBN 978-7-203-12402-3
定　　价：92.00元

圆了心中的梦想

王士敏

当小燕发来厚厚一沓书稿时，我并不奇怪，因为我知道，她写得出这些书稿，而且还不是全部。

认识小燕，是在六年前的那个初秋，晌午的阳光比较灼热，坐在我这个长者面前，她脸上还不停地渗出细密的汗珠。对话中，我知道了她是位将要退休的小学语文教师，喜欢写作。退休了就身闲了，心静了，想找回自己的文学爱好，圆了心中的梦想。她问我："文学作品写着难吗？"我说："难，但只要肯吃苦、肯下工夫，用心写就不难。"

她说："那我试试看。"

一个月后，小燕就写出了几篇寄情故乡的文章。看着她笔下鲜活的故乡人物，听着她坚定执着的话语，我知道，眼前这个文学新人，不会让读者失望。

如今，小燕已经在文学的土壤里耕耘了六年，收获了散文、小说100多篇，这些文章，均被国家级、省级、市县级文学报刊和新媒体采用。即将出版的《春声燕语》，就是她从这些作品中选出来的精华。

要出书了，小燕让我写点什么，我感到为难，因近些年我的记忆力差了，视力也减退得厉害，拨弄键盘的手愈加笨拙了，心力不足，怕弄出个不伦不类的东西，污了读者眼睛。但我又不能推辞，因为我从心里为她高兴，她的写作成果喜获丰收，令人惊叹，在她人生的秋季图画中，像是又多了几抹亮丽的色彩，又像是早秋的碧空飘起几朵五色的云彩。

和小燕交往的这些年，我了解了小燕的为人，那就是仁厚。小燕写的文章，我几乎都看过，从她的文章中，我看出了小燕的个性，那就是满腔热情地拥抱生活，很朴实、很真诚，所谓文如其人，人为其文也。

小燕的行文特点，多是触景生情，情景交融，文中常有夹叙夹议笔墨，剖析、小议，自然亲切，没有刻板之感，更没有空穴来风之笔，这在散文写作中是十分可贵的。她笔下的父母亲情、夫妻恩爱、乡里友情，显得那么亲切自然。看到老屋，想到爷爷奶奶；看到纺车，想到母亲；走上家乡的小路，想到了忠厚的乡亲……表里顺畅，令人钦佩。

小燕生长于垣曲南山，是个小学教师，不是专职记者，也不是专业作家，可她的视野宽广。近者是家乡之景，远者是山南海北人文境况，她在文中多有涉猎，而且笔墨丰满，寓情于景，真实可信。她写家乡变化，首先是以亲历者感恩的心态书写，写的都是亲临一线的感受，因而耐看感人。她写县城的亳清河、故乡的板涧河、黄河小三峡、河北"金沙河"、西安海洋馆……山川风情、人文风俗，都在用心用情写，不然是难以囊括在散文随笔中的。

文学是语言的艺术，小燕的语言淳朴生动、形象活泼，颇为耐读。她写家乡门前树上的喜鹊："春回大地，喜鹊夫妇出双入对，呼朋引伴，来来往往，细瞧，那是在筑巢，它们叼来树枝，耐心地搭窝。也许是鹊妈妈有宝宝了，它们正在为孵蛋做准备呢……"又如写和重庆的出租车司机攀谈在问到重庆啥最好看时，"司机笑了笑，马上嘚瑟上了：'重庆的山美、水美、桥美、灯光美、吃食美，当然，数不清的美女也是一道靓丽的风景。'司机一口气说了一大串，他那'王婆卖瓜'发自内心……听得我心里痒痒的。"在《春声燕语》中，许多篇幅都能看到这样画龙点睛的句子，看得出作者运用语言的功力。

　　小燕的文学创作，之所以取得如此丰满的成绩，除了她痴迷于文学，更主要的是她勤奋学习，刻苦钻研，心有梦想，痴心追求。"总有看不完的文章，总有写不尽的故事"，是她读书写作的常态。"一天不吃饭能行，一天不看书不写作不行"，这是她写作的动力。在扶贫报告文学《南山之歌》的写作中，近一个月的时间，她穿行在家乡的山村中，为了解移民前的山村状况，她在空落落的山村里穿行，碰不见人烟，有时一天都吃不上饭，但她不达目的不肯停歇。

　　在文学创作上，小燕不耻下问，拜散文作家为师，结交报纸杂志编辑，给他们发稿了，虚心听他们的指点；认真和文友交流，不断汲取写作知识，日思夜想，勤学苦练，从不懈怠；经常深入基层，和普通百姓交谈，收集素材，充实自己。这是她创作的基石。

　　功夫不负有心人。小燕成功了，现在她已是中国散文学会会员、山西省作家协会会员，作家这个称号对她来说实至名归，她圆了心中的梦想。

　　前些时日，小燕对我说："真的，这几年我每到一处，总是情有所动，不写手就发痒，不写完就寝食难安。"她的创作正值盛期，相信在今后的日子里，她必然会给读者不断地奉上佳作。

（王士敏，中国散文学会会员、山西省作家协会会员、垣曲县作家协会主席、垣曲县地方文化研究协会会长）

时见燕子衔新泥

王友明

秋姑娘迈着轻盈的步子走来了，她像神笔马良，为大地涂抹上绝妙迷人的色彩。晨起，我和老伴去郊外散步，一阵凉爽的秋风吹来，一片片叶子像一只只彩蝶，翩翩起舞，飘落在我的脚下。极目远眺，映入眼帘的是一块成熟的庄稼地，那清新气味儿夹杂着泥土的芳香，被风儿送进鼻孔，我深深地陶醉了……

蓦然，一声鸟鸣（微信提示音）传进我的耳鼓，是小燕妹发来的散文集《春声燕语》书稿。我点开文档，粗略地浏览一遍，心中不禁感慨万千。据我所知，她退休后似乎更加忙了：含饴弄孙，刷锅洗碗，洗衣打扫，照顾生意，为老年大学文学班上课等等，用她的话说，大多时候简直忙成了陀螺。即使如此，她的心田从未荒芜，一直盛开着文学的花朵。她见缝插针，笔耕不辍，像极了燕子衔泥筑巢，一点一滴，不畏难、不怕苦，靠着一种韧劲儿，向着自己的理想冲刺。正是因为痴爱，她刻苦勤奋，隔三差五就有一篇散文出炉，我有幸成为她散文的第一读者。每每读她的散文，我都仿佛在欣赏一朵鲜花，娇艳灿烂，五彩缤纷，花香四溢。那一刻，占据着我大脑内存的，便是燕子衔泥的动情画面。短短的几年时间，她便创作发表了散文作品近百篇，有的获奖，有的被收入年度选本，引起文学界的关注，着实令我钦佩！

　　散步归来，刚进家门，又收到小燕妹发来的信息："哥，您看一下书稿分类咋样合适，您觉得内容不好的，就减掉。"吃过早饭，我把书稿下载到电脑桌面上，打开文档，放大字体，一字一句地读起来。读后，令我十分欣慰，感动不已。"春声燕语"的书名，含义深刻，富有温度。妹夫名叫赵春生，"生"与"声"谐音，显然是琴瑟和鸣、相亲相爱之寓意。书稿分为四辑：纸短情长、岁月流光、茶余饭后、经丘寻壑，共56篇作品，近30万字。秋天是收获的季节，小燕妹的散文集，结集在秋季，可谓收获满满，作为兄长的我，内心岂能不骄傲与感动？！

　　经过一周时间的精心细读，我思绪如绵，感悟良多。

　　"纸短情长"部分，给我最大的感受是：真情表达，自然流露。

　　真情，是一个令人非常享受的词，它虽不华丽，却是人们心底最宝贵的珍藏、最渴望的体验。一个人一辈子可以不富有，但一定要有真情。真情，是一盏温暖的灯，可以照亮所有的岁月。小燕妹是一个重情重义的人，字里行间溢满真情。但是，她的真情表达、自然流露，也不是率性而为，一味地直抒胸臆，她表达的真情有温度、有底蕴、有深度。

　　书稿开篇《那一方故土》，就是很好的一例。她运用讲故事的方式，通过匠心选址、安身立命、巧添家当、柿林春满、清泉洗衣、村名演变、花果成景、土医治病、大年初一运石碾九个小故事，赞美了祖辈坚强不屈，力争上游的优秀品质；弘扬了父辈团结奋斗，勤俭持家的良好家风；歌颂了国家扭转乾坤，改天换地的伟大精神！

　　无独有偶。一万多字的《公爹》，同样是把七个小故事串联在一起。彼此之间，看似没有特别密切的关联，实际上却有着同样的情感内核，触人心弦，引人共鸣。她采用由形到神、层层深入的手法，用真实生动的文字，把公爹"被鬼子抓壮丁""乘机逃脱""进入黄埔军校""奔赴抗日战场""参加傅作义部队起义""走进军校当教员""转业山西体育学院工作""听党话，跟党走""退而不休发挥余热"的传奇人生，表现得淋漓尽致，展现了公爹的家国情怀。这种深厚的家国情怀、优良的家风传承，能够被铭记于史册，小燕妹功不可没，这正是一名作家的责任与使命！

人生最重要的，无非是三种情感：亲情、爱情和友情。亲情相伴一生，无从逃避，亦无从选择；爱情是纯洁无瑕的，崇高神圣，发自人灵魂深处；友情难能可贵，高山流水遇知音，遇到自当珍惜。小燕妹深谙此理，因而"纸短情长"一辑收录的文章，均关乎这三种情感，占比最大。其叙事，都非常细腻，感人肺腑，清新灵动，自然淳朴。那种真情，跃然纸上，全部是从内心深处自然流露出来的，没有丝毫的伪装，有些句子、有些情节，戳人心窝，令人动容！

《字典里的父爱》是很突出的一篇，用这个主题，统领全文，恰到好处，十分贴切。为了获得一本字典，小燕妹经受了一场刻骨铭心的灾难；为了帮助女儿了却心愿，父亲不辞劳苦，绞尽脑汁，演绎了一场真情大爱。这份真挚纯粹的父爱深情，在字里行间缓缓地流淌，无时无刻不触动着我的心灵。父爱如山，这不是夸张，而是实实在在的真情流露，那一枝一叶，令我几次泪奔。

生活，其实就是这样简单，亲情、爱情和友情编织在一起，组成了一幅人生幸福的画卷。说句心里话，我的目光始终锁定在书稿流露出的真情实感上。

漫步在"岁月流光"里，给我最大的感受是：语汇丰富，落笔成篇。

闲来半卷书。我时常读到一些同题散文，有的津津有味，有的却味同嚼蜡。何故？语汇缺乏、表达困难是一个重要原因。毛泽东主席在《反对党八股》一文中说："人民的语汇是很丰富的，生动活泼的，表现实际生活的。"现代杰出的散文家朱自清先生，为《文心》所写序中，有这样一句话："读的方面，往往只注重思想的获得而忽略语汇的扩展……"小燕妹在读与写的过程中，尤其注重语汇的积累、运用与拓展，充分发挥语言的功能，使文章活色生香。

《青葱十五岁》《梦圆十六岁》《青涩十八岁》是"三胞胎"，在表情达意上，小燕妹的语汇是丰富多彩的，语言富有表现力和穿透力。她把自己十五岁、十六岁、十八岁的时光，活灵活现地描写出来，且情感饱满，文字灵动，场景清晰，故事鲜活，描述细腻，读后令人神清气愉，心潮激荡，畅想无限，开放心智，有一种激发潜能、催人奋进的力量！这独具匠心的篇章，不仅是写给自己的，也是写给岁月的，更是写给历史的。我懂得小燕妹的心思，她是诚愿每个人的青春岁月都能在历史的长河里泛起浪花，留下光辉！

说到语汇，我觉得必须在两方面下功夫：一是要丰富，即内涵丰富，就是要多层、多维、多元；二是要深刻，即有张力、有力度，就是见解独到，传神传情，深入事物的本质。

这个问题，小燕妹在《童谣童趣》一文里，有非常到位的展示。20世纪60年代，小燕妹出生在大山深处的一户普通人家，从小便在奶奶的臂弯里、小炕窑的油灯下，学会并记下了许多童谣，如今岁月已逝，她却记忆犹新。现不仿摘录几首，以飨读者。"白白的脸蛋儿又不洗，黑黑的头发一疙瘩虱。""高高山上一亩麻，贼在里边爬。木匠捎个信儿，竹匠来捉拿。""小杂种，打马蜂，马蜂蜇，屁股撅。""疙瘩疙瘩饭熟啦，楼门底下来人啦。啥饭？豆豆饭。掀开锅，羊屎蛋。你一碗，我一碗，不吃不吃吃十碗。""红石榴，绿把把；婆老了，我当家。亲亲来了我喜欢，亲亲一碗我两碗。我给亲亲送上坡，赶紧回来舔舔锅。""板凳板凳歪歪，菊花菊花开开。开几朵？开三朵。爹一朵，娘一朵，剩下一朵摆秧歌。秧歌秧歌你等着，一下扭到姥姥上（家）。""枸杞根，扎得深。我娘我爹不给我亲，把我嫁到南丁村。柴又远，井又深，把住辘轳骂媒人。媒人肉我吃了，媒人血我喝了，媒人肠我系腰，媒人骨头当柴烧，烧成灰填磨道，老驴过来踩烂了。"这些童谣，把不爱洗脸梳头的小女孩，奶奶为孙女捉虱子，淘气的孩子捅马蜂窝、玩过家家游戏，生活艰难时期亲戚来访，教育娃娃孝敬父母老人，痛恨包办婚姻等场景，鲜活形象地呈现在读者面前。

童谣，贴近生活和自然，内容浅显，思想单纯，想象丰富，情趣盎然，语言活泼，富有音韵，琅琅上口，意境深邃，寓意深刻。小燕妹将童谣童趣，落笔成篇，在丰富语汇的基础上，巧妙地将读者带入一个具有民族传统风情、充满乡土气息的特定情境。一首首童谣，相得益彰，深化了文章内容，升华了主题思想。

语汇丰富，不单单体现在《童谣童趣》一文中，而且在《开在童年的"花"》《曾经的幸福时光》《山里人的生活轨迹》《山村教育变奏曲》《出山的路》《故乡田园好风光》《板涧河记忆》《舌尖上的幸福》等篇章里，均有着不俗的表现。无论采用何用语汇进行表达，小燕妹都遵循一个原则，那就是接地气，具有鲜活性。

从"岁月流光"里，我看到的是一幅青春的画卷、一幅奋斗的画卷、一幅变迁的画卷。"心中有信仰，脚下有力量。"普通人身上闪现着不屈不挠的民族精神，他们是胸怀大志、吃苦耐劳的真正英雄。伟大生自平凡，英雄来自人民。小燕妹秉持生命之笔，以丰富的语汇，渲染着自己的卷轴，在流光的岁月里，做了一次自己的英雄！

陶醉在"茶余饭后"里，给我最大的震撼是：观察细腻，画面感强。

文学创作源于生活，生活百态为文学创作提供了丰富的素材、创作的源泉。只要善于用明亮的眼睛去观察生活，就会发现生活中充满着欢声笑语，充满着新奇事物，充满着生命的意义。小燕妹的本辑文章，无不是观察细腻的结晶。

请看："一阵风掠过，树哥抖一抖身体，伸一伸手臂，雪沫儿'簌簌簌'地跌落……"（《与树哥鹊鸟为邻》）"这只鸟穿着黑红相间的外衣、浅灰衬衣，边展翅在我头顶盘旋边嘚嘚噜、嘚嘚噜地厉声大叫……"（《小院里的樱桃树》）"它蓝莹莹的背，白项圈，白眼圈，灰头巾，黑眼珠，粉红的鹰钩嘴，搭配优雅和谐的色彩、小巧玲珑的体形，让我一见钟情。"（《倾情绝恋》）"特别是那长长的嘴巴、黑黑的鼻头，一张嘴露出参差的犬牙，似笑似哭又凶巴巴的样儿，看着极不顺眼。加上嘴巴四周似鸡窝一样的卷毛，我断定世上再没有比它更丑的狗了。"（《一条丑陋的狗》）"这一群害人精有四只被搅碎了骨头，软不塌塌的，躺在缸底一命呜呼了。还有一只也蹬着腿，张着尖嘴喘个不停。"（《狩"猎"》）"它浑身黑不溜秋的，长着一层柔软的绒毛，像老鼠。它鼻子朝天，又像猪鼻子。牙齿好恐怖哟，长着两颗尖尖的、像老虎的獠牙。翅膀上没有毛，像一层薄膜，透过薄膜，可以清晰地看到里面的骨骼，像雨伞的骨架。"（《蝙蝠印象》）书稿中的篇章里，随处可见这样的句子，给人以强烈的画面感，真有一种身临其境的感觉。那些"嗡嗡嗡""哗哗哗""唧唧唧""喳喳喳""蹭蹭蹭"动感十足的象声词，更让画面增添了一分魅力。

画面感，是从生活体验、细腻观察中获得的。文章有了画面感，读者才会像看美妙的画卷一样，才会拥有阅读欣赏的兴趣。有时，即使文章的题目忘了，某些生动而有韵味的画面，却会记忆深刻。当然，如果没有细腻的观察，是绝对写不出画面感强的文章来的。

徜徉在"经丘寻壑"里，给我最大的冲击是：想象力强，文字灵动。

想象力是很重要的，其作用不可小觑。它既可以让你打开想象的翅膀，往深处想，往远处想，天马行空，任凭思绪放飞，又可以使读者享受快乐，享受惊奇，享受自由，享受现实生活中少有的感受。

哲学家狄德罗说："想象，这是一种特质。"

阅读小燕妹的游记，我深切感受到想象力的特质。如若不信，我随手摘录几段。"水漫大堰堤的样子，多像母亲的织布机。"（《亳清河畔是我家》）"我飘飘欲仙，恍惚回到远古，娥皇、女英身穿红衣，外披白色拖地的罗云，向我们翩翩走来……"（《漫步云中草原》）"我突发奇想，这么多石头，里边有古人打火的'火镰'吗？……瞬间灵魂摆渡，穿越时空，仿佛回到茹毛饮血的远古……"（《亲近诸冯大峡谷》）"仔细瞧，心生疑窦，是巧合吗，这些石头竟然与世界人种类同，三种肤色，有模有样。年龄也与人类相仿，竟然也有老、中、青。"（《秋登白马山》）"举目远望，我似乎看到了垣曲的南山，联想到与此山水相连的'河堤'村名的由来。"（《山水相恋小三峡》）"太阳公公红光满面，深情地注视着这张云天铺就的大床，它该有一种君临天下的感觉吧！"（《飞往重庆》）上述想象力极强的句子，起到了画龙点睛的作用，助推了文章灵魂的铸就。

难道不是吗？想象力越强，文章就会越有灵气，越生动活泼！

小燕妹不愧为山西省语文骨干教师，对想象修辞手法的运用还是比较娴熟的。她格外注重抑扬、点面、动静、叙议结合，把烘托渲染、伏笔照应、托物寓意、白描细描、铺垫悬念、借古喻今、虚实相生、咏物抒情等，娴熟地运用到文学创作中，赋予文字以灵动性。概而言之，在想象力方面，她采取了两种方式：一个是直接的，一个是含蓄的。直接的方式，毋庸赘言，一读便知。含蓄的方式，这里只谈一点：拟人化描写。拟人化就是借助丰富的想象，把物当成人来写。如《山水相恋小三峡》一文中，有这样一句话："它们把母亲河拥抱入怀，热恋着，亲吻着。"只一个动词"吻"字，便写出了大山与黄河亲昵温柔的情态。如《行走"山城"》一文中，有这样一句话："大树从桥两边夹道伸出'手臂'，随着微风向游人招手，与树伴勾肩搭背，秀着恩爱。"只三个词语"手臂""招手""勾肩搭背"，便写出了这对树"恋人"热情、亲昵的样子。如此，把物写活了，使文章更加灵动，隽永含蓄，耐读耐品。尤其是读了《行走山城》中"整座山酷似凯旋的大将，穿着绿色戎装，那些建筑如将军肩头、胸前佩戴着的军衔勋章，显得那样磅礴大气、那样阳刚洒脱"的拟人化描写，令我这个穿了三十年军装的老兵，顿生崇敬之意！

究竟什么是好散文，这是一个仁者见仁、智者见智的问题。但我认为，有个性、有真情、有格调、有追求、有意义的散文，就是好散文。小燕妹的散文，当属此类。固然，小燕妹的散文，还存在一些瑕疵，但瑕不掩瑜。我诚挚地期待燕子衔泥时时新！

（原载《河南文学》杂志2021年第6期）

（王友明，中国散文学会会员、山西省作家协会会员、天津散文研究会理事、河北省散文学会会员、临汾市作家协会名誉副主席、临西县散文学会名誉会长、《河南文学》《黄河文艺》杂志签约作家。作品散见于《人民日报》《解放军报》《散文选刊》《散文百家》《安徽文学》《黄河》《火花》等报刊，出版专著10部，"中国散文精英奖""中国当代散文奖"获得者。有散文入选初中毕业生学业水平模拟考试语文试卷和儿童课外读物）

目　录

第一辑　纸短情长

世间有一种真情，叫做思念，它让亲情多了一分深邃，让友情多了一分纯洁。

那一方故土

"我生在一个小山村，那里有我的父老乡亲，胡子里长满故事，憨笑中埋着乡音……"唱起这首歌，想起营沟老王家，两行清泪从我腮边滑下。因这座村庄历经百年沧桑，如今已真正成了一座故土，成了一方记忆。先祖开垦的近百亩良田，几辈人刨食繁衍生息的地方，如今已退耕还林，又还给大自然，成为后人寻根问祖的档案史料馆。

匠心选址

人常说一方水土养一方人。祖辈父辈的故事里，太爷爷太奶奶创业史，从时光隧道里走来。一百五十年前，我们的先祖王金印，带领两个儿子耀章、宝章，从古城王家宅走出，到南山解村落户扎根，经过几十年奋斗，有了田产，盖起了房屋。两个儿子分别成家，大儿耀章生有三子，取名风善、恩善、德善。长子风善上过私塾，知书达礼，娶本村刘氏为妻，挨肩连生三子；恩善、德善也陆续成婚有了孩子，人丁兴旺。父母说，解村土地贫瘠，地少房窄，难以维持生计。世上没有不散的宴席，按照老王家的传统，老大不能坐在父辈树下乘凉，得出去创业，另寻谋生栖息的地方。

于是，老大风善（我的太爷爷）从解村出发，沿板涧河溯流而上，经前斜、过槐坪，来到石硖旁，顿时被一尊威风凛凛的大石头震撼了。他想起父亲曾讲过王莽赶刘秀的故事，莫非这就是传说中王凤、王常为正义宁死不屈，刀下变石人的将军石吗？仔细欣赏，多少年日月风尘，大石依旧岿然屹立，本色无改。适者生存啊，大石上长出了檀木，树石相依相拥，抱成一团，缠绕在一起。传说那是当年捆绑两位英雄的葛条，进入肌骨，演变成最上等的乔木。一眼望去，磅礴气势，不屈不挠，顶天立地，震撼心灵！冥冥之中，给人启示，给人力量！逆河而望，黑石沟上面是藏王寨，那就是刘秀当年藏匿的山头，住着刘姓人家。太爷爷马上意识到，石碛山坡上该是那场恶战中刘秀兵败放羊坪后残兵安营扎寨的地方。再向河岸看去，石前有一眼泉，汩汩冒着清水，石后因河水改道，留下几块河滩地，长着茂盛的野草。再到周边看看，不远处有个人然的窑兔，能遮风挡雨。太爷爷觉得这地方不错，有地有水，简单收拾，就能住人，于是原路返回，告诉父母，自己找到了能住人、生活的地方。

太爷爷的父亲得知长子寻到了栖息生活之地，与他一道来到这个地方，觉得不错，父子俩就带来工具，在不远处挖了两孔小窑。因周围柴草掩映，土崖较高，于是起名叫柴崖窑。一切就绪，太爷爷带着妻儿，挑着家当，来到这里定居。刚到一个地方新鲜得不行，国书、新书、景书三个男孩比较淘气，在门前打闹捉迷藏，一下没看住就从打窑倒下的土坡坡上溜了下去，一不小心，竟掉到了河里。幸亏抢救及时，才没出啥危险。太奶奶能干、有见识，她高高的个儿，四方脸盘儿，身穿大襟蓝色粗布袄，脚口打着腿带，踮着一双小脚，忙前忙后。看到孩子掉到了河里，她担心地说："门前地方这么小，出门就是崖，孩子行动、玩耍不安全，开垦出的河滩地土壤稀薄，三十年河东，三十年河西，河水一旦改道，开出的田地瞬间就没了，住这里不是长久之计。"太爷爷又顺坡而上，继续探索，发现了一块地势较高又有一块块平坦似梯田的地方。从远处看，那是三座土岭夹着两道土沟，早晨太阳从北山山顶爬上来，便到处洒满阳光。好朝阳的地方啊！太爷爷站在山岭上眺望，远处有座山，酷似一只昂首啼鸣的大公鸡。"鸡"与"吉"谐音，暗喻吉利。太爷爷发现了新大陆似的高兴得很，觉得这里真是块风水宝地。当年王莽赶刘秀无处躲藏，部队在此安营扎寨，与藏王寨遥相呼应，才躲过追兵绞杀，最终反败为胜。他觉得那么多士兵能在此安营，这里一定是块好地方！"营"字草字头，那是草木茂盛啊，上下结构，分明是草木掩映下的宫殿，多美呀！这样的地方不住，住哪里！于是太爷爷一锤定音，选此为住处，并取庄名"营沟"。

安身立命

刚到这里安家，刘窨堤、挖窨洞的土，填了两块围地，搬来石头砌了石塄。老天下了大雨，从山坡上冲下来败叶腐土，地里淤了厚厚一层，加上田里刚填上的生土，那年种的玉米，个个怀里抱个胖娃娃，那叫个喜人呀！第一年的丰收，为安家落户打下了基础。接着在窨顶上根据地势拓荒，挖掉灌木、杂草造田。太爷爷带领一家老小，日出而作，日落而息，面朝黄土背朝天。大点的孩子跟父亲干活，小点的在地头玩耍。为激励孩子们劳动，太爷爷把带来的干粮诸如红薯片、柿瓣、馍块之类的东西，放到"进军"的目的地，谁先干完活儿谁先吃，提高了劳动效率。开垦出的土地，根据农时日照，种上谷物和小麦。太爷爷一家在此落地生根，住了下来。

在土里刨食，有了吃的心不慌。渐渐地，太爷爷发现这里日照时间长，种瓜结瓜，种豆收豆，小麦成熟早，筋道且麦香味十足。产出的谷子、玉米、豆类，营养丰富，口感醇香。种出的粮食不仅养活了一家人，而且年年有余粮。可是，这里原本是狐狸、狼、獾、山猪、野兔等野生动物的领地，突然来了一户主宰这片土地的人家，它们好奇地在庄子周围转悠。太爷爷太奶奶人善心慈，从不伤害那些动物。但那时候狼多，周围庄上，时闻狼叼走小孩的噩耗。狼饿极了，连大人都敢攻击，大人白天一人进山手里得握根棍子，更不要说走夜路了。狼走路悄无声息，常常从人的背后出其不意地发起攻击。农谚有"狗怕摸，狼怕戳"的经验之说，为了以防万一，太爷爷就砍来柴火棍扎了高高的篱笆墙，小孩白天不让出院墙，天黑了，更得看紧门户。为安全起见，太爷爷养了一条大狗，看家护院。时间久了，那狼和狐狸竟然和狗成了朋友。有只母狼和狗，还卿卿我我。我曾听四爷爷讲，他在山上看见一只母狼，生了几只狼崽，模样和家里养的狗酷似，狼狗也许就是这么繁衍出来的吧。动物之间，有了这层关系，狼不伤害与它为善的人，小狐狸更是肆无忌惮地溜墙根。我听大奶奶讲，狐狸很狡猾，经常与人兜圈子、耍聪明，稍不注意它就跑进屋里偷吃的。太奶奶挨肩生孩子，生了一个又一个，四五岁的地上跑，两三岁的学走路，一两岁的满地爬，几个月的睡在炕上，反正屋里屋外都是孩子。那道篱笆墙是安全的分水岭，像母亲的左臂右膀，护佑着孩子们安全成长。白天透过篱笆墙，能看到对面坡上狐狸追赶兔子的身影，晚上猫头鹰如泣如诉地叫，野狼"唔唔唔"学小孩哭……一群孩子见多不怪、听多不怕，野兽也不野了，人与它们熟了，把它们当成了睦邻，它们潜意识里认为，周围丛林就是它们的家园。狼吃小羊、狐狸捉兔子、老鹰抓鸡，是大自然的规律，食物链里谁也离不开谁。它们不与人冲突，见到人远远地看着，人与动物和睦相处，和谐共生！

巧添家当

太爷爷不仅能吃苦，还是个能工巧匠。他白天下地劳动，晚上陪太奶奶纺棉花、织布、做针线活。夫妻俩男耕女织，互相担待，过着热火朝天的日子。太爷爷砍来木头，打造家具，根据需要，木盆、木桶、砧板、板凳、椅子，一件件木制家具出炉，分家得来的那几个陶瓷碗，有打碎的，随着人口增长，早不够用了。几年过去了，一家子有了十个孩子，五个儿子，五个女儿。

太爷爷经常说一句话：缺啥造啥，只要想，总有办法。门前栽下的桐树，几年下来已长粗了，碗不够用了，就伐掉桐树，锯成段，一把斧头、一把凿子、一把刻刀，用木墩凿成碗形。古人钻木取火，太爷爷用炭火把木头中间烤焦，再用刻刀雕刻成木碗，里外打磨光滑，当时叫木圪撸。于是有了十几只大小不等的桐木碗，碗托抓手灵巧，轻便好用，好端还不烫手。可是一群孩子，有大有小，有不老实的，吃饭时乱跑，碗端不稳吃不到嘴里，饭撒到地上可惜不说，最怕烫伤。太爷爷瞅一瞅放在锅台上的碗，有了办法：他锯来一截桐木板，在上面凿出碗形的一个个圆洞，木碗放进去试一试，两头再用木墩垫平，算是饭桌。开饭了，孩子们按个头、年龄大小排队坐好，每人拿个木头勺子，各吃各的饭，不会拿勺子的吃手抓饭。太奶奶要求严，谁也不许抢，谁也不可以走动，吃饭不准说话，哪个违反，杀鸡儆猴，父亲的粗巴掌"啪啪啪"打肿屁股，犯错的孩子下次再也不敢了。开锅先给一家之主盛饭，孩子要从最小的盛起；兄弟姊妹坐一排，互相谦让，不挑食；谁也不准拖延时间，碗底得吃干净，不许留菜剩汤……木直中绳，循规蹈矩，修成家风，养成习惯。十个兄妹，个个品行端正，与人为善。

弟兄五个渐渐长大了，太爷爷念过书，他渴望五个儿子都能念下书，于是起名"书"字辈：国书、新书、景书、西书、允书。姐妹五个长大了，那是五朵金花，原来打的两孔窑洞往深掏了，还打了拐窑、天窑（放粮和杂物），还是住不下。接着挖窑洞，这个地方土质好，里边连块小石头都没有，于是太爷爷根据祖上规矩，弟兄五个，只留老五在身边，四个哥哥，每人踩个院子，娶一房媳妇，打一眼窑洞分出去一个。每孔窑里都留有土台，那是正宗的土炕。窑洞土质好，夏天凉快不潮湿，冬天暖和不用烧火取暖。每炕席子下铺上干草，那便是睡觉的好地方。老五年龄最小，和父母住在一起。五家人，分开住，妯娌五个不分灶，家自己收拾，吃饭在一个锅里搅稀稠。吃大锅饭，太奶奶就像"佘太君"，下地劳动干重活的人给馒头吃，在家的妇女儿童三餐只有稀汤饭。妯娌们轮流做饭，谁做饭柴米油盐谁当家。

柿林满山

19世纪30年代，营沟人多了，吃饭成了问题，光有粮食，吃食单调，无法调剂。太爷爷几经考虑考察，发现营沟土厚，适合栽柿树，产量高，好管理，于是召开家庭会议。他说，想有吃，栽柿树。他要男孩留意周围村庄柿树品种，要大家八仙过海，各显神通，看谁能耐大，能栽下好品种的柿树，并说谁栽谁受益，将来分家自己所栽的柿树，就是自己家的。大家听了都很高兴。过了一段时间，有人挖来了小树苗，有人寻得了种子，树苗栽上了，种子育上了。大爷爷育了好多柿树苗，栽在窑堤顶上、地塄边。这种柿子红丢丢、圆嘟嘟，叫就是无名，人奶奶取名"天涩老"，意思是这种柿子天然是涩巴的，放到软透，咬破皮吸一口，柿酱如蜜般，咕咚一声咽下去，香味缭绕，爽到心底。那种特有的香甜味道，吃过后一辈子难忘。这种柿子旋柿疙瘩并不好吃，于是秋天下完柿子，直接放在荆条大筐箩里，等着软透。太爷爷把摘下的柿子集体存放，在深秋初冬这段时间，天涩老柿子会一股脑儿软透，烧点温水，柿子放进去，热一热，是最高档的水果吃食，大人小孩都喜欢，缺粮少菜的年月顶饭吃。大伙下地劳作，放牛放羊回来，热一锅柿子，你一个他一个，吸溜溜吃着，场面十分壮观，那是一幅活生生的大家族和谐幸福群宴图。

上梁正，下梁歪不了。二爷爷家栽下的是方柿树，三爷爷家栽了扁柿树和红柿树，四爷爷家栽了老牛心树和小柿树，五爷爷家栽了盖柿树。他们各家为自己的树在营沟的地盘上安了家，于是营沟有了五花八门的柿子树。虽然"名花"有主，但大家都听太奶奶统筹安排。红柿、扁柿、方柿这几种柿子用温水浸泡三天三夜就甜了。这一段孩子们有揽柿吃了，婆媳妯娌都学会了揽柿子，揽出的柿子黄澄澄，咬起来脆生生，嚼起来甜滋滋。

霜降前后，柿子熟了，一树树压弯枝头。收柿子季节到了，南山人叫卸柿子。从树上摘回柿子，分门别类，该吃软柿子的、该旋柿饼柿疙瘩的，都有定数。这时早已拽回葛条，刈回榆条，旋好的柿子变成营沟一道靓丽的风景。那时窑洞没有屋檐，门前的皂荚树和大槐树担负起晾晒柿子的重任。秋风扫落叶，那一串串柿饼、柿疙瘩就赤裸裸地暴露在人们的视线中。西北风吼几吼，挂在树上的柿疙瘩就干透了。卸柿疙瘩算营沟人的大事，太爷爷编下的荆条大筐，放在树下，每年四爷爷承担上树卸柿疙瘩的任务，他骑在树上卸一串，瞄准大筐放手，"哗"掉到了大筐里，树下的孩子们高兴坏了，眼巴巴盯了无数次的柿子，终于可以吃了。这之后分到各家去捂霜就是妯娌们的事了，大家会互相学习，及时放风，一冬一春的零食就有了。直吃到初夏，有的已干得像羊蹄，咬不动了，就用斧头砸一砸，啃着吃掉。大人们教育孩子，珍惜吃食，吃柿子，柿盖下啃干净，柿核吮几吮，谁都不可把弄好的吃食浪费了。

值得一提的是，三爷爷（我爷爷）在后囿栽下一棵红柿树。由于这里土壤肥沃，加上囿地耐旱，树长得粗壮高大，结出的果实奇异，大的像面包，小的像蒜头，有的大柿子上还依附个小的，样子像极了奶妈的乳头，颜色黄润。熟透的柿子红艳艳，吃起来比土蜂蜜还甜。捂出的柿疙瘩红白相间，软柿子皮厚耐放。这是营沟最甜的柿子，吃多了甜腻到牙齿咬不动东西。也许是因为不吃风，这树收成不算好，偌大的树每年只能摘两到三担柿子。营沟有过年吃"红眼"的风俗，红眼就是软柿子。过年这天一大早，三奶奶会提醒取下软柿子，一家几口人就送几个红软柿，意味着送去祝福。据说吃了"红眼"，心明眼亮，辟邪驱灾，一年顺利。渐渐地，营沟人发现，田边地头、山坡野岭有山韭菜、山葱、小蒜等野菜，有担灵灵、酸枣、橡果，还有山桃胡、山杏仁等能打油的东西……种田也摸到规律，哪块种谷子、哪块栽红薯、哪块种蔬菜、哪块种麦子，都有计划，自然形成规律。

清泉洗衣

为了出山，太爷爷先修了一条通往外边的路。石坂坡是他领着几个半大儿子，一石一石铺就的。槐坪有水，但得拐两道弯儿下了石坂坡，路程有些远。于是想到石硖旁那眼出水泉，又修了通往石硖的路。这条路近却太陡了，一路都是坡，挑水没处放桶，得抻着脖子，一鼓作气挑到顶。能挑动水的男孩，早上天不亮轮流早起去挑水，挑回来一身汗。太奶奶心疼孩子们挑水太累，和太爷爷合计，又买来一头骡子，制作了两个带盖的大木桶，让骡子驮水。从此，这条路就叫驮水路。这里门前有棵皂荚树，皂荚那是天然洗涤原料，营沟人洗头洗衣都用它。大树上面有尖利的刺儿，冬天吼一场风，那黑镰刀一样的皂荚便一股脑儿自由落地。人们捡拾存放，节约使用，解决了衣服洗不干净的问题。

太奶奶非常爱干净，洗衣服要女人到河边山泉里去洗。女孩子渐渐长大了，洗衣服的活儿自然由她们承担。她们相跟着用荆条筐子扛着衣服，到石硖旁去洗。太爷爷在出水泉下挖了蓄水潭，放了砧石。兄弟们一个个娶过媳妇，妯娌、姑嫂又结伴到泉边洗衣服。那些年，泉边是最热闹的地方，洗衣服不光带棒槌、皂荚，还要带点柴灰，女人来事的用品用柴灰才可揉洗干净。我曾好奇地问奶奶，她们年轻时没有卫生纸、没有肥皂洗衣粉怎么办，她告诉我，啥时候说啥话，每人几块棉布头，各是各的，那是女人的私密用品，用过不能扔了，拿到河里用柴灰一洗，清清爽爽，柔软又干净，越洗越好用。我说："柴灰脏死了，怎么用啊？"她说："不脏呀，好用，还消毒杀菌。"我捂着脸咯咯地笑，女人真不好，每月都有那几天，得像小孩一样用尿布，多难受啊！她还告诉我，太奶奶治家有方，记性还好，手下统领十个女人，每人特殊时期她都记得清清楚楚，谁是特殊时期，就不让谁干重活、沾凉水。姊妹姑嫂之间，互相体谅，你让着我，我想着你，关系融洽，很少闹别扭。泉水夏天凉爽，冬天温热，只要天气好，营沟的女人就来洗衣裳，河水哗啦，泉水叮咚，棒槌起落，笑语盈盈。河边石头上、灌木上、水草上，晾晒着洗净的衣服。人们顺其自然，把这眼泉叫出水泉。

村名由来

营沟后来叫成了羊沟，又叫成了药沟，这是有由来的。太爷爷家十个孩子，一个比一个大不到两岁。小孩断奶期，用面糊糊喂养，都是大脑袋、细脖子，瘦得能看清肋骨。平日太爷爷开荒造田，太奶奶在家操持家务，大孩带小孩，男孩拾柴抬水，做些力所能及的活儿；女孩都缠了脚，在家纺棉花，学做女红针线活。一家人生活艰难，却其乐融融。

有一天，大爷爷、二爷爷弟兄两个，受母亲之命，到对面沟里拾柴火，发现一只母羊刚生了两只羊羔。那小羊羔白生生，毛儿顺溜溜，可爱得很。它们刚出生不久，腿脚还不稳，于是弟兄两个没费多大劲儿，就一人捉了一只抱在怀里，那母羊"咩咩咩"叫着跟在后边。回到庄上，太奶奶看见了，高兴地看着母羊鼓鼓的、像两只罐罐一样的奶包，心想，若能把羊养在家里，一天挤一点奶，也能给刚断奶缺吃少喝的孩子增加点营养。可是等太爷爷下地回来，知道情况后，一顿发火：谁家的羊？咋可把人家的羊弄到自己家里？送回去！几个孩子吓得大眼瞪小眼，面面相觑。父命如山，不敢违抗，太奶奶为大羊喂了草料和麦麸，羊儿吃饱喝足，大爷爷、二爷爷弟兄两个恋恋不舍地抱着小羊送到对面沟里。奇怪，那小羊不肯在沟里待了，弟兄两个回来了，天不黑那大羊小羊又寻到庄上。羊自己寻上门来，太爷爷也无话可说了。一群孩子把小羊羔当宠物养了起来，大羊白天去山坡吃草，晚上自己跑回来卧在篱笆墙边。

又有一天，大羊出去吃完草回来，肚子圆鼓鼓的。两只羊羔奔过去，钻在羊妈妈的肚子下，前腿跪地，仰头吃起奶来。几个孩子围过来，好奇地看着，学着小羊的样子，吮着手指头，听小羊咕咚咕咚咽着奶水，他们吮着手指流着口水。太奶奶从家里出来，正好看到这一情形，产生了挤奶的念头。于是，这只母羊就被养了起来。说是养，只不过是用绳子把它拴在树上，小羊可在周围活动。母羊性情温柔，奶旺时，一次可挤一大碗。说来有意思，动物世界的传宗接代，令人难以置信。母羊在院墙外养着，孩子们每天割草给羊吃，可羊正在青春期，一次发情，拧断绳子逃走了，晚上没有回来。第二天早上，太爷爷早起，看见一只大公羊与母羊在一起，公羊大角像两把弯刀，体形彪悍，威风凛凛，见有人来了，撒腿跑了。山羊的基因非常强，母羊一年生一到两窝羊羔，几年下来繁殖成群。那只公山羊自然成了头羊，每天放出坡吃草，晚上赶回羊圈。太爷爷学会了阉割公羊的技术，被阉割后的公羊，吃草喝水都长肉，称为"羯子"，每当过年过节杀只羯子吃肉。营沟坡场好，一条板涧河沿着山脚缓缓流淌。成群的羊儿，早晨从帽儿岭赶进去，开阔的山坡都是羊的天下，吃饱了，羊儿自由自在地到板涧河里喝水，营沟渐渐白了　人群羊。营沟有羊，有羊奶喝，有羊肉吃，消息就传开了。于是，营沟便叫成了羊沟。

那时候山村时兴郎中走村串户云游出诊，为人看病。大山深处有一位姓马的中医，从板涧河前来，过七十二道河，直到马驹岭。河道夹在营沟与藏王寨之间，两边有悬崖峭壁，只好绕道营沟通过。到庄上歇脚时他发现庄上周边有许多药材，每次经过都采得筐满兜圆。太爷爷好客，一来二去，与马医生成了知交，只要马医生到庄上来，都好吃好喝地招待。一家人有个头疼脑热的，向马医生求医问药，他从来不收钱，还把许多偏方讲给太爷爷太奶奶听。太奶奶是个有心人，用心记下了不少偏方。例如，冬天治小孩咳嗽，柿疙瘩里包姜沫，用炭火烤一烤，趁热吃下，两次准好。柿饼上的白霜，冬天扫下，夏天是治小孩口疮的良丹妙药。冬天第一场雪水，是治痢疾的圣水。还有小孩的脐带不利索，下雨时的雨水、霜降叫的霜、小雪时的雪，都是很好的偏方……一来二往，大爷爷（国书）跟着马医生学了一手割食积的绝活。太爷爷在采药季节挤时间采药，三山两沟里遍地药材：防风、苍术、连翘、柴胡、天花粉、白茅根、茵陈……那大山崖里还有五灵脂。采来的药材除了自己用，经常有走村串户收药材的郎中，山里采来的药无成本，太爷爷不贪心，经常廉价出售药材。方圆各庄家里有人生了病，谁来问药，只要家里有，再名贵的药材，太爷爷都会拿出来救人。太爷爷因菩萨心肠，声名远扬，后来羊沟的土话客串，又叫成了药沟。

人们说男人是耙，女人是匣，一个好媳妇，几辈好子孙。营沟王家，在太爷爷手里打下了一片红红火火的江山，在太奶奶手里教育出十个好子女。二十余年过去，一群孩子长大成人，五个小伙都长得相貌堂堂，都娶到了好媳妇；五个闺女，花容月貌，都找到了可心婆家。生活富裕了，牛羊满坡，猪鸡成群……艰苦创业，换来了一家人富足的生活。

花果成景

营沟一开始一无所有，渐渐变得应有尽有。这里漫山遍野都是山桃乔木，加上这里三岭、两沟都是朝阳的山坡，每当春季来临，晋南第一花——山桃花，尽情绽放。明媚的阳光下，村庄沉浸在山桃花的香味里。一场春雨过后，空气中都能酿出香水来。去场院的路边有一棵大杏树，树身横斜，树冠庞大，枝丫虬曲，春天杏花粉白，香飘十里，引得蜂蝶翩翩起舞。花儿开尽，油亮的绿叶里便藏满了绿色的小果子，麦熟时节，杏儿累累，挂满枝头。老人们讲，那叫甜胡麦熟杏。成熟的杏儿，半边红彤彤，半边黄澄澄，用手一挤，皮胡分家，吃进嘴里又香又甜。吃完杏肉，杏胡要放在一个筐里集中砸出，熬杏仁油，那是一大家子改善生活的油料的来源之一。听奶奶讲，那杏仁又甜又香，但为了煎油，就编出吓唬小孩的谎言，说杏仁不能吃，特别是小孩，七颗就是一副毒药，吃进去就药死，埋土里不见太阳了。所以每年吃完了杏，杏胡会一颗颗回拢。等到下雨下雪天，不能下地，大人砸杏胡，小孩捡杏仁，有了半袋子，浸泡一天，在石磨上磨成酱，再加水熬成油，纯天然的制作方法。那油奇香无比，熬过油的酱，落在锅底大人们叫"油绵"，夹在馍里吃，比芝麻酱还好吃。

麦场周围栽下五棵芽枣树，那是太爷爷从马驹岭挖回来的。弟兄五个，一人一棵，秋天成熟，枣儿像指头蛋儿那么大，一串串、一嘟噜噜椭圆形红彤彤的枣儿，吃起来，脆生生、甜滋滋。这些水果，孩子们都得耐着性子等待成熟，大人领着孩子们共同采摘。树上好多刺，一般人上不去。六月烈日炎炎，浅绿的枣儿从油绿的叶子中显露出来。七月边边枣红圈圈，长成了的枣儿压弯枝头，枣儿也由青泛白。每年八月中秋，整树的芽枣就熟了，绿叶衬着红枣，那叫一个好看哟，只看一眼，保准流口水。营沟人管摘枣叫打枣，每年出一家轮流着打，枣树不高，用长杆子一打，红彤彤的枣儿就纷纷落下。孩子们都不约而同地跑到枣树下，先放开肚子尽情地吃。吃够了，才开始捡枣，一双双小手把枣一颗颗拾到筐里，放到打麦场里，摆放一溜儿，一家一份，拿回各家，鲜吃，或晒丁枣，都由家庭主妇决定。谁家不会过日子，一顿吃完丁，那要受太奶奶责问的。奶奶和母亲在各自妯娌中，是会计划过日子的典范。记得小时候，每年都晒有干枣，放在一个小筐子里，挂在屋里小孩儿够不到的地方，为过年蒸枣馍或做药引备用。由于家庭主妇们都精打细算，细水长流，懂得了有备无患，营沟人才能在三年灾害、年景不好粮食歉收那些年，没有饿肚子，靠自己迈过了一道道坎儿。

更奇特的是，营沟门前陡坡下那株桑葚树，茂盛的枝叶郁郁葱葱，树身与一座大石头相依相靠，枝条细长，伸向四方。成熟的桑葚像胖乎乎白生生的桑蚕，吃起来醇醇香、滋滋甜。小孩爬上那块石头，站在上面，拽过有韧性的枝条，那绿油油的叶子划到脸上凉飕飕的，惬意极了。孩子们边挑熟的摘边往嘴里塞，那是世上最美的享受。够不着的地方，就从大石头上上到树上，细长的枝条立刻被压弯。树下的孩子们高兴坏了，因为站在地上就能摘到桑葚了。摘完桑葚，手都变成甜的了，吃过桑葚的嘴唇像抹了蜜，黏糊糊的。若让蜜蜂盯上，那就糟了，蛰上一口，嘴唇会肿得翻起来……

这棵桑树，树上树下都是营沟孩子的乐园。

土医治病

随着弟兄五个渐渐长大，太爷爷有计划地培养几个孩子各谋其事。大爷爷国书接任了父亲领家的担子，并探索出土办法治病的医术。太爷爷在世时结交了几个老中医，大爷爷记住了偏方，拜师学得一手割积食的绝活。

那年代吃饭困难，造成许多小孩营养不良，孩子多，看管不过来，饿了抓起啥吃啥，往往会吃坏肚子，消化不良，不思饭食，面黄肌瘦。要是现在，吃点消食片、鸡内金或者做做推拿，就解决问题了。可是那时条件不允许，大爷爷的绝活，在南山方圆十里八乡有了名气。细瓷碗打碎当手术刀，男左女右，找到食指积食线，割开挤出像米粒一样的东西（人称积食），割完后，用盐斗消炎，最后用葫芦皮贴住。听老人讲完手术的过程，我的心都在抖，小孩哭闹，持"刀"手术人得有多大的勇气呀！不打麻药，硬生生割开，在伤口处撒盐，不亚于"行凶"，一般人谁下得了手？但是为了给孩子治病，大爷爷无数次充当了善良的"恶人"，无数次手到病除。孩子们若有个头疼脑热，不肯喝药，大人用"王医生来了"一吓唬，小孩会乖乖地把药喝下去。

那时山村里治病，没有人想过去医院，就靠山村土医把脉，开药方。拾药就靠眼辨识，用手去抓。大爷爷认识好多草药，谁家有人病了，大爷爷就把把脉，抓几副草药，让其家人用药锅熬成药汤给病人喝了驱病。"抓"药，就是用手去称，医生的手就是一杆秤，掌握着病人的生死，药轻不治病，药重会伤人，甚至变成毒药。于是南山人把拾药买药叫"抓药"。多少年、多少人，让大爷爷看过病、抓过药，大爷爷药到病除。他为营沟大家族人丁兴旺、健康长寿提供免费服务。不过营沟的小孩都怕大爷爷，只要他在家，再淘气的孩子，也会变成小绵羊，说话都得"捏鼻子"小声点。一群孩子就盼着大爷爷出诊，其他庄上来人唤医生，人家有病人了，王家的孩子们听了却偷偷乐了，大爷爷出诊从前路一拐过弯儿，孩子们个个变成出窝的小鸟，唱吧，扭吧，跳吧……等有人报告"王医生回来"啦，大伙会一哄而散，各自钻进屋里。

大爷爷、王医生，他医德高尚，杏林春满。他是王家的当家人，是孩子们最怕的人。

大年初一运石碾

20世纪50年代中期，故乡营沟大王家，做成了一件轰轰烈烈的事情，完成了太爷爷未了的心愿。

爷爷弟兄五个，逐渐长大成人，结婚有了孩子。太爷爷太奶奶经过艰苦创业，有了不菲的田产家业。历经抗日战争、解放战争，天下终于太平了，可太爷爷没过上几天好日子，就到天堂享福去了。

于是，领家的重担就压在大爷爷的肩头。太奶奶身体硬朗，依然管着后勤，掌控着一大家子二十几口人的吃喝拉撒。四世同堂的大家族，没有分家，集体耕作，同灶吃饭，婆媳轮流做饭。营沟虽然土厚，但是旱地小麦，产量不高，维系一家人吃喝全靠粗粮，割完麦子再种回茬玉米、谷子、豆类、蔬菜等，每孔窑洞后荆条编的粮囤一个挨一个。营沟人有规矩，人口增粮囤增，库存大部分是粗粮，过冬的蔬菜就是红白萝卜、一大缸酸菜，还有晒干的红薯片、南瓜帘、干豆角、红薯秧之类的。太奶奶当家，精打细算，细水长流，粗细搭配，即使在年景不景气时，营沟人也没有青黄不接饿过肚子。太爷爷在世时，营沟已有一盘石磨，而玉米和谷子去皮，还是最原始的石臼作业，想碾米得去槐坪，那里有盘大石碾。借用别庄的碾子，不方便，想用得提前打招呼排队，且全靠人力，碾一斗米或玉米糁来回就得一天。大爷爷谨遵父亲遗言，多方考察，在石硖看好了一块巨石，找来石匠凿成碾盘、碾砣。但是营沟离石硖二里瞪眼坡啊，挑一担水都无处放桶，得汗珠甩八瓣，一溜烟挑到顶，何况两千多斤的巨石，谁是大力士？河里的大石头，再弄到山里，谈何容易，怎样弄回去？

三个臭皮匠，顶个诸葛亮。大爷爷把弟兄五个召到一块儿说："我费劲弄好了一盘石碾，咱们大伙说道说道，看用什么办法能把它弄回来。"弟兄五个各抒己见，有的说用铁钎一钎一钎往上移，大爷爷说这是个办法，但那得移到猴年马月？有的建议把碾盘凿开，抬上来再拼起来，大爷爷否定了，没见过拼成的碾盘。太奶奶盘腿坐在炕上，她看看大伙说，老三是咱家的文化人，你想想办法。三爷爷若有所思，但说话语气坚定："问人抬。兄弟同心，其利断金。人心齐，泰山移。我们五兄弟各自去问人，周围村庄都是我们的亲戚，槐坪是大哥的丈母娘家，黄狼爬是二哥的丈母娘家，南庄是我丈母娘家，藏王寨是老四的丈母娘家，乐尧是老五的丈母娘家，加上五个姐妹的姐夫妹夫……十里八乡一攀扯都是亲戚，谁家没劳力？愚公尚且能移山，沾亲带故的能问的都问来，不信连块碾盘都弄不回来！"太奶奶露出了满意的笑容。大爷爷点了点头，就这么定了。

那时解放没几年，缺吃少穿，日子过得紧巴巴的。营沟人虽然没有断粮，但其他庄上有的家吃了上顿没下顿，问人，管不起饭呀！太奶奶心思缜密，她以"最高指示"，把时间定在了大年初一。她说，拜年、串亲、帮忙，一举多得。能穷一年，不穷一日。过年这天大家都吃饱了饭，都是亲戚，不用太多的饭菜。兄弟几个齐响应，提前做了准备：腊月杀一头年猪，漏了粉条，磨了豆腐，蒸了年馍……安排具体事宜，落实了所用的工具等。

春节那天中午，一家人吃了过年团圆饭，各路亲戚陆续上门了，不出所料，大伙都在家吃饱了饭。弟兄五个各自带领问来的"劳力"，从修好的驮水路下去，浩浩荡荡直奔石硖。妯娌五个在家忙碌着，准备饭菜，猪肉粉条炖豆腐、萝卜烩菜……

人多力量大、智慧广，大家七手八脚就把那大碾盘五花大绑，横杆竖抬32人，剩余的人两条粗粗的麻绳，在前拉纤。安排就绪，大爷爷一声号令："起！"那大石头乖乖地被抬起，嘿哟、嘿哟，喊出的节奏震山响。三爷爷是个文弱书生，在前边开路指挥；拉纤人肩背绳、手抓绳，身体前倾往上拉；抬石的人，随着一声声号令向前迈步，前呼后应。不好拐弯儿的地方、遇到陡坡，凭拉纤抻劲，抬石人硬生生被拉着走上去，场面极其壮观。两千多斤的大碾盘，在营沟及亲戚近五十人的"嘿哟"声中，被抬了上来。三爷爷懂得点阴阳八卦，能掐会算。他说："碾盘是镇宅之物，放在庄上的西边，护佑家宅安全，不会镇住王家人的文气。"提前踩好的碾道已被整平，碾架用石头早已砌好，抬回的碾盘直接一步到位。相比之下，那个碾磙就简单了，石匠已安好了框架，不用抬，去几个力气大的，用粗绳"牵羊"，人在前边拉，石在后边滚，没费多大力气，就弄回来了。此时香喷喷的待客烩菜出锅，一大锅热腾腾葱花酸汤，冒着诱人的热气，热闹非凡，喜气洋洋……

青山依旧在，几度夕阳红。营沟人移民搬迁了，只剩下祖辈的坟茔还驻守着一方故土。如今，我们的生活大大像过年，石碾兄弟，您还好吗？

在中国共产党百岁生日之际，回访营沟百年创业史，我为生在王家而骄傲，更为伟大祖国的迅速崛起而自豪，为家族点赞，为伟大的祖国点赞！

"一玉口中国，一瓦顶成家，都说国很大，其实一个家。一心装满国，一手撑起家，家是最小国，国是千万家。在世界的国，在天地的家，有了强的国，才有富的家，有国才有家……"千言万语汇成一句话：没有共产党就没有我们的家！

一寸光阴一寸金

一

我的老家在大山里，一条小路蜿蜒着向山外延伸。太爷爷斗大的字不识几箩筐，一辈子拓荒种田，面朝黄土背朝天，土里刨食，说不尽的辛苦、道不尽的辛酸。19世纪二三十年代，太爷爷下定决心，要让孩子们念书识字，不再吃睁眼瞎的苦。但终因孩子多供不起，十个孩子只让老三（我爷爷）去念了书。

那时南山还没有学校，念小学必须到古城，五十多里山路哟，太爷爷牵出毛驴，两捆柴火放在驴背上，口粮袋子搭在肩头，那是"满面尘灰烟火色，两鬓苍苍十指黑"的样子。生活不易，他把出人头地、光宗耀祖的希望寄托在记性最好、长相最帅的儿子身上。卖柴所得当了学费，口袋之粮成了伙食。那时上学叫"念书"，老师叫"先生"，先生读书不讲书，让学生"书读百遍，其义自见"。爷爷聪明勤奋，先生教过的书，过目不忘，熟能成诵。爷爷住校期间，请先生教写了一家人名字。他第一次回家，站在父母和九个兄妹面前，背诵所学之文。后又拿出笔墨纸砚，研墨提笔，写出一家人的名字。一群兄弟姐妹稀罕得不行，看爷爷时的神情，不亚于仰望天边的"文曲星"，为他骄傲，为他自豪！

可惜好景不长，日本强盗打进了家园。爷爷念书明了理，向一家人传授有国才有家的道理。为保家卫国，他积极报名参军，在摸进鬼子据点夺枪时，不幸左手受重伤，但他依然带伤参军。他靠着有文化、文采好，在抗日战场上被提拔为干部，后来被派往延安抗大学习……

打跑日本人，爷爷转业回到家乡，当起了人民教师。他是我们家族中第一位文化人，也是南山解放后最早传道授业解惑的人。

二

抗日战争时期，父亲本该走进学校读书，可兵荒马乱的，性命都不保，哪儿有书念、有学上啊！爷爷有文化，本叫教儿识字，但他奔赴抗日前线，多年不归，只留下小脚奶奶带着几个孩子，提心吊胆、东躲西藏地过日子。父亲在兄妹中排行老大，早早地担起了家庭的担子，不仅为家里放牛，还为村里站岗放哨，给游击队送信。八岁那年，父亲因砸捡到的一颗炮弹，落得左手残疾。日本人投降了，父亲已错过了读书的黄金时期，但爷爷说，读书不分年龄，全国解放了，每个乡镇都有了一所固定的小学，父亲可以就近上学、安心读书了。可学校离家五公里路，学校白天是学堂，学生不分年龄段，一个教室里有儿童，也有结婚生子的年轻人。没有统一教材，老师靠一杆毛笔、一挂算盘，教学生识字识数。晚上是扫盲夜校，不识字的农民，提着马灯步行十几里到夜校识字。爷爷满心希望左手残疾的儿子能把书读好，靠右手挣碗饭吃，凭文化养家糊口。父亲不负韶华，勤奋读书，完小毕业考入初中。那时初中依然要到古城就读，爷爷在离家百十里外的山村教学。父亲自己背着口粮和铺盖卷，步行几十里到古城念书。初中两年，成绩优秀，1957年父亲顺利考入师范。可是，刚接到入学通知书，爷爷受伤的左手发炎感染，高烧不退，医生把脉说，已病入膏肓，时日无多。爷爷咽气前，握着父亲残疾的手，两行浊泪在枯瘦的脸颊上流淌。他断断续续地说："我不能再供你读书了。"说完，遗憾地闭上了眼睛。那年小姑六岁，大哥三岁，二哥出生三天。家里的天塌了，一大家子吃喝拉撒的担子，便压在了父亲的肩头，他只能辍学回家务农，当老师的愿望成为泡影。父亲把一生的爱好和心愿，埋在了心底，勇敢地肩负起家庭重担。

三

我是60后，到了上学的年龄，队里已经有小学啦。父亲说："你们生在新社会，不出远门，不住校，在家吃饭，条件多好啊！"上学时，我总是跟在二哥后头，没有书包，一支铅笔握在手里，一个小格格本子夹在腋下，十分高兴。由于我是家里的大闺女，父亲左手残疾，还有风湿性关节炎，母亲肩头担子过重，上学后得边上学边替父母分担家务。那条上学路上，洒满我年少的汗水和泪水。庄上没水，每天下午放学，我得和二哥或大妹抬一桶水回家。家离学校一公里路，一年四季两顿饭。中午不回家，吃饭时间我得给小妹洗尿布，给自己洗衣裳。冬天天短还好，夏天从早上九点吃完饭，一直到傍晚，放学肩上抬水，胳膊上还挎着一筐洗过后晒干的衣服。等回到家，饿得前心贴后心，吃着饭就打瞌睡，失控摔碎碗，就再也没饭吃。就这样，上学还经常旷课——小妹比我小八岁，母亲忙不过来时，就让我在家帮着带孩子。母亲不识字，被艰难的生活压得喘不过气来，就说女孩子迟早要嫁人，念两句书，不让人骗了就行。我生来比较犟，不管母亲下什么命令，只要上学时间一到就放下妹妹，不管她哭不哭，逃也似的，顺着上学路就跑。一次违抗母命，害怕她追来，边跑边回头，脚下一绊，摔了个跟头，额头撞在石头上，只觉脸上有热乎乎的东西流下来，一摸，小手粘满红殷殷的血。我蒙了片刻，哇哇大哭起来。母亲追上我，用手捂住伤口，既心疼又无奈。她想了个"两全其美"的办法，家里忙腾不开手时，她让我把妹妹带到学校，边带孩子边读书……

家里生活捉襟见肘，我经常为买文具发愁。墨盒里那一小团棉花，早被毛笔挤压干掉了，从表姑那里借来几滴墨汁，加了足够的水，作业洇成一片，大楷字变得皱皱巴巴，但是老师从不批评，只是以字论字。毛笔字之间加钢笔字，别人一行，我两行，反正不能留空白，一张纸正反面写完，再当草稿纸。一年级时，装在口袋里的铅笔头丢在了放学路上，我哭成了泪人儿，往返几里路寻找；三年级第一支钢笔，是用自己去深山背脚的钱买的；五年级时为了一本字典，上山砍杉板自己攒钱。寒冬季节，脚下塑料底鞋溜滑，上学路上背着杉板，结果在石板坡上滑倒，摔断左臂。农村庸医接骨，手法不精，我左臂差点残疾。我永远记得，父亲摸着我失去知觉、肿得像面包一样的左手泪流满面的场景。我休学半年，在骨科医院放弃治疗的情况下，父亲到处求偏方，带着我东奔西走，求医问药。父亲对我说："上天不会辜负读书人，不管生活多难，书要坚持读下去。"于是我们走到哪儿，课本就带到哪儿，父亲系统地给我讲课本里的知识，带我走进了课外阅读的天堂。父亲爱读书，读过好多书，他的故事里，古代名著《三国演义》《水浒传》《聊斋志异》……章章回回，人物个性是那么鲜明。父亲读书明理，如果不是生活窘迫，至少是一位好老师。他用一只手为家人撑着一片天，不屈不挠，给了我战胜困难的勇气。老天开眼，我的手有了知觉，胳膊渐渐有了力气。那时候学校教材内容单调，父亲引领我把目光伸向课外，观察身边的事物，养成了读书的习惯。真是塞翁失马，焉知祸福。那段时间，我独享了高山厚土般的父爱。父亲做了我读书的引路人。休学没留级，功课没落下，小学毕业考试，成绩依然名列前茅，而且奇迹般地会写作文了。老师惊叹我的聪明，只有我和父亲心照不宣，天知道我下了多大功夫。

　　自然升入初中，那时大半时间以勤工俭学为主。初中自然毕业，上高中不凭考，靠大队干部推荐，十五岁时我失学了。嗜书如命的我，哭成了乌猫，叛逆绝食，把门顶死。父亲叫门，我倔强地说："不读书，还不如死掉。"父亲在门外笑着说："死了就没机会了，就是认命了。"我一想，对呀，死了就是认命了。父亲的话激醒了我，我牛劲儿上来了，把家里能读的书统统找出来，边劳动边阅读，大到名著，小到画本、糊墙的报纸，都是我阅读的内容。我在等待机会，希望有朝一日推荐上学的光环能落到我的头上。突然有一天，传来天大的好消息：国家恢复高考制度了。重返校园的那一刻，我高兴得几近疯狂。我幸运地搭上了末班车，没有经过考试升入高中。学制两年，那时同学编有顺口溜："学好数理化，走遍天下都不怕。"我理科基础太差了，选读文科，可是文科也考数学呀，上数学课，我如坠云里雾里，偏科成了我致命的缺陷，1979年高考落榜在预料之中。

四

那时上学是走出大山、跳出农门的唯一出路。我坚决不认命，对父亲说："我要复习。"父亲考虑许久，答应我再复读一年。与我同岁的农村姑娘都已谈婚论嫁了，而我似山里的另类。五十里山路，我背着铺盖卷，挎个大书包，到爷爷和父亲读过书的古城中学复读。那个大教室，原来是学校的礼堂，文理复习生上百人，都在一个教室，一走进来，我的心就凉了半截。本来数学基础就差，是准备集中精力拼一把的，得知考试科目加了英语，我彻底傻眼了。我不懂英语，我们这批学生，好多连拼音都没学会，母语都没念好，为啥还要学"老毛子"的语言？从没学过英语的我，听课如听天书，老师教单词，不会写拐拐弯弯的字母，鹦鹉学舌也转不过舌头，一节课迷茫着眼睛，听老师呜里哇啦，看着黑板上的英文字母，眼皮直打架……学校恶补，加大了英语教学课程。困惑、颓废、沮丧……进退两难时，我发现学校图书馆有许多好看的书，管图书的阿姨很好说话，我第一次借了小仲马的小说《茶花女》，那故事和语言深深吸引了我。自那时起，我开始接触外国文学，《基督山伯爵》《童年》《我的大学》《钢铁是怎样炼成的》……严重偏科，考学几乎没有希望。唯一支撑我读下去的，是我的作文被老师当范文读，礼堂后面墙上经常贴着我的作文。

那时两周放一天半假，周六中午一放学，我从灶上领半个馒头，边吃边迈开"11"号，奔走在回家的路上。怕就怕没回到家天就黑了。回家的路边有块坟地，有一次路上耽误了时间，天黑了，我脸上冒着冷汗，无助地默念"不要吓我"，害怕遇上鬼，又怕鬼跟着……回到家头发像水洗过一样。每月九元钱生活费，家里多数拿不出来，母亲总是东拼西凑。1980年农历四月初八古城集会，二哥兴致勃勃地去赶集，在拥挤的人流中遇上了我，当时他口袋里只有十元钱，却掏出来给了我。可怜他往返百十里路，一根冰棍也没吃上。一次回家，母亲从炕沿下摸出十块钱告诉我，这两个月伙食费是大妹妹卖蝎子的钱。蝎子能卖钱？我跟着妹妹上了山，提个罐头瓶，顶着火辣辣的烈日去逮蝎子。妹妹有经验，不一会儿就逮了半瓶子，我好不容易逮了几只，脚下一滑，猝不及防，瓶子摔碎了，那几只蝎子趁机四散逃窜。妹妹奋勇向前，用小棍头往往瓶子里放，蝎子哪肯束手就擒，拼命一挣扎，掉在妹妹脚背上，她"啊"大叫一声。一看大事不妙，蝎子蜇了人还想逃，我上去把它踩在脚底。妹妹疼得眼泪汪汪，哭着睁开泪眼说："别踩死，死了不值钱了。哎哟，别让它跑了，跑一只少卖一毛一分钱。"我瞬间流泪了。

一寸光阴一寸金，寸金难买寸光阴。我二十岁时还在读高中，三十岁读了师范，四十岁进修到大学文凭，五十五岁退休，走下讲台，登上文坛。光阴似箭，我以读书为乐，一日不读书就感到心里空虚。

书是我一生的导师，读书的光阴是充实的、快乐的、温馨的、幸福的，是逆境中的慰藉、生活里的阳光。

（原载《神州文学》杂志2021年6月刊）

那炕窑　那油灯

　　在我的记忆里，有一幅陈年老画，岁月悠悠也丝毫没有淡化那独特的风景：一盏油灯照亮一眼炕窑的整个空间，奶奶笑眯眯地望着我，我如饥似渴地读着书。四十多个春夏秋冬过去了，奶奶的音容笑貌还在眼前，那盏油灯依然亮在我的心头。

　　小时候，我跟奶奶住在一孔小窑洞里，窑洞的右墙边套着一眼小窑，那就是我与奶奶冬暖夏凉的炕窑。炕窑的两边墙上各掏了一个小洞，放着一盏油灯。这是我们祖孙俩爱意满满的床，这里留下了奶奶陪我夜读、伴我成长的记忆。

　　那年寒冬腊月，一场大雪过后，到处粉妆玉砌。积雪经过一天消融，傍晚下学回家的路已成稀雪糊糊。我的一双布鞋湿了个透，棉裤脚口都冻成了冰溜溜，一双脚冻成了红肿的冰疙瘩。奶奶心疼得不得了，脱掉我的鞋，拉开被窝，把我的脚捂了进去，但是半天我的脚连疼的感觉都没有。奶奶踮着一双小脚上炕脱衣后，拉过我像冰块一样的脚搂进怀里。奶奶的怀抱胜过一炉炭火，一股暖流传遍我全身。奶奶一边用身体温暖着我，一边爱怜地用手搓着我的脚，我的脚渐渐醒了，脚趾会动了……奶奶下炕烧了预防冻伤的臭瓜水，放在炕沿下让我泡脚。看着奶奶踮着一双小脚忙前忙后，我心里涌起对奶奶深深的爱意和感激。

　　有一天晚上，奶奶说累了，和衣躺进被窝，我靠在炕头油灯下夜读，油灯的火苗静静地照着房间，我一遍又一遍读着课文，时而看看被灯光映在墙上的影子，摇摇头上的羊角小辫，伸手变变花样休息脑子。奶奶提醒我读书时不能三心二意，我把视线移回课本，又认真地读起来，读着读着声音越来越小，书滑到被子上。

"燕儿，书背过了？"

我一个激灵，清醒了："噢，还没呢。"

奶奶说："合书试试，我听着呢。"

"嗯。"我拿着书看一遍放下背诵，还算流利。

奶奶说："第二句少了一个字，后边落了一句，是不？"

我翻书看，果真是。那时，我从内心佩服奶奶的记忆力，她只字不识，却能在我念书时一字不落地把整篇文章记下。

每当此时，奶奶总会笑吟吟地和我一起背课文，或者我一句她一句接诵一遍，然后她用手亲昵地摸摸我的脸，吹灯打开话匣子，讲故事，伴我进入梦乡。

那时没有时钟，天亮了炕窑里也看不到亮光，时间全凭奶奶直觉把握，而奶奶能把握得恰到好处。只要上学，奶奶会按时划着火柴点亮油灯，用手推推我："起床了，到点喽！"

等我坐起穿衣，奶奶会随口说出昨晚背诵课文内容的第一句，于是我接下去，若哪儿错了或打结，奶奶会提醒我或把错的地方纠正再重复几遍。就这样，小学语文课本我从头至尾背得滚瓜烂熟。

我家离学校比较远，每天早晨到校早读，我装装样子就合书到老师跟前背诵，老师还以为我是神童，过目成诵呢！只有我知道，那是不识字的奶奶陪我夜读下了"贼功"。

寒冬腊月，门外寒风呼啸，小炕窑的土炕上却暖洋洋的，那盏油灯抖动着小火苗，我与奶奶同被，顶脚坐在被窝相互取暖。我手里拿着《鸡毛信》画本一边欣赏画面一边读着下边的文字。

每遇到好词好句，奶奶都要重复一遍，我要跟着重复两遍。看完画本，不仅要讲故事，还要说说今天积累的好词好句。多少个夜晚，油灯下奶奶这样陪着我读了一本本书，积累了千千万万的好词好句。

那年夏天的一个夜晚，门外闷热闷热的，蚊虫在耳边唱着大戏，此时炕窑就成了我们最好的避暑港。奶奶坐在灯下纳着鞋底，我手捧着书读得津津有味。可不知怎么了，那晚的油灯无精打采，奶奶几次用针挑了灯芯，可灯光依然如萤火虫的屁股，似有若无。奶奶放下手中的活儿，灯留给我一个人用，我坐直身体，书本往前凑着，仰头吃力地看着……

不知过了多久，眼前突然一亮，听见"滋"一声响，立马闻到一股焦煳味，我用手一摸，啊，刘海被油灯点着了。

我吃惊地张大了嘴巴，奶奶看看我，笑出了声。奶奶下炕拿来了镜子，我凑前一照，且不说头发被烧后的傻样，油灯的黑烟把我鼻孔熏成了两扇黑烟囱，鼻前长出了浓浓的黑胡子。

"咯咯咯……"我抹抹鼻子和头发，笑出了眼泪。可笑过之后，我哭了：明天怎么见人呢？

奶奶回头看看油灯一声惊呼："好兆头，好兆头，油灯结花了，燕儿，你前途无量呀！"

我抹抹眼泪仔细看那油灯，噢，跳跃的火苗中开出了一朵莲状的红艳艳的花，好精致好漂亮！我情不自禁地想：这是上天给我的暗示吗？是我的勤奋感动了上苍，上苍赠予的花朵吗？奶奶的话抹去了我心头的不快，点亮了我希望的梦想。

那晚，我小心翼翼，害怕打扰那朵灯莲，连灯都没舍得吹，让那一丝亮光、那朵红莲伴我进入甜蜜的梦乡……

那炕窑，是我童年寒冬的暖窝、炎夏避暑的摇篮；那油灯，是我童年夜读的伙伴，照亮我希望梦想的灯盏。

（原载《速读》杂志2018年7月下）

老家的年节

鞭炮声声辞旧岁，春联副副迎新春。年，年年过；岁，岁岁守。岁月偷偷从我们身边滑过，谁也没办法把它留住，唯一能留住的是老家年节的美好记忆。

我是垣曲南山人，小时候在农村长大。庄户人家，年节是一年中的头等大事。童年的记忆里，老家的年节从进入腊月就开始了，过年的柴火一捆捆拾回，过年磨白面用的小麦要提前淘好滋润。村庄上七八户人家要提前定磨面的时间，轮流在石磨上磨好。驴儿遮住眼睛，戴着笼嘴在磨道一圈圈转着，不紧不慢。箩面的大妈、婶子头上顶着白毛巾，在斜卧着的面缸里来来回回地摇着箩子。

购置年货是一件大事。腊月初八是腊月的第一个节日，这天的古城集会，是集中购买年货的日子。年货要提前划算好，列好单子一样样购全。去赶集的父母，要拿出一年的箱底钱，购买年货。一家几口都要有做新衣的布料，有了布料，家庭主妇们就要挑灯穿针引线了。腊八节，除了赶集，还有喝腊八粥的习俗。童年时的腊八童谣，我至今还记忆犹新：小孩小孩你别馋，过了腊八就是年……

奶奶踮着三寸金莲，从早忙到晚。腊月二十三是小年，小年要祭灶。父亲抓来自家养的公鸡，口中念念有词：鸡儿鸡儿你别怪，你是人间一根菜……母亲在烟熏火燎中捞出热气腾腾的整只鸡，摆于伙房灶台。奶奶放好香炉，划着火柴，焚香烧钱，头深深地磕下去，把祈求保佑的话虔诚地说出来。

我跟在奶奶身后跪在地上磕完头，缠着奶奶问：灶神是谁？我怎么看不见？他吃了鸡就能上天吗？奶奶想了想告诉我：灶神是供奉在灶边，掌管一家祸福的神。每年的腊月二十三，灶神就会上天向玉皇大帝报告咱们家一年的生活情况。我们为了让灶神多说点好话，少说点坏话，就要举行隆重的"送灶"仪式。到了腊月三十，也就是除夕的时候，灶神就重返人间，那时候我们还要举行"接灶"仪式。"送灶"和"接灶"，到底是怎么个仪式，小孩子家没弄那么清楚，我只知道过了腊月二十三，家里家外的神灵先祖都上天去了，屋里屋外可以随便动土，每家都要进行大扫除，里里外外要扫得一尘不染，衣服被褥要洗个底儿朝天。

把家里收拾干净了，就该蒸过年的馒头了，蒸过年的馒头要提前定好日子，洗好大锅和笼布，提前劈好柴火。这是一年中唯一一次男人和面的日子，和面的水要掌握好热度，把水烧乳，但不能烧开，手正好敢放进去。这样面发得快，馒头酥软可口。年前蒸馒头，要把过年走亲戚的馒头一次性蒸好。这是彰显家庭主妇精明能干风采的时候，谁家拿什么、拿多少都要心中有数。长辈拿油窝窝，平辈拿糖角（包），小孩拿枣花（面兔）。那时候白面有限，和白面的同时还要和一些黑面，提前煮好豆馅。除了蒸纯白面馒头，还要蒸一种叫二遍的馍。顺口溜说：头遍包二遍，二遍包豆馅。是说白面里包着黑面，黑面里包着豆馅。这种馒头只在家里吃，走亲戚、招待客人是拿不出手的。

蒸过年馒头，是一件轰轰烈烈的事，左邻右舍都来帮忙。有人揉面，有人看火，有人专门掌握时间，时间不到蒸不熟，蒸过了火会干锅不吉利。蒸出第一锅，先得敬献一番。那年母亲揭出白胖的馒头说："灶神爷姓张，蒸出的馍白胖。"我追问母亲："我们王家的灶神爷，为什么姓张？"母亲说："你说姓王就姓王。"

大年三十，要把家里贴得热热闹闹，要打好糨糊集中贴。贴春联，大门小门，有几扇门就贴几副对联。贴对联有学问，横批是横念，就上联左，下联右。若横批是倒着念，那上联右，下联左。门神贴大门上，福字要倒着贴，窗花、年画都要贴到合适的地方……

寒风凛冽中，我们终于盼到了除夕。为什么叫除夕？父亲的故事里，夕（年）是一头怪兽，长得青面獠牙、尖角利爪，凶恶无比。这头怪兽长年深居大海或大山中，每到除夕才出海下山，吞食牲畜，伤人性命。夕害怕红色、火光和炸响，所以过年时要穿红衣，在门上贴红纸，点亮红灯笼，放烟花爆竹。为防止夕兽闯进村子，人们要砍下松枝绿柏，在村子中间堆成小山，等到大年初一天蒙蒙亮，旺火点起来，鞭炮放起来，吓跑夕兽，大家欢欢喜喜长了一岁，跨步迈进新的一年。

而奶奶演绎的除夕，却另有含义。大年三十吃饺子，饺子里包的是一年的财运和福气，吃进去的是招财进宝的底气。等万事俱备，开始守岁，肉香就从各家小院飘出来。奶奶也不例外，大火舔着锅底，肉汤在锅里翻滚，可在接灶神敬神灵之前，哪怕你想吃肉把舌头咽到肚子里，锅里的肉也不会让你吃一口的。奶奶与母亲的祭祀，在午夜一点左右。她们穿戴干净齐整，在灶台、神桌上，分别放上煮好的大肉和点心，焚香烧钱、许愿祈福，以示对神灵的尊敬、虔诚。在奶奶的口中，除夕就是辞旧迎新，除去一年的灾祸，神灵会保佑明年过上好日子。这些不关我们小孩子的事，守岁也是大人的事。母亲一边守岁，一边挑灯为我们做新衣。为了明天早起，孩子们会早早钻进被窝，进入梦乡。

初一早晨要放旺火，点旺火的柏枝要在年三十砍好，村庄上一家去一人，一人弄一捆儿，放到大院中间。堆柏枝要有技术，要堆得像松塔一样。人们说，人心要实，火心要空，干柴烈火。所以，最底层要放上干柴和干草，庄上有几家人就弄几个点火口。

大年初一天刚蒙蒙亮，我们叔伯兄弟姐妹十几个，会不约而同地来到昨天堆好的那座松柏枝叶的小山前，大家围成一圈同时划燃火柴。大火熊熊冲天而起，照亮了半边天，也映红了我们的笑脸。我们手拉手围着旺火，彼此欣赏新衣，看火苗儿跳跃，唱会唱的歌，说祝福的话。奶奶说，点燃旺火是要照亮上天的先祖回家过年的路，旺火意味着火烧财门开，财源滚滚来，今后的生活像火苗一样兴兴旺旺、红红火火。

等这座小山变成炭火，我们会各自回家拿出白面馒头，放于炭火上或埋于热灰里。这时，我们会蹲在火堆旁嗅着火烤馒头的缕缕清香，整个村庄都笼罩在浓浓的年味里。

馒头烤得焦黄，热气腾腾，伴着一声声鞭炮声，新年的第一顿饭已在父母的劳作下端上了桌。一家老小敬祖磕头自然是少不了的，敬完了祖先，会端饭的孩子就要全体出动，给东家爷爷、西家奶奶送过年饭去。双手端饭，边进门边说爷爷奶奶过年好，爷爷奶奶掀开锅，晚辈孝敬来的过年饭都吃不完。拿着爷爷奶奶发的两毛压岁钱，装进口袋，喜滋滋的……新年的第一顿饭，是非常丰盛的，大米、饺子、豆腐、粉条、海带、萝卜、白菜、红烧肉片等，锅里的样数越多越好，代表生活丰富多彩。饭要做得有多余，都吃饱了也不能见锅底，代表年年有余，越吃越有。

不经意间，已经过去多年。如今家乡移民搬迁，住进了城郊小洋楼里，生活好了，想吃啥有啥，天天想吃过年饭都能吃到，但老辈的传统文化不能丢。如今过年没有老辈那么多的规矩了，但过年的内涵和意义一万年也不会变……

（原载《学习强国》平台2021年3月31日）

一双残疾的左手

这一双残疾的左手，一只是爷爷的，一只是父亲的。爷爷和父亲都算营沟王家的文化人。爷爷王景书，生于1908年，中共党员；父亲王维礼，生于1934年，中共党员。爷爷和父亲，都是在抗日战争时期左手残疾的。

"三十晚上吃肉哩，日本人来到东峪里。"1938年除夕，日军闯进了我们的家园，破坏了老百姓安宁的生活。1941年，中条山战役国军失利，营沟对面的那面山坡、黑石沟，到处都是牺牲的国军战士的尸体。板涧河水被鲜血染成红色，黑石沟的石头也被浸染成黑褐色。日本兵营，驻扎在解村，离老家只有五公里之遥。不知从哪天起，爷爷开始神出鬼没，有时还带一些陌生人到家里来。那时，父亲六七岁，叔叔三四岁，只要有人来，爷爷就打发两个孩子在门前大槐树下放哨。有天晚上，爷爷很晚才回来，奶奶听到动静，点亮了油灯，一眼看见爷爷右手握着左手，鲜血从指缝里往下滴。奶奶急切地问："咋回事，咋伤成这样？"爷爷轻声说："愣啥？快为我止血。"父亲和叔叔从睡梦中惊醒，看见流血，吓得哇哇大哭。爷爷和蔼却严肃地说："别哭，男孩子应有骨气，见流点血就哭，不算男子汉！"奶奶撕开棉衣，拽出一疙瘩棉花烧成灰，要为爷爷消毒止血。可等爷爷放开手，奶奶差点吓晕过去：天呐，那么大、那么深的伤口，几乎看到了白瘆瘆的骨头，大拇指耷拉着，已经没有知觉了。太奶奶知道了，心疼得一把鼻涕一泪地哭着。太爷爷却骄傲地说："三小子干的是正事儿，打日本哪有不受伤流血的？"他叫醒大爷爷过来处理伤口，当时大爷爷王国书是南山有名的土医生，后来，奶奶一再追问爷爷受伤的经过，爷爷才说出了实情：爷爷想参军，手里没武器，走之前想弄一杆枪。那天，他伙同游击队里的几个人，摸到解村日军据点附近，看到一日本兵端着枪在站岗，悄悄从背后摸上去，一人搂住了小鬼子的腰，爷爷从侧面上去，双手抓住了鬼子的枪。没想到，日本鬼子力气蛮大，死死抱住枪不放。搂腰的兄弟趁势咬住了鬼子的耳朵，小鬼子一声惨叫，两个人死命拉扯，爷爷没夺下枪，只拽掉了刺刀。爷爷说："当时心只在那杆枪上，也不知道怎么就把左手虎口划烂了。"鬼子的惨叫声惊动了敌人，爷爷他们只好收手，消失在夜色中……

血是止住了，但伤势过重，一路流了不少血。太爷爷听说咬掉了日本兵的半片耳朵，怕日本人寻上门来，于是准备了足够的盘缠，连夜打发爷爷从乐尧方向逃离了家乡。

爷爷临走时，吩咐把他从鬼子手里夺下的刺刀藏起来，那是伤害爷爷的凶器，也是战利品。奶奶对我讲，爷爷那次走了之后，和古城东峪姓裴的同学一起参了军。奶奶还说，爷爷是在太岳军区当的兵，还入了党。

爷爷参军打鬼子了，父亲就成了家里的小大人。以前来过家里的"客人"，需要送信、送情报，父亲便勇敢地去送。1942年，父亲八岁，一头下了牛犊的母牛不见了。那年月，男人出去若是被日本人见了，不打死也得被抓了壮丁；女人若是被日本人见了，不奸淫也会被掳走。于是，太爷爷让父亲和大伯两个孩子去黑石沟里找牛。当时，小鬼子见牛杀牛，见羊宰羊。父亲和大伯在黑石沟看到自家的牛被小鬼子宰杀，当烤肉吃了，只留下牛皮牛头牛蹄扔在沟里，兄弟俩恨得咬牙切齿，准备把牛头牛蹄拿回去，却见不远处有个死人，肠子都流出来了，一群乌鸦在那里啊哇、啊哇地起落，看着瘆得慌，掉头就往回跑。父亲不小心脚下一绊，摔了个跟头。爬起的一刹那，他看到一个明晃晃铜铃铛一样的东西，拿在手里沉甸甸的。兄弟俩以为捡了个宝贝，拿回家想砸开做个铃铛，挂在小牛犊的脖子上。父亲用左手撑住，伯父用斧头一砸，"嗵"一股白烟，把两人都撂倒在地。奶奶听见响声，跑出来一看，两人刚爬起来，还在愣神。父亲的左手血肉模糊，两个指头被炸飞了，奶奶急忙用手捂住了冒血的伤口，叫来大爷爷。大爷爷看见伤得太重，先用一块布扎住了父亲的左手腕，伤口用盐水洗过，揭了葫芦皮准备贴住。但血止不住，只好又从棉衣里拽出一团棉花烧成灰，按在鲜血喷涌的手上，撕下一块白色粗布缠住伤口……从此，父亲的左手失去了拇指和食指，剩下的那三根指头，也因为变形伸不直了。

　　大约在1945年，爷爷奇迹般地回来了一次。自己受伤时都没有流过眼泪的爷爷，看见儿子的手变成这个样子，即刻泪流满面。没能保护好自己的孩子，他深感愧疚。爷爷那次刀伤，伤到了神经，大拇指早就没有了，而且左手虎口经常流脓。父亲心疼儿子，儿子心疼父亲，父子俩的右手紧紧地握在一起。爷爷微笑着说："好在我们还有右手，等打跑了日本鬼子，我送孩儿去念书，有右手在，不影响写字。"

　　爷爷识字多，有好文采，在部队被派到延安抗大学习。日本人终于投降了，解放战争又拉开了序幕，国民党对共产党进行重点进攻与围剿。1947年，受党组织委派，爷爷自带组织关系回垣曲，为解放垣曲做先遣工作。从延安出发时，爷爷穿的是便衣，证件藏在窝窝头里。由于叛徒出卖，爷爷一行人到达横岭关的那天晚上，被国民党杂牌军围住。站岗放哨和护卫的人都牺牲了，敌人搜出了证件，爷爷被打得死去活来也没有向敌人透露一个字。第二天天不亮，他们要埋掉爷爷的随从，还要把爷爷拉出去枪毙。也算爷爷命大，执行的人里头竟然有个老乡，爷爷还认识那个头头，经过一番沟通，执行人最后放了空枪。他们扒掉爷爷身上的衣服，穿在了牺牲的同志身上，爷爷抓起那身血衣逃回了家。奶奶看到衣不遮体、浑身血渍的爷爷，吓得半天说不出话来。太奶奶见爷爷死里逃生，不管咋说都不让爷爷走了。当时，共产党人在找爷爷，国军那边露馅了，也在找爷爷。万般危难时，爷爷听了太爷爷的话，先避风头，于是，便躲到黑狗山梨树凹神仙洞里。那段时间是拉锯战，今天共产党部队，明天国民党部队，还夹杂着南山的独立支队。几个月过去了，爷爷与部队始终没有联系上。加上证件被搜去了，没有谁可以证明爷爷的身份。部队南下了，爷爷留在了家乡，当了教书先生。而失去组织关系，成了爷爷最大的一块心病。几经寻找，最终也没有恢复组织关系。

1956年，爷爷的左手又化脓了，疼得死去活来，求医问药无果。1957年，爷爷满怀遗憾地离开了人世。爷爷临终给父亲留言，有机会还是要找找他的组织关系，并叮嘱父亲，一定要听党话，跟党走！

父亲不到三十岁入党，已考进师范，但是家庭的担子压在肩头，他只好回家务农，担负起养家糊口的重任。父亲靠一只手，为五个儿女撑起了一片天，为奶奶养老送终，还照顾了两个未成年的妹妹。父亲一辈子兢兢业业为党工作，党没有忘记他。20世纪90年代后，国家按革命老干部，让父亲享受上应有的待遇。

听父亲说，20世纪60年代初，中央派人寻找爷爷的下落，到县城得知爷爷已去世。他去领了700元的抚恤金，用四方手绢裹着揣回来，按说该高兴，可是一家人却抱头痛哭……

写到这儿，我已泪流满面了，为祖辈父辈所受的苦难而流泪，为祖国历经沧桑迅速崛起而自豪！为我们几代人，不忘初心，牢记使命，为百年梦想已成真而骄傲！

（原载《上海散文》杂志2021年第3期）

字典里的父爱

一

在我的书架上，摆着一本已老掉牙的《中华大字典》。每当看到这本字典，我就感到左臂隐隐作痛，那段刻骨铭心的记忆，也一股脑儿涌向心头。

我们家族中，爷爷满腹经纶，父亲也断文识字，嗜书如命。在我的五个姊妹中，因我继承了喜欢读书的家风，所以父亲对我疼爱有加。

十岁那年，我读四年级，已经会做很多事，纺棉花、做布鞋都是我的拿手本事。但是，我的最爱还是读书，家里的书，只要能读懂的，我都捧着读得有滋有味。可那时，家里的存书大部分是古典文言文，都是老字，好多字不认识，只有在父亲讲过相关章节的故事后，我才能马马虎虎读个似懂非懂。

一次，我看见老师有本字典，非常实用，喜欢得不得了，回到家便缠着父亲给买一本。然而，家里的经济捉襟见肘，父亲是心有余而力不足。为了满足我的要求，父亲从山上砍了杉板，让我每天上学背一捆，到学校附近的收购站去换钱，并鼓励我说："只要每天去换钱，就有攒够钱的时候，就能实现你的愿望。"

冬天的早晨，我背着一捆杉板，吃力地走在上学的路上，脚上穿的是自己做的赶时髦的塑料底鞋。随着脚步的移动，发出"啪嗒啪嗒"的声音，自己觉得格外好听。未承想，走到笔陡的石板坡上时，脚下打了滑，因右手扶着杉板，左手本能地向身后一撑，我只感觉胳膊肘向外一扭，立刻感到钻心的痛。我顾不得掉下山崖的杉板，手捂胳膊哭着向学校赶去。

等我被送回家，母亲脱掉我的棉衣袖子，看着变得红肿的手臂，埋怨我臭美死犟，大冬天的非要穿塑料底鞋。看着我红肿的左臂肘子，父亲用手轻轻地一按，我立刻疼得眼泪哗哗地流下来。父亲心疼得一个劲儿地自责，说自己没有尽好父亲的责任，女儿受伤都怨自己。

父亲立马带我去乡村土医生家就医，路上他轻声说："大妞，你是因为要买书而受的伤，这个愿望爸爸一定帮你实现。"

我记得，父亲在土医生家，双手托着我的左臂，对人家说："老哥，你慢点，娃疼得受不了。"

那医生用手先慢慢按摩，最后用力一揿，那一瞬间钻心的疼痛后，我睁开了眼睛。医生告诉父亲，骨折了，是斜着断的，现已接好。我听了这话，似乎真没有那么疼了。

第二天，父亲从乡里开会回来，像变戏法似的，把一本厚厚的《中华大字典》放到我的面前。母亲告诉我，父亲是用给他买上衣布料的钱给我买了字典。我看着父亲已破烂不堪的上衣，眼睛湿润了。

二

养伤的日子里，我非要上学不可，父亲只好依着我。书包里背着那本沉甸甸的字典，我想找机会让老师教我查字典。也许是动得太多了，半月过去了，左臂肿得更厉害了，整条胳膊青紫，棉衣袖子里都装不下了。伴着隐隐的疼痛，我整夜辗转反侧。父母愁得睡不着觉，吃不下饭。后来，打听到大姨村里有个土医生会揉捏接骨，父亲又带我去求医了。

可不知怎么了，我一看到那个有着一双小眼睛、一撮山羊胡子的土医生，就从心里产生了莫名的恐惧。我躲到父亲身后，死活不肯过来，不管山羊胡怎么说，我就是不让看。父亲抓住我把我抱到怀里的那一刻，我看到父亲眼角溢出了泪水。我不再挣扎，但浑身颤抖，不敢睁眼睛。山羊胡诊断后说，骨头没对好，得重新接。父亲与山羊胡合计，先打麻药再揉捏，我依在父亲的怀里，把左臂伸了出来。父亲贴住我耳朵边说："有爸爸在，大妞不怕，胳膊好了爸爸教你查字典。"

麻药是从胳膊上打进去的，尽管我把脸转过去了，可还是感觉到针头在肿胀的左臂上扎了几针。一会儿整个胳膊麻木了，山羊胡开始行医。父亲紧紧地抱住我的腰，我的右手也被人控制住，山羊胡开始一手托住我的左臂一手做拉直折回的动作，我疼得几乎背过气去。

等山羊胡再次拉平再折回时，我本能地一脚蹬向他。我不知使了多大劲儿，山羊胡后退了好几步，差点摔倒。有人便摁住了我的腿，我整个人被死死控制着，山羊胡抖动着胡须，我听不清他到底说了什么，等他再一次动手，我已疼得晕了过去……

醒过来时，我已睡在大姨家的土炕上，头顶亮着昏暗的灯光，父亲坐在炕沿上焦急地望着我。我仔细看向左臂，这哪里还是我的玉美人般的手臂呀？那肘部竟隆起来一个刺眼的大包，臂弯成了弧形，手背肿成面包，五个指头被虚胖的手掌掩了进去，手臂没有了任何知觉。我整夜无眠，父亲坐在身旁，含着泪水扶着我的左臂，守了我一夜。

等到天大亮，我的五个手指头都耷拉着小脑袋，依然没任何知觉。父亲急匆匆地去亲戚家借钱，拿上钱，便带我到县医院住院治疗。离家时，我没忘把字典放进书包里。到医院一拍片，连医生都惊呆了：左臂骨头被活生生拉断，不仅骨头错位两厘米，而且韧带也受伤严重。医生说，如果不及时治疗，左臂将彻底残疾。此时，我已经哭不出声了。父亲流着眼泪，恳求医生说："请想想办法，一定要把孩子的左臂治好，她还小啊！"最终，医生推荐到解州骨科医院治疗。

三

火车站台上，稀稀拉拉地站着几个人。寒风刮在脸上，像刀割一样。我第一次走出大山、第一次坐火车，竟是在这样的情况下。我没有一丁点儿欣赏外面世界的心情，坐在车厢里，望着受伤的左臂发呆。父亲买来面包哄我高兴，但我咬在嘴里却怎么也咽不下去。父亲又掏出字典问："大妞，你知道这本书为什么叫字典吗？"

我摇摇头说："不知道。"

父亲把字典的定义、来历、用法等，一一讲给我听。听着父亲娓娓动听的讲述，我竟然忘了左臂的疼痛。在医院骨科门诊处，两位穿白大褂的大夫看了片子，问了情况。他们告诉父亲，孩子的伤很严重，骨头伤是小事，筋伤是大事，已伤到神经，若手术，骨头能接好，但孩子得吃很大的苦。那筋和韧带不好接，人为破坏严重，手术风险很大，手术与保守治疗由我们决定。父亲带的钱不多，医院住不起，只好住在附近小旅馆里。天寒地冻，晚上能把人冻成冰块，父亲把他的棉大衣盖在我身上。我看到父亲黯然神伤地把没有烟末的烟嘴衔在嘴里，心里特别不是滋味。一向活泼开朗的我，一整天都没有说一句话。晚上钻进被窝里，心疼与怨恨淹没了伤痛。我心疼我的父亲，我恨自己太不小心了。

父亲见我睡不着，坐在我身边，拿出那本字典，耐心地教我用部首查字法查字典。他以一个字为例，边说边示范。我因为喜欢，对学习非常有灵性，爸爸一点就通。我还打破砂锅问到底：没有部首怎么办？一个字俩部首怎么办？里外都是部首怎么办？那夜，我学会了这种查字典的方法。父亲望着我，眼睛里又涌出了泪水。白天除了按时到医院贴膏药、吃药消炎、观察治疗，剩下的时间，我和父亲就待在旅馆里。在这个冰窖般一桌一炕的天地里，父亲还教会了我四角号码查字法。他先让我记住了笔画号码对照歌："横一垂二三点捺，叉四插五方框六。七角八八九是小，点下有横变零头。"然后，翻开字典，一步一步地教。那度日如年的日子，因有了这温馨的事做，少了许多苦闷与不悦。在那就医的八天时间里，父亲瘦了一大圈，胡子也长了老长，和以前简直判若两人。

那天，父亲去医院拿药回来，脸色特别难看。可父亲神色坚定地对我说："大妞，假如你的左臂真坏了，你脑子好使，将来做个读书人，你读到哪儿，爸爸就供你上到哪儿，好不好？"从父亲的话里，我明白我的左臂治不好了。想到今后一只手连头发都不能绑了，连裤带都不能系了，我歇斯底里地哭起来："不要，不要，我不要读书了，我要我的胳膊。"说着把那本字典从桌子上推了下去，桌子旁洗脸盆里有水，字典掉到了水里。父亲从水里捞出了字典，上面滴着水，找不到擦的东西，他揭起衣襟擦了起来。我不管不顾，趴在桌子上号啕大哭……不知过了多长时间，父亲把那本变得皱巴巴的字典放回桌子上，等我抬起头来，父亲嘴里衔着没烟末的烟嘴，坐在炕沿上像一尊雕像，一动不动。我扑到父亲的怀里泪雨滂沱，父亲低头给我擦眼泪，他的眼泪也一滴滴落在我脸上……

我已不记得我们是怎么回家的，只记得母亲在家里心焦，从山里走出来打听消息，在路上遇到了我们。她似笑似哭地流着泪说："这些天啊，我不知道在路上接了你们多少回，等了你们多少回。"

一回到家，父亲怕我一只手查字典不方便，又引起伤心，把字典偷偷藏了起来。

四

我的左臂越疗越伤，已变得面目全非，展不直、弯不回，手指头没知觉。从医院回来时医生说，好好锻炼，也许有好的希望。我拼命地吃药，拼命地用右手按摩。有人说吃了鸡蛋皮长骨头，我把全庄的鸡蛋皮收集起来，咬不烂抻着脖子也要咽下去。终于有一天，我感觉手指头好像有了知觉，于是我用右手扶着左手表演给父母看，多少天来，我第一次看到父亲脸上有了笑容。父亲依然没有放弃对我伤臂的治疗，他对自己盲目求医给心爱的女儿造成的伤害愧疚不已，但又不肯这样坐以待毙。他又打听到一位神医，听说他的偏方能起死回生，父亲固执地决定再努力一次，他说死马当活马医，只要有一线希望就不能放弃。

那位医生姓马，住在深山老林里，父亲带着我，沿着板涧河逆流而上百十里。寒冬腊月，滴水成冰，百里路要过七十二次河，河上有些连搭石都没有，还好水不深，河上结了冰。父亲怕我鞋湿或滑倒，每次过河都蹲下，让我爬到他的背上。有一处河面，既宽又没有搭石，等父亲小心翼翼走到河中间时，只听见"咔嚓"一声，冰面破碎，父亲双脚掉到冰河里，棉裤湿了一大截。从河里出来，看到父亲的布鞋全湿透了，我哭了起来，好害怕父亲的脚被冻伤，他可是有风湿性关节炎呀！可父亲却淡淡地一笑，说："孩子，走在路上脚上血液循环，不会冻着的。人生中会遇到很多坎儿，要学会面对，勇敢地往前走。"

山高路长，父亲边走边给我讲《三国演义》中的故事。他讲的华佗给关羽刮骨疗毒的故事，深深地震撼了我。同时，我也被父亲的良苦用心深深地感动了。这一次踏进医生的门，我不再躲闪，自己坐到马医生对面，勇敢地伸出了左臂。只见这位马医生，一双明亮的大眼睛，高高的鼻梁下一张宽宽的嘴紧紧地抿着，一双大手先在自己的衣服里暖和了一会，才在我的伤臂上摸了摸，我顿时感到心里暖暖的。他让我把右臂衣服脱掉，一双手臂一起放到他面前的棉垫子上。审视了一会儿，他才说："小姑娘，你的左手臂不养好太可惜了，我能治好你的手臂，不过你得好好吃药，好好锻炼，才能好起来。"

马医生拿起毛笔，开了一个方子："鸽鹌腿节骨一双，活人骨和未过满月的奶妈的奶水为药引，在新鲜瓦片上煎熬烤干捣碎，用温开水冲服。"父亲看了药方，面露难色，但神态坚定地说："马医生，就用我的骨头吧。"我一听父亲要用自己的骨头给女儿治伤，眼泪又一次流成了河。马医生笑着拉过我的手，用剪刀剪下了我的指甲说，这不就是活人骨嘛！父亲笑了，我也笑了，但我的两腮挂满了泪珠。

父亲找鸹鹩腿节骨这一药材，也花了不少心思和力气。他在山崖下蹲守了好多天一无所获。有一天，他听说后山一猎手捉住了一只鸹鹩，父亲就用自家养的公鸡换了回来，他亲自动手，严格按医生的要求熬制了药，然后一勺一勺喂我喝了下去。

也许马医生真是神医，真是华佗转世，他的偏方真能起死回生，也许是父亲爱女的行动感动了上苍，一个月后，我的左臂除了肘关节处有点突出外，其他的看不出什么了，手能正常活动了，但手指还不是那么灵活。

父亲把藏起来的字典拿了出来，我第一次用双手捧着字典，眼泪又浸满眼眶。父亲为了让我锻炼手指，不管多累，每晚给我写出十个生字，让我用两种方法查字典。

煤油灯下，我一遍遍地翻着字典，感觉翻书的声音比音乐还好听，有时没字可查了，就用左手一页页翻着数页码。半年过去了，我查字典认字无数，左手变得比右手还有力气还灵活，而那本字典也被我翻得几乎变了形。所幸的是，这次大难之后，我不但更喜欢读书，爱上了写作，还懂得了在学习生活中，没有过不去的坎儿，面对挫折不轻言放弃才能走出困境！

几十年过去了，那本字典还摆在我的书架上，每当翻开那已皱巴发毛的页面，浓浓的父爱就从里面漫溢出来，就有一股前进的力量在我心中涌动……

（原载《山西日报》2018年8月10日副刊头条）

母亲教我纺棉花

我是60后，我们这代人大都姊妹成群，生活艰难，我从小就做了母亲的贴身"丫鬟"、得力助手。母亲说，学会针线活，是女孩子今后做好人的基本功。

六岁那年，因力气小，做针线活时戴顶针，手小指头细，母亲就先教我纺棉花。

纺车就放在屋子靠墙边，一盏油灯在桌上摇曳，亮光洒满了整个屋子。母亲低头坐在纺车前，教我纺线。她从花捻一端捻出引线缠在锭子上，右手轻摇纺车带动锭子，左手轻持花捻拉出棉线。母亲的动作是那么娴熟协调，回车搭线配合得天衣无缝。纺车"嗡嗡嗡"，母亲一手摇车，一手拉线，好像伴着轻快的音乐在舞蹈。我对母亲说，这事简单，我也能学会。可等我跪在草墩上后，右手摇车，左手却忘了拉线；眼睛望着左手，右手却忘了摇动。费心费力抽出了一截线，又不会倒车上线，不是拉脱絮就是扯断线。我站起来不想学了，母亲一把按住我说，做事不能半途而废。她坐在我身后，把我拥在怀里，手把手教我纺线。她说，纺棉花和做人是一样的理儿，孤掌难鸣，两手要互相配合，心往一处想，劲儿往一处使。我顺着母亲的手使劲儿，眼睛盯着左手，看情况放松或捏紧，一会儿工夫就能顺利抽出线了。我一鼓作气，学会了双手同时用力，后来花车飞转，一条条粗细均匀的棉线搭在了锭子上，一晚上就纺成一个线疙瘩。

　　两手并用，锻炼了脑子，提高了做事效率。学会了一样本事，得到了母亲的夸奖。可从此，我每晚得纺个线疙瘩才能睡觉。那时我还没有足够的耐心，只要母亲不在，我就自娱自乐，让一双手灵活地变着花样，投于墙上，像演皮影戏。一个手指头屈屈伸伸，像两条毛毛虫在墙上爬；两个手指合合分分，像两把剪刀，剪破墙上的灯光；四个指头并拢，变成两把小铲子……一次，我用两只手正专注地表演狐狸和小狗的游戏，猛一回头母亲站在我身后，吓得我头发倒竖，一头冷汗，眼泪也跟着掉了下来。母亲为我擦了擦眼泪说："玩得多专心哪，做事、玩耍都要这样，要不事做不好，也玩不好。"我没搞懂母亲是批评还是表扬。母亲看看还没纺完的棉花，又看看油灯说，灯油白熬了，时间从你指缝里溜走了。我突然明白了，浪费了的时间再也找不回来了。

　　那一年，母亲计划开春就织一机布，所以纺棉花的任务更重了。大人们白天都下地劳动，我被关在屋里纺棉花。屋里静悄悄的，只有一只小猫陪伴我。小猫能睡大觉，我却得把两捆花捻纺成线。我羡慕小猫不用干活，捉老鼠全凭兴趣。于是我开始逗小猫玩，后来搂着小猫睡到炕上，小猫身上暖乎乎的，我不知不觉睡着了。等醒来已快中午了，可线还没纺一根，怎么办？心里着急，鬼使神差，自作聪明想了个"好办法"：锭子底下纺粗的，一束棉花捻三两下就抽完了，一会儿锭子上就鼓起了个棉疙瘩，最后用细线盖住粗线。我沾沾自喜，以为大功告成。

　　母亲下工回来开了门，见我纺了那么大一个线疙瘩，一眼就看出里边有猫腻，伸手取下一捏就露馅了。扒开一看，里边不是线，就差把花捻直接缠到锭子上了。我一看情况不妙，撒腿就往外跑。母亲一伸胳膊就把我拽了回来，我又折头往里间跑，母亲顺手拿过笤帚疙瘩追过来，我爬上炕，顾头不顾尾，钻到炕角。所幸，母亲没上炕抓我，只是用笤帚把狠狠地在炕板上摔打，边打边怒气冲冲地说："让你作假，让你撒谎！"每摔打一次，我就心跳加快，缩脖，咧嘴，眨眼睛。笤帚把被打散架了，母亲才扔掉，爬上炕把我拽了下来。我逃不掉，知道反抗无效，可嘴还在犟："我错了，打死我吧，我不想活了。"母亲扑哧一声笑了，而后又板起脸说："错了不改，还敢寻死觅活，真该挨打！"我犯了不可饶恕的错误，母亲又舍不得打我，拿炕板当替罪羊。她静下来，耐心地给我讲："纸里哪儿能包不住火啊，诚实比金子还珍贵。"我看着母亲眼里闪动的泪花，明白了母亲的良苦用心，瞬间泪下。那天我以行动认错，跪回草墩，双手配合，"嗡嗡嗡"纺车飞转……

母亲一生平凡，家教严而不厉，留下了一笔宝贵的精神财富。我接过母亲的传家宝，又传给了子子孙孙。我坚信，代代相传，会辈辈受益。

（原载《山西老年》杂志2020年9月刊）

母亲的麦囤

母亲会过日子，在我们家族亲戚中是出了名的。小时候母亲就告诉我们："粒粒粮食皆血汗，节俭才能无荒年。"

我是60后，老家在垣曲大山里。记忆中屋里有个大麦囤，粮食一直满着。母亲说那是她结婚后姥爷割荆条可着地方编的，用泥巴糊好晒干，抬至屋里放好，几十年没动过。它是母亲存粮的"宝盆"，不管每年收成如何，这个扁形的大囤里，麦子年年晒，三年退旧换新一次。有一年翻晒，囤里的麦子舀到一半儿够不着了，母亲要我进囤去舀。跳进麦囤，坐进麦堆里，凉凉的，闻着麦子特有的香味，那叫一个富足惬意。我高兴地掬起一捧麦子从头上浇了下去，还"咯咯咯"地笑着大叫："下麦子雨喽！下麦子雨喽！"舀完了麦子，我又跳出麦囤，像洗完澡的鸭子，抖一抖头，摇一摇身，钻进头发衣服里的麦粒儿落了一地。母亲看见了着急地说："大妞，麦子咋能抖在地上呢？快捡起来！"我说："一囤呢，不差这几粒，让鸡啄着吃吧。"母亲沉下脸说："麦子从播种到收割要八个月呢，一粒麦子就是庄稼人的几滴汗水，咋能浪费呢？"母亲说着弯腰将麦粒一粒粒捡起来，有几粒蹦到了桌子底下，母亲跪在草墩上，歪着头伸长胳膊，一粒粒往出捡。

望着母亲专注稀罕的样子，我感觉她捡的是金豆豆。母亲最终捡回一大把黄澄澄的麦子。她一脸认真地说："这一把麦子就是一块馒头，饥荒年一个金戒指都不一定能换到一块馒头。"我一想，是呀，没有粮食，有座金山也不能果腹呀！我突然明白了，粮食比金银财宝更为珍贵，更值得珍惜。

小时候食物匮乏，我们从没有见过奶粉、饼干之类的东西。小孩子刚断奶，能吃的最好食物就是白面疙瘩汤。我与大妹差两岁半，断奶早，记忆里母亲做的白面蛋花疙瘩汤就是最好的美食。磨面粉的麦子就是从那个大麦囤里舀出来的，母亲舀麦子不是一瓢挖个坑，而是像从大锅里撇油那样，一层层旋着舀，装上半袋子，然后精淘细磨，白面放在一个黑色小口的圆肚瓦罐里。我经常站在锅台边看母亲做疙瘩汤，母亲每次拌完面，总要细细地刷碗；打完鸡蛋，用食指从蛋壳里抠一抠，再用水涮一涮；拌面的一双筷子靠着锅沿互相刮刷，筷子与铁锅撞击发出的声音像打击乐。有一次，我肚子饿得咕咕叫，看着母亲拌了面絮儿疙瘩汤，调上绿莹莹的葱花香菜，打进黄灿灿的碎花鸡蛋，我一个劲儿地咽口水，而母亲依然慢条斯理，刷碗，抠蛋壳，刷筷子。我着急，嘴里嚷嚷着："小气鬼！大抠门！蛋壳里边有啥？"母亲说："节约餐餐有，浪费半年荒。"我迷茫着一双眼睛，没听懂母亲讲的啥道理。母亲盛好饭怕烫着我，为了转移我的注意力，她讲开了故事。

母亲说，她的小姨刚生完孩子，遇到了蚂蚱吃庄稼，那一年颗粒无收，大人都吃野菜、树皮度日，而坐月子的人身体虚弱，吃草根、树叶，奶水如清水，身体更糟糕。母亲可怜的小姨，没熬过满月，含着眼泪指着孩子头下枕着的麦囤囤，依依不舍地离开了人间。麦囤囤是孩子刚出生时孩子姥姥缝的枕头，里边装着大约五斤麦子，那是给孩子的口粮。大人活活饿死了，也没有动孩子的口粮。孩子的父亲把那几斤小麦磨成面粉，熬成面糊糊，一天喂几次，孩子奇迹般地活了下来，后来取名叫"麦囤"。

"麦囤"的故事，母亲讲过很多遍，每次讲完，她眼里都含着泪水。在母亲的故事中，我们渐渐长大。后来家里小缸大囤都盛满了粮食，而母亲过日子依然很仔细。她告诫我们，过日子不能有了吃个肚圆，没了饿成瓢片。在母亲的严格要求下，我们也养成了好习惯，每次吃饭碗底不留一粒米、一滴汤。一次，我把吃剩的蒜水倒掉了，母亲劈头盖脸一顿发火："里边有香油、有柿子醋，哪一滴来得容易？"我说："下一顿死蒜，不好吃了。"她说："饱时省一口，饿时得一斗。这是祖训，啥时候都不能忘了。"有一年麦收时节，一场大火把堆在场院的麦垛烧了个精光，而那个大囤里的麦子也只够吃半年。母亲着急，对这一年吃喝做了谋划。秋收时节，母亲带我们进山拾橡仁；挖红薯，晒了红薯片；下了柿子，捂了柿疙瘩……那个麦囤依然满着，舀出了麦子，成袋的橡仁、红薯片装了进去，还有南瓜帘、干豆角、红薯叶、晒干的各种野菜……一日三餐顿顿有，红薯面饸饹、橡仁面凉粉、柿蒂面棠棣面馍馍，都上了餐桌。由于母亲提前备荒，精打细算，调剂生活，以菜稠饭，那一年我们不仅没有饿肚子，还吃得有滋有味。

我们姊妹五个都长大成人，母亲有了十个孙子外孙，每个孩子出生后枕头"囤囤"里，都装的是粮囤的陈麦子。谷吃新，麦吃陈，母亲的过年陈麦大锅馒头，一直蒸到她去世的那年。如今，母亲过世二十四年了，嫂子把泥囤换成大缸，陈粮年年有，柴火大锅蒸年馍，每年过年一大袋子陈麦年馍年前就给我们捎来了……

母亲的麦囤，历经岁月沧桑，满载着亲情，满载着节俭的风尚，满载着富裕、幸福、美满，奔向小康！

（原载《山西日报》2020年10月21日副刊头条、

《支部建设》杂志2020年10月下）

母亲的菜园

　　春暖了，山桃花开了，燕子从南方飞回来了。我回到了久别的故乡。当年的羊肠小路，变成了宽宽的水泥道，随着上坡拐弯儿，车停在一处宽敞的地方，我从车上下来细细打量，这里原来是妈妈的自留菜园，脚下厚厚的土，还是父母挑来的挖窑洞的黄土呢，那整齐的石头地塄还是父亲垒下的老样子。刹那间，当年自留菜园的往事，一股脑儿地涌向心头。

　　从记事起，离我家不足两百米的石头塄二分围地，就是妈妈的聚宝盆、菜篮子，妈妈用那把亮光光的小挖锄精耕细作，我们一年就有了吃不完的菜。在那缺米少面、大集体记工分粮的年月，这块菜地曾经救过我们的命。有多少次，少米少面，以菜稠饭，那是妈妈养育我们，让我们吃饱肚子的秘诀。

　　春打六九头。泥土悄然化冻苏醒，隔年的菠菜、蒜苗打起了精神，绿油油的；小葱儿摇一摇单薄的身体，也挺直了腰杆。在这春光明媚的日子里，妈妈忙完了队里的农活，臂弯挎着菜篮，篮里放着挖锄，就上菜地来了。她一锄锄松土，一苗苗间菜，弯着腰来回忙碌完了，带着一脸的满足，挎着绿莹莹的菜回家做饭。这个季节春和景明，可也是农家人粮食青黄不接的时候，家庭主妇如果不精打细算，一群孩子就要饿肚子了。

　　妈妈能干、会过日子是出了名的。曾记得那年，父亲从乡里分回半袋子救济来的高粱面，当时家里除了红薯面、红薯粉条外，再没有其他口粮了。人常说，巧妇难为无米之炊。父亲发愁用高粱面蒸出的馒头像牛肝那么黑、像砖头那么硬，无法下口，难以下咽。可妈妈下厨后个把钟头，热气腾腾的菠菜、红薯粉条、高粱面卷肠就端上桌了。一家人围在桌旁吃着热腾腾的菜卷，喝着菠菜蛋花香菜汤，那种温馨乐呵劲儿，我至今难以忘怀。

清明前后种瓜点豆。此时，我家菜园地头的醒粪堆，堆得像小山一样，那是爸爸妈妈一个冬天一筐筐挑来的，黑黑的猪粪和着挖窑洞的生黄土，一层一层焐在那里，种菜前被妈妈一锨锨摊开。嗅着浓浓的农家肥的那种特殊味道，踩着没脚脖的软乎乎的黑土，那西红柿苗、黄瓜秧被妈妈用锄挖坑栽上了，等到蒜头渐渐长大，蒜苗慢慢变老，菠菜长成小树，那卷心的茴子白就能吃上了。拔完菠菜，再点上豆角，在渐渐发黄的蒜苗垄间栽上早已备好的茄子苗儿，再在菜地四周早已用大粪灌好的南瓜穴里点上籽儿，菜就种齐了。

太阳的脸渐渐红了起来，知了可着嗓子叫着，那黄瓜苗、西红柿秧，黑黝黝地长起来了。眼看着它们的蔓儿爬上架子，开出黄黄的小花朵，妈妈去菜地更勤了，不只是锄草松土，还要绑架子、打枝。在妈妈侍弄下，带刺的黄瓜在架下荡着秋千，西红柿结了一嘟噜又一嘟噜。此时的饭桌上就有了美味的凉拌黄瓜、青西红柿炒鸡蛋浇面，那是最好吃的饭。说是炒，其实就是用筷子在玻璃油瓶里蘸两滴油，多少有点油花就香得不得了。

这两样菜还是上等水果，只要妈妈挎筐从菜地回来，我们姊妹的眼珠都是红的，看着绿油油的黄瓜、红丢丢的西红柿，口水直流。一根黄瓜掰几节，我们吧唧着嘴，汁水和着口水溢出口角。西红柿好吃又营养，用妈妈的话说，一颗西红柿顶个鸡蛋。平时西红柿就是上好的零食。曾记得，那年妈妈住院回来，家里没有什么好吃的给妈妈恢复身体，我是家里的大姐，就把从菜地摘回来的西红柿放在菜篮里挂在高处，任凭两个妹妹怎么流口水也不给，硬是用西红柿充当鸡蛋给妈妈增加营养，让妈妈身体好了起来。

饭桌上，我们最爱吃的是豆角，不管是凉拌的还是饭里煮的，都好吃。特别是那种长豆角，妈妈用开水焯好切成段，大蒜捣成泥，加点水，拌点芝麻、盐，味道那叫一个好，现在想想还流口水。短豆角用处更多，米琪、汤面、干面、揪片、小米焖饭，煮啥饭里啥饭香。特别是那老豆角里的豆子，是大人哄小孩吃饭的"诱饵"，有豆子就能哄孩儿多吃几口饭。黄瓜、豆角，寿命都比较短，繁繁地结上几茬苗儿就泄气枯萎了。豆角旺季，吃不完的部分妈妈就晒成干菜，为过冬做准备。农历六月六前后，南瓜菜接上了，茄子也有了，此时妈妈又手勤脚快地拔掉枯苗，重新翻整空出来的菜地，让地歇口气，准备种萝卜、白菜。

烈日炎炎的夏天，经过翻虚休整的土地养足了精神，妈妈用耙子撸成畦，点上白萝卜，种上白菜、芥菜，踩上胡萝卜。踩萝卜挺有意思，妈妈把籽儿撒在虚土上，再用脚挨住踩实。父母背着手像竞走那样在地里扭来扭去，我觉得好玩，也学着大人的样子，扭着屁股边踩边咯咯地笑，一会儿两只鞋里全是土，盛不下脚了，干脆踢掉鞋，赤着脚在地里蹚来蹚去。

转眼秋天来了，菜地里一片丰收的景象：一颗颗大白菜，风度翩翩，几片绿叶也难以遮掩它挺起的大肚子；白萝卜半截绿身子都在外边张扬着，像棒槌一样喜人的大萝卜不费一点儿力气是拔不出来的，我们小孩子抓住绿秧两脚并蹬，身体后仰，攒足力气才能拔出，弄不好还会一个屁墩摔在地上。妈妈说拔个萝卜地皮松，一个萝卜一个坑。胡萝卜绿油油一片，得一晌午才能出完，"红公鸡，绿尾巴，脑袋埋在地底下。"这是歌谣，也是谜语，谜底就是胡萝卜。妈妈用镢头挨着胡萝卜挖个深坑，找对支撑点从底下一撬，用手抓住绿秧一揪，胡萝卜就乖乖地出来了。胡萝卜红得鲜艳，黄得灿烂，它们富含维生素，有"小人参"的美誉，生吃脆生生、甜滋滋，充饥又解渴。白菜经过晾晒存于窖后，萝卜收回去切去头埋于窖内，挖出的芥菜腌上一缸酸菜，冬春的菜就不愁了。萝卜青菜，各有所爱。我最爱吃的是生拌的混合菜，妈妈把白菜、胡萝卜都切成细条，撒上盐，倒上柿子醋，滴上几滴香油，春天时再加上些山韭菜，色香味俱全，满口醇香，让你吃了一口还想吃。

如今有了大棚，菜已不分四季，不论什么时候，想吃啥菜都能买到。厨房里有各种作料，我还学会了各种烹饪方法，但我怎么也吃不出妈妈二分围地里种出的菜的味道了。

那二分围菜地里有童年的乐趣，那种出的菜有妈妈苦劳质朴的味道。

（原载《丝路新散文》微刊2017年9月26日、

《江山文学网》微刊2018年3月14日）

秋雨潇潇

秋雨潇潇，远处的山藏于雾后。门前的那棵大树默默地接受秋雨的洗浴，滴答滴答地落着雨水。两片枯黄的叶子被风吹得打着旋儿，几经挣扎，落于树根前的泥土上。

我望着无比宽大的雨帘，心里充满对万木凋零、草木一秋的感慨。家兄打来电话，他声音嘶哑而低沉，说高速路打那块地经过，父母的坟要迁移，我心里顿时如压上了一块沉甸甸的石头。

屈指算来，母亲仙逝到今年农历八月初三整整二十一年了，父亲离开我们也七年了，但在我心里，他们驾鹤西游就是从家里迁至那块地里，长眠于坟头下。那座坟头就是我们祭祀、追念父母的地方。清明时节，我们去那里扫墓；进入冬天，我们去那里送寒衣。有心事时，坐在坟前默默倾诉，每次总要带去好多他们平时喜欢的东西。每次站在那里审视，脚下是几块沃土肥田，远处是高耸的大山，背后是厚实牢靠的环形土山。父母就在这里护佑着我们家人平安，我早已把这里当作风水宝地了。

可这是国家政策，小家得服从国家的安排，必须尽快迁走。农历七月十五前，我们姊妹一行做好了迁坟的一切准备——衣物、寿棺、墓地，准备十五开墓，十六迁坟。

按习俗，七月十五是祭祀日。我们把准备好的祭品——大肉、点心、水果摆于坟前。我郑重跪下烧香：爸、妈，我们要给你们搬个新家了，再次打搅你们的安宁，不是我们的本意，因为我们已习惯了你们住在这里。但高速路经过这里，我们也是迫不得已。尽管我吩咐家人亲戚，也一再告诫自己，这是给父母搬家，是喜事，不许哭，但是情不自禁，大滴大滴的泪水沾湿了我的衣襟。

我想起小时候这个节日，妈妈会用柴火蒸一锅状如玉米、谷穗、石榴、苹果那样的馒头，摆于桌子上，点香烧纸，祭祀祖先。她一边招呼我们磕头，一边念叨：保佑一家平安，保佑五谷丰收，保佑孩子们健康有出息。等香火燃尽，母亲会根据孩子们的喜好，把馒头递到我们手里说：吃了先人的余食平安顺利。她笑眯眯地看着我们狼吞虎咽……

想起妈妈去世前，高血压犯了，到县城输液，刚有好转就要回家，她说七月十五不祭祀祖先会受穷的。我拗不过她，只好送她坐车回家。那天，雨如泣如诉地下着，秋风吹乱了母亲已花白的头发，几片黄叶飘然落下，那一瞬我与母亲恍如隔世。也许这是上天给我的暗示，我怎么也没想到，这是与母亲最后的诀别。

我想起1996年农历七月底，那个黑暗的日子，哥哥从村部打来电话，他带着哭腔说："妈不省人事了。"门外下着雨，我顾不得打伞，叫上医生往家赶去。奔进家门，看到母亲脸上没有一点血色，安详地躺在炕上。医生诊断脑干出血，已无法救治。妈妈只病了三天，连眼睛都没睁一睁，没张口吃一口饭、喝一口水，身上还穿着我穿剩的那件蓝衣裳。我还没来得及给妈妈换洗，她就这样静静地走了，永远地离开了我们。

我的眼泪流啊流，痛断肝肠。人常说，百日床前无孝子。可母亲一病，再没睁眼睛，给妈喂一口饭、跟妈说一句话、照顾她一天起居、给她梳一次头，都成了奢望。妈妈走了，有人说妈这样走，是她的福气，是修到了。我说，妈这是不想让儿女受累，才走得这么急。

我想起七年前的七月，父亲正在医院受着病痛的折磨，他骨瘦如柴，危在旦夕，但一切还要自理，每次看到我总是露出慈祥的笑容。我知道他痛得难以承受，尿毒症透析的针头那么粗，但每次扎进血管，父亲从没哼过一声。面对着父亲走近黄昏，我心疼、后悔，如针刺心房。

我想起七年前的八月中秋，父亲血管里埋下的导管感染了，高烧不退，已无回天之力。我强装笑颜安慰父亲："我们回家团圆，过完中秋我们再来医院。"父亲心里明白，这是一去不返。他脸上笑容惨淡，但依然镇定……他说有我们几个好儿女他知足了，他到天堂有妈陪伴，再也不会孤独了。我的泪在心里流成了河。想到老父亲十几年孤孤单单，我忙忙忙，忙着工作，蹉跎了陪伴老人的岁月。人常说十五的月亮十六圆，而十六那晚，我敬爱的老父亲走向黄泉路，成了我终生的遗憾……

轰隆轰隆的挖掘机开过来了，我们站到一边，看着挖掘机一铲一铲地挖下去，我在心里默念：妈妈别怕，爸爸别怕！与妈分别二十一年，与爸分别也已七载，今天不再咫尺天涯，不再阴阳相隔，相见不再在梦里。但是，我又好害怕，害怕父母变成怕人的模样。

天气沉沉，秋雨潇潇。思念如秋，泪珠纷纷。风声渐小，雨仍如珠般落着，淋湿了我的头发，淋湿了我的衣服，淋湿了我的心！这是老天有情吗，也在为父母伤心？雨水落在脸上，与泪水汇成一条思念的小溪，我的双亲啊，儿女们想念你们……

不知什么时候，挖掘机停止了轰鸣，我泪眼模糊地向墓穴望去，看到母亲寿棺的一角。我扑过去，用毛巾轻轻拂去落尘。我惊奇地发现，妈的寿棺在这里二十一载，依然完好如初。

以前的担心与准备都是徒劳，什么都用不上了。庆幸与失落这一对矛盾的齿轮，又一次次在心里绞过。庆幸，妈妈的容颜停留在入殓那一瞬，她就那样笑眯眯地睡着了，没有痛苦，安然与世长辞。愧疚，父母没给我们一点点尽孝的机会。子欲养而亲不待。时隔这么多年，她依旧不肯让我们花钱受累。

十六迁坟，可天公不作美，整整一天，雨就不曾停过。雾沉沉地罩住了远处的山，连近处的村庄都朦胧在雾里。我站在门前，望着茫茫的雨帘，心里空落落的。望着院子里那棵石榴树，树上果实累累，压弯枝头，成熟的大石榴上挂着晶莹的雨珠。这树是父亲亲手栽下的，小树长成了大树，石榴熟了，父亲却无缘品尝。望着已收回的成垛的玉米棒子，想起小时候父亲坐在垛旁一边剥玉米一边给我们讲故事，《三国演义》《水浒传》……一天一集，父亲的故事跌宕有致……秋风掀起伙房的帘儿，我仿佛看到母亲从灶间出来，端着煮好的热气腾腾的嫩玉米……

十七那天，天终于晴了，我心里的霾也随着薄雾的散去消失了。也许是用心的祷告应验了，看着父母的灵柩顺利地迁至新墓地，我们悬着的心终于放下了。

站在新墓地，打量父母将要安居的新家：它高高在上，阳光充足，视野开阔，门前也算宽敞。这里山外有山，左方山似青龙，右边岭如白虎，背靠着环臂沙石小山……庆幸之余多了一分安心，庆幸家兄为父母选了这么好的"住宅"，庆幸这块地是自家的……

雨后的空气格外清新，秋天的阳光也格外温柔，我手扶灵柩与父母道别。此时一只黄蝶、一只黑蝶双双落于父母棺罩上，灵动地扇着翅膀。我心里又一念头滑过：这也许是父母化身蝴蝶来和我们告别。我又潸然泪下，泪光中仿佛看到母亲劳累的身影、父亲慈祥的面容。

我们用一捧捧黄土为父母安好家，筑好坟头，秋雨又下起来了。雨洒墓，辈辈福，这是老人对我们后辈的祝福。我又一次泪眼婆娑，但这一次是放心的泪水，流得坦然……

（原载《江山文学网》2017年10月25日，斩获精品）

背　脚

　　每次游名山，我都会在蜿蜒的山路上看到挑夫们依然延续着人类最原始的劳作状态——肩扛腰背，用自己的体力换取生存的资本。触景生情，我就会忆起小时候背脚的往事。

　　在垣曲南山的深山老林里，有一个叫七岔的地方，20世纪70年代，我们在那里打过毛栗，摘过山核桃，砍过橼，抬过木炭，还有过背脚的经历。

　　那是一个秋风萧瑟、黄叶飘落的午间，我们几个十一二岁的小学生，聚集在校园大树下，开了个"碰头会"。

　　芳说："下午放假我去七岔背木板，一块能挣两块钱。"

　　团儿说："我去，换了钱我想买条围巾。"

　　绸儿说："我也去，我要扯两尺灯芯绒布，给自己做双新鞋。"

　　还有两个男生好像头天就准备好了，伸出手指头做了个拉钩的样子。一块木板能换两块钱呀，那可不是小数目。我心里痒痒的，有了钱自己可以做主，买想要的东西。我下意识地摸了摸肚子，去与不去有点犹豫。我从书包里翻出那支笔管透水、尖儿裂开的钢笔，像心湖里掉进了一块秤砣，铁了心，非去不可。

　　放学了，溜着墙根，老师刚走出校门，我们准备上山的几位同学便撒开脚丫过了板涧河。我说："你们等我会儿，让我喝口水。"于是，我趴在泉边"咕咚、咕咚"灌了一肚子凉水。她们都吃了干粮，只有我干着嘴唇啥也没吃，只觉得肚子里沉沉的，打了个饱嗝儿，从嗓子眼冒出一股凉气。不管怎样，肚里有水心不慌。

从学校到七岔，先得爬五公里蜿蜒上坡的山路，再走五六里的下坡路，才能到达七岔八沟的老林里。时间很紧，大家迈开步，一溜烟赶紧走。我本是以凉水压饥的，没想到凉水在肚子里随着走路的节奏，"咕咚、咕咚"地响，把胃和肠子涮了个干净。撒了一泡尿，肚子就开始唱空城计了，走路腿软没力气，满心熬煎在肚里回转，我再没心情哼唱小曲了。但是，开弓没有回头箭，我只好硬着头皮跟着大伙儿继续往前走。离七岔有房子的地方还有百十米远，我们看到一堆锯好的木板，便各自挑一块背上就走。

说到背东西，本来难不倒我，背椽、背柴、抬水我都不在话下。可木板平着背比肩膀宽，不好背，立着背又硌得肩膀疼，顶头上又没有朝鲜族姑娘的头功，一会儿脖子就酸得受不了。幸亏我只背了一块小点的，但因为肚子饿，前心贴后心，脚脖子、腿肚子软软的，我虚汗涔涔，渐渐落在后面。我喘着气紧走几步，才看到前边的同伴。累得不行，放下木板喘口气，再背起紧跑几步。我心里揣摩着，只要能听到同伴的声音就行。这时，有两只松鼠欢快地叫着上了一棵大橡树，我细细一打量，它们各自捧着橡果吃得正香。我想到母亲用蒜水调好的橡果面凉粉，用嘴一吸就滑进肚里，橡果肯定没有毛栗好吃，但既然是松鼠的挚爱，味道肯定错不了，起码不会药死人。想到这里，我放下木板，一头向橡树钻去。一阵风吹过，松涛阵阵，黄叶纷纷，我极力睁大眼睛寻找那圆溜溜的硬果果。扒开落叶，一会儿就捡了一裤袋，然后用嘴啃开皮，乱嚼几下，咽下肚去。

一只山鸡扑棱着翅膀，从我面前飞过，我心里敲了好一阵小鼓。我大声呼喊同学的名字："芳儿……团儿……绸儿……"结果只听到风鸣和大山的回音。向四周张望，偌大的林子里，静得只能听见自己的呼吸。我这才意识到谚语"站一站，二里半"的真正含义。掉队了，我心慌意乱地回头张望，唯恐从背后跑出一只狼，突然咬住我的脖子，那我的小命瞬间就没有了。丢下换钱的木板又舍不得，我眨一眨眼睛，泪水从腮边滑落。我自言自语，埋怨起同学来：都怨芳儿，明知道我没带干粮，还要告诉我背木板能换钱。还有团儿，我平时在学习上那么帮你，你也不等等我。还有那面筋腿绸儿，今天咋就跑快了呢？

转念一想：怨天尤人有什么用啊，赶紧走吧，有可能他们在前边等着我呢！再次背起木板，感觉压在肩膀上的是一座小山。从地上捡起一根小棍，以左肩为支点，两肩平均用力，轻松了许多。我想控制自己不去想害怕的事，但心不由己。

这时，脑子里出现了奶奶讲过的故事：山里有家人，妈妈在伸手不见五指的晚上带孩子到外面拉臭臭，刚把孩子放地上，就被狼叼走了……我打了个寒噤，汗毛都竖起来了，感觉身后好像有狼尾随。不回头，不敢回头，我抽出小棍在身后晃一晃，算是给害怕的自己一个安慰。猛跑一阵儿，脚下一绊，踉踉跄跄，差点摔倒。"哐啷"，木板掉到地上。狠狠心，丢下木板朝前跑吧，好歹自己的小命应该不止两块钱，就是木板再值钱，自己被吃到狼肚子里，要钱也没有用了。

往前跑了一段路，再扭头看到了自己丢在小路上的那块木板。原来是我自己吓自己，虚惊一场。伸出手掐自己一把：七个岔已翻过五个，干吗前功尽弃？眨眨带泪的眼睛，又返回去，正要背起木板，空旷的大山里传来了悠远绵长的叫声，我极力竖起耳朵细听，啊，是芳儿的声音。喜极而泣，她们没丢下我。我大声回答："哎，哎，来了。"一眨眼的工夫，就听到同伴的说话声，是芳儿和团儿。她俩异口同声："燕儿，平时你最麻溜，今天这是怎么啦？"我蠕动着干涩的嘴唇，没好意思说话。她俩抬起木板就走，我声音哑哑地说："我记着你们的好。"她们肩上负重，步伐协调，快速向前走，我空人跟在后面，一溜小跑，累得上气不接下气。

上到坡顶，心里那个轻松，如打了胜仗一样惬意。站在高高的山顶，放眼望去，心旷神怡。橘黄色的太阳已向西山沉去，阳光柔软地抚摸着我的脸庞，几位同伴已经做好了下山的准备。

上山容易下山难，负重下山更不易。不过凡背过脚的人，下山会想办法减负的。两个男生在他们的木板小头上钉进了一颗钉子，心细的绸儿在路上已拽好了柔软结实的葛条，万事俱备，只等我赶上队伍，一起下山。

我慷慨地掏出了口袋里的橡果，每人分两颗，大家好奇地看着我，有滋有味地咀嚼。因为这东西原来是喂猪的，他们从来没吃过，看我吃得香，也往嘴里送，可还没嚼两下都"呸呸呸"地吐了出来。我说："哈哈，我就喜欢这种苦味道。"其实此时我已感到嘴里的东西苦得难以下咽。芳儿见我皱着眉头，悄悄地问："你肯定是饿极了才吃这个的，是吗？"我摇头、点头又摇头。虚荣心和与生俱来的秉性，让我回答得模棱两可。

因没有钉子，我只好把葛条直接绑到木板上。绑小头还是大头？我想起"老鼠拉木掀——大头在后边"这句谚语，绑住小头试一试。可还没走两步，葛条就脱套了，木板赖在地上不肯走。眼看着同伴都利利索索走出百十米远了，我心急火燎。真是急中生智，在这节骨眼上，我脑海里浮现出了父亲用钢丝绞木桶的画面。何不试试？我先松绑，再用小棍绞紧，一圈不行拧两圈。这招管用，顺手牵羊，木板乖乖被我拉着走在下坡路上。木板"哗啦啦"的声音与我哼唱的顺嘴小歌合成二重曲，小鸟欢快地展翅归巢。望一望远处，村庄里已升起袅袅炊烟。我脑门上出了冷汗，直到现在我才想起，中午出发时没回家，也没告诉家里人，现在天快黑了，我凭空消失了这么长时间，父母不知要着急成啥样呢！

怎么办？我站在高处对着家的方向，想用高嗓门告诉父母："我在呢，没丢了。"但是，清了几次嗓子，喉咙还是沙哑得像蚊子哼哼。我心里真有点害怕了，父亲发火可不是闹着玩的。我边走边在心里盘算，回去怎样向父母交代。撒谎吧这是错上加错，实话实说又怕父母因心疼而打我。真是心无二用，等我走到最陡的那截路上时，木板的下滑力砸到了我脚后跟。妈呀，生疼生疼的。拐着脚还得快点跑，没想到木板不听我指挥，顺着山坡溜了下去。我心里那个恨呀，捡起一块石头，狠狠地砸过去……你个没良心的坏东西，背了你一路还和我作对。等我睁开泪眼仔细看时，发现从这面坡上溜下去的木板走了近路，自个儿溜到坡底河边了。我暗自高兴，省了我的力气了。其他同伴从我身上受到启发，也把木板从坡上放了下去。

我正得意，一眼看见对岸搭石上走过一个人来。我睁大眼睛细看，发现是父亲来接我了。我如泄了气的皮球，一步也走不动了，顺势坐在一块石头上。父亲用一只胳膊夹起那块木板，抬头叫我赶紧下去，我不应声。说真话，除了没力气以外，我还有点害怕，不敢下去。父亲肯定在气头上，此时下去，还不挨打呀！父亲已过了搭石，我还纹丝没动。父亲大叫："还不快下来！"我颤着声音说："您要不打我，我就下去。""不会打你的，快下来吧。"我站起来，感觉腿如棉花，立不直了，吃力地抖着腿一步一挨下到河边，极力做出轻松的样子。但过搭石时还是一脚踩进了河里，已露脚丫的布鞋全湿了。父亲还没走到跟前，我就大哭着掉头逃跑，父亲紧赶几步，抓住了我，说："傻闺女，跑什么？累成这样，我还舍得打你？"

父亲边说话边从口袋里掏出来一块红薯。我一看，是我最爱吃的那种，张大嘴咬一口，可整个口腔一点唾液都没有，死活咽不下去。河里有水，但我知道水不干净，喝不得。父亲爱怜地看着我说："到河边照一照吧。"

清澈的河水里，映出了一个披头散发，汗渍、泪痕满面的小丫头，粗布汗衫肩头磨了一个洞。我后悔了，感到这次行动有点得不偿失。父亲不仅没有批评我，还表扬我有担当，知道为父母分忧。那时，对于"担当、分忧"的具体含义，我还不完全明白，但是我确实切身体会到自己劳动所得才心里踏实。

我问父亲："您怎么知道我去背脚了？"父亲说："鼻子下是嘴呀，芳儿妈告诉我的。"

收购站离学校不远，父亲直接把木板送去了，我第一次拿到了自己赚来的一块八毛钱，数了又数，装进口袋怕丢了，攥得手心里出了汗。父亲在收购站要了一碗开水，可我感觉水也咽不下去了。父亲说："饿过晌了，可能肠子黏住了。"我一听，害怕了，怕喉咙也黏住了，那不是要死了吗？情急之下，我猛喝了一大口水，挤住眼睛使劲儿往下咽，哎哟，差点噎死。"咔，咔……"脸上憋得通红。父亲边拍我的背边说："以后做事要量力而行，万万不敢像今天一样蛮干了。"我心悦诚服地点了点头。

那晚，我是趴在父亲仁慈宽厚的背上回家的。那一块八毛钱，圆了我买一支好钢笔的梦。

如今想来，这苦难的经历，是我人生一笔不可多得的财富，既培养了我吃苦的精神，又磨砺了我顽强的意志……

（原载《江山文学网》2019年2月25日，斩获精品）

公爹的传奇人生

屈指算来，公爹去世已有十五个春秋。这些年来，到太原陵园扫墓我们总是行色匆匆。今年清明节扫完墓，我抽出时间，与婆婆盘腿坐于床上，听她和众兄弟、小姑讲公爹的故事。难得一家姊妹六个与婆婆聚在一起，婆婆心情不错，好像也早想说说这些事了。于是，她打开"保险柜"，拿出从不让人碰的公爹的一袋子身份证件，摆于床上，娓娓道来。

逃离魔窟

公爹赵太和，生于1925年4月，南山原土坪人。1941年8月初，祖国狼烟遍地，日军已把战火烧到南山黄河岸边，鬼子烧杀抢掠，到处抓壮丁修路、修碉堡。年轻俊朗的公爹从古城高小回村，行至河堤村时，正遇鬼子抓壮丁，没能逃脱，鬼子用枪把他押送到一个建筑工地上。十六岁的公爹，青春年少，风华正茂，长得仪表堂堂。到了这里，看见多个熟悉的面孔，都是从周边村里抓来的苦力，有人背石头，有人和泥，有人砌墙。稍不留神，小鬼子不是用枪托捣，就是扇耳光，更有甚者被日军用刺刀刺，一扎一个窟窿，鲜血如注……看到小鬼子横行霸道，公爹恨得牙痒痒，拳头能攥出血来，但手无寸铁，无谓的反抗不死即伤，在这种情况下，逃是唯一的出路。

有一天，放哨的鬼子端着枪打瞌睡，公爹趁上厕所的机会，顺着山坡逃跑。还没跑过两百米就被发现了，他身后是"八格牙路"的叫骂声，簌簌的子弹从头顶、身旁飞过。公爹急中生智，从地塄上连跳带溜，几经拐弯，逃离了鬼子的视线。那时，爷爷正在岭背后田里劳动，听到枪声，看到公爹逃跑的身影，爷爷奔过去拉起儿子，把他推进一眼小窑洞里，窑洞里边是麦秸牛草，爷爷三下五除二用干草把公爹藏起来。听着鬼子杂乱的脚步声、呜里哇啦的喊叫声，公爹连大气都不敢出。小鬼子走直路，追了一段，不见了人影，又放了几枪，骂骂咧咧地返回炮楼去了。等鬼子走远了，天全黑了，公爹才从麦秸草下钻了出来，整个村子笼罩在一片死寂与黑暗中。公爹跌跌撞撞摸回家，那时爷爷奶奶已从原土坪搬到河堤，住在村后窑洞里。亲人相见，一家人抱头痛哭。此时三爷爷已找好了渡河的工具——一块门板、两只葫芦。公爹听爷爷吩咐，往南逃过河，到洛阳投奔叔叔赵延襄，赵延襄叔叔当时在洛阳一所学校教书。

公爹带着奶奶准备的干粮和爷爷准备的盘缠来到黄河边，夏末秋初，才下过一场雨，黄河水浩浩荡荡。一弯残月挂在天上，耳听哗哗流淌的河水声，公爹双膝跪地，头磕进泥沙里，跪别父母，跪别故土。他深感这一别，不知是否还有归期。公爹脱去衣服放于门板上，再把两个葫芦绑在腰上，以防溺水。都说男儿有泪不轻弹，可当真正面临生离死别，想到从此一个人逃难闯天涯，公爹不由自主掉下泪来，泣不成声……

逃难路上

那晚，公爹一手划水，一手抓着门板，闯过暗礁旋涡，终于游到河南地界了。踩过一段稀泥上了岸，公爹细细观察。游过黄河累得精疲力竭，肚子饿得前心贴后心，他索性坐在一棵树下，吃点干粮。没承想，他刚拿出一张大饼咬了一口，一个人影在他眼前一晃，手里的饼子就不见了。他迅速搂紧干粮袋子，仔细观察周围的动静，这才发现，露宿荒野街头的不止他一个。不远处的废墟旁，有窸窸窣窣的声音。公爹起身过去，那是一家四口。经简单沟通，才知道他们家的房子被日军烧了，从关家渡口过来。两个小孩，小姑娘七八岁，小的是个男孩，三四岁，出来逃难，已饿得走不动路了。不见他们手里有吃食，公爹才知道抢饼子的另有其人。公爹可怜孩子，就把干粮分给他们两块，继续往前走。

从家里出发时，爷爷一再吩咐，逃荒在外嘴甜些，多问路，朝渑池方向走。公爹不再犹豫，趁着夜色赶路，一路走一路打听。有农民老伯告诉他，从南村到渑池这段路在大山里，大段路是悬崖峭壁，只有一条山路可走，晚上山里虎狼出没。他细心地向老人了解了路线，老人看了看公爹幽默地说：景阳冈三碗都不过冈，你个小嫩娃子，黑咕隆咚的，晚上哪能走过去？老伯有意留宿，公爹就在他院外草房里住了一宿，第二天天刚麻麻亮就又出发了。山路实在难走，空旷的山谷突兀森郁，纷纷扬扬的黄叶，落寞塞满心头。乌鸦"啊哇啊哇"地叫着，更显得悲凉。羊肠小道边时而有大鸟惊飞。盘山路百十里，到晚上也没有走出去，此时如若再往前赶路，不小心掉下山崖，后果不堪设想。公爹索性弄了一根棍子，握在手里，在一处有水的崖边，坐下来吃点干粮。出门时带的饼子分给了逃难的人，已经没有了，只留下一小袋子炒小米，过河时还被水打湿了，手伸进去抓一把，潮乎乎的，已经不脆了。公爹掏出小米嚼两把，再趴在泉边喝两口水，就算一顿饭。他倒出炒小米，晾在石头上，靠在石崖旁睡着了。不知过了多长时间，他被猫头鹰如泣如诉的叫声惊醒，静听有似有似无振翅的声音。公爹握紧长棍，不敢再睡。历经两天时间公爹走出大山，到渑池时，脚上的鞋已烂得挂不住脚了，脚底都是血泡，针刺般疼痛。好在过河时爷爷脱下脚上的鞋让公爹带上了，才不至于没鞋穿。公爹换上那双半新的千层底布鞋，感觉自己长大了。想到自己走出大山了，公爹心里轻松了许多。

终于到了渑池，公爹看看自己的穿戴，与难民相比，他感觉自己更像一个军人。本以为到渑池就离洛阳不远了，找到叔父就有救了，结果一打听，叔父所在的那所学校是所军校，已搬到陕西西安了。紧急之时，奶奶缝在公爹内衣里的几块银圆可派上用场了，不过兵荒马乱的，公爹轻易不敢用，依然拉着打狗棍，讨饭向前走……

贵人相助

"后来怎么样了？"我急切地问。婆母从一堆证件里，翻出黄埔军校的会员证说：这是你爸爸一辈子的骄傲，也是他一辈子小心做人的根本。那是一本保存完好的深绿色的精致小册子，看到这颜色，我脱口而出："橄榄色是和平色！"封面上金黄的"黄埔军校同学会会员证"字样熠熠生辉。我翻开了首页，竖写的"亲爱精诚"几个字特别醒目。由此，我了解到，公爹是黄埔军校一分校十八期四总队步科学员。最后一页上是军校同学会的宗旨：发扬黄埔精神，联络同学感情，促进祖国统一，致力振兴中华。一本简单的小册子，却引出一连串的故事，婆母动情地讲起了公爹参军的前前后后。

那天，公爹逃到渑池，漫无目的，不知何去何从，路遇一位中年男子，就上前去问："大叔，请问到西安咋走？怎样才能最快走过去？"公爹英俊的面容、礼貌的问话，引起这位中年人的注意。他问公爹从哪里来，到西安去干什么？公爹看这位大叔一脸善意，不像什么坏人，便敞心地告诉大叔去西安的理由。经过交流，得知这位中年男子是河南渑池山西省立第一联中的一位老师，他一眼看上了公爹，便带公爹见了校长。于是，公爹便在山西省立第一联中落了脚。他把从家里出来时随身带的盘缠拿出一部分交给了学校，算是学费与生活费。安顿下来，公爹给家里写了一封信。烽火连三月，家书抵万金啊！爷爷奶奶得知大儿子逃难无恙，还上了学，高兴得一夜没睡。公爹是好样的，他珍惜来之不易的读书机会，刻苦学习，一直到1942年5月。不幸中的万幸，爷爷终于打听到了曾毕业于伪山西大学中文系的小爷爷在西安黄埔分校当教员。太爷爷当时家境不错，也有见识，马上让爷爷过河到渑池把公爹送抵西安。后公爹到达黄埔军校的所在地——西安长安局王曲，找到了叔父赵廷襄。他就住在校园里，公爹看到一队队年轻人穿戴齐整，心里那个激动呀无以言表。在黄埔军校当教员的小爷爷见才俊侄儿投奔而来，非常高兴。小爷爷的儿子赵中和，比公爹小八岁，见堂哥来了，兄弟俩抱在一起，高兴得不得了。公爹历尽磨难，找到了叔叔，如拨开云雾见到了太阳，加上与堂哥校园相遇，更是喜不自胜。正遇黄埔军校招生，有叔叔耐心辅导，有小弟陪读，公爹各门成绩优秀，中文成绩遥遥领先，顺利被军校录取。之后公爹很快融入部队，投入军校的学习生活中。公爹当年穿着军装的照片，真的是相貌堂堂，英姿飒爽。公爹有一定的文化基础，目睹过日军的惨无人道，爱恨交织。小叔如父，告诫他，训练场上多流一滴汗，战场上就少流一滴血，不吃苦中苦，难为人上人。入伍后，操枪、射击、战术、体能，一段训练后，公爹站有站姿，坐有坐相。他的各门功课都很优秀，射击、拼刺刀等样样出彩，步兵各种轻武器都能操控自如。在小爷爷的影响和关照下，公爹的军校生活充实而愉快。有了真才实学，一腔热血报效祖国的愿望终于可以实现了。1944年12月，公爹军校毕业；1945年1月，奔赴抗日战场。在抗日战争中，公爹从排长到副连长，多次出色地完成任务。公爹打枪可以说是百发百中，消灭日军毫不含糊。他多次立功，也多次受伤。婆母说，公爹在战场上很勇敢，有一次子弹从肺边穿过，他失血过多，几天昏迷，住院半年才捡回一条命。后来还没恢复元气，脸色还很苍白，他就又重返前线。可他写信从来报喜不报忧，每次传来的都是立功的消息、平安的消息，爷爷奶奶根本不知道他受过伤。在一次战斗中，公爹腿部受伤，血流不止，他从衣服上撕下一条布扎住，又投入了战斗。由于伤口处理不及时，后发炎感染，公爹右小腿处留下了大块的伤疤。

人生转折

我边听婆母讲故事边翻看公爹的证件，有一本红艳艳的非常精致的小本子吸引了我。拿在手里细看，那是一册《起义人员证明书》。翻开小册子，里边贴着公爹英俊的头像照片。证明书全文是这样写的："赵太和同志，原系国民党军官，于1949年1月22日在北平参加傅作义部队起义，特此证明。"发证机关是中国人民解放军原北京军区。我摇着婆母的手，让她讲讲公爹起义的故事。婆母想了半天欲言又止，好像千头万绪又不知从哪儿说起。大哥笑着说了一句："瞄准，抬高一尺！"我问什么意思，大哥幽默地说："糊弄老蒋，放空枪呀！这是爸爸当年起义前向部下传达的一道命令。"噢，我查过资料，傅作义将军1949年率军起义，1955年毛泽东主席亲自授予他一级解放勋章。这是多大的荣耀呀！公爹跟傅将军起义，这是他政治生涯中最光辉的一页。

辽沈战役结束时，国民党华北剿总司令傅作义手握华北国民党军政大权，当年公爹是蒋经国嫡系部队，系伪青年军二〇五师一团副连长。1948年夏天，国民党已是日落西山，国军军政要员陆续撤往台湾。父亲所在的二〇五师得到命令，从上海登船，经香港到达台湾。1949年1月，从台湾坐潜水艇回来，加强傅作义防守力量，保卫北平，驻守在北平以西平绥线。当时国军部队军心涣散，打着"固守"的招牌，实则静观其变。而国民党政府则不甘心放弃，不断地下命令抵抗，还卑鄙地授意毛人凤、段云鹏等实施暗杀，制造紧张空气。公爹曾参加过国共合作联合抗日，对老蒋出尔反尔"攘外必先安内"的不抗日政策心怀不满。他曾认真地说："得道多助，失道寡助。蒋介石和他的国民党军队不得人心，怎么能不败呢。"他还说："人往高处走，水往低处流。弃暗投明，是最明智的选择。"公爹目睹蒋介石的部队用国人的血汗钱购置美式装备来对付共产党领导的军队，却一次次失败；而共产党领导的军队用小米加步枪，血战沙场，一次次取得胜利。由此，他对共产党领导的军队充满了敬仰之情。于是，他暗地里收听延安的广播，读延安报刊，思想早已被"赤化"了。看到东北野战军入关，大兵压境，国民党节节败退，公爹很快转变了思想，在官兵们中积极活动，暗地里使劲儿，为北平免遭战火、为保卫人民生命财产安全努力着。等接到命令必须开火时，他对手下的士兵说："瞄准，抬高一尺，朝天打枪，不准打伤人。"1949年1月

21日，北平和平解放，千年古都免于兵燹之祸。北京和平解放，国军撤出北平，解放军进了城。公爹于1949年2月参加了中国人民解放军，因起义有功，晋升为北京解放军四野教导总队十连连长。

起义后，公爹下了战场，走进军校当起了教员，在黄埔军校学到的军事本领有了用武之地。他先后在石家庄华北军大当刺杀射击教员，在石家庄某部大队当重机枪教员，在西安第一步兵学校当兵器教员，在天水步兵学校射击系当教员。自1949年5月到1960年8月，几所军校留下了公爹矫健的身影。在教学当中，他克服重重困难，改进教学方法，手把手地耐心辅导，受到广大官兵的好评，获得部队奖励四次，荣立三等功两次。婆母拿出军功章说："这些可是你爸爸的宝贝疙瘩，二娃（我爱人小名）小时候，把你爸爸一个金光闪闪的军功纪念章拿出来玩，结果弄丢了，你爸爸很生气。你爸爸从没打过孩子，那次第一次发火了，第一次打孩子，下手还挺重，二娃屁股上留下了重叠的红手印。后来你爸好长时间都唉声叹气，吃不下饭，睡不着觉。从此这些小本子、纪念证，就被锁进抽屉里的'保险柜'里，轻易不拿出来示人。"这时大哥补充说："听父亲讲，他在抗日战争中立过好几次功呢。"婆母又说："那是在国民党军队里打日本立的功，你爸爸1955年在天水步兵学校时，已申请脱离了青年军，脱离了国民党。自那时起，就再也没有提过那些事，也再没见过那些军功章，可能那时就销毁了。"望着婆母一脸深情沉浸在回忆中，对公公婆婆的敬佩油然而生！

浴火重生

公爹于1960年结束了军旅生涯。翻开他的《转业军人证明书》，发证单位是中华人民共和国国防部。第一页有毛主席语录："发扬革命传统，争取更大光荣。"

说起这一段，婆母告诉我，那时他们已有三个孩子了。公爹起义时立了功，共产党既往不咎，没有降级，而且予以重用。公爹深有感触地说：没有共产党就没有新中国，也就没有我们家。他告诫婆母和孩子们：咱们家成分高，我又在国民党中从军，一定要洗心革面，重新做人，为建设新中国有多大力出多大力。他脱离国民党部队后，多次申请加入中国共产党，但由于种种原因未能如愿，这成了公爹的一大遗憾。

公爹复员后，被安排到太原山西体育学院工作，任教务处管理员。后来调到山西大学体育系，依然是管理员。那时候缺吃少穿，一家人挤在山大体育馆器材室旁一间狭小的平房里。公爹克勤克俭，多少年依然穿着退役时的旧军装。"六二压"时，婆母带着三个孩子回到家乡河堤村种田，与公爹过了长达二十年的两地分居生活。

说至此，婆母满眼含泪，她说那时的日子太难了，说着从柜子里拿出一件蓝底碎花衣衫，说那是回村时公爹倾其所有扯来布，她熬夜一针一线做成的。婆母那时高挑的身材，齐耳短发，穿上这件衣服，像个洋学生似的。婆母说，这件衣服可是把妯娌老姐妹们羡慕坏了，她一穿几十年，好几个人去唤媳妇还借穿过呢。婆母平时把这件蓝衫压在箱底，只在有重要事情时才舍得穿。小姑子快言快语："哎呀，我说妈这么多年就喜欢这一件衣服，每年夏天总穿一穿，衣领破了翻新，落色磨损了还不舍得扔了，都能进历史博物馆了。"婆母笑着说："那是你父亲给我买的最值钱的衣服，的确良面料。"

大哥讲起了十五公里送公爹的故事。那年暑假，公爹回来没多久，又要上班去了。老家没有客车，去太原要到古城搭车到县城，再到东峰山坐绿皮火车。公爹望着一群嗷嗷待哺的孩子、婆母消瘦的身影和家里捉襟见肘的粮食，愁容满面，难分难舍。婆母背过脸："走走走，干公家工作，家里不能拖后腿。"婆母几乎一夜没睡，为公爹缝缝补补，准备干粮。半夜三更就把弟兄三个叫醒，送公爹出门。从河堤出发时，外面还漆黑一片，大哥在前引路，公爹断后。等走到村口，大家影影绰绰看见一只像是大狼狗的东西，从路边跳上地塄，一会儿蹲在塄边虎视眈眈，一会儿又噌噌往前走。公爹捡起一块石头扔过去，那家伙一点儿不怕。"狼！"公爹大叫一声，迅速从路边捡起一根柴火棍说："狗怕摸，狼怕戳。我在前开路，孩子们跟紧。"没走多远，那匹狼又从路边灌木丛跳下，顺路往前走，还能听到"噌噌噌"走路的节奏声。狼在寻找攻击机会，见大人拿棍挡在前面，又回头跟在后头。公爹拿起棍子在路上摔打，狼回头恶狠狠地瞪着眼睛，目中射来两束寒光，满是嗜血杀戮的味道，让人头皮发麻，渗出冷汗。公爹手握棍子当枪瞄准，一步步向狼逼近，狼先是一愣，然后向后退，最后折头拖着大尾巴，钻进麦田不见了。三个孩子目睹了父亲机智勇敢战恶狼面不改色心不跳的情形，对父亲又多了几分崇拜。到板涧河时，天已麻麻亮，本来送到此，孩子们就可返回，但公爹说，独狼胆大伤人，几个小孩回去，他不放心。于是十五公里相送，一直到古城。公爹一边走一边讲，给三个孩子上了一堂生动的现场教育课：遇事不能慌，要勇敢面对，只要动脑子，办法总比困难多……天亮透了，公爹千叮咛万嘱咐，让孩子们返回。婆母等不到孩子们回来，提心吊胆，里旋外转，一直等到中午孩子们才回到家……公爹到太原打给家里的平安信，过了半个月才收到。

我一直好奇公爹和婆母的婚姻，想听听他们的爱情史，于是斗胆问："妈，你和爸爸当年谈恋爱了吗？咋走到一起的？"婆母腼腆地笑笑说："兵荒马乱的，媒婆介绍，你爸比我大九岁，我不愿意，你姥姥说：是媒不是媒，也得两三回；给菜不给菜，挡不住人家把篮扤。你爷爷奶奶三番五次差媒婆说媒。"

"结婚前见过面吗？"我又问。

婆母说："见过一面，没说话，媒人是姓刘的老辈亲戚，我当时刚古城完小毕业，是老家南山解村第一个念过书的女文化人。你爸当时穿一身军装，从我面前走过，他瞅着我笑了笑。"

"哎哟，妈，只这一面就钟情了，不离不弃一辈子！"我轻轻地按了按婆母的肩膀。我们几个非要婆母再讲讲，她说："门当户对，两边家里都是富农成分。"

　　婆母讲起过去的事情，都是苦和累。公爹在太原上班，婆母一个人在农村带大了六个孩子。公爹只在寒暑假回来，体育系经常有活动，通常待三五天就又离开了。但是他们感情一直很好，公爹常常因婆母一人在家受累，于心不忍，婆母却从不责怪公爹。我忽然想起一件事，那年小姑出嫁时，全家都聚在太原家中，公爹翻出一张照片说，看看咱家姑娘现在多好看。然后又自嘲地笑笑说，俩闺女小时候，小小白脸又不洗，黑黑头发一疙瘩虮。婆母接过话茬子说，四个男娃，冬天透窟窿鞋没袜子穿，手脚脏得很，冬天去姥姥家，舅舅烧上一锅热水洗一遍，垢痂用小刀往下刮呢。夏天带到南河洗净手脚后才让吃饭。婆母说，不高不低一群孩子，每天晚上摸摸人头，点点人数，都回来睡了，她才在灯下缝衣做鞋。白天做一大家子人的饭，还得下地劳动，不挣工分，分不到粮食啊。全家八口人，只有公爹一人吃供应粮。公爹勒紧裤腰带，省点细粮票补贴家里。婆母的勤劳善良，赢得了邻里的一致赞誉。

言传身教

　　公爹在单位工作非常认真，为人有口皆碑。多少年体育系管理员，账目分毫不差。体育系经常组织体育比赛，运动鞋、运动衣多得是，家里六个孩子缺衣少穿，公爹却从未动过公家一分钱的东西。特别是我们家老三赵原生在恢复高考后，以优异成绩考进山西大学体育系。有一年学校开运动会，他从公爹仓库里拿了一双跑鞋，被公爹发现后，狠狠地批评了一顿。他声言厉色，勒令老三马上刷洗干净，放回原地。从此，他的仓库钥匙装在口袋里，老三想借个篮球打打，都要公爹亲自开门。公爹严于律己，公私分明，设身处地以模范行动感化、教育儿子，凡事要凭自己努力，苦尽自会甘来。老三刻苦学习，以优异的成绩争取到了留校从教的机会；在工作中，又因表现出色，加入了中国共产党。公爹又鼓励、监督儿子，听党话，跟党走，做好本职工作。老三没有辜负父亲的期望，从一个普通的教师做起，一步一个脚印，后来当上了山西大学历史文化旅游文博学院党委书记。

公爹退休时，婆母、两个妹妹、四弟赵高生都已返城，老大赵干生和老二赵春生，因年龄关系留在了农村。大哥赵干生，为人忠厚善良，学习努力，成绩优秀，但当时因家庭成分问题，错过了读大学的机会。公爹对他说，不要怨天尤人，你是老大，要给弟弟妹妹带好头。他凭着自己的努力，到垣曲县缲丝厂参加了工作，后由于诚信踏实被委以重任，为厂里跑供销业务，为百姓植桑养蚕、购蚕种提供上门服务，为家乡脱贫致富做出了自己的贡献，曾多次被评为劳动模范。

母亲返城后，落实政策，老二被招工到西山煤矿上班，后自己放弃了工作，回家务农。后来党的政策允许，可以顶替接班，山西大学体育系主任看上了老二赵春生（我爱人），指名道姓，让他接公爹的班。多好的机会呀，爱人喜极而泣，然而公爹不同意，他说大学里边都是教授、文化人，老二从农村出来，上学时没有好好念书，这里不是滥竽充数的地方。当时我们已结婚生子，我在老家当民办教师，转正遥遥无期。爱人想不通，我也想不通，我们怪公爹死脑筋，都说求人不如求己，连自己的老父亲都不照顾自己的儿子，真让人想不通，爱人好长时间都耿耿于怀。后来我努力转为公办教师，公爹买肉做了一桌菜庆贺。从公爹的话中，我理解了他的良苦用心。他与婆母吃够了两地分居的苦，他站在我的角度考虑，害怕天南一个、地北一个，我再吃婆母那样的苦。如山的父爱啊！我感动得泪眼婆娑。前世修得缘分，今生有幸，我找了个好婆家，那种满意和幸福，只有亲身经历过才能感受到。从那时起，我抱着感恩的心孝敬公婆。我在做好本职工作的同时，支持爱人下海做生意。改革开放后，粮油市场开放，我们家开了个小粮油店，靠不怕吃亏、诚信经营起家，尽心尽力做大做强。粮店发展壮大，建成粮油配送中心，2010年，还被评为山西省放心粮油企业，爱人被评为山西省五一劳动模范。爱人事业小有成就，我们家在经济上也打了翻身仗，过上了小康生活。

老四赵高生，在老家上学到三年级，基础没打好，高中毕业，公爹送他到最艰苦的地方去当兵。他穿上军装，公爹激动得眼泪汪汪，仿佛看到自己年轻时的样子。部队的大熔炉锻炼人，老四在部队干的是后勤采购工作，那时候还是书信往来，公爹一封封家书传递真情，关心教育小儿子，嘱咐他吃好睡好，好好锻炼，要求进步。老四精明能干，又肯吃苦，到了部队学了驾照，开着大车外出采购，一次次出色地完成了任务，不到一年就加入了中国共产党。老四讲过一个有意思的故事：他当兵一年后休假探亲，千里迢迢回到太原，敲开了山西大学24号楼1单元502的门，对着已有些驼背的父亲敬了一个标准的军礼。一年多没见面，父亲竟没有认出儿子来，他看着面前这位长得挺拔壮实、脸色黝黑的大兵问："你找谁？"老四不苟言笑地回答："报告连长，小儿子赵大高（小名）前来报到！"认出小儿子那一刻，公爹流泪了，最小的儿子懂事了，长大成人了！

子以父为荣，父以子为贵。公爹有六个好儿女，各个在岗位上都是好样的，有自己的一片天。

夕阳晚照

翻开《老干部离休荣誉证》，我一眼看见山西省人民政府的钢印，公爹参加工作时间是1949年2月，工作单位是山西大学体育系，职务是管理员，工资级别教辅五级，离休时间1986年3月。

我结婚时公爹已临近退休，但他一如既往地热爱自己的工作，用他的话说，就是站好最后一班岗。1985年暑假，我有孕在身，趁学校放假到太原婆婆家住了一段时间。公爹趁放暑假，在做财务登记工作，看样子，是准备交接。他每天回来手里总拿着个登记小册子，晚上还加班把统计出的财务数字分门别类写到账本上。他的认真劲儿令人佩服。公爹退休以后，仿佛工作没干够，单位信任他，又把他返聘回去，到学生公寓楼当起了管理员。说是管理员，其实主要是负责打扫一整座学生公寓的卫生。公爹每天天不亮就去工作了，还美其名曰工作、锻炼两不误。一生劳累，他的背已有点驼了；由于在抗日战场上肺部受过伤，用药产生了副作用，耳朵也背了。但是为了让儿孙们生活宽裕些，他仍然坚持做事。我的大儿子两三岁时，我又脱产学习，孩子就交给公婆看管，寒暑假时都在婆婆家度过。那年暑假的一天，我带儿子玩耍回来，经过公爹工作的公寓楼，儿子咿呀呀叫着爷爷，我顺儿子的小手看过去，公爹驼着背正在打扫卫生，宝贝孙子的叫声他并没有听见，还在认真地抡着扫把。我过马路的空儿，他把腰深深弯下，去捡花坛里的一个易拉罐，捡出后放地上用脚一踩，装进一个袋子里，一连串的动作，那么熟练，再看袋子里，已装了大半截。我瞬间明白了，公爹趁工作之便，在捡破烂。难怪自家地下室里，经常有一袋袋废品。过一段时间，他就和婆母借个手推车，到收购站卖一次，竟是一笔不小的收入。一次我半开玩笑地对公爹说："爸，儿子女儿正处对象呢，别捡那些破烂了。"公爹平日耳聋，那天他却听了个明白，沉着脸说："不偷不抢，保护环境，还有收入，有啥丢人的？"每次卖了钱，他总是乐呵呵的，不是给孩子买玩具就是买菜改善生活，而他自己的穿戴却极俭朴。公爹喜欢喝茶，泡茶的杯子还是从部队转业时带回来的搪瓷缸子，里边已变成茶色，而外边的毛主席像和"为人民服务"的字迹依然清晰可见。有时喝完茶他还盯着毛主席像自言自语，脸上满是幸福的笑容。由于裤子口袋经常装钥匙，尽管婆母为他做裤子时口袋缝的是最结实的布，可他的裤子口袋还是会提前烂掉，婆母缝补后，他继续穿，他说口袋在里头，又没人能看见。老家风俗，姑娘出嫁回门时，新媳妇得给公婆每人做一双鞋，我为公爹做了千层底条绒布鞋，公爹特别珍惜，穿了好多年，人前人后还夸我孝顺、心灵手巧。不管生活多么困难，公爹军人生活作风没有变，早晨起床被子叠得方方正正，洗漱完毕细细梳理头发，晨练打太极拳。他非常要强，旧衣服总是洗得干干净净，从不让儿女动手。

公爹的年纪渐渐大了，七十三岁时得了脑梗，说话口吃，住院治疗，医生说唯一的办法，就是锻炼多说话。全家人都没话找话和公爹交流，一开始他吐字不清，语速慢，话说一半打个结儿，自嘲地笑笑，继续说完整。他坚持练习，有空就戴上老花镜读报纸。多年苦读，堪比莘莘学子。一位古稀老人，坚持多年读报，一开始只是为了锻炼说话，后来养成了习惯，关心、学习国家大事，从报上读到的故事或新闻，谁在家就说给谁听。他最关心海峡两岸的事，只要有台湾问题的消息，他都一遍遍读，发表自己的看法。不知啥时候，他说话不再口吃，身体也硬朗了许多。

公爹的证件里，最大的一个册子是《黄埔军校山西省同学会通讯录》，汇编时间是1989年8月。这是公爹的老年朋友圈，家里没电话，为了与同学联系，他经常拿通讯录到公用电话亭打电话，很不方便。后来兴起安座机电话，几个孩子出钱为家里安了一部。有了电话，同学聚会、结伴出去旅游、互相鼓励、联络思想感情就方便多了。公爹说："天下黄埔是一家，有共产党领导，实现和平统一是迟早的事。"他认定只有社会主义才能救中国。1997年7月1日，香港回归，他高兴得像个孩子。他说，台湾也一定会平安归来的，谁搞"台独"、搞分裂，不会有好下场。

夕阳无限好，只是近黄昏。公爹的六个孩子都结婚生子了，老家的大孙子孙女到爷爷身边读大学了，公爹也真的老了。家在五楼，没有电梯，行动不便，但公爹坚持自己上下楼，生活能自理就不麻烦孩子们。儿孙绕膝，尽享天伦之乐，公爹心中有说不出的欢喜。他把孙辈几个小时候的照片，整在一个相框里，放在床头，白天看，晚上看，满眼都是怜爱和喜欢，有时对着照片咪咪笑，有时还给照片上的宝贝们讲故事。只要周末放假，他就站在窗口望着楼下，看到孙子孙女下学回来，马上挂拐杖去开门，听到"爷爷我回来了"，他就掉眼泪，分不清是哭还是笑……

2006年农历五月初五，敬爱的公爹永远地离开了我们，享年八十一岁。

他为国家勤奋工作了一辈子，虽然没给儿孙留下多少财产，但他却给我们留下了一笔不可多得的精神财富。他离开了我们，但他的精神永驻，他的故事儿孙们将代代相传，永志不忘……

（原载《开心钥匙串》微刊2021年6月27日）

亲亲的婆婆

二十四年前，我出嫁了，婆婆整五十岁，是六个孩子的妈妈。

我第一次登婆家的门，那时婆婆一家住在山西大学家属楼里的一处二居室。婆婆落实政策返城没几年，我爱人当时因年龄问题，留在了老家农村。第一次见面，婆婆脸上就有深深的皱纹，但她慈祥的样子，让我感到特别亲切，觉得这就是前世注定的缘分，没有一点陌生感。第一顿饭，她混拌了黄豆和粉丝凉菜。她看着我，微笑着说："快吃，可好吃了，吃慢了可就没有了。"我拿起筷子和几个弟弟妹妹抢着吃，婆婆却没有动一下筷子，只是笑眯眯地看着我们。

我和爱人是在老家举行的婚礼，我嫁进门没几天，婆婆就回太原了，临走前她嘱咐我说："儿子交给你了，你要好好管着。你要是不厉害，管不住男人，以后要受气受罪可别怨我。"听了婆婆的话，我感到心里暖暖的。

第三次见面，是在1985年农历十月。那时，我的大儿子快出生了，婆婆赶回来伺候我坐月子。我第一次生孩子憨乎乎的，母亲也没有告诉过我生孩子究竟是怎么回事，婆婆也只是轻描淡写地对我说："生孩子像扎针一样，多少有点疼，不过别怕，再疼也要咬着牙生，千万别叫出口。若开口叫，嘴就合不住了，一是惹人笑话，二是叫声多惊动一个人，孩子就要多延长一个时辰出来。"我是在临着大路且只有巴掌大的婚房生的孩子，婆婆请了接生大夫来家里接生。婆婆的话还真吓唬住了我，阵痛时腰都直不起来，疼得我在床上打滚，可我抿着嘴不敢叫出声。一会儿医生扶我躺下摸一摸胎头，一会儿爱人又拉我起来走一走，婆婆却一直没露面。拼尽全力生出孩子的一刹那，我感觉那是有生以来最痛快的一刻，我的喊叫声与孩子的啼哭声同时发出来。婆婆推门进来，用事先准备好的白纱布小褥子包起孩子搂进怀里。她说是个带把儿的，我瞅了一眼，孩子只有一双明亮圆溜溜的眼睛好看点，脸上、身上都是皱巴巴的，像个难看的小老头。看着婆婆一脸高兴的劲儿，我想她可能觉得我生出的是个小人，不是妖怪，五官齐整，全身各部位没毛病，所以高兴成那个样子。等缓过劲来我问婆婆："妈，疼死我了，您干啥去了不管我？"她笑了笑，然后神秘兮兮地说："人生人吓死人，我在正房求菩萨保佑，头都磕破了，你顺利生产都是我求来的。"我暗暗叫苦，菩萨保佑我都疼得死去活来，要是……我不敢往下想了，我闭着眼睛，强挤出一丝笑容。

生完孩子，我的身子亏虚，肚子变成了一个无底洞，只要婆婆饭能做熟，她端多少我就吃多少，一顿饭吃两大碗了，还感觉没饱。婆婆怕我身材变形，把裹衣服的粗布包袱拿出来，让我收腹，并亲手勒在我的腰上。那时候粮食紧缺，婆婆把好吃好喝的都端给我，熬个米汤也是把米油让我喝了给孩子下奶。婆婆干的是重活，吃的却是黑面馍。我是一个懂得感恩的人，不管婆婆端来什么饭，我从来不挑剔，呼噜呼噜吃得很香。婆婆打趣说，我像小猪那么好养。小猪的称呼，我觉得挺暖心的，说我小猪，证明婆婆没把我当外人看。我也挺争气的，一个月下来就把刚生下皮包骨头的孩子养得白白胖胖的了。

婆婆比较迷信，动不动就烧香磕头，求人算卦。我与爱人刚由人介绍认识，她就求人看相拆字。"春"——秦字头，晋字底，秦晋好姻缘，她说起来还蛮有道理，不信都不行。孩子小满月、大满月，她说我月子里走过的地方都得磕头，领着我敬献了各路神仙，她磕头我就跪下头点地，连茅房都磕过了。有一天，她问完卦回来，挺开心地对我爱人说："你媳妇生得好，你看人家明眸垂耳，一脸福相，女人有福全家福，她是你以后的摇钱树哩。"说完这话，她向我眨了眨眼睛，我立刻明白了婆婆的心思，她是往我肩上撂担子呢。我一看爱人，他正在吃一个炭火里烧煳了的红薯，满嘴都是黑，我笑得眼泪一个劲儿地流。从那之后，我更加自信，对家庭也多了一份儿责任心。

说实话，我挺佩服婆婆的。公公原先是国民党军官，解放北京时跟傅作义部队起义后到山西大学任教员，婆婆因故返乡务农，她一个人带大了六个孩子，那种艰难困苦，可想而知。

我生大儿子坐月子那段时间，是与婆婆待得最久的一段日子。

寒冷的冬天，我在炕上逗孩子玩，婆婆就和我母女般坐在一盘炕上，用被子盖住腿脚，给我讲她一个人带着一群孩子的故事。

有一次，我问婆婆："现在咱俩带一个孩子都手忙脚乱的，您那时带一群孩子怎么过呀？"婆婆笑了一下说："赶羊似的过呗，每晚睡觉前在炕头摸着人头点数呢。那时，老大、老二、老三之间都只差两岁，生完孩子三天下炕自己做饭，尿片都是自己洗，所以，月子里落下了好多毛病。这月子病可不好治，得等到坐下个月子才有机会养好。"所以，婆婆伺候我坐月子，尽量不让我下炕，她说自己受过的罪，一定不能再让孩子受。我的内衣，孩子的衣服、尿片，她都拿到暖水泉边，洗得干干净净。那时经济太困难了，我还是民办教师，看到婆婆大冬天风里雪里，跑出跑进还穿着单鞋，我掏出口袋里所有的钱，让爱人给婆婆买了一双当时最时尚的棉鞋，可眼红了不少婆婆的老姐妹。婆婆见人就夸我好，我说："一个巴掌拍不响，婆婆当得好，娶媳妇像婆呀。"那双鞋，婆婆穿了好多年，后来烂了也舍不得扔。我知道，婆婆心里早把我当成女儿了。她经常说："会亲的亲媳妇，不会亲的亲闺女。"婆婆的话，句句是大实话，都在理。

一天，婆婆饱含深情地讲了她月子里的一个故事。她生老三时，正值麦收，社员们都得下地割麦，家里没有劳力，婆婆不下地挣不了工分，就分不到口粮。没办法，她给老三喂了奶，把不到两岁的老二（我爱人）用长绳子拴到椅子上，吩咐不到四岁的老大看俩孩子，然后就下地劳动去了。等她下工回来，炕上成了屎窝尿窝，老二脚上、衣服上、手上、脸上都是屎粑粑，老大看着无法下手，在那儿发愁……婆婆讲到这里，自嘲地笑了笑，解释说："年轻时吃苦不是苦，年轻时享福也不是福。"我听懂了婆婆话里的内涵，对她说："妈，以后我们不会让您再吃苦了，将来有多少天，我们就让您享多少天福。"婆婆笑了，每一条皱纹里都流淌着开心的笑意。

那年腊月，婆婆的心挂在两头，舍不得孙子，又担心太原一大家子人。她白天晚上在为孩子赶制棉衣棉裤，我看她一针一线密密缝制，把对孩子的爱都缝在了小衣服里，心里涌起一股股感动的热潮。到婆婆临近走的那几天，孩子觉睡颠倒了，白天我捏鼻子、揪耳朵，怎么也弄不醒孩子，到了晚上孩子眼睛睁得圆溜溜，他不睡也不许我闭眼睛，让我抱着他逗他玩，一放下就哭得像谁掐了他一把似的。一连几天，我实在熬不住了，就把孩子送到婆婆手里，说让她哄哄孩子，让我睡一会儿。说来奇怪，孩子在婆婆手里不哭了，我一闭上眼就沉沉入睡，睡梦里我看到一位慈眉善目的老奶奶，挂着龙头拐进了我家门，她慈祥地笑笑说："我给你带孩子来了。"我一激灵醒了，睁眼一看，孩子在婆婆怀里睡得正香，他咧着粉嘟嘟的小嘴笑着，真像有人在逗他。我把梦说给婆婆听，婆婆笑成了一朵山菊花，说："咱家百叶老母回来了。"说完立刻上香，口中念念有词，我也跟着婆婆下地，把头深深磕了下去。自那晚后，孩子睡觉正常了，婆婆也打消了走的念头，说是要陪老母在家过年。婆婆告诉我，百叶老母是她敬在家里最灵的神，她就是在老母保佑下把六个孩子带大的。看着婆婆虔诚的眼神，我感觉她就是我梦中那位慈祥的老母，心里除了爱，又多了几分敬意。

要过年了，婆婆说天冷，不怕前月还怕后月，生了孩子养足一百天身体才正常。所以，一切洗涮打扫，她不让我动手。那天，她煮好了过年的肉，放在桌子上就出去了。我看到烧好的金灿灿的红烧肉，馋得不行，于是切了一块凉肉吃了下去。这一吃嘴是痛快了，可肚子造反了，一会儿工夫，胃里刀绞般疼起来，后来上吐下泻，从厕所出不来了。连锁反应，孩子吃了我的奶也开始拉肚子、吐奶。婆婆问我吃什么了，我吐吐舌头，用眼睛瞟了瞟盆子里的肉。婆婆火了："不听老人言，吃亏在眼前。这凉肉也是你刚过满月的人能吃的？"我像犯了错误的小学生，任凭婆婆发落。婆婆一会儿让我喝碗热盐水，一会儿又让我吃在柴灰里烧过的大蒜，我感觉好一点了，眯上眼睛想睡一会儿，她又叫我张嘴，说："快喝了，这是老母赐的药。"我乖乖张大嘴巴，可半天也没有感觉到嘴里有什么药，使劲咽了几次，觉得咽下去的只有唾沫。可不管怎样，婆婆三鼓捣两鼓捣，我与孩子没买药也没求医生，吃坏的肚子硬是被她给治好了。我笑眯眯地望着婆婆，心里除了感激，又多了几分钦佩。

那年大年三十，婆婆早早地就剁好饺子馅，和好了面。我抱着孩子坐在伙房，陪着婆婆包饺子。她触景生情，讲起了曾经的故事：有一年过年，饺子馅里只有萝卜和咸盐，她按照人头包了六个饺子，六个孩子围着锅台，看着在锅里沉浮的"小船"咽着口水。婆婆把饺子舀到碗里，孩子们一人一个，她自己的碗却是空的。后来婆婆笑说她不识数，包饺子时没有算自己……

我抑制不住自己的情感，含着泪水在心里默念："婆婆，以后一定不让您再吃苦受罪了。"可是世事无常，大儿子一岁半时，我考上了教师进修学校，万不得已，我又把带孩子的重担推给了婆婆。我把孩子送去太原时孩子还没断奶，婆婆二话没说就答应了。常言道：自家的孩子，人家的庄稼。婆婆看着自家的孙子，一口一个长得好，喜欢得不得了。孩子断奶那几天，晚上哭、白天闹，婆婆耐心地哄着孩子。我没想到回奶比生孩子还难受，奶涨起来胳膊都疼得放不下，睡不着，坐着也不舒服。婆婆又是找回奶偏方，又是用热水给我敷……当背起行囊与婆婆挥手告别的那一刻，我泪水潸然而下。那到底是幸福的泪水、感动的泪水，还是心疼孩子的泪水，我自己也没弄清楚。

我脱产读书的两年时间里，婆婆替我当着妈妈。孩子长高了，婆婆的腰弯了，但她乐此不疲，说孩子给她带来了说不完的乐趣。

几十年的岁月匆匆而过，如今我们家四代同堂，小孙子太奶太奶地叫着，婆婆幸福地笑成了一朵山菊花。

啊！我亲亲的婆婆！

（原载《运河》杂志2018年第4期、
《江山文学网》2018年6月22日，斩获精品）

姑　妈

夜深了，屋外寂寥无声，我却躺在床上辗转反侧，难以入眠。于是我索性坐起，翻开床头的相册，捧着姑妈的遗像，凝视着姑妈的容颜，我潸然泪下，一幕幕往事情不自禁地涌上心头。

姑妈，是我小时候最崇拜的人。

姑妈当老师的样子格外神气，举手投足间散发着迷人的魅力。那时候，我就喜欢牵着她的手，在小朋友面前显摆。我梦想长大后，也像她一样神气地站在讲台上。我曾无数次把弟弟妹妹招在一起，模仿着姑妈的一招一式，装腔作势地讲课。在我的认知里，就连姑妈批改作业时把红墨水沾在手上，也是一种美丽。姑妈教我唱歌，教我背唐诗，教我写字画画……奶奶门前的石桌旁，她用小木棍，在地上边说边画："丁字没勾勾，两边两灯笼，三天没吃饭，来张大烧饼。"这种画大头娃娃的方法，至今已经过了半个世纪，我仍记忆犹新。

姑妈不到二十岁就在山沟沟里当了老师。当时那座学校就在一所破庙里。我记得有次放假回来，在小炕窑的油灯下，姑妈一边给我做鞋一边讲她在破庙里遇险的经历：漆黑的夜晚，寒风呼啸，野狼一会儿学小孩哭，一会儿嗥叫着，声音由远而近，只听见狼在门外"噌噌噌"地来回走动的声音，姑妈吓得噗的一声吹灭了油灯。还是小姑娘的姑妈，流着眼泪，死死地顶着门。当她绘声绘色地讲狼伸着爪子抓窗户，站起身撞门时，我吓得哭出了声，一头钻进姑妈的怀里。我忘了姑妈手里有针，结果针一下扎进我的手指头里。看到流出的鲜红的一汪血，姑妈心疼得又是吹又是自责。我抬起头，望着姑妈，觉得她简直就是一位大英雄，让我崇拜不已。

姑妈，是我走进文学殿堂的引路人。

姑妈调回我们队里教学时，我刚上一年级。上学的那条山路上，姑妈牵着我的手，不知道留下了我们多少欢声笑语。春来时，姑妈让我观察嫩叶的千姿百态；山桃花开时，她让我与花儿比笑容；马茹红时，她串成链儿戴在我脖子上；酸枣熟时，她摘下一把把枣儿装进我兜里。那年冬天，一场大雪铺天盖地，她在前边带路，我在后边踩着她的脚印。我看着纷纷扬扬的雪花，突发奇想："明天大雪封住门怎么办？"她抿嘴笑笑说："我把铁锅烧热顶到头上，烫开一条雪路，我领着你钻雪洞去。"多么幽默的语言，多么风趣的想象，多么诗意的憧憬。姑妈的话，让我放飞了想象的翅膀，恍然间我仿佛走进了童话的世界。雪化了，山路上都是冰疙瘩、雪糊糊，姑妈怕我鞋湿冻脚，硬是背着我一步一滑向前走。等回到家时，她满头大汗，脸上冒着热气，头发都湿透了，沾到脸上，鞋里全是水，裤角已结成冰絮絮……而她看到我冻得红肿的小手，顾不得换鞋，握着我的手，一会儿哈气，一会儿用手搓着，还不忘提醒我，把自己的感受写下来。

我还清楚地记得，一个冬天的假日，小炕窑的火盆里，火苗欢快地跳跃着，姑妈坐在火盆旁，边纺棉花边指导我写《麦田赶猪》的作文。她笑着说，都写赶猪赶鸡赶羊，千篇一律，不新颖，你能不能想个和他们不一样的题材？此时，门外金黄的玉米垛上，一只灰色的松鼠正在偷吃玉米，姑妈一个眼色，我便心领神会了。我蹑手蹑脚地走过去，入神地听松鼠"嘚勒、嘚勒"的叫声，看它双爪捧着玉米，歪着头"啧啧啧"的吃相。它的杏仁眼圆睁着，小勺子一样的耳朵竖在头顶，又粗又长、毛茸茸的大尾巴举在身后。我去追它，它蹦跳着一溜烟钻进洞里。我堵上洞口，它就从另一个洞口钻出来，等我跑过去，它随即又钻了进去，像是在与我捉迷藏……于是，一篇《智斗松鼠》的作文就这样写出来了，老师把我的作文当成范文在课堂上朗读。姑妈表扬我观察细腻、语言灵动，有文学天赋。她告诉我说，要养成写日记的习惯，每天把自己看到的、想到的都记下来，日子长了就能在写作上取得很大的进步。遵照姑妈的叮嘱，天上飞的鸟儿、地上爬的蚂蚁，我都要看个仔细，看到的、想到的就及时写下来。从此，文学的种子便潜在了我的心底。通过写日记，我发现，自己的思考慢慢深刻了，语言慢慢丰富了。

姑妈，是我情感港湾最依恋的人。

姑妈出嫁那天，打扮得像仙女，高高的个子，苗条的身材，齐腰的长辫，可她几次化妆都被泪水冲淡。我知道，她舍不得家，舍不得奶奶，舍不得我。可姑妈哪里知道，我更舍不得她啊！等姑妈出门时，我一手拽着她的嫁衣，一手牵着她的手，哭成了泪人儿。我哭姑妈的怀抱不再属于我，我哭炎热的夏天姑妈再不能给我驱蚊摇扇，我哭寒冬里姑妈再不能给我暖脚掖被。

姑妈结婚后，工作也有了调动，我最盼望的就是她回娘家。我的文具、本子都是她买的，肩上的书包也是她亲手缝制的。我第一次用的带橡皮的铅笔，是她送给我的生日礼物；第一次使用钢笔，是她手把手教我的。我与姑妈的生日只差一天，奶奶给她的煮鸡蛋，她舍不得吃，偷偷塞到我嘴里……姑妈生大表妹那年，身体不好，营养不良，我抱着奶奶养的一只大公鸡，奶奶拄着拐杖，踮着一双三寸金莲，步行几十里路给姑妈送去。等姑妈下班回来，看到我满脸汗道道和被公鸡弄脏的衣服，对着奶奶劈头盖脸一顿数落。我从来没见过姑妈发那么大的火，说到底，姑妈是心疼我，怕我累坏了。我在古城上学时，周六回家，经过姑妈门前，她总是卡着时间在路口等着我。每次她都把从自己嘴里省出的白馒头留给我吃，哪怕是从地里拾来的落花生，她也会给我留一份。

在姑妈的引导、呵护和鼓励下，经过十年寒窗勤奋努力，我终于实现了我的梦想。长大后，我也真的像姑妈一样，在山村当上了一名老师。姑妈听说后高兴得不得了，专程请假去看我。她怕我一下难以适应，耐不住寂寞，特意给我带去了鼓鼓的一包书，有《红楼梦》《子夜》《茶花女》《西游记》等，课余饭后，我就在书海里畅游，书成了我的良师益友。

刚走上工作岗位那会儿，我心高气傲，有满腔的教学热情，却不知道怎样把知识传授给学生。我填鸭似的在讲台上滔滔不绝，孩子们却一个个睁着迷茫的眼睛。等第一次期中考试成绩出来，我难堪地抱着学生的卷子哭了。是姑妈给我雨中送伞，解了我的困惑。她翻开自己用过的参考书教案，指着密密麻麻却一丝不苟的小楷，告诉我说："教学就得像老婆婆纳鞋底一样——实排，来不得半点虚伪和马虎。"

最听姑妈话的我，一头扎在教学上，沉下心来钻研教学方法。功夫不负有心人，后来许多次我的教学成绩都名列前茅，我一次次被评为模范教师。有一次，我上台领奖，姑妈就坐在台下，她投向我的目光里满是惊喜与鼓励。我被评为山西省骨干教师学科带头人，姑妈比自己获得大奖都高兴。一次长谈中，姑妈问我："你文采那么好，为什么不动笔写文呢？"一语点醒梦中人。我摸着厚厚的十几本日记，向姑妈表态说："我马上开始写文，决不辜负您的培养和期望。"当我第一篇散文写完，读给姑妈听时，她笑着鼓励我说："文章写得不错，有散文的味道，不过文字功夫还得好好修炼。"

姑妈退休后，我多次给她说，等我也退休了，就带你去旅游，好好看看祖国的大好河山。可我还没有退休，姑妈就一病不起，从得病到去世还不到一年时间。我感叹命运多舛，感叹苍天不公。姑妈在生命的最后日子里，非常憔悴，有时疼痛难忍，可每当我们去看她，她笑容依然挂在脸上。我们知道，她是怕我们心疼，刻意用一脸灿烂示人。看着姑妈的身体一天天走近黄昏，我害怕有一天叫她她再无回应，紧紧地握着她的手，一遍遍地叫着："姑妈，您再喝一口水。""姑妈，您再吃一口水果。""姑妈，您听我给您读读我写的文章。"……

　　2017年农历五月十五日，我再也叫不醒姑妈了，她老人家真的走了，我的心也被掏空了……我多想过年过节，再去看看姑妈；我多想姑妈生日时再给她买生日蛋糕。我还想吃姑妈包的饺子，我还想拿姑妈用柴火蒸的馒头，我还想与姑妈分享我的文章……我有一千个一万个理由不让姑妈走，但最终这些理由只变成了我思想念姑妈的两行泪水。

　　姑妈离去后，她老人家的音容笑貌便永远定格在了这张相片上，更定格在了我的心灵深处。想念姑妈时，我就一次次按着回车键，从记忆的长河里打捞过往的点点滴滴。每每端详姑妈的遗像，我都会一任心底无限的悲痛翻滚，一任脑际无尽的思念蔓延。

　　夜愈加深邃，心愈加沉寂。真想姑妈能入我梦来。

　　　　　　　　　　　（原载《江山文学网》2017年12月28日，斩获精品）

八叔的昵称

八叔，是我大爷爷的小儿子，小名王祥，大名王维学，在父辈九兄弟中排行第八，所以，侄男侄女都习惯上叫他八叔。

八叔的昵称是"垣曲镲"。短短几年，这个名字便叫响了垣曲的大街小巷，成了地方乡土镲文化的代名词。昵称几乎让人忘了他的真名。因为他当过多年副县长，老百姓又叫他镲县长。他是山西省非物质文化遗产镲文化的传承人，其昵称实至名归。

有人会问，啥叫镲？我一时半会也说不清。但八叔的镲段子做了明确的解答："要问啥叫垣曲镲，就是说咱垣曲话。它是垣曲土特产，也算一个闪光点。很通俗很幽默，字字句句逗人乐。一般两句一押韵，大家听着就怪顺。啥人啥事都能讲，百姓一听都能懂……"

我对镲的最初印象，是小时候正月十五戏台上的压轴节目——弟居伦打镲。小老汉一出场，还未开口，台下先响起掌声。我也记住了不少经典的镲句："别人开会凭记录，我就凭这皮肚肚。""饭熟啦开开锅，孩子们都是各顾各。""一个被窝十条腿，天天黑了不缺水。"小老汉斗大的字不识几个，却有着超强的记忆力，他的镲张口就来，现场感极强，听镲明事，即景见人。垣曲县老一辈闻名遐迩的打镲人，非南山弟居伦莫属。

八叔的镲，就有弟居伦的味道。第一次听八叔打镲，是在老家槐坪村搬迁后的年终总结大会上，他的镲把乡亲们乐得东倒西歪。我记住了最后点睛的几句："进了县城变了样，故乡老家不能忘。经常回去转一转，老宅山水看一看。艰苦创业不怕难，一代一代往下传。"听着韵味十足的《镲说槐坪村》，我仿佛回到了故乡，流连在家乡的山水之间，为家乡的丰富资源而自豪……

是啊，看到了家乡人摘掉穷帽，安居乐业，勤劳致富奔小康，家家过上幸福生活，感恩之情岂能不在心头激荡！

八叔的镲，贴着时令，接着地气，连着乡愁，关心的是百姓疾苦，流露出的是浓浓乡情。他曾为了家乡人的移民搬迁，磨破了嘴，跑烂了鞋，一台照相机留住了家乡的山水风光。是他把南山老家的田园风情，定格成一张张图片，成为永久的记忆。

八叔与新中国同龄。中华人民共和国成立70周年之际，他在老干部总结宣讲会上，以镲讲故事，台上潇洒倜傥，台下掌声雷动，把会议一次次推向高潮。

"老家居住在深山，家境贫困太寒酸。父亲去世我还小，穷人孩子当家早。"1965年，我四岁时，大爷爷就去世了，当年八叔才十几岁。大奶奶踮着一双小脚忙碌的身影、慈善的模样，给我留下了难以磨灭的印象。从我记事时起，八叔一直在外求学。大奶奶在家养几只鸡，纺花织布，穿针引线，做鞋、缝衣裳，艰难度日。因和我们住一个院子，八叔每次来信，都是我读给不识字的大奶奶听。八叔信件的字里行间，满溢着对母亲的孝顺与牵念，我感动得潸然泪下。大奶奶却一脸欣喜的表情，我读懂了母子情深。八叔信里描述的外面风景，也曾是我远眺外面世界的窗口。听大奶奶说，八叔从小上学就不用大人操心，勤奋好学，处处留心，天上飞过一只鸟也能写成一篇文章。由于家境贫寒，没有经济来源，一切靠自力更生，没吃没穿，八叔求学路上吃尽苦。高中毕业后，他在家务农两年，犁地播耧，打铁给骡马钉掌，做木工和泥盖房，砍杉板刮柄把，烧火做饭当炊事员，干一行爱一行。

学习打好了基础，农村锻炼心灵得到了洗礼，加上良好的家风传承，穷人的孩子从小立志当家，于是，他成为我们小辈们学习的榜样、做人的表率。

八叔的人生转变，是从被推荐上大学开始的。但是，出外求学，生活更艰难。他曾告诉我，到山外求学，背着铺盖卷，穿的是奶奶做的布鞋，走路靠的是两条腿，从南山到县城，再到山外，路很远，要走很长时间，其中的苦和累可想而知。他工作后，也是由最基层的农技员干起，从办公室到农工部，从干事到副主任，从乡镇书记到政府办主任，从移民办主任到副县长，一步一台阶，工作四十年，官至正县级。他没有挣到金山银山，却与老百姓建立了鱼水之情，留下了能为老百姓办实事的好口碑。他走进了百姓心中，倾听了百姓心声，受到地方语言的熏陶，有了真实的生活体验，积累了大量的一手资料，因此他编起镲来，得心应手，走到哪儿镲编到哪儿，到什么山唱什么歌，达到了出神入化的程度。他的镲有南山弟居伦的风格，却不是一味模仿，他把城乡文化有机结合，方言与普通话杂糅，再拓展拔高，有乡土味又有雅韵，让南瓜菜上了大雅之堂，把民间曲艺搬上了舞台，上了报刊，在网络上广泛传播。垣曲镲不仅反映百姓心声，而且成了垣曲人宣传家乡、传播真善美的窗口。

八叔真正编镲打镲，作为镲语言的形象代表走进人们的视线，是在他退休以后。大多数人退休后，职业生涯就画上了句号，而八叔退而未休，甚至比在职时更忙了。他退休后，爱好的小荷才露出尖尖角，他把大把的时间投入镲文化的传承与探究之中。茶余饭后，他忙着编镲，吃饭时有了灵感，马上放下碗筷动手编写，甚至敲着碟碗就打起镲来。走在路上、坐在车上，他也在编镲段、打腹稿。八婶对我说："你叔成镲仙了，走火入魔了。"这话我深信不疑，也深有体会。没有痴热的爱和付出，哪能写出那么多的好作品？八叔的第二本著作又即将出版了，他研究镲，挖掘垣曲犄角旮旯的镲文化，自编自导自演，活动在垣曲舞台、开会现场、城乡街道、医院工厂、社区小院、旅游景点、田间地头，开会以镲开幕，散会以镲总结；娶媳妇嫁闺女，以镲主持婚礼；美丽景点，以镲歌颂；发现闪光点，编撰表扬；看到社会负新闻，编镲抨击。他做事认真，哪次打镲都是经过深思熟虑，精心编写，经过十遍八遍的台下演练，才能山口成镲。是啊，没有台下十年功，哪有台上精彩绝伦的十分钟？

这两年，八叔所编之镲，内容最多的就是歌颂新时代，歌颂改革开放伟大成就。垣曲的精品亮点工程，他都写了镲段，搬上了舞台。你听："垣曲县这些年，发展变化很超前。边走边说一边看，我把精品工程来点赞。"《说说垣曲新变化》《改革开放四十年》《不忘初心担使命》《垣曲中学立丰碑》《欢迎大家来望仙》《首届荷花节》……这一曲曲镲，反映了垣曲县近几年的新变化，内容全面，丰富多彩，架构合理，引人入胜，风趣幽默，笑点不断。他打镲，观众击掌合拍，多少人产生情感共鸣，在笑声中激起了人们的爱国热情。随着咚咚锵锵的鼓点，一道道靓丽的风景、新人新事新篇章，在观众面前铺开，走进人们的心里。人们在幽默的韵律中，感受祖国翻天覆地的巨变，感受人民生活水平的提高，感受实干奔小康的兴奋，表演镲已成为垣曲人的乐事。

八叔的镲总能跟上时代的脉搏，乡音不改，好懂易记，一来二去，崇拜他的人越来越多。他没有官架子，与老百姓没有距离，所以，很多人都喜欢他的镲，跟上他编镲打镲，于是，镲文化研究协会应运而生。他有了打镲合作伙伴，还收了很多镲徒弟。他天天乐呵呵地忙碌着，因镲而精神，因镲而快乐，因镲而有了一呼百应的凝聚力。他的镲友越来越多。可以说，垣曲镲已在舜乡遍地开花。

八叔，我为您骄傲！是您开创了垣曲镲文字记载的先河。您走到哪里，就把笑声和热闹带到哪里，把正能量的种子播撒到哪里。

八叔，我为您祝福！我相信有您的传承引领，垣曲镲将发扬光大，世代相传。您的昵称，也会让人永志不忘！

（原载《运城日报》2020年9月15日副刊头条）

妙手三妈

父辈叔伯兄弟九个，父亲排行老二，三妈（三叔的妻子）小时候爷爷奶奶都管她叫爱群。她家与我家近邻，只隔着墙边夹道。她与母亲妯娌要好，亲如闺蜜。三妈念过书，初中毕业学了医。我们家族中祖辈有大爷爷土医治病，他为小孩治积食的绝活名扬十里八乡。庄上一大家子，大人小孩大病小病都由他诊治。大爷爷年龄大了，正好三妈进了王家的门，她本在解峪乡卫生院工作，结婚后响应国家号召，为加强村级卫生力量，也为照顾家庭，调回村保健站当赤脚医生。当年她在父辈中，方圆十里，享有"接生婆"的美誉。母亲曾说过，我是她嫁到王家接生的第一个孩子。我出生时，她还是新媳妇，没有产包，没有消毒工具，只有一盏油灯的亮光照亮产房（窑洞）和那盘土炕。她用明晃晃的剪刀，为我剪了脐带。

我们王家人丁兴旺，堂兄弟姐妹共有三十七人。三妈生了五个孩子，因三叔在太原西山矿务局上班，她生孩子、坐月子，三叔多半不在家，她指挥婆婆或妯娌按她的方法助产。嫂子弟妹，一个个生孩子，都由她接生。那时候农村条件差，待产的孕妇，关键时刻有肚疼腰酸、下坠的感觉，一次次上厕所。那时的厕所叫茅房，就是用泥巴或石头垒墙，地上挖个坑，放进一口大缸，变成茅坑。孕妇上这样的厕所，一不留神，把孩子生进茅坑里，后果不堪设想。可在炕上生孩子，不好用力啊！三妈为解决这一问题，创造发明了"产椅"。她让人砍来木头，再让木匠根据她的设计，打造了一台有靠背、有抓手，座位中空的"产椅"，为族人生孩子做了一件大好事。

三妈接生是一把好手。她性格稳，不急不躁。谁家女人临产，只要她到场，一家人就有了主心骨，心就能安定下来。老家槐坪在偏僻的大山里，大小十几个村庄，山高坡陡，路远难行，但谁家有病人、哪家生孩子，只要有人叫，三妈背起药箱就走。上门服务，要翻山越岭，要付出辛苦与劳累。三妈说，救人一命，胜造七级浮屠。特别是女人生孩子，人生人，吓死人，那是要闯鬼门关的呀！医生要有医德，要救死扶伤。她说孩子的第一声啼哭，是人世间最美的音符。遇到难产的，为保母子平安，她手上粘着血，脸上淌着汗。她的救命之恩，让多少人感激涕零。有人称她是再生父母，有人认她做干妈，还有人称她为"送子娘娘"，这是对她行医救命行为的肯定，也是对她十足的赞美！

我在三妈眼皮下长大，房前屋后、屋里屋外、田间地头，她走路的样子、说话的神态、处事的风格，都给我留下极深的印象。她有恩于我，有恩于我们家。

小时候，我身体弱，经常感冒咳嗽，而且一咳起来就没完没了。三妈知道很多偏方，家里采有多种草药，有个头疼脑热，她用手在我额头上摸一摸，让我张大嘴巴，"啊啊"两下，看一看喉咙，心里就有数了，抓点草药让母亲熬一熬，喝几次就好了。三妈治小孩积食，也有好办法：小米用白纸包二两，在炭火上烧糊，用开水冲泡，加点红糖，通便助消化，胜过饱食丸。在我的记忆里，有段时间我经常肚子疼，而且晚上"咯吱咯吱"磨牙，不思饭食，瘦得皮包骨头。三妈翻开我眼皮看了看对母亲说，这闺女不是积食，是肚子里有虫了。我一听虫子钻到肚子里，吓得"哇哇"大哭，手按肚子，感觉更疼了。三妈不慌不忙，从药箱里拿出几颗像陀螺一样的打虫药，我像吃糖果一样吃下去，后来竟真的排出那么多小虫子。三妈真是妙手回春，药到病除。

每年开春，三妈都要采来茵陈（白蒿），熬上一锅汤，每家都要端两大碗，吩咐大人小孩都喝点。她说，有病治病，没病预防。她经常讲"华佗三试青蒿草"的传说故事，还说歌谣给我们听："三月茵陈四月蒿，传于后人切记牢。三月茵陈治黄痨，四月青蒿当柴烧。"老家营沟就有"药沟"的别称，在三妈的引领下，家家户户养成按时令采药的习惯，做到有备无患。

我们小时候的防疫针叫种花，都是三妈打的。孩子小抱在怀里的，她一家家上门服务；会跑路的，统一到大队保健站打。第一次打防疫针，三妈把我拉到她怀里，在我耳边说："一点不疼，燕不怕。"我点点头，撸起袖子，勇敢地接了种。

三妈有个医药百宝箱，里边放有常备药片和针剂。还有个铁盒子，里边放着药棉、针管、针头等。那时，她有专用消毒锅，针管、针头用一次就要蒸一次消毒，她从不嫌麻烦。而且她打针手轻，与你说着话，不知不觉针就打完了。二哥小时候曾得过一场病，下午时有点发烧，半夜三更病加重，不省人事。母亲哭着叫醒三妈，三妈急得衣服都没穿好，就跑过来，掐人中、按胸脯、做人工呼吸……她观察症状后说，可能是急性脑膜炎。她忙而不乱，大胆施救，没有退烧药，就从家里拿来半瓶白酒，吩咐母亲手心脚心、前心后心，一遍遍地擦，拿出仅有的几支青霉素，给二哥用上。要不是抢救及时，二哥也许会落下后遗症，也许就没命了。

三妈是四爷爷的儿媳。1976年秋的一天傍晚，四爷爷放牛回来，突发疾病，上吐下泻。当时三妈不在家，母亲看到爷爷痛苦的样子，便先烧了开水，端给了四爷爷，然后去把三妈从地里叫回来。此时四爷爷软塌塌地睡在炕上，已经昏迷了。三妈大吃一惊，马上戴上口罩，看症状后断定四爷爷得了急性菌痢。这是传染病啊！还没来得及扎液体，老人已撒手西去。三妈顾不上悲伤，先把病人接触过的东西消毒，厕所撒上石灰，把得知噩耗回来的兄弟、妯娌、姐妹挡在门外，进行隔离。不幸又发生了，母亲因与四爷爷亲密接触过，被传染上了，三妈二话没说，拿出最后一瓶液体给母亲挂上。天已黑透了，一瓶液体是解决不了问题的，她当机立断，提上马灯，叫上我的两个哥哥，连夜到乐尧保健站购买药物。那是与时间赛跑，来回二十几里山路，回来时她衣服都湿透了。由于用药及时、措施得力，母亲被从死亡线上救了回来。三妈镇定果断地处理突发事件，使整个家族躲过了一场灾难。

我们渐渐长大。关于女孩子的事，母亲不识字，也羞于启齿。是三妈不失时机，告诉我们一群姐妹，女孩子要矜持自重，保护好自己的"隐私"。她给我们讲青春期生理上的变化，告诉我们女人"来事"是怎么回事，怎样正确对待。大山里山庄窝铺，有多少女孩子因没人正确引导，在懵懂好奇中偷吃禁果，一失足成千古恨。我们叔伯姊妹十七个，人人能自律，个个行得正，除了家风传承，这其中有三妈的功劳。

营沟老王家有一个风俗，姑娘出嫁前要在叔叔伯伯家吃顿饭。我结婚前夕，三妈包了饺子，她亲手端给我，定定地望着我说：出嫁了就成亲戚了，我们家的大闺女要成家了。她满脸喜悦，我却瞬间泪眼婆娑，想对她说句谢谢，但是喉咙哽咽，一个字也没说出来。我刚结婚四五十天，就呕吐、嗜睡，我以为自己病了，跑回娘家，找三妈看看，没想到还没开口，三妈就一脸惊喜地说："燕怀孕了，真是上轿红，下轿灵！"我身体上细微的变化，她一眼就看出来了。望着她定定的眼神，一股暖流传遍全身。她笑容可掬，搬个小凳坐下来轻声告诉我孕期的注意事项，生孩子时要勇敢坚强……

三妈啊，我忘不了您的音容笑貌，忘不了您的教育呵护，忘不了您的言传身教，忘不了您的妙手回春！

搁笔时，两行热泪滚落腮边。

三妈，我想您了！

（原载《奔流》杂志2021年第11期，总第417集）

我与小燕子的情缘

万木竞春，燕子归来。我的心如一叶扁舟，荡着春风回到了童年。

我出生在南山的一个小山村，长在那个农家小院里。小院里有窑洞，也有瓦房，房檐下住着小燕子，窑洞墙缝里住着小麻雀。

从我记事时起，每年山桃花开尽、马茹花含蕾时，小燕子就从南方飞回来了。它们给小院带来喜气，带来温馨，带来和睦，更带来吉祥。

春光里，小燕子落脚枝头，唱响春天的赞歌，那声音不亚于百灵鸟的婉转；它驻足细细的电线，那音符般的身影不逊于翠鸟的玲珑。因为我与小燕子叫同样的名字，冥冥之中感觉这是一种情缘。因为喜欢，我常常对它呢喃："小燕子，你知道吗？我的名字，可是源于你啊！"

母亲曾经告诉过我，我出生后的第一个清晨，小燕子夫妇带着几个儿女，飞离巢穴，教它们展翅学飞。我的俩淘气包哥哥，满院子追着学飞的鸟儿，"小燕子，小燕子"欢快地叫着。母亲听见了，眼前一亮，对父亲说，咱这女娃就叫小燕吧。于是，小燕便成了我的名号，响亮亮地叫开了，一切证明我身份的证件上，全部打上了小燕的烙印。上小学时，因堂妹与我叫一样的名字，老师为区分我俩，也曾叫我大雁。我知道大雁能直升云天，有鸿鹄之志，但小燕子立足农家，脚踏实地，两者各有所长。我想高调做事，低调做人，一辈子都像小燕子那样平平淡淡、快快乐乐，于是，小燕的名字痴心不改。

　　说到这个名字，还有一个故事呢。我五岁那年，县里的下乡干部在我家吃派饭，等饭的空儿，他逗我玩，问我叫什么名字，我快言快语地说："小燕。"他呵呵一笑，问我，为什么不叫西虫（麻雀）？当时，我就与他红了脸，说妈妈让我叫小燕，你管不着。后来，我问父亲："小燕子与乌鸦一样黑，为什么让我和它叫一样的名字？"父亲告诉我："你妈妈给起的这个名，爸爸赞同，小燕子身上有好多优点，你长大后会明白的。"

　　又是一年花草香，小燕子夫妇从南方飞回来了，站在窗前喊喊喳喳地说了好一阵子话。这是在告诉我们它们回来了，还是在商量怎样筑巢？我真想弄懂它们在说什么。我仔细观察它们的模样，发现它们长得那样俊俏：一身乌黑的礼服，乳白色的紧身衬衣多么洁净儒雅。它们体态小巧，飞行时镰刀似的翅膀、剪刀似的尾巴多么灵动。无论何时何地，它们的羽毛总是那么齐整、那么顺溜，我喜欢这样的气质。慢慢地，我又发现燕子出双入对，形影不离，晚上双双归宿，夫妻间轻声慢语。此情此景，让我想起《天仙配》里的唱句："树上的鸟儿成双对，绿水青山带笑颜。"想起白居易《长恨歌》里的名句："在天愿作比翼鸟，在地愿为连理枝。"家庭和睦温馨，爱情坚贞甜蜜，谁不向往呢？小燕子的美好形象，已深印我心。

　　小燕子要到南方过冬去了，我对它们有几多担心、几多不舍。担心燕子飞不过空气稀薄的高山，飞不过烟波浩渺的大海，飞走的老燕子明年飞不回来。渐渐地我明白了，燕子是根据季节的变化，选择理想的生存环境。地球上众多鸟儿中，当数它们最聪明。它们到南方过冬，不光是因为北方寒冷，没有花香，更是因为冬天北方没有它们生活所需的食物。

　　最让我感动的是，长途迁徙中，老燕子要言传身教照顾儿女，儿女们飞不动了还要背着飞行。真是可怜天下父母心！好多燕爸爸燕妈妈，到南方后精疲力竭，再也回不来了，为了儿女，它们献出了宝贵的生命。因而，每年看到燕子排队南翔，我都会含泪目送，默默祈祷它们一路顺风，希望来年春天它们能平安归来。

　　每年它们从遥远的南方飞回，不顾长途跋涉的辛苦，一回来就开始或修缮或建造小窝，那种吃苦耐劳的勤奋劲儿，令我心生敬意！它们造窝也跟人建房一样慎重，要注意风水，要打好地基，然后一点一点往外延伸，一点点压好，踏实，垒高。不用几天时间，在无数次来来往往的飞出飞进中，活脱脱半只碗粘在了墙上。细瞧，那是玉米粒那么大的黄泥，夹杂着细丝草蔓垒起来的。它们一口口衔来黄泥，一层层往上垒。看着它们漂亮整洁而又结实的窝，我觉得它们是能工巧匠！它们是伟大的建筑工程师！它们的家从来都是一次成型，从未有返工的迹象。从选址衔泥打地基开始，那么精细的工程，该多么用心才能把控呀！这让我想起小山村的泥巴墙，父辈们在农家小院用黄泥夹杂着麦秸草垒墙的工序流程，应该是从小燕子垒窝得到的启示。

　　那年，小燕子垒好窝一段时间后，雌燕下蛋了，一窝五六只呢。它们育宝宝与鸡不同，夫妻担当，双方轮流，在窝里孵化，半月过去，小宝宝便出生了。伴随着"叽叽叽"的叫声，五只嫩黄的小嘴齐刷刷张开，接受爸爸妈妈嘴对嘴地喂养。看着燕子夫妇飞出飞进，含辛茹苦地捉食，而孩子们依然吃不饱似的张着大嘴巴，我顿生怜悯之心。我从妈妈的谷囤里抓了一衣袋谷子，爬上梯子想帮它们喂小宝宝，没想到还没爬到窝旁，就被燕子夫妇发现了，它们凄厉地叫着在窝边盘旋，不顾一切地朝我猛扑猛扎。我害怕了，掏出谷子撒在燕窝里，迅速下了梯子。看到燕子夫妇惊魂未定，站在家门口一个劲儿地叫。我对它们说："我只是给你们的孩子送吃的，不要误会我。"

　　我自作多情放进的谷子，小燕子一家却不稀罕、不领情，老燕不吃，小家伙依然张着大嘴巴索食。正在我失落伤心时，几只麻雀相中了燕窝里的谷子，趁燕子出窝捕食，钻进燕窝吃谷子去了。麻雀三下五除二就把燕宝宝挤了出来，五只小家伙站在窝边舒展着只有细细绒毛的翅膀，无助地叫成一团。燕子夫妇赶回来时，麻雀正在作威作福。一只燕宝宝失足掉了下来，燕妈妈惨叫着，像一块石头随孩子同时跌落。那一刻，我的心几乎提到了嗓子眼，害怕地闭上了眼睛……真是万幸，不知是燕妈妈缓冲下来扶住了孩子还是小家伙展翅滑落，小燕子竟然没有受伤。燕爸爸奋力赶跑了麻雀，也飞了下来。它们一声声呼唤，左看右看，确定孩子们没有受伤，才双双引导小家伙们，想把孩子们重新弄回窝里，但它们努力了好多次都没有成功。我急得直搓手，万般无奈之下，不顾小燕子的担心鸣叫，捉住那只雏鸟送回窝里。父亲得知这场有惊无险的事故后告诉我，小燕子以苍蝇、蚊子等飞虫为食，不吃谷物。我好心办了坏事，一丝不安掠过心头。

麻雀把窝垒在土墙缝里，经常把土粒弄下来，我本来就有些讨厌麻雀，它们这次的胡作非为更引起了我的反感。有一天，小燕子夫妇刚飞出去，一只麻雀又溜进燕窝去找谷子吃了。听到小家伙的叫声，我找来长竿准备教训麻雀，小燕子夫妇以迅雷不及掩耳的速度扑了回来，麻雀没来得及飞走，被小燕子堵住了家门口按住身下劈头盖脸一顿乱啄。麻雀被啄得披头散发，羽毛那叫一个乱，而小燕子依然衣冠楚楚，绅士一般，真是大快人心。我跳着脚、拍着手为我的同名鸟助威："打！该打！看它以后还敢不敢胡来！"我想，鸟儿与人一样，该厉害时就不能软弱，马善被人骑，人善被人欺，说的应该就是这个理儿。

燕子、麻雀，本是同林鸟，因我多事使它们结了怨。它们住在一个屋檐下，抬头不见低头见，牙和舌头磕碰，动不动就吵架。有时候，两家对垒，吵得天昏地暗：啾啾啾、唧唧唧、喳喳喳……那声音抑扬顿挫，却满是火药味儿。看着它们大动肝火的样子，我拿出了为朋友两肋插刀的劲儿，对着麻雀嚷嚷："闭上你的臭嘴，没理还要狡辩！我要是懂鸟语，一定骂你个狗血淋头。"我多次问大人，小燕子与小麻雀叽里呱啦说的是啥，邻居婶婶是个百事通，她告诉我说，燕子、麻雀都在说自己的好，揭对方的短。你听，燕子说，我住高楼大厦，你住墙缝旮旯。麻雀说，我吃小米细面，你吃蚊蝇烂渣。燕子说，我穿绸绸缎缎，你穿布衣麻片。不知婶子翻译得对不对，但小燕子会建造漂亮的住宅，有绸缎般光滑的羽毛，为人消灭害虫，对人有益而无害，这是不争的事实。而麻雀吃的小米细面是不劳而获得来的，靠偷人粮食过活，平时只要有人晒出谷物，除了玉米因颗粒大咽不下去，麻雀都要偷着吃一些，有时还呼朋引伴，用爪子乱刨。小燕子则从不糟蹋粮食，它们在天空中飞翔，一会儿青云直上，一会儿低飞慢回，那是在用嘴吸食害虫。它们早出晚归，活动在果树林、田间地头，消灭的害虫数不清。我常常在心里说："小燕子，你辛苦了。"

我越来越喜欢小燕子，给小燕子捉虫，给它窝边放花。因麻雀与燕子不友好，我就想着法儿对它使坏。我把麻雀窝掏出来扔进垃圾桶，掏出麻雀蛋摔烂或煮着吃掉，看着蛇钻洞吸食麻雀雏鸟也不施救。

有一天，我发现窑洞口旁边的几棵大叶蓖麻上栖息着一群麻雀，于是约来兄弟姐妹，晚上一吓，它们就同时扑棱棱飞起来，我们用酸枣刺摔死了好几只，然后和了泥巴一个个裹严实，放在火堆里烤熟了吃。我吃着香喷喷却少得可怜的麻雀肉，还在心里默念：这是为我的同名鸟报仇雪恨！

我的思想和行动被父亲发现了，他问我为什么这样做，我回答得很顺嘴：因为小燕子是好的，臭麻雀是坏的。父亲语重心长地告诉我：大自然中燕子、麻雀都是人类的朋友，燕子吃虫子，麻雀吃五谷，这都是天生的，是自然规律，是它们生存的本能，人干预不了。世界上没有十全十美的人，不能因哪个人身上有缺点，你就一棍子把人打死呀！父亲的话，深深地触动了我的心。

也许是我一次次伤害麻雀让小燕子嗅到了血腥味，感觉到这个院子的不安全，有一年，小燕子出窝后，再没有回到我家的小院来。第二年、第三年……我家房檐下再没有小燕子来筑巢，老燕窝也一直空着……我心里落寞极了，意识到"唇亡齿寒"的道理。我想明白了，生活中要和大家睦邻友好，挑人毛病，排除异己，你会失去朋友，变得孤独。

后来，我家做了粮油生意，不管店搬到哪里，总有一群麻雀紧随其后，落在地上的粮食养活了成群的麻雀。再后来我在城里安了家，住在两层小楼的独家小院里。可喜的是，一年春天，小燕子在我家筑了巢。这真是紫气东来，我又与小燕子结了情缘。听着小燕子鸣唱，看着小燕子绕梁，一种温暖、和谐、富足的气氛，充盈着整个小院。

　　每每看到穿梭往来的小燕子，我都会哼起那首儿歌："小燕子，穿花衣，年年春天来这里。我问燕子你为啥来？燕子说，这里的春天最美丽……"

（原载《西部散文选刊（原创版）》，2018年第2期）

子 溪

子溪是我的孙女，她快六岁了，许是我没闺女的缘故，有了她我就有了开心果。

她有一双圆溜溜、黑葡萄般的眼睛，小时候头发稀少且发黄，是名副其实的黄毛丫头。但是灵人不顶重发的由头，更让我对她爱之深、亲之切。她恋我，听我话，在我的怀抱里听故事、唱儿歌，一天天长大。今年暑假她爱上了手机，一机在手，两耳失聪，我敲着饭桌"吃饭了，吃饭了"叫上好几遍她头都不抬。更让人担心的是，她的视力下降了，眼看着水灵灵的眼睛没有灵性了，这怎么办？愁死人！急死人！

一天，我捉了一只知了，带回家后我大呼小叫着，把知了放进一个小纸盒里。子溪立马放下手机，一脸惊喜地蹲在纸盒边。她先试探着用手摸摸知了翅膀，见它不反抗，就抓在手里仔细地看起来：知了翅膀是带条纹的，里边衬衣是带黑花边的，两件衣服都超薄，而且透明得像玻璃。她说，知了有四只眼睛是橙色的，嘴巴像一支小吸管，肚子有时候还一动一颤的……看够了，她轻轻捏了捏知了的腿，算是与知了握了握手，并认真地对知了说："我愿意和你交朋友。"

这时，门外大树上有知了"吱吱"叫了两声，好像是清嗓子，接着放开嗓子叫开了。子溪眼睛亮晶晶地说："树上也有只知了，它在唱歌。"我对着门外的大树说:"知了知了,你知道多少?这个世界有太多的奥妙,学到一点皮毛就开始炫耀,其实还有很多你不知道。知了知了,你别骄傲,谦虚谨慎你要记牢。"子溪点点头,似乎真明白了这首儿歌的含义。为了让她理解"金蝉脱壳""薄如蝉翼"这两个成语,我专门下载了知了猴变成知了的全过程,与她一起分享,引起了她很多话题:知了猴从哪里来?知了是蝉吗?它们吃什么?冬天到哪里去了?……她提出的问题,我都认真对待,回答不上的赶紧查资料。

一个雨天,我捉了两只蜗牛。小子溪一见可高兴了,把它放在一个小盆子里,对她那两只犄角非常感兴趣,用手一摸咯咯笑着看它快速缩回,又慢悠悠伸出来。她把两只蜗牛放在一个起跑线上,看蜗牛赛跑,拍着手喊加油。后来又把它们放在一个花盆里,让它们去旅游。我教她儿歌:"我是快乐的小蜗牛,背着房子去旅游。伸出两只小犄角,一边看来一边走,从来不回头。我是快乐的小蜗牛,天南地北去旅游;刮风下雨都不怕,躲进小屋乐悠悠。"她一边唱着儿歌一边认真地看着蜗牛,发现两只小蜗牛都爬到花盆外沿上,一只跑得快,干脆抓起那只爬不动的,放在另一只背上,让它驮着走。可蜗牛体软没趴紧,大壳一坠,"啪",两只都掉在了地上,摔了个仰面朝天。我上前蹲下一看,一只小蜗牛身体前倾,正在努力翻身,一只壳的螺旋边摔了个小窟窿,犄角和身体都缩了进去,软体从伤处挤了出来。看到小蜗牛伤势严重的样子,子溪"哇"一声哭了,眼泪如断了线的珠子,边哭边说"对不起",一会儿又跑回去拿出创可贴,给蜗牛疗伤。直到晚上睡觉前,她一直守着那只受伤了的蜗牛。我说,宝贝又不是故意的,不要再伤心了。她一脸泪痕,一直等到受伤的那只蜗牛伸出触角才又笑了,嘴边甜甜的小酒窝里还挂着晶莹的泪珠。

一天,我们到小公园玩,公园的花开得正热闹,子溪看看这朵,闻闻那朵,突然发现花茎上趴着一只非常漂亮的小昆虫,便大声叫:"奶奶,快来看呀!"我过去一看,是一只椿姑姑。她问我:"它咬人吗?可以捉住看看吗？"我轻轻走过去，用手扣住，捏住椿姑姑翅膀交到子溪手里。椿姑姑被两只小手牢牢地揪住灰色的外衣，露出红艳艳带着小黑点的衬衣，几条褐色弯曲的细长腿使劲地蹬着。我找了一颗小石子放在椿姑姑的怀里，它立刻蹬着石子转起了圈圈。"嘻嘻，真好玩，真好玩！"我给子溪唱童谣："椿姑姑，洗碗碗，不洗碗碗打板板。"子溪眼里闪着喜悦的光，一遍遍地念这句童谣。那个可爱的小精灵，似乎听懂了，蹬得更起劲了。子溪开心地说："这是在洗碗吗？很认真呢！"我说："椿姑姑手勤手快，在做家务。你看它不仅漂亮，而且勤劳。"子溪把观察到的、听到的编成儿歌，摇头晃脑地念了出来，还真像那么回事："头儿尖尖，眼儿圆圆，腿儿弯弯，翅儿展展，露出了红衫衫。蹬石子，转圈圈，洗碗碗，一圈又一圈。"我竖着大拇指鼓励子溪说："子溪真聪明，会编儿歌了。"她高兴得手舞足蹈。

我家店门前大树下有一窝蚂蚁，子溪经常边看蚂蚁爬树边唱从幼儿园学来的儿歌："小蚂蚁，真有趣，头上长对小胡须。小蚂蚁，有情谊，见面点头很有礼。小蚂蚁，有秩序，走路排队好整齐。小蚂蚁，最得意，冬天来了有积蓄。"

她对照儿歌的内容，捉了一只大蚂蚁，放在放大镜下看它头上有趣的胡须。她还趴在树上看蚂蚁相遇怎样点头，顺向怎样列队。她说："蚂蚁去很远的地方找吃的，太费劲了，我要帮它们一把。"于是抓来一把小米放在蚂蚁窝边，长时间看蚂蚁把小米一粒粒运回洞里。

一天吃饭，子溪不小心把一块肉掉在了地上，她捡起肉放到了蚂蚁窝边。

蚂蚁嗅觉可真灵敏，一眨眼的工夫从四面八方奔来好多只，它们有的啃、有的拉，"嘿哟，嘿哟……"，想把肉肉抬回家。可天有不测风云，此时来了一只超大的蚂蚁，子溪看见了兴奋地大叫："来了一只大力士！"我们以为大蚂蚁来帮忙了，谁知它进群以后拖着那块肉往相反的方向拉。可好手抵不过人多，大蚂蚁火冒三丈，大开杀戒，张开大嘴巴，咬食那些小蚂蚁。太残忍了，一会儿工夫就有好多只小蚂蚁身首分离。大蚂蚁看着对手少了，又拖着肉向前走。可是不妙，这时又从窝里出来了一群小蚂蚁，把那只"大力士"团团围住了。有一只小蚂蚁瞅准机会，咬住了大蚂蚁的一条腿，又有几只小蚂蚁爬上它的背乱啃乱咬，大蚂蚁威风扫地，疼得在地上打滚。子溪拍着手、跳着脚大叫："活该，看你再欺负弱小！"她的叫声引来了小弟弟。眼看小蚂蚁快要胜利了，大蚂蚁又来了两位救兵。小弟弟看到大蚂蚁张牙舞爪，不问青红皂白，一脚踩了上去。那两只救兵看到老大被踩死，只好灰溜溜地拉着大蚂蚁的尸体向家的方向逃去。这一下小蚂蚁能独享那块肉了，但是那么多同伴被咬死，哪里还有独享的心情？我不失时机地对他们说："生活中要学会分享，互不相让会两败俱伤。"这些道理，子溪似懂非懂，但她忽闪着一双大眼睛，充满了好奇。

渐渐地，子溪不再痴迷手机，开始留意喜欢的小动物。她仰头看小燕子轻灵地飞翔，低头观察麻雀欢快地蹦跳，两只小手竖在头顶学兔儿蹦跳，轻手轻脚学小猫走路，撑着小手学鸭子游泳，抓耳挠腮学小猴的急性子……她讲起故事来童稚童声，娓娓动听，动物的声音、神态、动作都模仿得惟妙惟肖。更重要的是，她在观察中还懂得了许多做人的道理。

子溪，我快乐的天使！愿你成长路上像潺潺溪流，一路观赏大自然的风光，一路欢歌笑语。

（原载《江山文学网》，2018年8月20日）

寒冬里的相伴

　　时间跌进严冬，天上落下一层厚厚的雪，却依然感觉不到冷。小孙女在雪地里疯玩了一下午，回来时鞋湿透了。我帮她脱了鞋，露出了一双已被雪水浸润成粉红色的小脚。我习惯地用手给孩子暖一暖，捂进了暖乎乎的被窝。那一刻，我鼻子酸酸的，想起奶奶为我暖脚的一幕幕，想起奶奶那双小脚，想起祖孙俩相互取暖的情景。

　　我出生在南山一个叫营沟的小山村，不到三岁，母亲生下了妹妹。于是，我被从母亲的怀抱转到奶奶的怀抱。爷爷在我出生前四年就过世了，叔叔在太原上班。我有两个姑姑，一个在外教书，一个在外读书。奶奶独自一人住在离我家百米远的土墙房子里，我便成了奶奶的小尾巴、心头肉。小时候，我的个头小，弱不禁风，没有抵抗力，每到冬天咳嗽起来没完没了。奶奶踮着三寸金莲，除了带我还要操持家务，下地劳动。从我记事时起，奶奶冬天常穿一条黑色的棉裤，腰上系条红腰带，每早起床奶奶先麻溜地扎腿带。她绕一圈一抻，扎得一丝不苟，齐齐整整，人显得精神又利索。她走路时，脚后跟吃重，让我老与蒜钵捶捣蒜联系在一起。奶奶每早扫院子，擦屋子，洗脸，梳头，盘头，一切就绪，才叫我起床。早晨屋里冷死人，衣服冰凉凉的，我总是钻在好不容易才暖热的被窝里不肯出来。要知道，我们小时候没有内衣，只有棉衣棉裤，加上一个冬天不能拆洗，时间久了，衣服硬邦邦的。奶奶就把我的棉袄棉裤用手揉一揉，有时候用小棍打一打，然后解开红腰带，搂到她的怀里，用自己的身体暖一阵子。她害怕手凉冰到我，又把手在怀里焐一焐，才说："来来来，不凉了，快穿上。"每天晚上睡觉前，被窝也和冰窟一样，我总是怕冷，蜷缩在炕角，不敢脱衣服，衣裤脱一半，还要在留有身体余温的衣裤里暖一暖手脚。奶奶那折叠的棉裤大腰内，是最柔软暖和的地方。她常解开裤带，让我坐在她腿上，把冰冷的手脚伸进去。奶奶嘘嘘嘴说："快暖暖，手脚冻得像石头一样。"有时候还把我装进她的宽裤腰里，那地方真像袋鼠肚肚上的口袋，我钻在奶奶怀里，用脚向下探索，用手向上摸，眯着眼睛瞅一瞅奶奶说："暖和，真暖和。"奶奶总是刮刮我的鼻子说："羞羞羞……"我也会腾出手来，在奶奶脸上摸一把，鹦鹉学舌般地说："羞羞羞……"

五岁那年，一场大雪之后，外面分不清天地了，我看到粉妆玉砌的世界高兴坏了，跟着小伙伴们堆雪人，捉小鸟，打雪仗……脚上的鞋被融化的雪水浸透了，我害怕母亲打我，不敢回家，因这双鞋是母亲熬夜做的新鞋，里面蓄了棉花，要穿一冬的。冬天千层底鞋底湿透不好干，又没有第二双鞋可换，湿着穿，不仅冻脚，鞋也就不耐穿了。这可怎么办？我躲在院墙外的大槐树后，只一会儿工夫，鞋就冻成了冰疙瘩，脚被冻僵了。我穿着湿鞋跑到奶奶屋里，向奶奶求救。奶奶不由分说，脱掉我的湿鞋，把我的脚放到她的大裤腰上，而我的脚已冻麻木了，并没有感觉到暖和。奶奶用手在我两只脚上搓来搓去，一点一点让我的脚接近她的身体。我说："鞋湿了，妈知道了会打我的。"奶奶说："鞋湿了能烤干，脚冻伤了可不能烤，一年冻伤年年冻。脚冻伤又疼又痒，那难受不好忍，也不好治。"后来我的脚趾解冻后像蝎子蜇了一样疼。奶奶心疼地说："疼了吧？等我熬些臭瓜和花椒水泡一泡就不疼啦。"那天是奶奶用裤腰棉絮和体温暖热了我的脚，又燃了一盆火烤干了我的湿鞋。我问奶奶：为啥不让我用火烤脚？奶奶说，冻伤要慢慢焐热才不会落下毛病。

望着奶奶慈祥的脸，望着她踮着小脚忙碌的身影，我心里是春日阳光般温暖。冬天再大的火又哪能与奶奶的温情相比？

六岁那年冬天，我发现我比奶奶火力大了，被窝一会儿就暖热了，不想再让奶奶搂着睡。奶奶说，天快亮了她的脚还是凉的，没有知觉。我问："脚暖不热是不是就睡不着呀？"没等她回答又说："咱俩顶脚睡，我给你暖脚。你摸我身上，和火炉一样热。"奶奶说："搂着睡暖心，顶脚睡暖脚。"那时我并没有体会到，爷爷去世时奶奶还不到五十岁，她失去了爱人，承受了多大压力，心里多么寂寞。我反问一句："心在肚子里还用暖吗？"奶奶说："做女人不容易，尤其没有男人的女人，你长大了就会懂了。"奶奶的话，我听得心里酸酸的。

漫长的冬夜，睡不着的时候，我就枕着奶奶的胳膊，听她讲爷爷的故事。我从奶奶的故事中知道了，爷爷肚里有好多文化。他在抗日战争和解放战争时的惊险故事，一桩桩、一件件，奶奶像说书一样讲给我听。中华人民共和国成立后爷爷又到远处教学，他们一辈子聚少离多，相敬如宾。奶奶口中的爷爷文质彬彬，仪表堂堂，又有修养。兵荒马乱那些年，爷爷在战场上出生入死，奶奶在家里带着几个孩子，东躲西藏，吃尽了苦头，却彼此牵挂着，互相支撑着。由于爷爷识字，他在世时四个孩子都念了书。说到爷爷去世，奶奶把我紧紧搂在怀里，我能感觉到奶奶流泪了，她的一双手也冰凉冰凉的。她说："跟你爷爷在一起，是能数清的几个晚上，只有爷爷病重时，我才踏踏实实服侍了你爷爷一段时间。人将老了才彼此看清对方，两双手相握时也是永别时。"我问奶奶想爷爷吗，她说："想，咋能不想。你爷爷去世十年了。"之后，她又补充说："其实他就没有离开。"我用手给奶奶擦擦眼泪说："奶奶不哭，以后我跟你亲。"奶奶苦涩地笑笑，眼泪却珍珠般一串串滚落下来。

如今想来，日日夜夜的思念，没处倾诉，那苦痛如切肤，那眼泪滴滴湿透心。我们一老一小成了知心朋友，有了我的陪伴，才使奶奶觉得时光不那么漫长。

一天中午，太阳暖暖的，奶奶烧了热水洗脚，并笑着说："顶脚睡得先把脚洗干净。"当她脱掉袜子，我真的惊呆了。奶奶搂着我睡了都三年了，而我从没有仔细看过她的脚。奶奶那双脚就像两只大马虾，脚背隆起，脚心深凹，大拇指朝上，四个脚趾头全蜷缩在脚板底下，脚后跟像个碗扣。我用手拃一拃，问奶奶："脚这么小，咋长成这样，难看死了！"奶奶叹口气："是缠成这样的，这是标准的三寸金莲。我像你这么大时，脚都缠好了。"

我浑身打了个哆嗦："脚缠成这样得多疼呀？"

"开始时疼得厉害，哭。可人人说这是风俗，不缠找不上婆家。后来也就麻木了。"奶奶指着她的脚说，脚趾头，还有这脚背，从小就缠住不让长了。我看看奶奶的脚，那四个脚趾骨头都被缠折变形了。我心中震撼了，奶奶一辈子用一双重度残疾的小脚，竟然支撑起了一个家。爷爷不在家，我不知奶奶一个人踮着一双小脚，怎样把四个孩子养大。我弄不明白，妇女为什么要缠脚？什么人让缠的？我愤愤不平：那些欺负妇女的人真该死！为什么不把他们的脚缠起来，让他们缠成小脚走路试试！

奶奶夸我说："小小年纪，会说大人话。"我在想，这难道不是奶奶的心声吗？

我让奶奶坐在草墩上，第一次给她洗脚。我学着奶奶给我洗脚的样子，先试试水烫不烫，然后慢慢撩水在她的脚上。奶奶的脚真的好难洗，特别是脚后跟，很厚的老茧，摸起来像枯树皮，硬邦邦的，无论我怎么搓洗也洗不干净。奶奶说，那是死肉，得用剪刀往下刮，说着用指甲抠下一层厚皮，然后用剪刀又刮又剪。

我问奶奶："疼吗？"

奶奶说："都变成死肉了，疼啥。"

我心里幽幽的：老茧就是死肉？它长在身上，就死了？

和奶奶第一次同铺顶脚睡也是个大冷天。猛然不在奶奶怀抱睡了，真有点不适应，手无着无落，无地儿可放。一千多个夜晚，我不是摸着奶奶的耳垂，就是搂着她一只胳膊，香香地睡去。第一天单窝睡，本来信心十足，但等脱了衣服，才发觉被窝太凉了。我蜷着腿，缩着脖子，弓着腰，在外面冻着，不敢进被窝。奶奶已在那头睡下了，她说，快把脚先伸进来。我试着慢慢钻进被窝，感觉四面是冰，心在抖，牙齿打战。奶奶说，别缩，越缩越冷，人身体里都是小血管，你展开腿血就流快了，身体就暖和了。

说着话儿，奶奶已把我的脚拉到她怀里，我感觉暖烘烘的。我也把奶奶的一双小脚搂到怀里。奶奶说，她脚头有个小火炉，有人暖脚喽，以后脚不怕冷啦。从此冬天只要奶奶进被窝，我就把她的脚搂进怀里。

奶奶的脚指甲长得老快，还特别难剪，她年龄大了，腿蜷不回来了，脚底下的指甲长了往肉里钻。奶奶教我用剪刀给她剪指甲，洗完脚剪脚后跟上的老茧，可我怎么也下不了手，害怕剪疼了，剪住活肉流血了。奶奶就把老腿硬盘回去自己剪，她说，厚皮不剪挂死人，蹭着孙女细嫩的皮肤不忍心。每当此时，我总有波澜在心中汹涌。但不管这双脚有多粗糙，只要晚上这双脚在我身旁，我就拉它入怀，安然入睡。可是奶奶不能天天陪着我。那年冬天，奶奶准备开春织粗布床单，给姑姑准备嫁妆，每晚纺棉花纺到很晚。奶奶不进被窝，我就在被窝里辗转反侧。小姑姑回来时给我买了一只红色的兔子玩具，让我搂着它睡，我依然睡不着。奶奶为了安慰我，逮回一只小黑猫，让我搂着它睡。那猫性格温顺，任我摆布，可是一段时间以后，一到晚上猫就不见了踪影。奶奶说："夜猫子，夜猫子，晚上捉老鼠去了。长大了就要做事，总要离开的。"我懂奶奶的意思，她要我自立。但开始单睡的日子，我却和小孩断奶一样难受，没有奶奶的被窝，睡不踏实，睡醒了总要伸手摸一摸奶奶的脚。

我上小学那几年，晚上依然与奶奶盖一床被子。我经常给她端洗脚水，洗袜子。奶奶的袜子起初是用白粗布缝的，后来是小姑姑用毛线织的。也许那时营养不足，偶尔袜筒里还有虱子在活动。奶奶眼睛花了，把捉虱子的任务交给了我，我觉得这是一件快乐的事。我很好奇，直到现在也没搞懂，那些小虫子是从什么地方钻出来的，还那么生龙活虎。但只要被我看见，它就死定了，想逃之夭夭，门儿都没有。我用两个大拇指指甲一挤，啪的一响，虱子小命归天。晚上我与奶奶共用一盏灯，她在灯下做针线活，我读小人书，背课文。她记忆力超强，我给她读过的小人书，她能完整地讲出来，我背过的课文她也会背。她喜欢听我讲学校的事情，我学会了什么字、做对了一道什么题，她都感兴趣。我写完日记念给她听，她不识字却能听出好赖，天天要口头检查作业。大山里没有消息来源，我发布完一天的小新闻，作为奖赏她会给我讲故事。她讲爷爷在神仙洞里遇狐仙的故事，至今我还记忆犹新……

我长大了，不能天天和奶奶睡一个被窝了。一个寒风刺骨的雪天午后，我从外面回来，冻得直跺脚，奶奶习惯性地想给我暖暖脚，等她拥我入怀，才发现她的怀里盛不下我了。她又抓过我冻得红萝卜似的手，说给我暖暖，但她自己抓我的手冰凉，她的手已变得干枯，没有一点血色和温度了。我瞬间泪如雨下……只要奶奶不变老，我宁愿永远不长大。

半个世纪过去了，时光抹去了岁月流年，却抹不去我对奶奶的记忆。与奶奶相伴的日子，一直温暖着我的心！

（原载《速读》2020年2月下、《海河文学》杂志2020年第4期）

那一蔓儿葫芦藤

好长一段时间，我不可救药地喜欢上了那首葫芦丝名曲《月光下的凤尾竹》。

一天夜晚，我独坐在洒进月光的窗子前，打开手机音乐，让婉转、深情、清丽的曲调萦绕在静雅的空间，从心中缓缓流过。伴着轻柔细腻、圆润质朴的葫芦丝乐曲，我的思绪飞向了一座小院。那个院子里，一楼窗户边的一蔓儿葫芦藤，清晰地浮现在我的眼前。

去年中秋，我给临汾的大哥王友明和嫂子赵书莲发去祝福的信息，大哥及时回复后，发给我一幅图片。图片上是他家楼外窗口边小菜园的风景：一蔓儿蓬蓬勃勃、多子多孙的葫芦藤，心形的绿叶密密匝匝地爬满了一顶架子。嫂子笑眯眯地站在葫芦藤边，眼睛望着掩在葫芦叶儿中的窗口。我拉大图片仔细一瞧，那蔓儿上结了数不清的小葫芦，有两颗大点儿的葫芦上还写着外孙、外孙女的乳名"阳阳宝贝""欣欣宝贝"。我即刻回复："嫂子是沃田土命人吧，竟然种出了'葫芦兄妹'？"大哥回复说："你嫂子是个勤快人，她种啥成啥，你看结了多少，连我们卧室的窗口都挂上了。"我想，那一方被绿叶拥抱的窗户里边，不就是大哥的电脑桌吗？他就是在这绿叶掩映下敲动键盘"调兵遣将"，让千千万万的汉字俯首称臣的。他那么多的著作，就是在这景色怡人的环境里完成的吗？

最近几年，网络文章盛行，大哥给众多文友留言、写书评，多少次为我们才进文学之门的年轻文友指点迷津、修改文章。那一字字、一句句，也全是从这扇荡漾着绿意的窗口发出的；那一篇篇、一章章，真犹如一个个葫芦娃，令人艳羡……

再一次细看那架藤儿，那嫩红的触须有的向前伸着，有的打着卷儿；那绿得发亮的心形的叶子，在阳光下显得格外精神。点缀在绿叶儿中的葫芦花，有的已收敛了笑容，顶在小葫芦的头上，显得那么素雅；有的鼓着嫩白的腮帮子，好像随时都能张开小嘴巴。数不清的小葫芦，俏皮地吊在蔓儿上。这要多少心血的呵护，才营造出这么舒心的环境啊！生在农村、长于菜乡的嫂子，在这高楼林立的市井里，竟然打造出一片飘着菜香花香的田园景致！

由此，我想起大哥曾发表的一篇散文《老伴钟爱小菜园》，于是马上找到，读了起来。那一言一语，分明是嫂子不忘初心、乐观生活的真实写照："茶余饭后，老伴儿几乎都是在小菜园里忙活：间苗，拔草，施肥，浇水，捉虫。那个精细劲呀，简直就像是呵护自己的孩子。"这从心底流出来的文字，瞬间把我带进了那片小菜园，我好像亲眼看到小苗儿在嫂子的呵护下一天天成长起来。

秋天来了，大哥家窗外的小菜园丰收了。嫂子摘下蔬菜，菜香弥漫了厨房，一家人品尝着绿色蔬菜，其乐融融。自己吃不了，还送给左邻右舍，和睦了邻里。此时，大哥的文字田园也丰收了，他深情地为"葫芦娃儿"注入了灵魂，变成一个个活蹦乱跳的文字，亮相于报端，赢得了声声赞誉。

桃李不言，下自成蹊。大哥不仅收获了满箩的文字，还收获了压弯枝头的"桃李"。他培养的文学新人，雨后春笋般成长起来。他提携指导过多少文友，有多少人管他叫大哥、老师、师傅，恐怕连他自己也记不清了吧？我明白了，大哥在文坛上如此高产，其素材不就是身边的日常生活吗？大哥文章里涌动着的那种真情，感染着无数的读者，这浓烈饱满的真情文字，不就是他真情实感的自然流露吗？嫂子在窗外，看似侍弄着小菜园，其实是用勤劳灵巧的双手编织着家的温馨与幸福，是用爱的真诚、爱的力量，为大哥提供创作的源泉。这里没有凡俗的浮躁、红尘的烦恼、繁华的喧嚣、陈腐的琐碎，有的只是心情的愉悦、夫妻的恩爱、生活的美满、家庭的幸福。我想，这恰好印证了诗人陈昂《爱家的人才会爱国》一诗的主旨。

随手，我又打开了大哥的文集，读了他有关嫂子的文章，嫂子的人格魅力逐渐清晰起来。

1970年12月，大哥走进了军营，未婚的嫂子在家务农。这对有情人，直到九年后才终成眷属。蜜月没有度完，他们就又过起了漫长的两地分居生活。他们没有花前月下，没有卿卿我我，没有缠绵在个人的小家庭里。嫂子在乡下，耕田种地，赡养老人，抚养女儿，默默无闻，心甘情愿地支持着大哥安心服役；酷爱文学创作的大哥，用一篇篇美文佳作回馈嫂子的深情。读着那饱含真情、细腻入微的文字，一个勤劳朴实、贤惠善良、宽容坚毅的贤内助形象，栩栩如生地站在了我的面前。

在《妻的心》一文中，哥如此说："妻用瘦弱的双肩，撑起了这个沉重的家；用那双纤细灵巧的手，托起了一轮明月。那月，又亮又圆，恰似妻那颗温柔明亮的心。"在《家有贤妻》一文中，哥这样写道："万贯家财不是福，高官厚禄不是福，家有贤妻才是福。"这是真情的表白、生活的感悟，更是人生的境界！

"亏了我一个，幸福亿万人。"这是哥嫂为国奉献的忠贞誓言！"把遥遥两相思、悠悠情和爱，注入两地书，靠它传递着理解、原谅、支持和勉励。"这是哥嫂用书信传情的真实写照。这穿越浩瀚情感森林的独特路标，是爱国奉献的最好见证，令人动容！令人感佩！

在大哥的眼里，嫂子始终是一条藤蔓、一道风景。他以欣赏的眼光来看，用感恩的心诚意相待，换来的是夫妻的一往情深。

夫妻如藤，相绕相依，同甘共苦，恩重情痴，永不舍弃。读着《挽住老伴的胳膊》，我仿佛看到大哥藤一般深情地挽着嫂子，从文字中走来。那种深情，深深地感动了我，影响了我。

皎洁温柔的月光，把夜烘托出一片平静与祥和。《月光下的凤尾竹》的曲子，依然悠扬地响在耳畔。我深情地凝眸图片上的一蔓儿葫芦滕，那扇窗户内外的绿意，又在心田摇曳生姿了……

（原载《临汾日报》2019年3月23日尧风副刊头条、《山西广播电视报·临汾周刊》2019年4月18日悦读版，获《西部散文选刊（原创版）》"我爱祖国·人间至情"征文优秀作品奖）

若 兰

　　我喜欢气质若兰这个词语。在我的心目中，它不仅仅是个美好的词语，还因这个词语中有漂亮雅致的川妹子的名字。对的，这位川妹子就叫若兰。

　　我与她相识，缘于文学。加上微信，图片握手拥抱，算是千里有缘。说来可笑，第一次看到她的头像，我竟然一见钟情，不可救药地喜欢上了她，期盼着有朝一日能与她谋面，真实地与她握手拥抱，感受一下她的漂亮温柔，目睹她那一颦一笑。看到她的照片，我总会想到出水芙蓉、闭月羞花等赞美女子美貌的一些词语来，想到东汉班固《汉书·外戚传下·孝武李夫人》中"北方有佳人，绝世而独立，一顾倾人城，再顾倾人国"的美句来。

　　老实讲，若兰是她的网名，因喜欢若兰这个名字，所以直到现在我也没打听她的真实姓名。曾记得2019年，南国文学学会，在中华人民共和国成立70周年征文活动之季，我的散文《秋登白马山》获得优秀奖，并刊登在《西部散文选刊》上。南国文学学会要求获奖上刊作者，发去通讯方式，我通过王友明大哥推荐的名片，向若兰发出邀请。只忐忑地等了两分钟她就通过了。我受宠若惊地先看她的头像，再看昵称，把若兰与兰花画了等号。人们常说，文如其人，在我潜意识里，名也如其人，取这样的名字，一定有她的内涵，或性格，或品格，或爱好。既然是文学社散文主编，文学修养肯定不浅。我开始关注她，翻她的朋友圈，得知她擅长诗歌，便找来她的诗歌来读。别说，品她的诗句，真有股兰花香味袭来，那种清新婉约、洒脱浪漫，深深地吸引着我，感动着我。于是只要看到她发表诗歌，便点开读一读，或寻一分慰藉、汲取一分力量，或寻求心灵碰撞的火花。每次看到那双如一泓清泉般的大眼睛，总能体会到她的温柔善良。交友也讲究第一印象，也许这就是人们常说的眼缘，若是找对象，那肯定对了鼻眼。于是，一个在微信这头，一个在微信那头，千山万水不隔缘，我总想与她闲聊两句。她编辑任务繁重，但只要我发去信息，她总会及时回应。一次我问她：编辑有收入吗？她呵呵笑了，收入没有，收获有，赏读作者的文字是免费的。话虽不多，但她话里藏着气质，如幽幽的兰香，从微信那头传来。

有人把女人比作花。从小到大，姊妹、闺蜜、发小、文友，我有多位女性朋友，与我投缘的也不少。在众多花卉中，我尤其喜欢兰花。与若兰结缘，也因她的气质与"兰花"相似。2019年春，我乔迁新居，到花市选花，各种花百媚娇生，我不爱，偏选中一盆兰花，看它枝叶上油油的墨绿、旺旺的长势，便喜欢上了它，把它放置卧室窗台，权当闺蜜日日相伴。听人说兰花难养、难开花，我不服气。我属牛，一股子牛脾气上来了："不好养？偏养一盆让你看着。"养花的日子，几乎天天与它对望，它不喜张扬的样子，酷似文人雅士，我把它当成了知己，高兴时与它分享快乐，郁闷时向它倾诉衷肠。渐渐地，它的品性展露无遗，高洁文静，淡雅清新，朴素芬芳……面对它的水灵，我轻轻吟咏："芝兰生于幽谷，不以无人而不芳；君子修身立德，不以穷困而改节。"于是这盆花得到我的特殊照顾，淘米的水让它当茶喝。许是我浇水施肥过猛，去年开春它显示出老态龙钟的样子，老叶子不精神了，耷拉到花盆边上。我不想看着它过早地老去，咨询了花农，小心翼翼地剪掉那些旧叶子。两周后奇迹出现了，兰花顽强的生命力超出了我的想象，没过多长时间，它便挺拔地长出新叶，又显露了生命的真色。每每用餐之后或闲暇之时，我总站在窗台前，深情地望着它。每早拉开窗帘，整个房间便沉浸在浓浓的兰香里。它细长的叶子、锋利的边、油绿的颜色，真像一位文静内敛的女子，看着它，润眼润心，文思泉涌……

2020年10月，兰花显示出二度开花的态势，在层叠浓绿的叶间，窜出了两柱嫩嫩的花亭，似乎要开花了。就在这时有一则好消息传来：全国第二届郦道元山水征文大赛评奖落下帷幕，我的《山水相恋小三峡》获得一等奖。最重要的是，颁奖地点选在重庆，这让我激动不已，若兰在重庆啊，终于可以与她聚首言欢了。盼望相聚的念头，早已在心田里开花。若兰是东道主，向我发出邀请函。一句"盼小燕老师来重庆一聚哦"，我便心旌摇曳！

相聚的日子翩然向我们走来，若兰为筹备会议忙碌着，为参会人员拉了一个群。那段日子，若兰每晚都在群里，她一次次介绍着重庆，一次次为大家规划着到站的路线。我早知重庆是座山城，容易迷路，细心听若兰介绍重庆的天气情况，到达后该怎样乘车。由于运城到重庆一天只有一次航班，且到站时间是晚上6点40分，她向我推荐了轻轨，一是经济实惠，二是可以躲过下班高峰期，并给我发来线路图。我没出过远门，虽然有爱人相随，但他也孤陋寡闻，心里没谱，怕到了重庆找不到方向，为此儿子提前预约了滴滴打车。若兰知道后，又三番五次地介绍轻轨的快捷方便，但我们没坐过轻轨呀，连轻轨长啥样子都不知道。10月23日下午，我还在运城飞机场，大部分参会的文友已到了预订的酒店。我抵达重庆时，已是晚上6点40分，若兰两次询问到哪儿了，发微信："等小燕老师共进晚餐。"虽然不曾谋面，微信那头已像久别的挚友，在重庆翘首以盼我的到来。我心里也着急啊，但是环城高速正是下班高峰期，提前预约的滴滴司机也没办法在拥堵的车流中拔出脚来。于是我发去微信："堵车呢，别等了。"

让我没想到的是，等我们风尘仆仆到达酒店门口，若兰的爱人滕老师已在那里候着我们。他热情地带我们去登记，又带我们到附近饭店就餐。一碗热腾腾的四川手工面端上桌，我感受到若兰的心细如发，兰香般的温馨。

那晚，来自全国各地的近五十位文友相聚一堂，一定热闹非凡。我因迟到感到有些失落，同时又急切地盼望见到仰慕的文友。我再次走到宾馆登记处，没想到若兰奇迹般等在那里。四目相对的一刹那，她闪动着长睫毛，透亮的眼眸如两汪清泉，红唇洁齿，一笑百媚生。我一眼便认出来了，她用手指着我惊喜地叫着：小燕老师！两手相握，张开双臂拥抱，上下打量，我惊叹了，我真遇上花容月貌的窈窕淑女了。爱美之心谁没有呀？尤其人到中年，身材有些臃肿的我，向她投去羡慕的目光，也真切地感受到四川出美女名副其实，不是谬论。

在重庆的几天里，若兰就是大伙的定时闹钟，她人在哪里，温馨提示就从哪里传来：早餐时间到了、该出发了、在某某地方乘车、大伙别走散了……由于疫情防控，团队每到一个地方，要的不是门票，而是健康码，而且不是简单一扫，还有一系列操作程序才可完成。别看我平日手机不离手，真正弄个健康码，笨手笨脚，半天弄不好。若兰这时却不急不躁，为了节省时间，她站在去往景点大巴车的过道上，不是导游，胜似导游，不仅为大家介绍下个景点的特点、要看的要点，还教大家关注景点、扫健康码的方法。由于重庆地势特殊，旅游百分之八十靠步行，大家既想玩尽兴，又怕走散了，若兰有办法。她步履轻盈，走在队伍前边，像只领头雁，手中举一面小旗，每到一个地方，小旗一摆，大伙就知道要集合留影了，在周围游玩的文友，瞬间向她聚拢来。更有意思的是，她把卷起来的红艳艳的条幅当指挥棒。她穿着得体的衣裙，走在队伍前边，春风杨柳一般。跟在她后边，看她频频回首，有时轻声细语，有时声音琅琅，语言那么得体，我脑子里总蹦出"沉鱼、落雁、闭月、羞花"的典故来。美丽又不张扬，与那株兰花有一样的气质，她在默默无闻地散发着缕缕清香！

重庆地域美食，火锅辣味十足，看大伙冒着汗吃得那么爽，我也味蕾大开。连吃几顿后，大概因水土不服，胃不舒服了，感觉上火了，便吃了牛黄解毒片，不承想拉开了肚子。这可坏事了，在一线城市旅游，可不像小县城，内急马上可以找到厕所。走到半路着急找不到厕所，那人就丢大了，再说还怕与大伙走散了，怎么办？我求救于若兰，她笑了笑说："没事，有我呢。"于是那天她与我寸步不离,每到有公厕的地方先提醒我,然后在外边等我。更让我感动的是,那天中午她给订好的饭店打了招呼,特意根据北方人的口味订了自助餐……

今年春节,我亲手栽培的兰花二度开花,幽幽的兰香让我迷醉。我把自己坐在窗口凝望兰花的照片发给了若兰,微信那头,若兰回复,她的兰草也开花了!

（原载《西散南国文学》微刊,2021年2月25日）

第二辑　岁月流光

岁月辗转成歌，时光流逝如花，不忘过去，放眼未来，活成四季最美的风景。

青葱十五岁

一

十五岁，人生的花季，念书的黄金时段。可你知道吗？我十五岁曾辍学，参加了农村"专业队"平地劳动。

父亲脚疼，这已是老病根，母亲被查出子宫肌瘤，在医院做了子宫切除手术。奶奶踮着一双小脚，忙里忙外，经常头疼头晕，厉害时一天喝好几粒去痛片。家里喂着猪，养着鸡。于是，我读七年制初中时就是半农半读状态，本该父母做的家务，全让我一个十四岁的女孩摊上了。母亲从医院回来，带回了满屋子的药味和病恹恹的身体。我看到母亲手术过后肚子上的伤口，活像一条尺把长的大蜈蚣，害怕和心疼噬咬着我的心。作为大女儿，我含泪告诉母亲，我不上学了，我要在家好好照顾她。母亲爱怜地抬手，摸了摸我像棉花一样细软的小手。

我从母亲的眼神里读懂了她的无奈。父亲看见我在灶房边做饭边抹眼泪，给我宽心说，把书拿回来抽空学一学，等母亲病好了再念吧。我用力点了点头，泪水顺着鼻沟流进了嘴里，流向心底！

母亲的病好起来了，和我一茬的同学毕业了。那时上高中不凭考，要大队干部推荐，二哥正读高中，我自然就没戏。我眼看着同学们被推荐上了高中，心里有一千个一万个不服气，憋着一股子犟劲儿，却又无可奈何。父亲说，老天不会亏待爱读书的人，我信了父亲的话，把家里能看的书全搜罗了出来。

二

1976年春天，我替父参加了队里组织的平地专业队，虽比不上花木兰替父从军的悲壮，但也是为家分忧，第一次离开家从事体力劳动。母亲爱怜地为我做了内衣，吩咐我有关女孩子的一些细事。父亲用细绳把拆洗过的被褥打了背包，我找出书包装进生活用品，又装上了想看的几本书。背起背包，再胯上书包，感觉肩头好沉好沉。父亲装了袋旱烟，抽一口吐出烟圈，接着是一声长长的叹息。母亲望了望我细条条还在青春期萌芽的身体，把脸转了过去。我挺了挺腰板，扬了扬眉说："走了。"

劳动的第一站是藏王寨，这个庄与我家隔着板涧河河沟，坐落在北边山头。上学期间，大队里开会、放电影，我多次用高嗓门喊话的方式通知乡亲们。远远地看到块块梯田，绿树掩映的屋角，山坡羊群游动，却从没有去过。除了新鲜感，心里还有一丝向往。在父亲的故事里，这里是王莽赶刘秀、刘秀兵败躲避追兵藏匿的地方。寨上风景如画，却三面悬崖，只有一条笔直陡峭的羊肠小路通向寨子。在真龙天子待过的地方干活儿，我心里多了几分向往与安慰。

三

人生第一次集体生活，第一次吃大锅饭，我看见大伙儿都端着粗瓷海碗，圪蹴在地上吸溜吸溜地吃着面条，我也舀了一大碗，十指端碗摇摇晃晃，找个阴凉处蹲下，顺着碗边吹一吹喝一口，又快速地放在地上再吹吹手。大伙有说有笑，侃着二话，我感到新鲜极了，比在家里热闹，比上学还有意思，最直接的感觉是，我长大了，已不再是小孩了。

　　要平的那块地是个大块头，我们要把一半的坡地挖平，挖出的土用平车推往地头凹处。第一次实地参加劳动，队长给我一把锨，让我往平车里铲土。我两手紧握锨把，用右腿挺住用力，干得很卖力。不一会儿，我就感觉有点力不从心了，右腿火辣辣的疼，手指头根部也起了血泡，手不能使劲握锨把，自然就铲不动土了。队长招呼大家歇一会儿，大家扔下工具向地头一棵大柿树走去。大家在树荫下坐着躺着休息，我看到树下的柿花，感觉有凉风拂过面颊，累意全消，一会儿捡柿花，一会儿抓住树枝荡悠悠，一会儿又摘片柿叶吹喇叭。一位大叔躺在地塄跟头睡着了，张着嘴在打呼噜，我捡了一颗青柿子丢进他嘴里，大叔猛然坐起，我"哈哈哈"笑着逃得老远，心里的畅快淹没了劳累。

　　晚上下工回来，手疼得钻心。我与好友还有十三姑（妇女队长，以下简称姑姑）睡在老乡刘爷爷家窑洞里一盘土炕上。她俩在灯下纳鞋底，我把手伸给姑姑看，姑姑爱怜地用针为我刺破血泡，我感到钻心的疼。从针眼里流出鲜红的血来，但没有疗伤的药，我掏出手绢缠在手心，躺在被窝却无睡意，辗转反侧，心跑回了家。我想家，想妈，想奶奶的小炕窑，索性挑灯看书，熬干了灯油，瞪着眼睛看着满世界黑暗，彻夜不眠。

四

　　太阳还没有升起，喜鹊已在枝头唱起来，队长的高嗓门代替了钟声。我们迅速起床，往脸盆里舀了一瓢水，没有香皂，只把毛巾醮湿在脸上抹一把，就算洗过脸了。我无精打采，跟着大伙走在上工的路上，嘴上能挂个油瓶。我在发愁起了血泡的手怎么劳动。队长看着我说："燕子，告诉我，谁欠你二斗黑豆，你脸拉这么长？"姑姑告诉队长："她昨天手磨烂了，起了血泡。"队长说："别愁嘛，真不能干，谁还能打你，你就来个精神劳动，为大家唱唱歌、跑跑腿吧。"说到唱歌，我立马来了精神，这可是我的拿手本事，当时的流行歌曲我能唱个遍，而且声音又嫩又甜。于是，我清清嗓子，边走边唱了起来："大海航行靠舵手，万物生长靠太阳。雨露滋润禾苗壮，干革命靠的是毛泽东思想……"大伙也跟着唱起来。

我蹦跶着走在上工队伍的前头，一会儿伸手捋一片绿叶子贴在额头上，一会儿拾起一粒石子惊飞正在鸣叫的小鸟，一会儿站在酸枣树前看米粒一样的小花儿，一会儿又悄悄地凑上去捉知了，一会儿摘一朵野花戴在头上……清爽的绿、暖暖的阳、蓝蓝的天、白白的云、艳艳的花……我忘记了手疼。队长说："燕子，你手疼，今天分配个轻活，你去老塄里捋韭菜吧，明天让大师傅蒸包子吃。"我变成一只快乐的小鸟，向队长手指的山坡走去。没走多远，发现灌木丛里真有山韭菜，绿得发光，嫩得流水，先捋下两苗吹一吹，吃进嘴里，微辣清香沁人心脾。我钻进灌木丛，那山坡坡上一片片，大石头周围一丛丛，多得让人兴奋。我一把把捋，一根根择，没带盛具也难不倒我，捋几缕儿草编成辫儿，把韭菜捆成小捆儿，哼着自编的小曲，一把把山韭菜归我所有。没等到下工时间，我已大获全胜。看着一堆绿油油、嫩鲜鲜的山韭菜，我心里乐开了花，等着队长表扬我。

事情往往是乐极生悲。我正要鸣锣收工，却惹了个大麻烦。我抱着韭菜，在从灌木丛往出钻时，不小心惊动了一窝马蜂，等我听到"嗡嗡"的声音时已来不及逃走了，虽然我急中生智放下了韭菜，从身后翻上衣服遮住头部，但两只手却裸露在外，成了马蜂攻击的目标。我感到手上火辣辣的疼，万般无奈，马蜂在手背上一针针地扎，我大气也不敢出。那天下午，大家吃上了柿子醋凉拌山韭菜，醇香四溢。听着大家的夸奖，我心里甜蜜蜜的，可看看两只手，手心是磨伤，手背是蜇伤，这哪儿是手啊，分明是两团面包，还麻酥酥的疼。

五

为大家捋韭菜受了马蜂袭击，队长论定是工伤。我因伤得福，不用上工，躺在刘大爷窑洞的土炕上，美美地睡了一觉，接着看《水浒传》，陶醉在武松打虎的精彩片段里。我正看得起劲，刘奶奶在院子里叫我，原来她拆洗了被子，要我给她抻一抻被里。我一心想帮刘奶奶的忙，早忘了手疼，用力一拽，手钻心的疼，让我一下失去了理智。结果，我这头没抻住，刘奶奶又用力过猛，说时迟，那时快，我还没反应过来，她已踮着小脚后退几步墩在了地上。刘爷爷正好放羊回来，吓得大叫一声。我急忙奔过去，刘奶奶的头深深地埋在腿上。"奶奶，要紧不？"等刘奶奶抬起头来，我没有看出她有痛苦的表情，才松了一口气。刘爷爷急忙过来，和我一起扶起刘奶奶。

刘奶奶说："没事，我忘了燕儿手受伤了。来，老头子，咱俩抻一抻吧。"

我杵在那里当观众，两位老人却像拉大锯一样，不是大爷使劲大了，就是刘奶奶先拽了过去。看着两位老人有趣的动作，"咯咯咯"，我笑出了眼泪。刘奶奶说："死老头子，连布都不会拽，不拽了。"

刘爷爷向我摆手，我却以为他要教训我，拔腿就逃。跑远了又扭头偷看，远远看见刘爷爷从口袋里掏出一把黑乎乎的东西。我一想，脱口而出："桑葚。"我两眼放光了，又跑回去，伸过手接住，那甜滋滋的味道是我从来没有品尝过的。我问："刘爷爷，从哪儿摘的，还有吗？"刘爷爷告诉我，后崖山坡上有，正熟呢。我的心早飞向那山桑葚的树下，那绿油油的桑叶、黑乎乎的桑葚正向我招手示好呢。那晚我把这一消息告诉了姑姑，姑姑又告诉了队长，队长答应让我去摘桑葚，那一刻我真的高兴坏了。

六

五月天，醒来得早，我是那天早起的喜鹊。我借了小筐，刘爷爷去放羊，我当了他的小尾巴，顺着山间小路，翻过一道山岭，走向有桑葚的那面山坡。刘爷爷用斧头给我砍了木勾，吩咐我跟着羊进山，小心马蜂、蛇，他回田里劳动去了。

站在山岭上放眼望去，绿得森郁的山坡，眼前满岭的马茹快熟了，一串串红丢丢的，但我的心思不在它们身上。我定睛细细搜寻，噢，看见了，离我不远的地方就有一棵桑树，树虽不大，但桑葚结得不少。我急不可耐地走过去，边摘边吃，那山桑葚甜味甚浓，放到嘴里咀嚼，汁水和着口水四溢。开始时我一颗颗地品，后来一把把塞进嘴里，反正没人，没人管我的吃相，我想怎么吃就怎么吃。吃够了，再一把把往筐里放。摘完一树，又放眼搜寻，发现前方有一片乱石坡，羊儿的铃铛声成了我的向导。追过去，好奇怪，一大片全是乱石堆，石堆里没长寸草，我像过掠石那样走在这没路的路上，一不小心差点摔倒，筐里的桑葚全掉在了石缝里。我生气了，跺跺脚，不要了。往前走，神了，又遇 片红沙溜溜坡，也没长一苗卓，周围绿树婆娑，把这块圣地环在怀里。我想这里应该是溜滑梯绝好的地方，于是放下筐爬上去腾云驾雾。第一次滑到底，我发现脚边竟然有黑桑葚，抬头一看，我笑了。溜溜坡边上，有一棵大桑树，来到树下细瞧，桑葚又大又黑。我看看树下，又望望树上，乐坏了。想一想，把木勾挂树上，刺溜溜上了树，踩住老枝，手抓枝条摇呀摇，树上下起了桑葚雨。手够不到的，用勾儿当助手，一阵胡摇嗨晃，树下铺上了桑葚地毯。下了树来，两手并用，一把把放筐里，树下没捡完，筐已满了。从小到大，我从没见过这么多桑葚，而且醇香蜜甜，吃到嘴里已甜到心底。吃够吃腻，牙齿都麻了。我抬起头来准备打道回府，却分不清东南西北，找不见来时路了。我脸上冒汗了，刚刚惬意的心情变得糟糕，我大声喊叫，除了惊飞了两只黑鸟，只能听到大山的回音。望望头顶的太阳，天已中午了。

我竖起耳朵细听，有"丁零、丁零"的声音，细辨方向，铃铛响的地方应该是深山处，索性向相反的方向走去，只一会儿便找到了我摘桑葚的那棵小桑树。钻出树林，太阳火辣辣的毒，放下筐折下树叶编顶草帽戴到头上。

赶回山庄，大伙正在吃午饭，见我扛回一筐桑葚，都围过来你一把他一把，个个笑脸，有滋有味地品尝，吃够了才腾出嘴来夸我。姑姑看看我笑弯了腰，大家这才注意到我披头散发，还成了大花脸，有人笑出了眼泪，有人笑得说不出话来。我去照镜子，唉呦呦，我黑紫紫的嘴唇儿，舌头也变得黑紫，连嘴边都"长了"黑胡子……

桑葚吃多了上火，那天下午，我鼻血流得滴滴答答，一位大叔脱下一只布鞋扔给我说："给，快用它顶住。"我隔远都闻到了脚汗臭味。还有人去找了颗羊粪蛋，说让我拿它塞住鼻孔。我"呸呸呸"，支的什么招呀，恶心！我掏出手绢儿捂住鼻子，可是血一会儿就渗出来，从指缝间流下来……我不知是流血过多还是见流血吓晕了，脸色煞白，两眼发黑。紧要关头，刘奶奶舀了一碗凉水，用毛巾浸透了水，捂在我额头上，血才止住了。刘奶奶心疼地说："流了多少血呀！常人一天才能积一米糠血，几年都吃不回来呀。"我听了脸都吓白了，刘奶奶端来一碗淡盐水，让我喝了下去。这盐水化作暖流，传遍了我的全身。

藏王寨周边的田间地头，有各种天然的果树。我们劳动的不远处地塄边，有几棵山核桃树，那年山核桃结得很稠，农历六月六刚灌上油，我就馋上了。可是核桃不像其他水果，摘下便能吃上，硬壳外边那层绿皮是最不好对付的。在核桃成熟的一段日子里，我多次去摘，我们用火烧着吃，用刀撬开吃，用土埋了焐掉皮砸着吃。而每一次大家弄出的核桃仁，先一把把放在我手里，他们说我正在长身体，需要补充营养。摘山核桃的快乐、吃核桃的香甜与温馨，深深地留在了我的记忆里。

地头那棵大柿树，遮下一大片荫凉，是大家歇工的好地方。它的大树杈上是我放书的地方，也是我快乐的天堂。树杈很奇特，有一枝从树杈上平伸出去，我或骑在这里看书，或靠杈展腿仰望绿得发亮的叶子，享受那丝丝凉爽。这是一棵八月红柿树，柿子长得大，成熟得早，农历七月十五过后，那柿娃娃的脸上就有了红晕。我盼着柿儿成熟，等到树上有了软柿子，我像猴子那样刺溜溜上树，小心翼翼地摘下一颗颗递下树，等大家咂嘴品尝又水又甜的软柿子，我才想起，自己还没尝过鲜。没想到等我下了树，大家掰开手中的软柿子，每人给我留了一半。大家不约而同，心里都有我这个疯丫头。

那柿子的甜美，还有被大伙宠着的温馨美好，在记忆里如斧凿刀刻般，留下了深深的印痕。

在藏王寨，我饱尝了"山珍野味"，我捉了知了猴，让大师傅用柴灰焙了吃。看到树上的鸟窝，上树掏鸟蛋；听到野鸡叫，寻找野鸡窝。有位大叔教我，用泥巴包裹了，拾柴火烧着吃，等扒开泥巴，剥开硬壳，我已垂涎三尺了，急切地把蛋送进嘴里，没来得及咀嚼，已光溜溜地从嗓子眼滑进肚子里。咽下去了才恨自己，为什么不品一品呢？打个空饱嗝，心想：若能像牛一样反刍就好了。可惜了这么好吃的东西。

我在藏王寨，上了社会大学的第一堂课，用稚嫩的双手翻开了大自然这本厚重教材的第一页，感受到父老乡亲高山厚土般的爱。

大自然给了我无穷的乐趣，一段磨砺，成了我人生前行的基石！

（原载《江山文学网》2020年3月21日，
《白石头散文》2020年3月21日转载并收录）

梦圆十六岁

一

有梦在花季，圆梦也在花季。

1976年，我十五岁，疼我爱我的奶奶刚过世，母亲就病了。那一年，在家庭与社会背景下，我读了"社会大学"。

从入学到初中毕业，我各门功课都很优秀。不让读书等于断绝了我走出大山的希望，折断了我展翅欲飞的翅膀。目睹大山里围着磨道锅台转的妇女，不甘心像蜘蛛那样吐丝，读书的想法如火苗在心房燃烧。

我常常思想开小差，干着活想着书里的事。母亲心疼我，下地劳动，她总是让我先回家敲响锅碗瓢盆交响曲，我却经常心不在焉，把饭烧糊。

一次，我点着火，淘好米，便蹲在灶台边，一手拿书，一手往灶膛加柴。半天不见锅开，放下书，掀开锅盖，锅被烧得通红，手指头被烫伤。我顾不得疼，舀了一瓢水倒进锅里，滋溜溜一团白烟，"啪"一声，锅底漏水了，烟尘腾起，弄了一脸灰，汗水涔涔。那口锅是母亲做饭的神器，煮啥都香，圆肚的铁箩锅容量大，被母亲擦拭得油光闪亮。闯祸在瞬间，手烫伤了，疼得要命，眼睛里还钻进了灰尘，我不知道怎样收拾这一片狼藉，只好硬着头皮，等着母亲回来抡笤帚把。

母亲回来了，看到眼前的情景和地上的书，一切都明白了。正欲发火，发现我左手托着烧伤的右手，疼得眼泪一滴滴往下流，哪还有心思责打我。她边收拾残局边唉声叹气，几多心疼，又几多无奈。

父亲下工回来，看了看我烧伤的手，为我上了药，还吩咐母亲说："抽空让大妞看看书吧，我觉得这几个娃，她最有出息，将来能写会算，还有铁饭碗。"那时候的"铁饭碗"，意味着跳出农门，吃供应粮，是多少农村青年的梦想啊！

父亲的话让我将信将疑，我缠着母亲问真假，母亲只笑不答。现在想想，这一定是父亲发自内心的期望。但就是父亲的话，擦燃了我读书的星火。在家务农的女孩子，为了生活，劳动之余，都在纳鞋底、打毛衣、绣花，我却经常手捧书本如饥似渴。一年多时间，我读完了家里所有能读的存书。图文并茂的小画册，不知看了多少本。《毛泽东选集》翻了一遍又一遍，理解不深，也不厌其烦地读。乡亲们知道我爱看书，都愿意把家里的书拿给我看。只要听说谁家里有好看的书，我不惜跑好几里山路去借。一次，我有幸借到了古典名著《三国演义》，父亲讲起里边的故事，章章回回是那么精彩。诸葛亮的神机妙算迷得我颠三倒四，我却因识字少读不通。农谚说：随借随还，再借不难。好不容易借到手的书，因看不懂又物归原主，我心里五味杂陈。

二

我恨自己生不逢时，又庆幸集体劳动能体验生活。农村广阔的天地锻炼了我，给了我向群众学习语言的机会。

我务农一年，有几个月参加专业队集体劳动，队员男男女女，年轻人占多半，我是年龄最小的。劳动期间，大伙儿说说笑笑，劳动、娱乐两不误。有句调侃语："男女混杂，干活不乏。"大伙儿边劳动边讲故事，男人女人经常斗嘴，讲故事PK。

一位男士干咳两声开了腔：某人媳妇儿有点憨，早晨把男人前开口的裤子反穿到自己腿上，在没院墙的房前搭梯上房，邻居看见她后裆开着的裤子一张一合，笑得直不起腰来。憨媳妇回头见他们盯着自己的臀部，用手一摸回敬一句："疙蚂（青蛙）没见过托（大）天！"逗得大家笑出了眼泪。

一阵哄笑过后静下来，有人回过神来，这不是嘲笑女同志头发长见识短吗？立马有人礼尚往来，给以回敬：某憨女婿与精媳妇抱小孩去亲戚家随礼坐席，媳妇抱小孩，以敲碗为令，"当"吃一口放筷，"当当"吃两口放筷。亲戚抱走小孩，"当当当当……"敲着脸盆哄小孩，憨女婿以为是媳妇的敲碗令，端起桌上的菜碗一股脑儿倒进衣服口袋里……哈哈哈，这不是"吃不了兜着走"吗？我笑得真想在地上打滚儿。

民间流传的故事，笑点多多，个个精彩。我发现编故事的高手在民间，于是，只要有空，我就缠着会讲故事的老农，一则则憨女婿、憨媳妇、老猴的故事，听憨了我。还有南山许多村名，诸如藏王寨、营沟、黑狗山、五福涧、雕窝、河堤……大都是从民间故事中总结出来的。我把挖掘到的一个个故事，储存于脑海。后来又害怕忘了，想把故事用文字记录下来。可是有好多字不会写呀，那些故事在老农嘴里是那样生动，活色生香，而在我的笔下就变得干巴巴，没有多少趣味了，有时候还缺胳膊少腿的，这使我有了重返校园的心思。

一天劳动间小憩，我们女同胞坐一块儿比手，一位大姐说："手比手，活不久。"我马上把手缩了回去，她抓过我的手瞧了个仔细说，看这双又细又嫩、肉嘟嘟的手，连老茧都没有，将来肯定是抓钱干工作的。她又掰开我的手指头，看我手上有没有"脬"，十指看完了一声惊讶，我问她诈唬啥，她说，你十指都是箕形纹，一生会有好运相伴，不是"中状元"，就是"有得嬉"。

我立马翻了她白眼，这不是耍我吗？我不念书了，现在面朝黄土背朝天，中什么状元？她说："那不见得，七十二行，行行出状元。"我撇撇嘴："修地球的状元吧？"她说出了《指纹谣》："一脬穷，二脬富；三脬磨豆腐，四脬造酒醋；五脬掼刀枪，六脬杀鸡娘；七脬七，讨饭匹；八脬八，拜菩萨；

九腡九，做太守；十腡全，中状元。满手箕，有啜（吃）又有嬉。”我问：“‘有啜又有嬉’什么意思？‘啜’和‘嬉’是哪两个字？”可她也说不出个所以然来，想了半天才说：“大概是有好吃好喝，有好工作了吧。”我想破脑袋，也没弄懂那句话怎么解释。我为自己读书少、文化浅而伤心。

一天下地，我胳膊窝夹着的《聊斋志异》被一位绰号“吹活匠”的小伙子看见了，他说他读过《西游记》，说我正是读这本书的年龄。他把主人公孙悟空吹得神乎其神，他讲孙悟空“智斗牛魔王、铁扇公主”“三打白骨精”的故事，虽然他记性不算好，讲得疙疙瘩瘩，甚至有些丢三落四，我还是听得入了迷。那时候不信神，于是就有人批判他“嘴上没毛，说话不牢”，“看了《西游记》，说话如放屁”。乡亲们诙谐的语言，引起我极大的兴趣。那时我并不知道，《西游记》是我国四大名著之一，但我相信，印在书里的肯定是好故事，不会有错的，说不定真的那么神乎其神。我想借来一读为快，可他也是借来的，“隔手不借物”的农谚，掐灭了我读这本书的想法。我咬着唇望着天边，在心里默想，要有机会，我一定读读这本书。我有了钱，一定买更多的书，读它个不亦乐乎……

三

处处留心皆学问。那时候，农村土坯房土窑洞最上档次的装潢，就是用报纸糊墙、裱顶棚，这让我眼前一亮。不管走到哪里、进到谁的家，只要墙上有报纸，我进门就站到墙根“面壁思过”。墙壁上贴的报纸，解决了一个书虫的“饥渴”。当时，我的房间墙壁，除了书桌边贴了毛主席像以外，炕围、顶棚都用报纸贴上了，我端着碗站在墙边看“墙报”，饭凉了才一口气从嗓子眼倒下去。

一次看到精彩处忘了手里的碗，饭洒了，碗也打了。母亲说：“饿着，下顿用手掬着吃。”没挨打就算万幸。晚上掌灯看炕围，鼻子熏成黑烟囱；站在凳子上仰头看顶棚，直看到脖子发硬转不过弯儿来。

当时，我表姑是大队干部，听了我读"墙报"的故事，把一捆旧报纸统统给了我。真是宝贝呀，我一张张地读，发现报纸上的标题很深奥，且难以理解。什么"克己复礼""批林批孔""学习鲁迅革命精神，做批林批孔的闯将"……这里边林彪我知道，但"克己复礼"是啥意思？"孔"是个什么人？鲁迅又是个什么人？

父亲是有些文化的。他告诉我：克己复礼就是约束自己，言行符合于礼。我抢着插嘴："这没有错吧，为什么要批？"父亲继续讲："孔指孔子，是春秋战国时的思想家、教育家。"他还把《论语》中的名句讲给我听："学而时习之，不亦说乎？有朋自远方来，不亦乐乎？人不知而不愠，不亦君子乎？"

父亲解释得通俗易懂：求知自得其乐，交友衷心喜悦，怀才不遇也不怨天尤人……这些句子我懂了，但心里越糊涂了：大教育家，说出的话如此经典，他没干坏事，又不是坏人，招谁惹谁了要批判他？父亲没为我解开这个疑团，他只告诉我，从中了解一下孔子就行了，不要想那么复杂，以后有机会读读《论语》。

从父亲的口中我还认识了鲁迅，知道了他的代表作《呐喊》，我从字面理解这本书的意思是大声喊叫。为什么要喊叫？父亲说那是一个大作家的职责。我又想不开，大声喊叫就成了大作家？父亲转移了话题："鲁迅的《朝花夕拾》适合你看。"我又把题目理解成早上的落花晚上去捡。捡它干什么？还晚上去捡！我的探究常常惹得父亲啼笑皆非，他说那是表面，这本书是鲁迅晚年时忆童年生活之作。大作家的童年一定很有意思吧，我对这本书产生了浓厚的兴趣。

那年古城腊八会，我用买新年衣服的钱买了两本书，其中一本就是《朝花夕拾》。过年没新衣服穿，没少受母亲数落。读这本书，也没少吃苦头，我边查字典边往下读，啃了好长时间。不过那里边好多故事，给我留下了深刻的印象。读过《狗·猫·鼠》一文后，激起我观察各种动物的兴趣，后来便养成了仔细观察的良好习惯。我把书里的动物当做参照物,对现实中的动物进行了仔细观察,它们的一举一动、生活习性,我娴熟于心。

四

1977年正月,恢复高考前夕,我去姥舅家跑亲戚,表姑告诉我,高中招生,自愿报名,经过政审、填表、面试,择优录取,往届、应届初中毕业生都可以报名。我抱住表姑,在她脸上来了个吻,我知道从她嘴里说出来,我上高中的事已是篦子上抓馒头——十拿九稳。我风风火火跑回家,把这一喜讯告诉了父母。

天下雪了,真是"忽如一夜春风来,千树万树梨花开"。冬日雪后天气冷峻清爽,山路上被白雪覆盖,变得平坦,脚踩在软绵绵的雪地上,留下一串串深深的脚印。路旁的灌木捧出雪白的花束,在为我祝贺。我想好了说服父母的台词,没有想到父亲举双手同意,母亲也痛快地答应了。实现愿望的机会来得这么突然、这么顺利,我蹦着脚欢呼。

入学前,我复习了初中的功课。收到高中录取通知书的那一刻,我暗下决心,一定要珍惜来之不易的读书机会。母亲为我缝了新被褥,扯了大红底色黑纹格子棉布,为我赶制了上衣。喜悦挂在脸上,我睡在被窝里偷着乐呵,挑灯为自己做双轮胎底新鞋,半夜爬起试穿新"校服",皮底鞋、尼龙袜、蓝洋布裤子,再把团徽戴在胸前……

和煦的春风抚摸着我的脸,明媚的春阳照在山村小路上。我挎上父亲特意买的书包,背起铺盖卷,重返校园,开始了高中学习生活。

走进社会,我有了生活体验的资本,小小的梦圆,成了我人生的拐点。

（原载《江山文学网》2020年4月2日,斩获精品,

《白石头散文》2020年4月3日转载并收录）

青涩十八岁

一

2019年冬，我的高中语文老师永远地离开了。站在老师的灵堂前，我止不住泪水长流。刚入高中那段青涩的学习生活，一幕幕涌向心头。

1978年，我虚岁十八。那年初春，我拿着高中录取通知书，喜极而泣。我想给老天磕个响头，因父亲"老天不会亏待爱读书的人"的话应验了。一个杨柳吐翠、桃花含苞的日子，母亲熬了皂荚水，我把齐腰的粗辫子洗了又洗，穿上母亲为我准备的新衣裳，改头换面，由一个村姑变成一个读书的学生。自我欣赏一番，我觉得自己像个读书人了才走出家门。婶子一句"女大十八变"，夸得我心里痒痒的，又跑回去照了一次镜子。就要到离家五公里的解峪高中报到了，我哼着小曲，到猪圈前看了一眼，由我喂养的小猪"啰啰啰"叫得山响。这一年，大妹初中毕业了，她对念书不感兴趣，正好顶替了我在家里的位置。可等我一经打扮，她掖掖我的衣角，又摸摸我的书包，眼巴巴望着我，不知是不舍还是羡慕。我对妹妹说，放假回来衣服归你穿，她高兴得两眼放光。父亲执意要送，不由分说接过我肩头的背包。我知道，父亲对我的未来充满希望。与父亲一前一后走在蜿蜒的山路上，我低头用脚踢着石子，想着心事，妹妹看我的眼神，老在眼前晃来晃去。这条路从小学到初中，不知道来来回回走了多少遍，也不知道与妹妹抬着水蹒跚着踏过多少次。这条路上，留下了我童年和少年的多少故事，若写成文字，该能著成书了吧？我不想在这条路上徘徊，有了走出大山的一线希望，而妹妹十五岁稚嫩的双肩，就要挑起大人的重担了……父亲说，到学校别想家里的事了，别再搂着厚书啃了，把精力用到课堂上。我知道，父亲是在警告我，不要钻到闲书堆里，耽误了学习。

二

全班共有五十人，来自南山一个公社的四面八方。学生的基础参差不齐，入学没有经过考试，只进行面试和填写家庭关系审核表。填表时，我信心满满，因父亲和大哥都是党员，亲戚也没有"四类分子"。面试这一关，语文题目就一道，让写个自我介绍，这对我来说，简直是小菜一碟。数学就不那么简单了，是抽一道考题，我还算机灵，一踮脚就看到前边同学抽到的题目：三分之五加五分之三，她脱口而出八分之八。戴眼镜的监考老师头摇得像拨浪鼓。我在心里好笑：笨，没通分。抽到题目一看，貌似与前边的同学一样，我心里窃喜。有了刚才老师的提示，我先通分。老师有意无意地敲敲桌子，唔！"×"看成"＋"了。我马上分子分母别相乘，写上十五分之十五。老师又敲了敲桌子，啊！"忘了约分。"我迅速写上得数：等于1。老师看看我，撂下一句话："反应挺灵敏。"我不知老师是讽刺还是鼓励，脸上发烧，心里七上八下的。

初次与老师接触，语文、数学老师对我的第一印象非常好。语文老师叫弟明伦，身着四个兜的中山装，上衣口袋中别着一支钢笔，厚厚的嘴唇，声音洪亮中带着几分幽默。从老师的表情判断，我不笨，但是想到学习基础，我隐隐约约有点心虚。读小学五年级那年，我左臂摔伤，曾有几个月没有上学。读初二那年，母亲又病了，领到书在家自学。我还在家务农一年，读书断断续续，支离破碎……那是一种矛盾的心情，既担心基础差跟不上，又不能打退堂鼓，硬着头皮也要坚持下去。继续读书可是我梦寐以求的事情啊！于是，我咬紧牙关，暗下决心，不管遇到多少困难，也得学出个样儿来！

三

我们是春天入学的，当时女生宿舍是两间房，每间房内只有一盘大土炕，十几个人睡在一个大炕上，每人占不到一米宽，床铺紧挨着，显得十分拥挤。最主要的是空气不好，有人放个屁，一屋子人受污染；谁吃了大蒜，空气中都混杂着蒜味儿。晚上，炕沿下鞋子一字儿摆开，唉，空气中还混杂着脚汗味儿……都是十七八的大姑娘，叽叽喳喳，真是三个女人一台戏。有人说悄悄话，有人点个煤油灯做针线活，夜深了还有人打呼噜说梦话。我睡觉需要安静，加上以往习惯把书当夜宵，睡觉前不看一会儿书就睡不踏实，心里像缺了点什么。作息时间一到学校就熄灯，我算傻了眼，平躺睡不着，侧卧依然睡不着，索性把白天学习的内容在脑子里过一遍电影，想想心事，再把看到的新鲜事想成一篇文章……由于晚上睡不好，早上起来无精打采，睁着两只疲惫的"熊猫眼"。最糟糕的是，在课堂上打瞌睡。

有一天，语文老师正在讲荀子《劝学篇》："故不登高山，不知天之高也；不临深溪，不知地之厚也；不闻先王之遗言，不知学问之大也。"其实，此文课前我早已预习过，老师抑扬顿挫的朗读声，真像催眠曲，我犯迷糊、打哈欠。哈欠是传染的呀，我一打哈欠，左右同桌都跟着打，同桌的同桌一个接一个张圆嘴巴……我情不自禁地用手捂住嘴，没想到那张嘴耸鼻闭眼睛不雅动作，被老师逮了个正着。老师竟然也张圆了嘴"啊哈"一声，不知是被传染还是在做怪样警告我。我把语文书翻开挡在前面，使劲儿抿住嘴，把哈欠憋回去，可一会儿就又眼皮酸涩打起盹来。突然，一个粉笔头"咣"地砸到我额头上，我一激灵清醒了。一抬头，看到老师犀利的眼神，听到教室里一阵哄笑，我的脸唰一下红了。于是，我马上坐端正，再偷眼看老师，他噘着厚嘴唇，那双小而聚光的眼睛似乎看穿了我的五脏六腑。紧接着，老师咧开厚嘴唇，露出整齐的牙齿，似笑非笑，打个手势，示意我朗读课文。我迅速站直，以洪亮的声音朗读起老师指定的那段文字来，顿时压倒了同学们的交头接耳声，教室立刻静了下来。本来老师是用这招来惩罚我，没想到我课文已熟读能诵，他笑了，笑容像极了弥勒佛。

　　下课铃响了，老师刚夹着课本走出教室，我的同桌就咬着我耳朵说："嘻嘻，你说语文老师那厚嘴唇、那小眼睛，像不像《西游记》里背钉耙的那位……"我踩了踩她的脚："钉你个头，小心老师的钉耙打过来。"她笑出眼泪。我从小偏爱语文，对每一位语文老师都尊崇有加，那天在语文课堂上忍不住打瞌睡，是对语文老师的不尊重啊！我想向老师解释一下，道一声对不起，于是下午一放学，就直奔语文老师的办公室。我轻轻敲门："老师好！"屋内没声音。再敲，还是没声音。我侧耳细听，依然没有任何声响，从窗口望进去，哦，没发现老师，倒一眼看见了老师屋里有个书架。从小嗜书如命的我，鬼使神差推开虚掩的门，走了进去。哇！那个旧书架上摆满了书，那些书像磁铁一样吸引了我。什么《红楼梦》《呐喊》《彷徨》《故事新编》，什么《女神》《子夜》《家》《骆驼祥子》《四世同堂》，什么《雷雨》《边城》《生死场》《呼兰河传》《围城》……这么多好看的书啊！我这只书虫，从小到大就没有见过这么多书，有点眼花缭乱，不知该看哪一本。我脑子迅速转着，想到老师推荐过女作家萧红的作品，于是抽出《呼兰河传》，站在书架前，如饥似渴地读起来……由于太专心了，人是木讷的，我竟然没有发现老师进来坐到椅子上。他"嗯哼"一声，吓我一跳，我突然回过神来，感觉自己像小偷被抓了个现行。本是来给老师道歉的，却书迷心窍，吓得语无伦次："老师，这书……这书……""你想拿走这本书？""不不不，我不是来偷书的……不，不是……"一时着急，我竟结巴了，真像做贼心虚，羞得满脸通红。老师马上换了一副面孔，挤挤眼睛说："学生偷老师的书不算偷，想看哪本就拿去吧，只要不弄丢了，书架上的书都可以借给你看。""真的?"我脸上泛起一抹儿红霞,双手把书搂在胸口,弯腰说句谢谢,飞也似的跑出老师的办公室。是紧张、是激动,我自己也说不清楚,心里仿佛揣着一只小兔子,等到平静下来,才想起还没吃晚饭呢。于是,我拿着碗奔向食堂,大师傅已把剩饭倒进泔水桶里,正在刷锅……

四

《呼兰河传》是我读高中时借阅的第一本书,萧红童年的趣事深深吸引了我。这本书平凡的文字、清新的描述,引起了我的情感共鸣,引起了我对童年生活的回忆。在阅读中,我明白了,会织毛衣、会绣花的女人,写出来的文字更细腻、更耐看、更有烟火味儿。大作家记述的,也是平凡人的平凡事。我的童年也很有趣,于是我也模仿书里的"摘黄瓜""点灯笼"等故事的写法,把童年发生的真实有趣的故事,诸如"踩萝卜""撵松鼠"等写进了作文里。每次写完,自己先读一读,心情畅快得像小溪奔流一般。交了作文,盼星星盼月亮,等待老师批阅。一次周五,我拿到改后的作文,看到几处红艳艳的眉批,句子下一连串的红圈,激动不已。文后的批语,更令我惊喜:"文字很有灵性,真实的故事加上真情实感,堪与萧红媲美。不过,错别字使文章大打折扣。"回头再读文章,是"的地得"运用没鼓捣明白,把它们张冠李戴了。但想破脑袋我也搞不清"的地得"什么时候该谁出场。我恨造字的人没水平,双胞胎都不叫一个名,三个不一样的字,叫同样的名,这不是故意整人嘛!我把这几个字写在纸上,画上"X"以示绞杀,再从文中删掉,重新抄了一遍文章。我惊奇地发现,不用这几个字,有些文句反而显得干净利索了。我心里沾沾自喜:"离了狗屎,照样种菜。"我把改后的文章送给老师看,老师一眼就看出了我的"发明"。他先笑成了弥勒佛,然后又马上变了脸,一脸严肃地对我说:"删除与改错不是一码事,删了不等于明白了,这是逃避现实。错了不怕,不会可学,知错不改,还把错字隐瞒,这是错上加错。"本想老师会表扬我，没想到反而批评了我，但他说得不无道理，我心悦诚服地点了点头。他还告诉我，这是个共性问题，作文讲评课上要讲这三个字的用法，到时一定要认真听。

那节作文讲评课，老师把我的作文当范文读了。我的文字经老师的口，语言变得那样流畅，场景是那样细腻鲜活，引来同学们的啧啧赞叹声。可那"的地得"，课堂上我几乎调动了末梢神经，依然没搞清楚。每次写作文、日记遇到这三个字，琢磨半天，该错还错。我求助于语文老师，他说："这是基础差，不懂语法呀！"什么叫语法？我孤陋寡闻，就没听说过这个词。我们这茬高中生，大部分同学连最基本的拼音都不会，有人连字典都不会查，谈何语法？我叹息。数学学习有系统性，语文打好基础更为重要，万丈高楼凭地基呀！

五

母亲说我翅膀硬，生性倔强，这是真的，只要是喜欢的事，我会凭一股犟劲儿走下去，不达目的誓不回头。苦思冥想之后，我把遇到的问题告诉了父亲，不知父亲施了什么魔法，那周到校后，语文老师找我谈话，为我开了小灶，每晚自习后让我在他的办公室学习语法。和我一起补习的还有两位高二同学、一位北京知青（当时是解村小学老师）。为了快速掌握这一知识，老师编了顺口溜："主谓宾定状补，谓前为状谓后补。"由于喜欢，我全身心地投入，老师讲的每一种句式、举的每一个例句，我不但记在本子上，也记在了心里。上完一节补习课，回到宿舍，我都举一反三地消化咀嚼，词性区别、简单句子成分划分，我很快就掌握了。后来，有难度的连动式、兼语式以及复指句子成分等等，我都能区分得一清二楚了。分辨"的地得"成了小菜一碟，老师编的顺口溜，我至今还能记起："名词前边白勺的，动词前边土也地，动词后边双人得，牢牢记住别用错。"运用自如了，才深深理解了"的地得"这些辅助词是词与词之间的桥梁，用对非常重要。那段时间，我夯实了语文基础，很多容易读错写错的字，老师倾其所有教给了我，我记了厚厚一本笔记。在补习过程中，我的专心勤奋受到了老师表扬，他赞许的目光让我信心倍增，我也切实明白了"一日为师，终身为父"这句名言的道理。

我迷上了书，迷上了写作。语文老师那一架子书，我一本本借阅，有些还啃了两遍。像《红楼梦》，第一遍看完了，根本没搞懂什么内涵，连主人公都没搞清都有谁，只是觉得人物关系复杂。书读多了，语文成绩提高了，老师对我寄予厚望。我把节省下来的钱买了笔记本，开始写日记。为了借阅方便，我努力学习，当上了语文课代表，利用送交作业之便，借书还书，出入老师办公室。为了能有书看，我使出浑身解数，利用一切可以利用的时间，把课本中的名篇背得滚瓜烂熟，用心写好每周五的作文。我的做法，得到语文老师的赏识。

我想读更多的课外书，课余饭后那点时间是不够的。那时，宿舍里哪儿有书桌啊，于是我在炕头枕边放了一块砖头，把一盏煤油灯放在上面，每晚学校熄灯后，煤油灯就点亮了。只是我以书相伴，读书到深夜，引起了邻铺同学的反感。她们向老师告状，说我晚上常常亮灯，打扰了她们休息。于是，我就买了手电筒，钻进被窝打亮手电，打开书本一页页读。邻铺同学似乎听到了翻书声，问我钻被窝里干啥，我回答："换个内衣。"邻铺同学笑了："黑灯瞎火的，谁能看见你啥？再说，谁还不知道你身上长的啥？都是女生有啥不好意思的？"一阵哄笑，被子被掀开，被窝里的秘密被发现。我的牛脾气上来了，劈头盖脸一顿发火，然后把枕头放到另一头，继续我的夜猫子读书生活。

六

书是我的命根子，有时候读得入迷，大半夜不睡觉。一天夜深人静时，我听到地上"窸窸窣窣"的声音，顺声音把手电筒打过去，哎哟，一只大老鼠在地上跑来跑去。我照见了它贼溜溜的眼睛，伸手摸到一只鞋子扔过去，它竟从墙角钻了进去，我才发现那贼老鼠是从外边打了"地道"进来的，人家出入自由。

有天半夜电闪雷鸣，一场瓢泼大雨从天而降，我还沉溺于书里，没想到雨水从那老鼠洞灌进我们宿舍了。由于专心，我并没有发现宿舍进水了。雨停了，一位同学闹肚子下炕上厕所，竟一脚踩在水里，她一诈唬，大家都醒了。哎哟，看见大家的鞋子都漂在水上，我一紧张，手里的书也掉到了水里。那可是矛盾的代表作《子夜》啊，我刚从老师那儿借来的，才看了三分之一。等我跳下炕把书捞出来时，书中已滴出水来。也许是旧书的缘故，也许是因为那时纸张粗糙，一瞬间书全湿了，沾在了一块儿。宿舍里乱成了一锅粥，大家七手八脚地往出扫水。我的书湿了，无法下手，只好焐进被窝，用被褥把水吸干。那一晚我鞋湿了，被窝湿了一大片，那本书沾成一坨子。

第二天是语文早读，从不迟到的我迟到了，语文老师可能知道了我迟到的原因，到宿舍来找我，看见我跪在炕上一页页往开"撕"书，他没有生气，反而笑成了弥勒佛。"把书晾在我的窗台上，赶紧上课去。"老师心平气和地说。

回头的那一刻，我从老师的笑容里隐隐约约看到了父亲的影子。眼睛里霎时起雾，盈满泪水。不知道老师怎样把湿书弄干的，我再次拿到这本书时，虽然有点皱巴，翻页不太利索了，但字迹还清楚。来之不易的读书机会，我倍加珍惜，所以读得格外认真。书中简洁哲理性的语言、形象生动的比喻，深深地吸引了我。我摘抄了读书笔记，好词好句记录了好多页。

"只有竹子那样的虚心、牛皮筋那样的坚韧、烈火那样的热情，才能产生出真正不朽的艺术。"这句话成了我的座右铭，一直激励着我向前走。

"眼泪是悲哀的解药，会淌眼泪的人一定是懂得这句话的意义的。"这句话成了我心态平衡的一剂良药。

"人生的路上，有洁白芬芳的花，也有尖利的刺，但是自爱、爱人的人儿会忘记了有刺，只想着有花。"我从这些语言中懂得了做人的道理，汲取了前行的力量。我把书中那些生动的比喻摘抄下来，拿去与大自然相比，丰富了我的想象力，好多比喻至今我还烂熟于心。

"雨点连在一起像一张大网，挂在我的眼前。"

"微风吹过，雨帘斜了，像一根根的细丝奔向草木、墙壁。雨水洒下来，各种花草的叶子上都凝结着一颗颗晶莹的水珠。雨如万条银丝从天上飘下来，屋檐落下一排排水滴，像美丽的珠帘。"

…………

有一天，语文老师发现我在看一个小本子（我的读书笔记），顺手拿在手里翻了一遍。看后他没有表扬我，只是温柔地笑了笑，我知道他的笑容就是对我的嘉许。于是，我模仿这本书里的语言，写了一篇作文《在大转变的日子里》。这篇作文贴着时令，写了改革开放后农村包产到户的新变化，老师给予了高度评价，他的评语我至今还记得："语言生动，想象丰富，景中有情，情中有景！"作文讲评课上，老师笑容可掬地对我竖了竖大拇指。他又一次把我的作文当范文来读，让我用稿纸抄写，张贴在教室后面的墙上……

青涩的十八岁，是学校艰难困苦的生活磨砺了我的坚强意志，是老师温暖的笑容激励了我的上进心，是老师的那一架子书丰富了我的思想。

十八岁的光阴，已在我转身的瞬间悄然而逝，而那段青涩的岁月，却铭刻于心，留在了我生命的最深处！

（原载《江山文学网》2020年12月1日，斩获精品）

童谣童趣

大山深处的黄土高坡上生活着七八户人家，60后的我就出生在这里。与我挨肩的妹妹的出生，把我早早地挤到了奶奶的怀抱。小却懂事的我，成了奶奶的小拐杖和跟屁虫。我在奶奶的臂弯里、小炕窑的油灯下、对面的小凳上，学会了许多歌谣。

春和景明，山庄里鸟语花香，可春雨贵如油，大家连吃的水都得到几里外的河里去挑，哪儿还有水洗澡洗头呢？奶奶每天早上起床都会用唯一的桃木梳子给我梳头、篦虱子。

"白白的脸蛋儿又不洗，黑黑的头发一疙瘩虮。"这是我小时候的真实写照。那种头发里生了虱子的痒痒，刻骨铭心。奶奶随手刨开头发似抓似挤的那种惬意，比现在的按摩舒服百倍。那时我面黄肌瘦，营养不良，连这些小虫子也来欺负我。我记得奶奶边给我捉虱子边说："高高山上一亩麻，贼在里边爬。木匠捎个信儿，竹匠来捉拿。"

奶奶捉住了"贼"，用手拈住放在我手心里，我看着"贼"失去藏匿的家园后惊慌失措的样子，用手掐它，戏弄它，最后用两个大拇指指甲一挤，狠狠地说："让你咬，让你再咬我，挤死你！"那时的傻样，真像个小叫花子。

春末夏初，山桃花、马茹花都已开尽，而荆花衬着满山的绿意开出束束白花，蜜蜂、蝴蝶在花间闹着。有一种外穿皮夹克、内穿灰色衬衣的昆虫也来凑热闹，它的后腿粗壮有力，老人叫它金牛。捉住一只金牛，然后用细绳拴住它的腿，小孩拽着绳边跑边说："金牛金牛咂咂，不吃黄瓜吃菜瓜。"

这歌谣像咒语也像命令，金牛似拼命逃跑，又像翩翩起舞，随着绳子的轨迹，嗡嗡嗡飞了一圈又一圈，孩子们开心的笑声在山庄上空回荡。有一次，我由于用力过猛，拽掉了金牛腿，金牛趁机飞走了，我追着叫着，一直追到门前坡下的灌木丛，不小心碰了马蜂窝，一群马蜂追着蜇我，我赶紧抱住头趴在地上。等我逃过马蜂围攻，手肿得火辣辣的疼，眼睛也挤成了一条缝。

"小杂种，打马蜂，马蜂蜇，屁股撅。"那一场景，现在想起来都还想笑，贪玩淘气的我，哪像个小姑娘啊！还有一种外穿灰色大衣、内着艳红衬裙的昆虫叫椿姑姑，那是我最喜欢也最爱玩的一种昆虫。我们村庄周围有许多椿树，每到夏天，树身上趴着许多椿姑姑，它们会跳会飞，幼时的我们常常会捉住椿姑姑放在手上，看着它的俏模样口念歌谣："椿姑姑，洗碗碗，不洗碗碗打板板。"椿姑姑慢条斯理地跑来跑去，我们笑眯眯地看着它，伸手翻转，让它四脚朝天，数它有几条腿，找来小石子放在它怀里让它蹬着转圈。看它穿好几件衣服，眼红它会打扮，心里想着长大有钱了要和它一样穿漂亮的衣服。看够了、玩够了就把它放回去，跟它说再见。它是我们最可心的玩偶，我们不舍得伤害它一丝一毫。

我们家姊妹多，没有玩具，能玩的游戏就是猫捉老鼠、老鹰抓小鸡、过家家等。我是大姐，最爱领着弟弟妹妹玩过家家的游戏，我们边玩边唱："疙瘩疙瘩饭熟啦，楼门底下来人啦。啥饭？豆豆饭。掀开锅，羊屎蛋。你一碗，我一碗，不吃不吃吃十碗。"这种游戏非常有趣，我们用瓦片当锅，石头当锅台，搭锅、烧火、煮豆豆、切菜、下米、起锅，在玩中学做饭、学合作、学谦让，至今我仍记忆犹新。

农村人憨厚，有亲戚来访，主家会做好饭招待。可因为生活所迫，没啥好吃的，流传着这样的歌谣："红石榴，绿把把；婆老了，我当家。亲戚来了我喜欢，亲戚一碗我两碗。我给亲戚送上坡，赶紧回来舔舔锅。"说到这首歌谣，我想起一个小故事，不禁哑然失笑。那些年过年走亲戚一般拿大馒头，条件好些的带一盒点心，用纸绳绑的那种。家乡有个男娃去走亲戚，半路看到风干驴屎蛋与盒里点心相似，心生一计，吃掉点心，放进驴屎蛋。亲戚打开盒子，发现里面不是点心，断定是孩子动了手脚，于是这盒点心又在回访时被拿了回来。

"你有枣花我有兔，一碗绛（jue）水换碗醋。"看着亲戚哭笑不得的表情，男娃家人觉得亲戚话中有话，打开点心一看，拿起笤帚疙瘩，打得男娃捂着屁股转圈圈，两家人人笑作一团。

孩子从小就要学会孝敬父母老人，做些力所能及的事。有一首歌谣我至今记忆犹新："板凳板凳歪歪，菊花菊花开开。开几朵？开三朵。爹一朵，娘一朵，剩下一朵摆秧歌。秧歌秧歌你等着，一下扭到姥姥上（家）。"这则歌谣，我是这样理解的：坐在小板凳上摇呀摇，板凳拿起来腿朝上像菊花一样，送给爹一把，送给娘一把，还有一把一扭一扭给姥姥送去。

秋天来了，满山的红叶映红山庄，此时天高云淡，大雁南归，它们一会儿排成一字，一会儿摆成人字。这时候我们会仰头满含不舍地唱起歌谣："雁雁摆行（he）行（he），摆到河南吃角角（饺子）。角角不熟哩，等着妈妈打油哩。"大人哄孩子睡觉的时候，边转悠边用手拍宝宝，拉着小孩逗乐，口中念念有词："噢噢，嘟嘟价，猫咬哩，狗唤（can）哩，麻胡子蹿到西滩哩。……载载月（ye）月（ye），拿刀刀，杀母鸡，先米的吃肉肉，后来的啃骨头。……大槐树，槐树槐，槐树下边搭戏台。叫小二套车去，接闺女，唤女婿，就是不让毛蛋去。"还有一首民谣，淋漓尽致地描绘了当时的包办婚姻状况："枸杞根，扎得深。我娘我爹不跟我亲，把我嫁到南丁村。柴又远，井又深，把住辘辘骂媒人。媒人肉我吃了，媒人血我喝了，媒人肠我系腰，媒人骨头当柴烧，烧成灰填磨道，老驴过来踩烂了。"

　　住在山沟里的农家人，闭塞落后，年轻人的婚姻都是父母之约、媒妁之言，这个山头、那个山沟联姻，姑舅俩、姨兄妹结婚的很多。我七八岁的时候，奶奶做主给我定了娃娃亲。依奶奶的话说，我是她的命根根，早点看我成亲，免得她下世时，连大孙女的一床被子都盖不上。我只记得老姨是媒人，男方给了我一身衣服、一个笔记本就定了亲。可是这首民谣，在我心里埋下了叛逆的种子，虽然男孩长得挺帅，家庭条件也不错，可那时的我一心想着读书，飞出山沟沟，不想做山岭岭的农妇……我们这茬人长大后，同龄的几个年轻人和我一样，当时的娃娃亲都退了。

　　民间有这么个说辞：娶了后娘就有后爹了。童谣里的故事也说明了这一点："小白菜，叶儿黄，三岁两岁死了娘。有心跟着爹爹走，又怕爹爹娶二房。娶下二房三年整，生下弟弟比我强。弟弟吃面我喝汤，弟弟上学我放羊。"这些童歌民谣，虽难上什么大雅之堂，但读起来朗朗上口，韵味无穷，孩子们喜闻乐见，兴趣盎然。

　　随着时间的年轮、时代的更新，好多优美的童歌民谣，都埋没在时光的长河中了。想到那些爱讲笑话、会唱民谣的大爷大妈一个个仙逝，好害怕这妙趣横生的乡土文化失传，所以尽己所能，把记忆深处的童趣童乐挖掘出来与大家分享。

（原载《江山文学网》2017年9月13日）

开在童年的"花"

　　记忆中，雪花是童年里最美的"花"。故乡的冬天，原野一片苍茫，一场雪总是在人们翘首期盼中姗姗来迟。一方厚土中坐落着一排窑洞，几座土墙瓦舍如一幅古色古香的油墨画，几条土路似画中蜿蜒的脉络，从村庄伸向四方。村中的孩子们似一棵棵耐冻的小松树，不怕寒风、不怕雪飘，小弟小妹吸溜着两通鼻涕，及至嘴边或吸溜进去，或用手背擦一擦，顺手抹一抹。那时，小伙伴们冬天裸着头，不戴帽子，不戴围巾，甚至小辫上也没绑过像样的头绳。女孩子，帽盖儿头发当帽子，一截旧毛线，头顶扎一撮小辫，算是"帽子"上的装饰。

　　下雪前，天总是沉沉的、闷闷的，像生了气，又像积攒了满腹的心事，憋屈了很久。黑云在天空酝酿着，与山头亲吻着。呼呼的西北风刮起来，捎来了下雪的消息。

　　"下雪啦！下雪啦！"随着童稚的欢呼声，天空撒下白生生的盐斗斗，一粒粒砸在地上，发出簌簌簌的声音。一会儿院子里铺上了洁白的地毯，不懂事的小鸡儿在上面印几片小竹叶，歪头看一看，低头把雪粒当米吃。淘气的小猫儿在上面盖几朵梅花印章，踮起脚甩一甩，伸出红舌头舔一舔，尝尝天上掉下来的是啥东西。雪粒均匀地撒下来，地上一层层厚起来。用手接一粒，雪花瞬间融化成米粒针尖样的水滴。脚踩在雪地上绵绵的，向前走，身后落下深深的脚印！下着下着，雪粒变了形状。"看！快看！雪开花了！"数数开了几瓣，一、二、三……还没数完，雪花变成了一滴水。仰头让雪花落在脸上，钻进脖子，拉一拉袄领，缩一缩脖子，伸着指头，口中念念有词："一片两片三四片，五六七八九十片，千片万片无数片，飞入梅花总不见。"咦，古人写雪的诗，无数片飞入梅花，看不见了，莫非梅花是白色的？再吟一首："墙角数枝梅，凌寒独自开。遥知不是雪，为有暗香来。"雪花与梅花都开在冬天，雪和梅一样的颜色。不对，不对。有首电影插曲是这样唱的："红岩上红梅开，千里冰霜脚下踩。"梅肯定不是只有白色。歪头想想，望不到头的雪野中开着几朵艳艳的红梅，那是怎样的好看呀！我想到红丢丢的柿子戴上白雪帽；想到两个妹妹，穿着红袄袄，站在雪地中，该比雪中的红梅好看吧。满脑子画意，那时没有相机，只想着如果我是画家，一定握笔速描。画上像烟一样轻飘飘的雪花，和田玉银屑一样的纯白，还有穿红衣服不怕冷的妹妹。

"下大了，下大了！"一片片，一朵朵，一团团……像柳絮，像鹅毛，像蝴蝶，像玉米花……片儿带了花边，急匆匆又小心翼翼，从遥远的天上落下来，落下来，大朵大朵，纷纷扬扬。老人们说，雨从天上来叫无根水，雪的老家也在天上，叫无根花吧。大自然好伟大哦，不生根，就发芽，还能开花！

雪花飘飘的夜晚，外边如同白昼，天地一色，一片亮白。撩起门帘看着翩然落下的雪花，想入非非。下吧，下吧，今冬麦盖三层被，瑞雪兆丰年啊！童真年代，盼望一场雪，不只为打雪仗、滚雪球、堆雪人，更为了来年的好年景。印象中，下雪都是腊月寒假中的事，不用上山拾柴，不用到河里抬水。可是母亲分派的活儿，一件接一件，或推着磨杆在磨道转圈圈，或坐在纺花车旁飞转纺车，反正玩耍不属于我的童年。那时食物匮乏，冬天好吃的零食就是在火盆里爆玉米花，或是在灶膛里烧红薯。母亲曾问我们姊妹仨跟谁最亲，小妹说跟妈妈最亲，大妹说跟爸爸最亲，我却出其不意，嚓嚓嘴，用手打哑语，指指自个的嘴巴。母亲立时笑弯了眼眉："多吃几年饭，成了小人精，跟嘴亲哟。"看到母亲烧炕做饭的一灶膛硬柴火炭，我眼睛眯成一条缝，酒窝里荡漾着笑意。母亲取了三个红薯埋进去，两个妹妹如两只小企鹅，候在灶膛边，闻着烤红薯的香味儿咽着口水。我在纺线，心猿意马，等到妹妹用小柴棍一扎，一声欢呼，哦，软了，软了。我立马放下手中的活儿，扒开柴灰，露出被烧得面目全非的"黑炭"。那情形真是令人惨不忍睹，我们边吹气边剥开那层硬硬的、厚厚的皮，冒着热气的诱人的瓤露了出来，我急不可耐地咬了一口。妈呀，烫死我了！吸一口凉气，顺势咽下去，那是火炭通过食道闯进肠胃的感觉。吃完了烧红薯，我们姊妹仨你指指我，我看看你，取下挂在墙上的圆镜子照一照，呀，都成了黑嘴唇！咯咯咯，满嘴烤红薯的香味儿。

那时候堂兄妹一大群，雪后哪家暖和我们往哪家聚。玩过家家游戏，是实战演习，烤火的火盆子就变成烹饪工具，等到火炭化成热灰，我们从粮囤里抓两把玉米，在火盆里扒个坑，埋进去。"疙瘩疙瘩饭熟了，啥饭？豆豆饭。掀开锅，驴粪蛋……"一首儿歌没说完，火盆里就噼里啪啦响起来，响一声炸个坑，蹦出一朵玉米花。埋进去黄澄澄的玉米，蹦出白生生的玉米花。然后大伙儿一起分享，见者有份，从最小的分起，你一把，他一把，我是大姐，最后才轮到。小弟小妹早吃完了，又展着小手大叫："还要吃，还要吃。"我摊摊手："没了，真没了。"活生生鲁迅笔下的孔乙己。"多乎哉，不多矣！"没吃够，再来一锅。可灰凉了，等了好久也没有爆出玉米花来。小妹着急，用柴火棍一搅，"啪"爆出一颗来，她被炸得一屁股坐地上，"哇哇"地哭起来。我一看大事不妙，柴灰溅到眼睛里了，怎么办？突然，我灵机一动，说："哭，快哭，用眼泪把灰冲出来。"她哇哇干号，却不流泪，只嚷嚷着：疼，疼，眼睛疼。不伤心哪有泪？打你看你哭不哭？妹妹背上立马挨了两拳，"哇哇……打我"，眼泪鼻涕一齐涌出，立时脸上流出了泪印儿……一件小事，锻炼了动手能力，历练了姊妹情感，使我拥有了担当的情怀。每每想起，我就会笑出声来。玉米花儿特有的香味，至今想起我依然口舌生津。

记忆里，大雪总在晚饭后，一夜之间千树万树梨花开，满眼银装素裹，粉妆玉砌。雪后的早晨，庄上静悄悄的，这是难得的睡懒觉的好机会。睁开眼，母亲已围着锅台转了，灶膛里火苗舔着黑乎乎的锅底，呼呼呼直往炕洞里钻，铁锅里融化的雪水已烧成洗脸热水。门外大槐树上的喜鹊喳喳地叫起来，随之传来四爷爷"起床了，拢雪了"的吆喝声。各家的门开了，庄上劳力拿着木锨、簸箕、铲子来到打麦场。庄上缺水啊，吃水得到二里坡下去挑，下雪天路滑，挑不回水来，只好吃雪水。打麦场边有口旱井，大人们把这里的积雪一股脑儿拢来倒进去，父亲叔伯们还要到远处去挑雪，用干净的筐挑回，倒进井里，直到井里堆满压实为止。然后大伙儿各自回家去挖雪，自家院子里是猫狗猪鸡活动的场所，这里的雪堆在石槽里，饮牛喂猪。田地里的雪不能挖，大树周围的雪要堆在树下，干净的雪要到山坡荒地里去挖。挎个竹篮、拿个笊篱，挖满了压实，那是一堆堆小面山，一篮篮扛回去，母亲早已把家里铁箩锅搭上，烧火化雪，大缸小缸、瓶瓶罐罐，甚至锅碗瓢盆，凡能盛水的器皿都装上了雪水。

雪后太阳出来了，中午气温回升，阳光照在雪上，刺得人睁不开眼睛。冰雪融化，瓦房上的积雪消融，雪水开始在屋檐下滴滴答答。父亲凿成的木槽斜架在屋檐下，一头用铁丝吊着，一头架在水缸上。空出来的盆盆罐罐，又排在了滴檐下。"叮咚，叮咚，叮叮咚"，无人指挥，却组成一曲节奏鲜明的打击乐曲。

下雪不冷消雪冷。等到午后，气温下降，仰头看看，屋檐下长出了喇叭状一股股冰絮，粗粗的根，尖朝下，长长地列队，齐排排挂在那里。小孩嘴馋，找来夹竿，打来冰凌，吸溜吸溜吮着，那是吃稀罕，不掏钱的冰棍儿……午饭过后，太阳少了温度，天寒地冻，消融的雪水一转眼变成了冰，上冻的地面踩上去硬邦邦的，溜溜儿滑。一不小心脚底抹油，摔个四脚朝天。不过自己淘的，摔疼了不哭。小手冻成红萝卜，清鼻涕直流，也不在乎。

　　童年是回不去的，可美丽的雪花儿却依然开在心头……

　　　　　　　（原载《大爱文学交流中心》微刊2021年2月15日）

曾经的幸福时光

一

小时候，我就有一个梦想，长大后要站上三尺讲台，当一名老师。

二十岁那年，正是桃花盛开的时节，有一位教师因十六元的民办教师工资养不了三个孩子，辞职不干了，我有幸顶缺，当上了教师。

那天，我背上铺盖卷，挎着书包，经过村边一条小河，听着小河水哗哗啦啦的声响，心情格外愉悦敞亮。再经过种着一片桃林的村子，便走进了那一排大瓦房。这里就是校园，对面有一座戏台。学校里共有三个教学班，大姑父是这座学校的主任教师。我从他手中接过一摞沉甸甸的教科书，洗耳恭听他的嘱咐和叮咛。

为了上好第一节课，我按照大姑父的叮嘱，做了充分的准备。

从教室套间掀起门帘，走进教室，交头接耳的孩子们立刻安静了下来。两个年级，三十几个孩子，目光齐刷刷地向我射来。

第一次走上讲台，怀里如同揣着一只小兔子，心跳加速，紧张得手也有点发抖。但是，一种幸福的感觉还是充满了心间。

当我在黑板上歪歪扭扭地写下自己名字的那一刻，教室里静得几乎能听到银针落地的声音。我准备好的开篇语还没出口，一只小燕子在教室门外的屋檐下清脆地叫了几声。一石击起千层浪，一个调皮的小男生一语双关地叫起来："快看，小燕子来了，小燕子来了！"孩子们的注意力立马分散了。我有点措手不及：这是在考验我的应变能力，还是要给我一个下马威？

容不得多想，我立刻收敛了笑容，走近那个小男孩，让他站起来，并用严厉的目光看着他。男孩也眨巴着眼睛，挑战似的与我对视。我扔掉粉笔，举起了右手，做出了要扇他耳光的样子。小男孩被唬住了，吓得愣在那里，微闭着眼睛，不知所措。我戏剧性地吼雷火闪，似用力千钧，在他眼前左右开弓。他紧皱着眉头，大气都不敢喘一下，等他感觉到只是几股凉风，巴掌并没有落在脸上，便猛然睁圆了眼睛。看见我放下了高举的手，他立刻明白我是在吓唬他，瞬间，小脸笑成了一朵花。我装腔作势，一脸严肃，但心里紧绷的那根弦已弹奏出轻快的音符，教室里紧张的气氛也缓和了下来。

二

走上讲台，我让同学们打开课本，开始了教书生涯的第一课。

就这样，我小心翼翼地和孩子们经历着磨合期，高兴了喜欢耍个小聪明，和孩子们开个小玩笑。

那时候，我有一台半导体收音机，每天的《小喇叭》《小说连播》节目，必听无疑。有个学唱歌栏目，只要有时间，我就边听边学。凭着自己的天赋，我学会了新歌，课间时在办公室兼卧室里哼哼唧唧。那些孩子们就喜欢听我唱歌，经常挤在门帘外偷听，有调皮的把门帘掀个小缝儿，眼睛对准往里瞧。他们的好奇与崇拜，给了我自信，也常常惹得我童心大发。

一天午后，我又跟随收音机里的旋律唱了起来："山青青，水碧碧，高山流水韵依依。一声声，如泣如诉，如悲啼，叹的是，人生难得一知己，千古知音最难觅……"委婉清丽，深情款款，我陶醉在情感的旋涡里，思绪飘向远方。

不知什么时候，门帘开始抖动，门外挤了一堆小朋友，他们你拥我挤，我轻手轻脚溜到门口，以迅雷不及掩耳的速度掀起了门帘，门外异口同声地发出"呀"的一声，大家嬉笑着折头跑了。

意想不到的事情发生了，一个叫凤儿的小女生，突然"啊"的大叫一声，倒在了地上。我低头一看，她两眼紧闭，有白色秽物从嘴角溢出，浑身哆嗦痉挛，不省人事。我哪里见过这般吓人的样子，一下子蒙了。难道是我这么个小小的动作，竟会吓坏了孩子？我下意识地跪在地上，抱起凤儿呼喊："凤儿，凤儿，你咋啦？可别吓我。"我带着哭腔，边叫边掐她的人中。看她没有反应，我更加手忙脚乱了，想到给她做人工呼吸，可看到她嘴上的秽物，嘴没对上去，喉咙里就开始往上翻涌。心中害怕、着急，不争气的泪水在腮边淌成了两条小溪。

正在这紧张的时刻，不知是谁把凤儿的妈妈叫来了，我觉得自己几乎要崩溃了，心想：这下可是完了，不挨家长打，一顿臭骂是在所难免了。想到这里，我的心在不停地颤抖。

出乎我的意料，凤儿妈妈没有说一句责怪的话，她从我手中接过了孩子，然后微微向我点了点头说："对不起，对不起！"我一头冷汗变成一头雾水，口都吃了，说话磕磕绊绊。我极力想表达我不是故意的，只是和孩子们开个玩笑，逗孩子们乐一乐。凤儿妈妈掏出手绢，轻轻地擦去孩子嘴边的脏东西。这时，凤儿睁开眼，腼腆地看了看我，挣脱妈妈的怀抱，站起来跑了出去。凤儿妈妈咬着耳朵告诉我，孩子有"羊羔疯"（癫痫病），刚才是犯病了。那一刻，我如释重负，双手合十，心里默念着："谢天谢地！理解万岁！"尽管眼角还挂着泪珠，但家长宽容的言行如和煦的春风吹拂，我心里的那片阴霾亦云消雾散了。

三

适应环境的日子，心犹不安。

傍晚雀儿归巢，学生放学回家，偌大的校园空旷寂寥，好在隔壁有姑父给我壮胆。望一望土墙上方透过来的那道灯光，我自我安慰一番，打开收音机，把音量调到最大，听完可心的节目，就早早地洗漱，插牢门闩，再用"铁将军"把门反锁。

夜深人静，我怕黑不敢拉灯，躺在床上，顶篷上裱糊的报纸上龙飞凤舞的毛笔字，一笔一画，横竖撇捺。蓦然想起家里小炕窑的温暖，想起高中大床铺的热闹，我辗转反侧，难以入眠。

一天课间，班里一男生问我："老师，晚上害怕不？"我反问他："你是怕狼还是怕老鼠？"他摇摇头，神秘兮兮地说："最怕闹鬼。"我问："闹啥鬼？"他就讲起了校园闹鬼的故事。

据说村里有老人病重临危，月明星稀的深夜，他的两个儿子赶夜回村。路过学校门口时，遇见两个"勾魂鬼"拉着他们的父亲，老人反抗着，一声声喊着："救命！我不去。"等他们奔上前去，人鬼就都不见了。两兄弟回到家，老人正好咽气了。这是无忌的童言，而我听了这个故事，心里如同塞了一团棉絮。仔细观察教室房顶的建筑，走访村里的老人，我才知道，这一排校舍大瓦房原来是一座庙宇，里面的神像佛座在"文化大革命"前翻修成校园时搬出去了。从此，我对校园、对教室多了几分敬重，行动上多了几分矜持，夜晚更多了几分恐惧。

尤其是晚上上厕所，是我最害怕的时候，怕那一段黑漆漆的路，怕那没有灯光的厕所。我把开门声搞得山响，打亮手电筒，看路上有无可疑的怪物。上厕所时屏息凝神，急速解决完问题，便逃也似的奔进寝室，心狂跳不止。我两手背后闭门，用背顶住门，怕妖魔鬼怪真跟着挤进来。听一听没有动静，才转身把门闩死锁牢。每当此时，我都会一遍遍自言自语：这儿不是本姑娘待的地方，明天就卷铺盖走人。

有天晚上，我听到教室里有窸窸窣窣的声音，赶紧用被子蒙住头。觉得还能听到声音，又用毛巾塞住耳朵。依然能听到声音，我索性起身拿起教鞭敲桌子。这时，一只老鼠从条几上跳了下来。原来是学生把吃食落在了桌子上，引来老鼠作祟。一场虚惊过后，我幡然醒悟：根本是自己的心"闹鬼"，自己吓唬自己，人们供敬的神灵怎么会伤害好人呢？害怕的心理缓解了，伴着公鸡声声啼鸣，那些杂念被挤出了心房。

新的一天开始了。晨读时间，我坐在课桌旁，伴着琅琅书声，眼耳并用，边批改作业边听学生背书情况。

那三尺讲台、那一方用墨汁刷过的黑板，是我耕耘的舞台。从早到晚，我脑子与心思被六节课占满，生活充实而快乐，再不想卷铺盖走人的事情了。

四

忘不了，孩子们上体育课时的欢呼雀跃。我吹着哨子，与孩子们一起在校园"一二一"。学完几节广播操，我又与孩子们一起玩游戏。我当鸡妈妈，孩子们一长串跟在身后，躲避老鹰的追逐，"咯咯咯"的笑声响彻校园每一个角落。

忘不了，音乐课上，我把歌词工工整整地写在黑板上，两手打着节拍，一句一句示范领唱。悠扬的歌声，穿越门窗而出，在校园的上空久久回荡。

与孩子们融为一体，愉悦了我的心情，陶冶着我的情操，增强了我的信心。

那时，学校没有灶，我也不用做饭。八两粮票八毛钱，一天三顿吃派饭。跟着学生走进家门，便可看到，或厅堂里的八仙桌或院子里的石桌上，已经摆上了热气腾腾的饭菜。那扑鼻而来的香味，充斥着我整个味蕾。

天天做客学生家，家长们端上最拿手的饭菜，令我感动。我与家长们边吃饭边聊天，谈论最多的，就是孩子的学习问题。

当时，有条不成文的规矩，在谁家吃饭，晚饭后，例行公务般给孩子辅导家庭作业。农家人实诚的话语，至今还响在我耳畔："老师，不瞒您说，我们会的孩子也会，孩子不会的我们也不会，您就多费心吧。"一段贴心的话、一个"您"字，让我听出了农家人对知识的渴求，感受到了老师的责任。

课堂上下、学校内外，我一次次耐心地讲解，一个个手把手地施教。孩子们的点滴进步，我都看在眼里；孩子们的灿烂笑脸，成了我心里一幅幅画卷、一道道风景。

三年，我在百十户农家出出进进，可以说是踏遍了小村的角角落落。农家人的淳朴和热心肠，深深地感动了我，给了我战胜困难的勇气和力量！

俗话说："到什么山上唱什么歌。"无论做什么事情，都要看情形办事。那时的学校，条件很差，没有教学设备，没有教学参考书，但我凭着一颗赤诚之心、一瓶红墨水、一支蘸水笔、一根白粉笔、几本教科书，使出浑身解数，拿出看家本领，像满汉全席的大厨一样，拿下两个年级的全部科目，烹饪出课堂盛宴。

学校里没有电视，偶尔可以看一场电影。只要放电影，我都会指挥着学生，把教室里的板凳统统搬出，在校园里摆好。来看电影的男女老少，一句句"老师好"的问候，让我倍感亲切和温暖。

闲暇之时，我或徘徊于桃林，静听窃窃花语，观看蜜蜂飞舞；或徜徉于小河边，聆听流水欢歌，观赏鱼虾嬉戏；或漫步于林荫路，欣赏野花娇妍，呼吸新鲜空气；或徜徉于书海，细读小说散文，品味文章深意。

心血来潮，再哼上一曲乡居小调，便觉神采飞扬，踌躇满志。

光阴似箭，日月如梭。那乡村最初的三载校园生活、曾经的幸福时光，凝聚着我最青涩也最刻骨铭心的情感。这种情感苦中带甜，犹如我的初恋，我至今难以忘怀。

（原载《山西日报》，2019年9月4日）

山里人的生活轨迹

一

去年夏日，我游览了垣曲自然博物馆，在动物标本室里久久徘徊。目睹那呼之欲出、栩栩如生却已久违的动物朋友，许多过往场景历历在目，许多故事萦绕于怀。

死亡和再生，在标本室里诉说着时光，但这种再生，不由得让我心生寒意。

我生于南山，长于南山。博物馆里展出的动物标本，我们小时候，大山里都有活物，好多耳熟能详、目睹能述。

20世纪六七十年代，南山大山里山庄周围，狼、狐狸、黄鼠狼、猫头鹰……经常在房前屋后出没。夜晚听到狼学小孩的啼哭声，想到它呲着参差的尖牙，露着寒光的眼睛，朝天长啸的样子，令人不寒而栗，恐惧感油然而生；看见狐狸刁钻的眼神，毛茸茸的粗尾巴，与人周旋，偷人们的鸡和羊羔，它的聪明不逊于人类；大人们的故事里，黄鼠狼无骨头，它一伸一缩就能从小洞里钻进去，夜晚鸡窝骚动，发出"咯咯咯"惊恐的叫声，那就是黄鼠狼钻进鸡窝里了；圆眼睛、大翅膀的猫头鹰长得漂亮，但人们潜意识里害怕它，它的叫声听起来如泣如诉，冥冥之中好像在向人们传递着不吉利的信息，于是人们听见都要骂两句，吐两口唾沫，以示破解，了却心事；鸽鹞（土话叫嘀噜噜）展翅在村庄上空盘旋窥视，人们看见了，大声叫："嘀噜噜——抓！"鸡儿们听到边"嘎嘎嘎"地叫边往回逃……人们说往事如烟，而这真实的过往场景，就像一张张黑白底片，留存在我的记忆深处。

生动，如今成为影像，少了真实。如果真实是自然地消失，我们无奈，但动物的真实存在往往包含着很多人为的因素。

<h2 style="text-align:center">二</h2>

20世纪六七十年代，一对夫妇一般都有五六个孩子，人口迅速增长，而山没有长高，坡场没有变大，粮田没有变多，大集体人均口粮越来越少。尽管"农业学大寨"的口号叫得山响，尽管农家人日出而作，面朝黄土背朝天，汗滴禾下土，但产出的粮食依然难以糊口，普通百姓的饭碗里的稀粥依然填不饱肚子。就算是精打细算的人家，记工分、分口粮依然有青黄不接的时候。于是人们把目光投向有点薄土的灌木丛，用镢头开垦小块地，撒几粒种子，种几苗菜，以菜稠饭，养家糊口，艰难地过着日子。

那时候各队生产小组，饲养着一群群牛羊。牛羊啃食杂草、树叶、树皮，大山里的植被越来越少，每到雨季，大雨夹裹着松软的黄土奔向河流，口粮田越来越稀薄。

各庄户人家里养着一群群鸡、一头头猪，养鸡吃蛋，喂猪卖钱。山里人家养猪的食物，大部分是采集来的树叶，给猪寻草就是去捋树叶。家乡漫山遍野是山杏树、山桃树，而这种叶子是猪最爱的食物。农人空闲、孩子放假时，不是拾柴就是给猪捋叶子。条形墨绿的山桃叶、小圆片般油绿发光的杏叶，都是猪的上等美食。树叶一茬茬被捋，猪养大了，杏树、山桃树变得一脸枯黄。渐渐地，山庄附近的杏树不结杏儿了，山桃树连花也开得少了。最后绿树成了干柴，干柴又变成锅灶下的柴灰。农人拾回一捆捆柴火，烧火做饭，热炕取暖。在缕缕青烟中，环境在变化。

艰难的时候，一切靠维持，不能称得上"过日子"，"过"字是从容，那时候人们只有挨的份儿。

三

一大家子七八口人，一年到头只能分到一玻璃瓶油，平日里白水煮饭，油腥少见，吃肉更是奢望。于是，人们把目光投向了野生食草动物。那些野味本该是狼豺虎豹的口粮，因为人类的介入，慢慢地荒地少了，食草动物少了，食肉动物找不到吃的了，就把它的魔爪利牙伸向了农家牲畜。豹子、狼危害羊群，狐狸则把目光对准了农家的鸡。

一位老农给我讲过这样的故事：一只花斑豹瞄上了村庄的一群羊，在一个夜深风高的夜晚，猎豹钻进羊圈，几十只羊死于猎豹利牙之口。人们愤怒了，为这只会上树、能大能小的猫科动物挖下了陷阱。月黑风轻的夜晚，一只绑在土院墙上的羊有气无力地叫着，那道墙中间被挖开了一个一尺见方、神似瞭望眼的洞，羊在滴血，猎豹嗅着血腥味来了，在墙外徘徊。等它拼力跃上墙头，一柄尖叉从小孔插进它的心脏……

我还听过这样的故事：一位大叔在山里放羊，日头快落山时，他的一群羊被六只恶狼围困。大叔有勇有谋，知道狗怕摸、狼怕戳，于是他用砍柴的斧头砍了根长棍，手握长棍勇闯狼群，救出羊群，赶回羊圈。到嘴的猎物眼巴巴被赶走，群狼没有善罢甘休，远远地望着羊群，找到了群羊的去向。那晚，羊圈里就发出羊的惨叫声，等人们提着马灯来到羊圈，群狼已跳进羊圈，十几只羊被咬死。和人类作对，再凶残也没有好下场。于是人们在一只被咬死的羊身上倒上了"1059"农药，引来群狼聚餐，结果它们一只只倒地毙命。

独狼凶恶又胆大。各个庄上都有天然的牧场，羊群出坡放牧，自由行走，吃草喝水放羊人一般不会跟着。因此独狼屡屡得手，咬死一只羊那是小菜一碟。农家人以为有再一再二，没有再三再四，狼一再危害羊群，对付这样的情况，只有猎枪。

绿坡间游动着一群群白羊，那是一道风景。哪个村羊群遭袭，只要听到"狼来了，有狼了"，那不是吓唬小孩子，你会看到群羊满坡逃窜，那是真有狼了。几个村庄一呼百应，合围过去，刺耳的枪声响过，单枪匹马闯江湖的狼一准死在枪下。少了一只狼，羊群就多了一分安全。

狐狸聪明，与人争猎物，捕捉山鸡野兔，偶尔也会光顾农家偷只鸡，因而成了人类的冤家对头。人们绞尽脑汁想办法对付它们。一根铁丝挽成活套拴在狐狸出没的地方，一副铁夹埋在有蹄印的小路上，一颗小炸弹包在柿饼里……于是就有了狐狸被勒住脖子、被铁夹咬住腿的情形。更惨的死法是吃了有炸弹的柿饼，脑袋瞬间开了花。

大山里活动的食肉动物也不知哪年哪月，在人们的视线内不见了踪影，食草动物没有了天敌，开始无节制地繁衍，最先得益的是兔子、山猪家族。山里无老虎，山猪便猖狂；没有了狐狸矫健的身影，兔子也称王。

四

那些年国家号召"除四害"，大部分民兵手里有土枪。而农人不是猎人，打猎的也只是少数。只有在寒冬农闲下雪时，村民们才有机会组织起来。围猎山猪，还要挖陷阱围追堵截。运气好能打上一头山猪，那是见者有份，谁到场谁就能分得一吊肉。那种分肉的热闹场面、农家人吃肉的气氛，我至今记忆犹新。

而围猎也担着巨大的风险。有一年腊月，下了尺把厚的雪，南山那真是"千山鸟飞绝，万径人踪灭"。好猎的席伯伯约上父亲一行人，顺着山猪的蹄印，蹚着厚厚的雪，追到七岔的一道山沟里时发现一头"青面獠牙"的山猪正在拱开雪地寻吃食。这次不用"赶"也不用"埋伏"，大家迅速拉开了围猎的架势，有的拉枪栓瞄准，枪法不好没把握击中的先藏了起来。席伯伯扣动了扳机，没想到子弹只擦破了山猪一点皮，没有击中要害，却激怒了那头庞然大物，那厮"嗷——"大叫一声，掉头张着獠牙大嘴向席伯伯冲来。席伯伯一看情况不妙，拔腿就逃，然而人的两只大脚板哪儿能跑过四只尖蹄的野猪？席伯伯跑得呼呼直喘气，拼着命往前跑，荆棘把他的棉裤刮去一大块，他已听到野猪"哼哧哼哧"喘气了，急中生智，把枪往身后一甩，迅速爬上了一棵大树。好险哪，还有咫尺远野猪就追上来了。席伯伯爬上老圪杈，颤抖着手准备瞄准，那山猪"嗯啊嗯啊"在树下打转，死命地撞树。树在晃悠，席伯伯只好用手抓住枝条呼救。幸亏躲起来的人从两个方向射来了子弹，野猪才轰然倒地，要不然后果真的不堪设想。等他们端着枪围过去，看见野猪脖子上、肚子上，"咕嘟咕嘟"冒血，四蹄颤抖着乱蹬，一会儿便一命呜呼了。大伙儿看看席伯伯狼狈的模样，说起刚刚你死我活惊险的一幕，好笑可谁也没有笑出声。大家就地剥了皮，有几个人就割开分成几份，各自用根木棍挑在肩上，算是凯旋。

山猪冬天一般不会下山，因山下没什么好吃的。等秋庄稼成熟时，它们才会拖家带口下山，玉米、红薯是它们的最爱，寻到哪块地就会疯狂地糟蹋。人们在秋收季节，晚上在地头燃火，敲锣打鼓，燃放鞭炮。然这终究不是长远之计，时间一久，山猪也习以为常，识破人类的雕虫小技，于是在人们进入梦乡后，庄稼地一片狼藉，农人半年的辛苦被糟蹋得所剩无几。

猫獾是上树能手。南山的软柿子好吃，柿疙瘩是农家人的小吃。柿子成熟季，美味柿子多半成了猫獾觊觎的对象，它们昼伏夜出，一棵棵柿树被溜光了，柿树的主人恨在心头，却想不出对付它们的办法。

野兔是生崽的能手，无节制地繁殖。枪打兔子那是大炮打麻雀——大材小用。许多农家有铁猫（铁夹），隔三差五夹只兔子改善一下生活。但那也是杯水车薪，挡不住野兔一窝窝地生，簌簌地长，成群搭伙地糟蹋庄稼。冬小麦还是青禾时就被啃食，等到麦收时，一块块田地成片成片地没有收成。特别是人们在山坡野岭开垦出的田地，成了野兔子的芳草地，年年下种，年年歉收。农人绑个草人啥的连只麻雀都吓不跑，兔子就更不吃这一套了，好像那块块庄稼，就是专为它们耕种的……

记不得国家是哪一年收缴了枪支弹药，山里的枪声从此销声匿迹。国家有了一系列动物保护法，有了保护生态平衡的政策，有了退耕还林政策，有了扶贫移民政策……

南山人响应国家号召，搬出了大山，奔走在小康路上。好消息一道道传来：有人发猎豹的视频，有人亲眼看到了梅花鹿，有狼在猎杀野猪，狐狸追着兔儿奔跑……错乱断裂的食物链正在修复，南山终会变成青山绿水。没有杀戮，没有伤害，离开的食肉动物回来了，野兔、山猪还能猖狂多久呢！

人类在与动物磨合中进步，从无知走向有知，从蒙昧走向文明。我们的家园，生态趋于平衡，那将是人类生存的天堂。

人们爱护动物，保护生态，当然是一种可贵的自觉意识。但如果没有舒心宽裕的生活，意识也会被生活打磨。

生活的轨迹，有时候真的是不一样。但每一种感悟，若没有生活轨迹的曲线，我们就难看到生活的真正意义。

（原载《运河》杂志，2020年第1期）

山村教育变奏曲

一

小时候，我最喜欢钻在奶奶的怀里，听奶奶讲爷爷教书的故事。

1949年10月1日，中华人民共和国成立后，扛过枪打过仗、上过私塾、能文能武的爷爷脱了军装，在南山五福涧村当起了老师。那时的山村教育几乎是一张白纸，大人、小孩大部分是睁眼瞎，即便有识字的也认不了几个。说是学校，其实是扫盲班和小学合二为一。白天教娃娃，晚上教大人，爷爷忙得不亦乐乎。为了教学，爷爷半年甚至一年不回家。战争年代爷爷在部队，硝烟弥漫，枪林弹雨，奶奶在老家担惊受怕，受着煎熬。和平了，他们却依然过着分居的日子。一家人太想念爷爷了，于是父亲牵着毛驴，驴背上坐着小脚奶奶和牙牙学语的小姑姑，翻山越岭，整整两天，来到爷爷教书的地方。奶奶说，那校舍也就是几间土坯茅草房，学生来自方圆十几里十几个村庄，同是一个班的学生，年龄大的已结婚生子，小的还是学前娃。爷爷自编了语文、算术教科书，认字写毛笔字，识数打算盘。一支自制"狼毫"毛笔，为学生写了数不清的字帖。他把木棍锯成小段打磨，用铁箸火烧钻眼做成一挂挂算盘，"噼里啪啦"教会了学生加减乘除。穿着那件打了补丁且早已褪色的军装，爷爷教出了识字识数的学生一茬茬。爷爷高尚的人格，赢得了众多家长的崇拜和认可。憨厚淳朴的村民知恩图报，为他送来黄河鲤鱼、山猪肉、白面大馒头……物资匮乏的年月，爷爷将家长的心意拿来与学生分享。小小的我，并没有见过爷爷，但在奶奶的故事里，一位教书先生的高大形象已深印我心，至今难以忘怀。

二

20世纪60年代初，大姑初中毕业，算是山里文化人了。她秉承爷爷的遗愿，在南山最偏僻的和平村弟家山当了小学教师。那时候，大山里的教育依然苦不堪言。一座破庙，一把藤条老圈椅，土台泥墩垫条几。姑姑一个人教着五个年级，上学下学迎来送往，老师妈妈是对她的昵称，也是至上的荣誉。粉笔灰为青春美容，红墨水为纤手化妆。一支作为定情信物的钢笔，不知陪她熬过了多少个夜晚；一摞摞作业本上的笔笔红钩，那是一个小学教师的呕心沥血。那时候以校为家是真实的，这个"家"，白天有一大群孩子围着，她要教五个年级的课程，中午还得为走读生烧一大锅开水。晚上住在那漏雨漏风、与教室套间的卧室里，只有煤油灯做伴。猫头鹰"咕咕咕"如泣如诉的叫声，野狼"喔——喔——喔——"如小孩般的啼哭声，让人不寒而栗。一天夜晚，野狼撞门抓窗户，大姑死死地顶着门……直到现在我还能想象出那一刻她是多么害怕、多么无助，但她依然坚持了下来。结婚以后，姑姑调到槐坪小学，她怀孕后挺着大肚子讲课的画面，成了我脑海里抹不去的记忆。临盆时才走下讲台，阵痛让她大汗淋漓，回家的路上走走停停……她是一位弱女子，却是一位了不起的山村教师，她的敬业，她对教育事业的热爱、执着，在我心田里植下了理想的种子。

三

20世纪80年代初，我高中毕业，虽在高考的独木桥上被挤下水，但有幸在南山峪里小学（原西庙小学）当上了民办教师。

改革开放初期，山村教育设施依旧贫乏，一方黑板、一根粉笔、两套教科书，是教师的全部家当。等我满怀信心，走进那座由庙宇翻盖成的校园，面对两个年级三十几个孩子求知若渴的眼睛时，我才知道老师不是那么好当的。校园闹鬼的故事，让我心惊肉跳，夜不能寐。我困惑，自己光有一腔热情，没有金刚钻儿，怎么揽下了这样的"瓷器"活？我是60后，念书的年龄正是打倒"臭老九"、提倡勤工俭学劳动光荣的时代，我没有学通拼音，没有弄懂先撇后捺，普通话说得不三不四，毛笔字写得不成体统，这些都是当老师致命的弱点呀！我逃回了家，哭着求救于有些文化的父亲，父亲没有替我做主，只是微笑着告诉了我一个小秘密：他说曾为我算卦问卜，卦上说我命里不务农事，是个文人，还能端上"铁饭碗"。这也许是父亲善意的谎言，我骨子里有一股不服输的劲头，想到爷爷和姑姑执教的经历，我下定决心面对困难，有了战胜困难的勇气。我不信凭我的韧劲和聪明，连小屁孩的课程都学不会！摸着石头过河虽然很辛苦，但边教边学中，也找到了不少乐趣。我以老教师为师，把教学参考当作吃透教材的源泉，汉语拼音的教法、汉字结构的编排、横竖撇捺起笔落笔以及多音字的声调音变……一道道难关被我攻破。

我所在的二级复式班，一个教室背对背坐着两个年级，每节课都要妥善安排两个年级不同的教学内容，一节课上下来，口干舌燥，满头满身粉笔灰。每天从旭日东升到日落西山，除了吃饭，就是上课。课程表上只有语文、数学，枯燥单调。偶尔教一首歌，也是我从半导体收音机或广播里学来的。每次孩子们得知要上音乐课，都会高兴得手舞足蹈。印象中的体育课，就是老师吹着哨子喊着"一二一"，在校园中转圈跑步，按广播操队形散开，伸胳膊、弯腰、踢腿。那时候学生就是老师的全部，晚上灯下改完作业，还要备课、钻研教材、读书到深夜。有一首学生歌颂老师的歌，是山村教师的真实写照："静静的深夜群星在闪耀，老师的房间彻夜明亮。每当我轻轻走过您窗前，明亮的灯光照耀我心房……"

　　我以美丽的青春为赌注，从海绵里挤出水来，用读书点亮双眼。三十元的工资，除了生活必需品，剩下的都用来买书和订杂志报纸了。一本本书读下去，一本本读书笔记写下来，汗水泡月亮，映出了人格魅力。天道酬勤，我成了学生们仰慕的好老师，头上有了老师神圣的光环。让我欣慰的是，通过民师班的学习，我终于转正，成为公办教师，手里端上了所谓的"铁饭碗"。

四

　　20世纪90年代，校园环境、教育设施有了大的改观。课程开全了，学校有了直尺和大三角板，也算有了教具。有了体育器材，也只限于拍球、跳绳之类的活动。教室里有了图书角，尽管图书是师生捐献的旧书，却也为师生借阅提供了资源与便利。

　　随着小浪底水库移民搬迁，山村教育也翻开了新篇章。学校撤并，我也调入县城小学。由于移民，大量的山里娃涌入城乡。1995年，我实现了教好一门课的夙愿，但是班容量戏剧性地增加了，一班由五十人到七十人，到1998年，我所在的班级达到九十人之多。天哪！真的无法形容，区区的三间教室，怎能容纳这么多学生？教室里密密麻麻排满了课桌，连讲台边也坐着学生。我是班主任，又是语文教师，工作量大得无法形容。作文、日记、语文作业，除了精心的教学设计、神采飞扬的课堂，剩余时间全埋在作业堆里。我窒息，喘不过气来。说真话，我累倒过，哭过，无暇顾及自己的孩子，心里愧疚过，但我没有为自己选择的职业后悔过。我信奉教师是太阳底下最光辉的职业，用"燃烧自己，照亮别人"来赞美教师一点儿都不过誉。

　　时光走进21世纪，教育界喊出了"终身学习"的口号，教师岗位有了招聘制度，不学习就不能与时俱进，手里的"铁饭碗"就有被打破的可能……我又加入进修学习的行列，短短几年，我读了高等师范教育，拿到了继续教育大学文凭。随之，三字一话、各项教学技能，都达到了职业的要求。时光如流水，在埋头工作中，我已两鬓斑白。回顾来时路，我彻底明白了"教学"的真正内涵，就是边教边学。人们把老师叫"先生"，就是老师比学生先有学识，在长期传道授业解惑中丰富自己，长硬了飞行的翅膀，才有资格称为"老师"。

21世纪的钟声响起，校园硬件设施已有质的飞跃。磁带播放录音、胶片手写绘画幻灯片进入课堂。传统的"填鸭式""教师一言堂"的教学已成为过去。校园新生事物如雨后春笋，多媒体教学集声、形、色于一体，它直观形象、新颖生动，打破了传统教学模式。教师的角色有了转变，兴趣成了最好的老师，学生成了课堂的主人，引导学生自主学习、合作探究成了教学的主流。等我熟练地运用电脑下载教学软件，等我用上了推拉白板，等我手中的教鞭变成鼠标，等我触摸点开电子大屏幕，等我看到孩子们微笑着走进校园图书馆，等我目睹学生奔跑在新型体育操场上……这是前几年小学生想象作文中未来校园的画面啊，如今已真实地登堂入室，变成了现实。看着优越的学习条件、优美的学习环境，我心灵震颤，激动不已！我的祖国，在一代代人的奋斗中，一步步走向繁荣富强！

五

如今的山村小学，已经实行城乡一体化，实现了教育均衡、资源共享、名师循环，多媒体教室、图书阅览室、音乐室、实验室、电脑室……短短十几年，民办教师、复式班教学已经成为历史。如今乡村执教的有很多国家政策支持的特岗教师，他们有本科、研究生的文凭，上岗前已学有所长，已有国家任职资格。

徜徉于花园一样的校园，走进漂亮的教学楼，目睹年轻阳光的特岗教师，看着孩子们享受着九年义务教育的优待，一种幸福自豪之情漫溢心头。我感怀于乡村教育历经沧桑，感怀于几代人辛勤耕耘于乡村三尺讲台，感怀于教育兴国有我们描绘的风采，感怀于教育设施校园环境史无前例的巨大变化。

长江后浪推前浪。浪花激荡澎湃，我听到了山村教育变奏曲，听到了伟大祖国从贫弱到富强的铿锵脚步声……

（原载《山西日报》2019年8月5日副刊、《山西老干部工作》杂志2019年第5期）

出山的路

一

今年金果飘香的季节，我头一次坐高铁去太原。飞驰的列车，安静平稳，坐在高铁上就如坐在自家的床头。望着窗外一闪而过的一道道风景，许多往事涌向心头。

因公婆和弟妹们住在太原，所以老家垣曲通往太原这条路，自20世纪80年代初到现在，我们来来往往多少次，已记不太清了。

走出大山，是我青春岁月的向往。我没有考上大学，却幸运地嫁给了山西大学教师的子弟。1983年秋天，我第一次登婆家的门，从南山坐在高栏卡车上颠簸了半天，直到下午才赶到东峰山火车站。随着由远而近的汽笛声，进入我视野的是三节半车厢的绿皮火车，古老得仿佛是一位饱经风霜的老人。这是我第一次认真地审视火车，"呜呜"的鸣笛，似进军的号角；"哐当哐当"，车轮转动像擂战鼓；"呼哧呼哧"，车头喘着粗气如纤夫的呼吸。秋日阳光很美，满山的红叶似片片云霞，远望遍山秀色，近看却见秋菊禾木披着尘纱。下午在礼元转车，坐上了有九节车厢的火车。行驶的火车如吞云吐雾的长龙，"咔嚓咔嚓"……火车与铁轨的摩擦声不绝于耳。车厢内尽管是硬木条座，但我依然觉得新鲜高级，长长的一夜，我竟然激动得没合眼。我在想回去怎样向乡亲们炫耀自己见过的大世面：坐在会走的房子里，一夜能行上千里。我激动着，向往着以后的好日子……天刚蒙蒙亮，太原站到了，下车了，我仿佛还在车上摇晃，火车"咣当咣当"的声音还在耳畔回响。

1990年，菊花盛开时，爱人病了，在太原住院治疗。我带着五岁的儿子去陪侍，垣曲火车已没有客运，我选择坐客车在侯马中转。看清车次，排着长长的队伍买票。火车进站了，一眼望不到头，我没数清有多少节车厢，只感觉火车的轰鸣震得地动山摇。有车窗打开了，我看到车厢里人头攒动，站台上、车厢口站满了人。

车　停稳，我捉着大包小包，死死拽着孩子，费了九牛二虎之力，挤上火车，才发现车里满员，过道都站满了人。我靠在厕所过道处，想掏出车票找座位，可我翻遍了口袋，也没找到车票。我急得如热锅上的蚂蚁，找不到车票不仅没座位，而且有逃票的嫌疑，再买车票又囊中羞涩。我脸上冒汗，泪如雨下，说不清是憋屈还是着急。孩子小手为我抹去眼泪，乘警过来了，他轻声问："大姐，怎么啦？"我支支吾吾地说："车票丢了，真是丢了。"说着我还翻了所有口袋。五岁的儿子忽闪着大眼睛说："叔叔，妈妈的车票就是丢了。"也许是满脸的泪水让乘警相信了我的话，年轻帅气的乘警没有为难我，领我到乘务室，为我补办了最近的一站的车票。我深感出门不易，坐车不易。但乘务员真诚的言行、善意的信任，让我感到有一缕阳光照进心房，我的心瞬间变得温暖起来。

二

时光飞逝，家乡通往外面的公路越来越宽，去太原坐火车，已不是首选。依维柯大巴或者卧铺长途汽车，能一站到位，还节省时间。

2000年正月，我带上七岁的小儿子，坐上了开往太原的大巴。出山的公路盘山绕沟，人坐在车上东倒西歪。车行驶到横岭关路段，下雪了，加上原来路上有结冰，路滑弯急，车轮子打滑，司机紧急刹车，车子一扭前轮，掉进了排水沟。万幸的是，一车人无恙。我心有余悸地下了车，等待救援。寒风凛冽，天上飘着雪花，我带着孩子，缩着脖子站在寒风里。还好，全车人齐心协力，"嗨哟嗨哟"地推车。一位老人调侃："车拉人，人推车，扯平了。"不用说，那天晚点了。那时候还没有手机，从家里出发时打过电话，公公婆婆在车站等了几个钟头，才接到霜花满脸的我们……

2002年，我家有了第一辆小汽车，爱人拽得不行，腊月里，他开车带我们全家到太原过年。哎哟，车上没有暖气，开一截得停一停，下车跺跺脚，活动活动，不然长途赶路就冻成僵尸了。那天，我们早晨披着星星出门，晚上月亮升起才到达太原，整整一天时间，真是一路风尘一路受罪。

2010年底，传来了天大的好消息——闻垣高速通车了！2011年清明节，我坐着自家的小轿车，由儿子驾驶，全程高速，去太原给公爹上坟。车子开进垣曲西收费站，窗口服务人员的笑脸和温馨的提示，让我如沐春风。车子以百十脉的速度，一头钻进闻垣高速路段。哇！前方的高速遇沟架桥，遇山钻洞，宽而平的双道齐着肩、连着襟，两条长龙稳稳当当横卧在中条大山的怀抱里。凭车窗远眺，两岸的山上泛着新绿，山桃花粉嘟嘟，连翘花金灿灿，加上苍翠欲滴的松柏，我看清了这边，又错过了那边。短短的半个钟头，如画的风景还没有看够，中条山已被抛在了脑后。早上出发，一路顺风，午饭时，我们已坐在太原家里的饭桌旁。

三

高速的横空出世，缩短了城市之间的距离，去太原一天打个来回已不是问题。更让人高兴的是，国家惠民政策规定，假期私家车出行高速免费。我们一家人经常趁假期或出山旅游，或到太原看望老人。奔驰在高速上，欣赏着两边的风景，我领略到交通的日新月异，体验到生活的快捷方便。可也有不尽如人意的时候。2016年五一长假，我们又一次飞驰在闻垣高速上，不幸的是前方堵车了。高速单行道，上路没法调转车头。因车速太快，多车追尾，让人不寒而栗，胆战心惊。堵呀，高速堵车，茫茫车海，一眼望不到头，那可真是进退两难，着急上火也没用。这时，你就是大王老子也拔不出腿来。好长时间，前不着村，后不挨店，两边的护栏把挨挨挤挤的"甲壳虫"限制在一眼望不到头的"大川"里。不说没吃没喝，有人着急上厕所，众目睽睽之下，背过身就打开"水龙头"，真叫人尴尬和难为情。

2014年，又一好消息传来，侯马到太原的高铁开通了，出行再也不用长途疲劳驾驶，而且可电脑、手机购票，足不出户，可以网上指点江山、规划行程了。

2018年秋天，侄女在太原完婚，一家儿个司机都避免了长途开车之苦，小儿子在手机上买了侯马到太原的往返高铁车票。自驾车高速路行驶四十分钟，就到了侯马车站。我们用身份证取了票，随着人流进站，踏上了通往太原方向的高铁列车。这是从未有过的轻松愉悦的体验。列车在高高架起的专用轨道上飞驰，我们坐在软绵绵的沙发座上，或看手机，或看报，或喝饮茶……窗外的风景，时而是绿色阡陌，时而是低矮青山，时而又果林纵横，时而高楼林立，时而长虹飞架……蓝天、远山、沃野、果林、村庄、城市、高楼、大桥……一帧帧天然油画，在眼前一闪而过。听着"禁止吸烟"的温馨提示，端起小桌上的茶水，悠闲地呷一口，短短的一个半小时就在观赏风景、品尝茶水中过去了。

如今出行，不仅方便、安全、快捷、舒适，而且经济、绿色、环保、文明。

哦，出山的车轮滚滚向前，直通文明、繁荣、幸福的彼岸！

（原载《山西广播电视报》2019年7月11日特别关注头条，获"壮丽70年　奋斗新时代"征文优秀作品奖）

故乡田园好风光

"哎，老伙计，再不回来，黄花菜凉不了，咱地里的山楂花可要落了。"

冬雪是爱人的发小卫星媳妇，与我投缘。五一节前夕，她打电话告诉我，河堤新村自家田里山楂花开了，过了这几天，就得等一年。可是我"保姆"任务繁重，怀里抱着孙子，撞个星期天又是风又是雨，眼看着约定赏山楂花的时间要错过了，心里十分着急。

五一天气晴好，阳光明媚。可这是国家规定的假日，大众选定的好日子，娶媳妇、嫁闺女的特别多。这一天我就有六位朋友家喜事临门，需要去捧场。中午我正在吃喜酒，冬雪又打来了电话："今天回来不？已是末梢花会了。"

"回，下午就回。"在电话那头冬雪的催促下我终于下了决心。

午饭后，爱人开车奔驰在回村的路上。我一路无心问柳，闭上眼睛，又想起南山黄河岸边的那个"小北京"了。小浪底移民搬迁已二十年了，村名无改，乡音无改，家安了，心没移。我们家移民后还有"一亩三分"地，一直由好友耕种打理，我不知地在哪个方向，爱人这些年也是个甩手农民。前几年栽上了山楂树，可山楂树长势咋样，只是耳闻，没有目睹。

养神的空儿，车已停在冬雪二层楼门前。电话一联系，朝街的大门开了，冬雪手里拿着两顶遮阳帽："走，卫星就在山楂地里打杈枝呢。"

"山楂树不是修剪，是打杈枝？"我好奇地问。

"到了一看便知。"冬雪眼角一挑，说话、做事一样爽快。

爱人听说卫星在地里劳动，马上调转车头，开向田间道路。车窗外夹道相迎的花椒树，才长出嫩嫩的小叶子，尖顶腰圆的松柏，似乎也才换了绿军装，挺着腰板，威武地站着。大约五分钟，车停了，打开车门那一刻，眼前出现了一幅迷人的画卷。大片的麦田里，小麦正拔节抽穗儿，齐排排、碧绿绿，长势喜人。用尽目力望过去，天边隆起一排绿树，远处的青山与白云蓝天相接，一幅"绿树村边合，青山郭外斜"的景象。我明白绿树是农家田地的界碑，树那边还是一碧无垠的农田。对文字敏感的我，突然明白了，混淆不清的"塬"与"原"两字，意义大相径庭。这里的地势平坦广阔，用"原"当之无愧。我又想到南山老河堤，母亲河顺着村边流淌，层层梯田靠着山坡。山高石头多，出门就爬坡，种地用牛，割麦用镰，肩挑背扛……爱人和卫星曾经都是农业社的拖拉机手，龙口夺食，拖拉机拉碌碡，头顶烈日，汗流浃背……搬迁之后，他们俩一个乡下种田，一个县城做生意，农村、城里生活都有了质的飞跃。可是比一比，老家南山，新家原上，已有天壤之别。望着眼前绿汪汪的麦田，微风拂过，绿浪一波赶着一波涌向远方，麦穗轻摇，仿佛在窃窃私语。我想起小学课文中的两句诗："大地的五月，禾苗的青春期；冬小麦抽穗灌浆，桃李杏挂果压枝。"麦苗儿正在扬花传粉呢，浅黄的麦花儿附在穗儿上，随风摇曳，仿佛淘气的宝宝趴在母亲身上不肯下来的调皮鬼。

我和爱人蹚着齐膝盖的麦茬，站在一片绿海中，把笑容定格在希望的田野上。我打趣冬雪说，看你鞋干脚净的，哪像农民？她笑着说，现在种地一色机械化，秋播夏收，很少用农具，镰刀、扁担早进博物馆了。麦熟季节，收割机一突突，拿口袋在地头装麦子就行了。

冬雪笑得眯住了眼睛，满脸的幸福。她说，当年移民原上是对的。村址没有选在县城附近，是村里老年人的功劳。其实想想，我们庄稼人没了土地，住在县城，袖手等着天上掉馅饼吗？过去"锄禾日当午，汗滴禾下土"是农民的写照，如今农业机械化，已不需要天天面朝黄土背朝天了。科学种田，农民出力小了，粮食产量高了。"锄禾日当午，汗滴禾下土"，那是老思想了。冬雪直言直语，却句句在理，我真的羡慕起农村生活了。

卫星在不远处招手，我们快步走过去，顾不上与他寒暄，因眼前的风景，深深吸引了我。放眼望去，那大片的山楂林如一顶顶绿底白花的"太阳伞"，遮挡了我的视线。近看那山楂花哟，如无数小精灵，一群群、一簇簇、一朵朵荡漾在绿海中，点缀于绿叶间。有的毫无顾忌地张着笑脸，有的羞答答吐着花蕊，有的含着花苞藏在绿叶下，浅浅的乳白色花，嫩嫩的叶子。我抓住一枝拉近，仔细瞧，花姐姐刚刚分娩出小果果，俊美的绿色，玲珑小巧，让人稀罕得心颤。这时太阳西斜，柔柔的阳光从山楂树的枝叶间漏下斑斑驳驳的光点，云蒸霞蔚。我飘飘然、醉醺醺，如一只恋花的蝶儿飞进了果林，吻吻花儿，摸摸叶儿。空气中是绿草、花儿、泥土合酿的香水味儿。我仿佛回到青春年少时，时而穿梭于林间，时而绕树三匝，时而踩踩绵软的泥土……朵朵山楂花，在风中摇曳，一簇花、一捧果啊，待到秋风急，树上将摇落满天的"星星"。一棵棵山楂树哦，花枝招展，打扮得如此靓丽。冰冻三尺，非一日之寒。从育苗栽树，到施肥浇水，到锄草松土，再到剪枝修整，这是多少个劳动日啊！有果农无微不至、几年如一日的看管，才有如今的光景啊！

走出果林的一刹那，起风了，我们沐浴着花瓣雨，诗情画意，如梦如幻。"梨花开，春带雨；梨花落，春入泥……"哼两句好听的京剧，边走边采了两束野花，过家家般送给冬雪："辛苦了，劳动节快乐！"冬雪笑弯了腰："农民不过劳动节，不误农时，以劳动为快乐。"此时卫星两手绿茵茵的，从果树间走过来，明显打杈枝没用剪刀。我不失时机地问："果树还打杈枝？"他拉过一枝，指着没有开花的部分说，这叫"白条"，打掉它，减少营养消耗，有益于挂果枝条生长。他毫不留情地折掉一枝说："淘汰，不作为就下岗。"听他胸有成竹的话语，看他麻利的动作，丰收的希望已在心头。树亦如人啊，蹉跎岁月，只能空悲切。适者生存，这是大自然的规律。七十二行，行行出状元。新型农民的形象，在我眼前高大了起来。

太阳将要下山了，天边一抹儿红霞映红了庄稼人的脸，一望无际的田野宁静而祥和。

冬雪热情洋溢，不容我们拒绝。回到二层楼小院，几分钟，四菜一汤，已端上了石桌。墙根一棵粗粗的葡萄树，仰头爬满了院里的架子，触角已伸出了墙头。农家小院，没有鸡鸣狗叫，没有荷锄农具，没有炊烟袅袅……

挥手作别时，我们真诚约定，"待到重阳日，还来就菊花"！

（原载《天津散文》微刊2021年5月29日，

获首届"天津散文杯"大赛三等奖）

河堤村印记

　　已达知天命之年的我，闲暇之余，总乐于在声色光影中沉思，在静心冥想中追忆。有关婆家河堤村的记忆，常常在我生命中的某一时刻被唤起，一缕乡愁瞬间涌上心头。

　　1984年腊月，在"噼噼啪啪"的鞭炮声中，我嫁到了南山最大的村庄——河堤村。我从大山里走来，娘家营沟只有几户人家，能嫁到有三百多户人家、一千三百多口人的大村子，真是山里的凤凰找到了栖息的梧桐树，心里的高兴不言而喻。

　　刚嫁到这个村时，我如井底之蛙跳出井口，见到了大世面，像游览名胜那样，领略了村里的美好风光。爱人指点江山般把他的家乡比喻成"南山小北京"，我心里喜滋滋的："这美丽村庄，以后就是我的家了！"走在新辟的街道上，从北向南穿村而过，沿街的供销社、小卖部、医院、小吃铺、食品站、信用社，琳琅满目，像"清明上河图"那般繁华。一条老旧的石头街，西起泰岳庙，东至石头堤，中间穿过宝山洞，长约273米，宽约2.4米。沿街岱庙、宝山、观音堂、水井、水塘、白衣老母堂……古老而考究。我家就位于两街交叉的十字路口不远的地方，门前放着大小不等的石头，那是乡村饭场，左邻右舍，端碗聚于此，侃二话、讲故事、拉家常，其乐融融。多少年过去了，乡音里的故事、笑话还在耳畔回响。让我惊讶的是，这条老街全用石头铺成，石块大小交错，长方互补，拼图恰到好处，稳固、古朴、典雅。村内小街小巷都用石头铺就，弯弯曲曲、宽宽窄窄，把300多座院院落落连了个四通八达。各家各户把门前打扫得干干净净，石头凹凸，雪天不滑。下雨时更是被冲刷得清清爽爽，每每踏在石头路上，几多慨叹。古老的民宅三合院、四合院、庙宇，年代久远，虽然被日军拆了，烧了，毁了，但从遗留下来的木雕、石刻、泥塑等可以想见原始建筑的精美绝伦。1986年，村书记刘小拴委托我给村里写一份模范文化村的材料。我借机了解到，河堤村本是个戏窝子，明末清初，村里就有两个戏台。"文化大革命"结束后，留下一座舞台，过年过节唱戏，逢红白喜事时放电影。村里会唱戏、爱唱戏的人甚多，曲剧盛行。中华人民共和国成立后《阎家滩》《柜中缘》《秦香莲》及样板戏《红灯记》《沙家浜》等唱红了全县，曾多次代表县里赴省地会演。戏班里的演员名角有李成荣、冯希政、冯英文、李乐民、李赵民、李秀棉、李小久等。小叔公赵群和，当年是饰丫鬟的名角，我第一次在村里看戏，听他那圆润的唱腔，看他那春风拂柳般的动作，真的是惟妙惟肖，惊得我直咂嘴，不熟悉的人，根本看不出是男扮女装。戏剧乐队里拉坠胡的刘克勇、赵小刚，娴熟的手艺、悠扬的曲调，听一回终生难忘。

真是巧合，我嫁到村里那年，河堤村由生产大队改为河堤村民委员会。据村里老人讲，村子最初在上村坪，大明洪武年间迁入这里，叫"白兔村"，明末清初改为河底村。县志记载，清朝初年，一官员普查疆土，得知村名大吃一惊，说：河底是鱼鳖马虾生活之所，焉能住人？于是，河底改为河堤，这"堤"字取护村安民之意。村址在移，村名在变，而母亲河永远滚滚东逝，它永远是山西与河南的界碑。一道黄河水从三门峡奔涌而来，在村前形成落差，减缓流速，慢慢悠悠，轻手轻脚，从村前走过，然后撒开脚丫，向小三峡奔涌而去。后来听村里人说，村西头修过一堵固若金汤的石头大堤，阻挡了黄河改道，护佑着全村人的生命财产安全。也许，"河堤"村名这样的由来，更靠谱、更科学。

20世纪90年代初，小浪底水库开始修建，移民搬迁被提上议事日程。故土难离啊，婆婆曾在这里生活了近二十年，带大了六个孩子。公爹1941年从日军炮楼的工地逃走，只身游过黄河逃难，后来参军，上了黄埔军校。解放北京时跟傅作义部队起义，参加了中国人民解放军。"六二压"运动，婆婆带着三个孩子被遣返老家河堤村。爷爷匆忙盖下三间土坯房，一家人安家于此。刚回来时，窗户用几根树枝挡着。公爹1960年复员，到太原山西大学工作，一年难得回来。婆婆下地劳动，照顾孩子，艰难度日。"文化大革命"时期，乡里乡亲、大小干部，非但没有为难过一家人，左邻右舍还经常伸手帮扶。这里留下了老一辈人的苦难史，更多的是团结一心的奋斗史。

黄河沿岸，自古就是炎黄子孙生活的摇篮，但河水混浊，无法食用，全村一千多口人吃水靠几眼井，挑水排队用辘轳打水。公爹不在家，挑水的担子压在婆婆赢弱的肩膀上。河边的男人们大都会凫水，尽管黄河水一碗水半碗泥，下河洗澡会变成泥鳅，但村子三面是山，隔河对面还是山。夏天，太阳毒辣辣地炙烤着这片洼地，晚上潮乎乎，闷得像蒸笼，热得受不了，人们就在河里泡着，有人晚饭端到河边去吃，晚上干脆躺在沙滩上过夜。婆婆说，她带一群孩子，夏天睡光席，孩子们满身痱子，她最怕孩子们下河，黄河里全是淤泥，还有暗流旋涡。她说，一群孩子中就老二（我爱人）最淘气，经常逃学，偷偷游过黄河玩耍，回来吸着肚子喊饿。有年夏天，他游过河，摸进瓜园偷摘了人家一个西瓜，结果被瓜农捉住，在对岸喊话让去领人。父亲不在家，学校老师过河领回爱人来，画地为"牢"，让他顶个梳子罚站，脚不能出圈，梳子不能掉下来，犯规重新开始。我问结果怎样，他说，装死呗，躺地上不动了，把老师吓个半死。我笑到流泪，他却笑不出来，许是想到了小时候荒废了学业，后悔了吧。

黄河每年夏天有鱼汛期，村里爱玩水的人，每到这一时期就有人守河，河水一涨，泛起浑黄的泥沙，大鱼小鱼喝了泥水翻起白肚皮。只要有人报告河里有鱼了，爱人就提着葫芦或轮胎，拿着鱼舀向河边奔去。"冬天一颗梨，夏天一条鱼"，黄河鱼汤天然鲜香美味儿，至今想起依然令人口舌生津。

离村千米的黄河边有眼泉叫白泉，这是村里的生命泉，后来的自来水、旱田引水灌溉全靠这眼泉水。白泉字面释义，白色泉水。南朝梁孙柔之《瑞应图·白泉》曰："泉色白，自出山泽。得礼制则泽谷之白泉出，饮之使人长寿。"它来自法家山下，从地下涌出一股清流。传说这眼泉的老家在亳城，是汤都皇家的神泉。汤灭亡以后，无人供奉，随山系地脉移居到这里。村里老人们说，它出自一块白石板下，名字由此而来。我见到的泉是从黄河岸边二十米处冒出来，形成一股清流，流向黄河处，蓄有几方水潭。潭边斜放着砧石，村里妇女挎篮端盆来此洗衣，男人拉着平板车，女人拿着筛子、筢箪来淘麦子，吃饱的羊、下犁的牛来此饮水。泉旁棒槌起起落落，浣衣淘麦热热闹闹，加上牛羊的铃儿叮叮当当，这是印在我脑海里的最美的一幅图画。

河堤村有座小山叫鳖盖，是由块块梯田堆成的，形状如一只老鳖，顶端那块地长41米，宽14米，如鳖盖模样。这块地是我家的责任田，年年种红薯。在这里，我春天栽下希望，收获季节挖出一窝窝大小均匀、红彤彤的红薯，丰收的喜悦荡漾在心头。红薯特有的味道，是我对河堤村绵长甜美的深刻记忆。

二郎担山石、关公磨刀石、神仙洞、宝山、石槽碾、北亭、烽火台、古柏树，以及千亩良田、祖辈的坟茔，不管是古老的风水还是新开的宝地，两千年前全部淹没。古老的河堤村，祖辈们曾经繁衍生息的地方，因小浪底蓄水，统统葬身河底，变成"龙宫"。现在这里成为后代寻根问祖，恢复"河底"的原貌，浓缩成一份份厚重深邃的村史资料的"档案馆"。

有了党的移民政策这座坚实的靠山，村址迁入华峰，依然叫河堤村。虽然离开了母亲河，村头也没有了石头大堤，但党群抱团艰苦创业的精神没丢，短短二十年，一座新型农村已在原上崛起。如今的河堤村，已有多种荣誉加身，其中"全国绿色小康村"的荣誉最引人注目，也名副其实，为故乡开创了一个新的时代。

河堤村印记，有一分殇，有一分情，有一分牵挂在其中。这些印记，每每在心中泛起，我就似乎回到了那个淳朴和谐的年代；这些印记，为我在人生的道路上奋力前行注入了不竭的动力！

（原载《河东文学》杂志2021年第2期）

板涧河记忆

　　垣曲板涧河水库工程上央视了，看着那如火如荼的施工现场我激动不已。因为我是喝着板涧河的乳汁长大的，因此河边有我的童年乐趣，我脑海里有关于板涧河的不可磨灭的记忆。

　　幼儿时的板涧河明亮如玻璃带子，它接纳了很多清冽的泉水，温柔地缠绕着村庄缓缓流淌。离我家二里坡下石硖旁就有一眼活泉，一年四季汩汩流淌。这是家乡父老的生命泉，吃水、饮牛、洗衣都在这里。它以旺盛的生命力，为板涧河源源不断地输送着新鲜血液。

　　这里春天的景色最美，河水解冻，万物苏醒，黑脑袋、长尾巴的蝌蚪成群结队在水里快活地游着，绿油油的河草随流水有节奏地漂浮，青色的马虾弓着背自由活动着。河岸上绿茵茵的小草踩上去软绵绵的，五颜六色的花儿点缀其间，闻一闻青草花香，听一听河水弹奏的小调，真是畅快极了。孩子们在草地上尽情地打舞叉、翻跟头，玩累了躺在绿草间，望着蓝天上白云悠悠，沐浴着明媚温暖的阳光，聆听着牛儿吃草时有节奏的铃声……

　　夏天的板涧河，更是我们童年娱乐的天堂，光在河边就有许多乐子。那时河里螃蟹很多，在河岸边随意搬起一块石头，就能看见螃蟹凸着眼睛，舞着钳子。记得第一次跟着几个哥哥到河里捉螃蟹，看到大哥在河中搬起石块屡战屡捷，我也使出吃奶的力气搬起一块石头，看到一只大螃蟹从浑水中游出来，我不知天高地厚，伸手就抓，没想到不是它的对手，在我伸手的一刹那，它反戈一击，夹住了我的手指，我哭叫着使劲儿甩着手，疼得直掉眼泪。不过后来掌握了捉螃蟹的要领，捉螃蟹也变成了小菜一碟，有多少次从河岸边满载而归我已记不清了。

河里鱼很多，赤脚蹚河你能感觉到鱼儿从脚边滑过，拃把长的鱼儿成群结队地游来游去。离石硖不远处有一条水渠，我们机智地放闸闭闸，让鱼儿搁浅。捉鱼得眼疾手快，双手一掬，往河岸边一甩，鱼儿就成了盘中餐。俗话说冬天一颗梨、夏天一条鱼，大人们说夏天喝鱼汤洗胃通肠。每当我们捉到鱼，熬上一大锅汤，姊妹们你一碗我一碗，那香味、那氛围，永远镌刻在我的记忆里。

七八月骄阳似火，你若不怕那火辣辣的太阳晒，走在河岸边就能遇到晒盖的老鳖。不过小孩子捉鳖千万别让它咬了手，听妈妈说鳖咬手，吼雷才松口。记得那次我与大妹妹去河里抬水，刚到河边就发现一只老鳖，正在河岸上晒盖。我们发现了它，它也看到了我们。与那厮对视，它慌了神，向河里逃去，我一个箭步追上它，一脚踩在它的脊背上。这次我可真正见识了缩头乌龟的熊样，它的头和四肢缩进盖下没了一点踪影，我感觉脚下就是一块坚硬的石头。哼，躲了和尚躲不了庙！我金鸡独立般站上去，它终于撑不住了，伸出了头，也伸出了腿，我不由分说，麻溜地捋下头绳，用活扣套住了它的后腿，把它提溜起来。它头一直仰着，瞪着那贼溜溜的绿豆眼睛，两只短短的前腿拼命地舞动着。不过不管它怎样挣扎、怎样不愿意，此时我们绝不会发善心，它想逃走那是痴心妄想，门儿都没有。一只老鳖里有百样肉呢，把它提回家就是一道上好的美味。吃鳖不用杀，不用开膛，要活着煮，这样它肚里的脏物才吐得干净。我认为这样太残忍了，鲜煮的鳖蘸着蒜水虽然好吃，我却不忍下口，从来没有尝过它的滋味。

我们的母校就在板间河边，离学校不远处有一倒岸大潭，夏天是游泳娱乐的好去处。在这里我们学会了游泳，老师教了游泳的基本方法，我们自学自通，学会了各种泳技：我能脚不点底儿，立于水中如履平地；能一头扎进去，在水下游几十米；能睁着眼睛钻于水下，追得鱼儿无路可逃；能站于倒岸石上，纵身跳下轻轻扎入水中……夏天来了，上到中午最后一节课，我们人在教室，心早飞到河里，铃声一响，男生女生就以百米赛跑的速度，向河岸冲去，那是去抢占地盘，有时连衣服都不脱就跳进河里。那时生活苦，一年四季两顿饭，夏天的中午大都在河里度过，玩够了、洗爽了，把衣服一洗，晒在河边石头上，赤身裸体钻在岸石下吃干粮、纳鞋底、讲故事。

秋天，黄叶像小船，漂在清凌凌的水面上，与河底的沙石相映成趣。此时鱼儿肥了，学校后面那条水渠，有一处约三尺高，特别陡，启蒙老师编了一个荆条深筐，晚上放在渠底，鱼儿游下来正好掉到筐里。值日生每早到校有一项工作，就是去那里抬鱼。我们一前一后抬着鱼筐走在小道上，鱼儿在筐里甩着尾巴，闪着银光，溅着水珠。那晃悠的身影是一幅动人的油画，那咯咯的笑声是最美的音符。

冬天，万木凋零，这是板涧河一年中的枯水期。没有了淌淌大水，但从不断流，河水依然用它的韧劲儿一路向前。等到三九四九天，河面结冰了，那里又成了孩子们的乐园。淘气的男孩，穿着妈妈纳的千层底在河面上滑冰，鞋湿了很难干，滑几次鞋底儿就透了，帮儿烂了。可哪怕穿烂鞋、冻伤脚，受父母的责打，孩子们依然经不住滑冰玩儿的诱惑。五九六九，那活泉咕嘟咕嘟地冒着热水，注入板涧河里，水草新鲜油绿，呈现出勃勃生机。跌进腊月，活泉边就开始热闹了，拆洗棉衣被褥的大妈姊子，到这里可着劲儿地洗。那棒槌起起落落，用皂荚搓搓揉揉，一件件洗净的衣物，搭满了河岸的灌木。

记不清从什么时候起，人们在河两岸的村子里开始拓荒。一把镢头开开开，一把斧头砍砍砍，一群群牛羊啃啃啃……河边种上了蔬菜瓜果，坡地种上了五谷芝麻，砍来了木头盖房烧柴火，满山的牛羊啃没了植被……

　　夏天，电闪雷鸣，暴雨倾盆而下，依坡而建的村庄无可奈何地静默着，裸露的黄土地呻吟着，哭泣着，如注的大雨侵蚀着失去保护层的土地，从四面八方汇集而来的泥水，如一匹匹脱缰的野马，向板涧河冲去。顷刻之间，清水变得泥黄，母亲河不再温柔，肆虐的洪水耍起了威风，如一头头发威的雄狮咆哮着、扭曲着向前奔去。搭石被冲跑了，木头桥被冲跑了……人们眼睁睁地看着开垦的薄田被冲了，河边的庄稼蔬菜瓜果都成了河中的漂浮物。

　　雨后初霁，板涧河彻底变了模样。河边青青的草、绿油油的庄稼都被淤泥毁了容，河底也淤上了一层黄土泥……暑期最热的一段时间，板涧河依然流淌，看上去表面温柔，却不再能看到河底，你若斗胆下河，那你得提防陷进淤泥。板涧河不再是孩子们娱乐的天堂。

　　突然有一天，河水变成了灰色。原来上游开了矿，矿粉污染了河水。母亲河成了家乡的灾难河，螃蟹、鱼、马虾、老鳖销声匿迹，河水浇灌的庄稼也没了生机。

　　有一年冬天，河水断流，裸露的河床呈现出狰狞的面孔。我站在河床上，望着满是污浊泥垢的石头发呆，失落神伤涌向心头。我随手捡起一块石头扔进潭水里，溅起一滴滴浑浊的泪滴……

　　值得庆幸的是，后来人们意识到这一点，幡然醒悟，响应国家号召，开始退耕还林，开垦的坡地上又长出了茂盛的杂草和灌木丛。一块块土地上，房前屋后都植上了树，工厂污染也得到了治理。

　　今年夏天，我有机会再回故乡，在河边终于找回了童年的记忆。河水哗啦啦唱着歌，我又看见了河底的石头，看见了小鱼在河里游玩。我一时兴起，在河边捉起了螃蟹，一不留神竟然四脚朝天摔到河里。尽管成了落汤鸡，但爽朗的笑声惊飞了鸟，吓跑了鱼……

　　几十年弹指一瞬间，现在家乡根据国家规划实行了移民搬迁，裸露的土地已被葱郁的植被覆盖，板涧河又恢复了美丽的容颜。随着小浪底板涧河水库的建设，板涧河的水将成为周边五县灌溉、吃水、工业用水的源泉。想到这条河将以更生动的姿态服务于三晋父老，失落的乌云被驱散，自豪之情溢满心间。

（原载俪人《西部散文选刊》杂志2020年第4期）

舌尖上的幸福

看着儿子隔三差五一箱箱、一袋袋网购的美味零食、时令水果，看着孙子兴高采烈地吃着五花八门的小吃，我就会情不自禁地哼起《歌唱新时代》："歌唱新时代，谱写新篇章。时钟不停地转转转，日历不停地翻翻翻，心里不停地盼盼盼，日子天天呀变变变，芝麻开花呀节节高，幸福生活比蜜甜……"是啊，舌尖上的幸福指数真是与日俱增！

说句心里话，我好羡慕如今的年轻人，赶上了好时代。我是60后，上小学要走几里山路，每天只吃两顿饭，上学前，母亲把几个柿疙瘩或一块红薯，装进我的口袋里，这既是主食，也是零食。手捂口袋，我感受到了母爱的温度，心里充满着感动和喜悦。午饭，同学们绝大部分带的是红薯，吃起来满口香甜，就连红薯皮也不舍得扔掉。到了晚上回到家，我最大的享受就是能吃上妈妈从锅底铲下的一块小米锅巴，但凡让小伙伴们看到，都会眼馋得流口水。

勤劳的奶奶，种了几棵柿树，结的是甜甜的大扁柿。每年农历七月十五过后，半青半红的柿子就被摘下来。母亲把它们泡在水里，让水始终保持40℃的恒温，三天三夜，涩味就去了。那脆生生、甜滋滋的柿子，是记忆中最好的能管够吃的水果。母亲告诉我们，柿盖下要吃干净，柿胡也要吮一吮。我想，这大概是对奶奶勤劳的尊重吧。

冬天里，母亲会用炒过的哑巴玉米、晒干的柿皮，在石磨上磨成粉，用牛皮纸包一些。我伸出舌头舔一口，沙沙甜甜，直冲舌根。柴灰里烧熟的蜗牛肉、知了猴、螃蟹腿，更是记忆中的山珍海味。

印象中的瓜子，是从老南瓜中挖出的籽儿，经母亲加作料烤干，吃起来又脆又香，连皮都一起咽下。

母亲用细沙子炒的花生，只有在过年那天，我们姊妹才能吃到。剥开那麻屋子，揭开红帐子，口嚼着那白胖子，满口生津，活活香死个人。

1978年春天，我读高中，去学校带的干粮，是母亲亲手做的麦香味十足的饼子和白面馒头。母亲的手艺曾让许多同学眼羡，手捧馒头，细细地嚼，慢慢地咽，那是一种美的享受。不小心掉在地上的饼丝渣，我也会捡起米，吹一吹送进嘴里。母亲说，吃食像举家过日子，要计划着吃，让细水长流，有了撑圆肚子，没了饿成瓢片，一辈子也过不好日子。

农村包产到户后，家里粮丰了，囤满了。那时，我已有了工作，每次出门，母亲会搭锅炒面豆（炒琪）。闲暇口空时，来上一把，满口醇香，我深刻感受到浓浓的母爱深情，体会到生活的富足美好。

父亲嫁接的枣树、栽下的桃树，每年都是硕果累累，收获时节，因为无法保存，我们可着劲儿吃。母亲说，吃不完坏了，那就糟蹋了果树一年的光景。从杏梅树上摘下的果实，母亲总要留一些，把它埋在麦囤里等我回来。咬一口熟透了的杏梅，汁水四溢，那满口醇香，连同绵绵的母爱一起流进我的心田。

那年，我找对象了，头回两人见面，母亲跑了五公里山路，买回一些水果糖。可笑的是，对象从口袋里掏出的礼物，同样是一把水果糖。我们嘴里尝着双方的情意，甜蜜的滋味在心头烙下了深深的印记。

20世纪80年代末90年代初，两个儿子相继降生，养儿持家的担子，落在了我的肩上。于是，我秉承母亲的手艺，学会了养家的本事：蒸豆包，烙饼子，炒面豆，炸干果酥，面粉在我的手下变成了多样美食。

儿子渐渐长大时，学校旁边的小卖部里零嘴小吃多了起来。小孩们喜欢的零嘴，如大大泡泡糖、星球杯、浪味仙、咪咪虾条、陈皮糖、喔喔奶糖、小浣熊干脆面、麻辣片、鸡腿面包、小米锅巴……应有尽有。孩子们想吃，随手就可以买来。但是，久而久之我发现，孩子们喜欢吃的许多小吃都是"垃圾食品"，不利于身体健康，耐吃又环保的还是自己做的零食。为了孩子们，我拿出看家本领，变着花样，做出多种小零食。每当看着孩子们有滋有味地分享我的劳动成果时，我心里就感到喜滋滋的。

慢慢地，本地的水果市场丰富起来，南方的香蕉、橘子、菠萝，这些只在小人书上见过的水果，也能买到了。不要说逢年过节，就是平常日子，茶几上的果盘里，也会放着新鲜的水果。我们一家四口，谁想吃什么水果，到了市场上就随时买来，苹果、梨什么的，一年四季不断。春节、中秋，给两边父母送去的，也不再是单一的大肉和月饼，更有时令水果。住在农村的父母，每次吃上时令水果时，脸上都笑成了一朵花。看着他们品尝着美味，脸上露出幸福的笑容，我也感到生活的甜美。从父母的笑容里，我读出了他们对生活的满足、对儿女的满意。

久居省城太原的公婆，稀罕的不是水果，而是我蒸的豆馅馒头、烙的芝麻馅饼。我尽心尽力，满足老人舌尖上的嗜好。平时，他们想吃了，我就做好给他们捎去。每年腊月，不管多忙，我都会用一整天时间，蒸馒头送给公婆。婆婆经常说，餐桌上的大鱼大肉、山珍海味，比不上儿媳做的馒头。我知道，他们喜欢的不仅是我的一份孝心，更是家乡地道的面香味道。我用娴熟的手艺，满足了舌尖，凝聚了亲情，赢得了家庭的和睦幸福。

时间的车轮滚滚向前，日历在不断翻着新页。由于我工作勤奋，爱人搏击商海，很快，我家成了万元户。手头经济宽裕了，逛市场、进超市成了我闲暇时的一种爱好。看到琳琅满目的美味小吃、新鲜的时令水果，我就味蕾大开，食欲大增。馍片、饼干、鱼片、牛肉干、豆腐干等等，成了我常吃的零嘴。除此之外，我还喜好红彤彤的富士苹果、橙黄色的橘子、鲜嫩的杏子桃子，看上什么就买什么。回到家，一个大苹果，我要切成几份，体验一家人分享的快乐；吃完金灿灿酸酸甜甜的橘子，我把橘皮洗净晒干，泡茶喝；

吃完杏子桃子，我留着胡核，把里边的仁做成小零食；西瓜子、南瓜子，我都留着，洗净晒干，做零嘴小吃。儿子笑我是"吝啬鬼"，我一点儿都不生气，一本正经地告诉他们："粒米聚满箩，滴水汇成河，这是勤俭持家的美德。生活好了，也不能忘本，浪费可是极大的犯罪啊！"孩子们耳濡目染，也养成了勤俭节约的好习惯。

　　21世纪的钟声响过，随着孙女的呱呱落地，我荣升为"正奶级"。茶几上的食盒里，小孩的零食多起来，什么奶油面包、手指饼干、巧克力，什么火腿肠、棒棒糖……陪伴着跌进了福窝、长在蜜罐里的孙女，我仿佛也变成了老小孩，喜欢上了儿童食品，嘴里时不时地吮着棒棒糖。那一刻，我真切地感受到，眼下的生活比蜜甜。

　　随着时代的发展，我家里的果盘也再一次升级，里面有了名贵水果：樱桃、荔枝、草莓、柚子、火龙果、猕猴桃……儿子、媳妇买回水果，总是先捧到我面前说："请妈先尝一尝。"一种家的温馨、幸福的滋味，顿时漫溢心头！

　　高科技迅猛发展，购物也更新换代，手机成了人们的顺风耳、千里眼，天南海北的名吃水果，点开搜索，足不出户，快递公司会大包小包地送上门来：百香果、丑橘、柠檬、红心柚、砂糖橘、榴梿、软籽石榴……要什么就有什么。

　　如今的生活，只有想不到的，没有买不到的。在享受快捷、方便、实惠的惬意生活的同时，我常常告诫自己和孩子们：俭以养德，奢者心常贫，俭者心常富。节俭是一大财源，是享不完的美筵。

　　乘着改革开放的春风，踏着时代发展的节奏，我们家用勤劳节俭营造了舌尖上的幸福！

　　舌尖上的幸福，凝聚的是亲情，刻印的是记忆，熔铸的是家国情怀，彰显的是时代变迁！

（原载《运城日报》2018年11月6日副刊、
《关心下一代》杂志2019年第12期）

第三辑　茶余饭后

生活中的色彩是丰富而美好的，如若有品茗一般的雅致，便可令日子熠熠生辉。

画本《鸡毛信》

一

我从小到大读了数不清的书。有人问我，你读的第一本书是什么？我爽朗地回答说："画本《鸡毛信》。"

说实话，现在各种手机读物风靡，电视动画盛行，小孙子的绘本也能堆座小山，但我还是非常怀念童年时期原汁原味原生态读书的时光。可能你不信，我喜欢读书就是从看画本《鸡毛信》开始的。它是一本黑白素描、图文并茂、通俗易懂的连环画小人书，俗称画本。

我是60后，小时候根本没有课外书可读。上学期间爱看书，也是语文课本反反复复地读。我上三年级那年，一天课间，一位同学手里的一本精致的四方小书引起了我极大的兴趣，同学在教室看，我挤在他旁边，他出去我也跟出去，但是看不真切。没办法，我拿午饭（一块饼子）作为看书的交换条件，把书借到手，可我正看在兴头上，上课铃响了，我付出了饿肚子的代价，画本没看完就被要走了。我只记住了故事的主人公是个放羊的孩子叫海娃，要为八路军送一封十万火急的信，在路上遇到了日本鬼子。我想知道，信究竟是怎么送去的，路上遇到什么情况。于是，我产生了买这本书的念头。但那时饭都吃不饱，母亲掌管着一家人的财政大权，精打细算过日子，让她同意给我买"闲书"，那是墙上挂门帘——没门儿。为这，我就像得了相思病，饭吃不香，觉也睡不稳。我问了同学，这小画本两毛八分钱，公社供销社有。我想再次向同学借，但那位同学是个小气鬼，不肯借给我。我实在太想看那本书了，心心念念想把它买回来，读个痛快。但是，钱是个棘手的问题。

二

我绞尽脑汁想办法。一天，我正要上学，家里的母鸡"咯咯哒、咯咯哒"，从下蛋窝里出来了。我心里一阵激动，知道母亲把鸡蛋埋在窑洞后边的友囤里，数量不详。我灵机一动，大声叫着："妈，我收了鸡蛋，放回去了。"还装模作样，"咚咚咚"跑回屋里，不过鸡蛋都装进了我口袋里。第一次顺利，第二次顺利。两次从代销店换了一毛钱，我暗自高兴，攒着钱准备买书。第三次拿到鸡蛋，因害怕迟到急着赶路，又害怕鸡蛋破了，用手捂着口袋悄悄走路的样子被小妹看出了破绽。我说了一大堆好话，还吓唬她说："你要告诉妈妈，她打我，我就打死你。她要打死我，你就没姐姐了。"结果，她回去悄悄对妈妈说："姐姐不让我告诉你，她拿鸡蛋换钱了。"因"偷"拿，母亲打肿了我的手心。我疼得吸溜着嘴叫唤："我就想要那本书嘛！"父亲听到我的话，为我开脱，心疼地拿起我的手吹了吹，同意我买那本书。这是我亲手买的第一本书，来之不易呀，我兴奋得两眼放光。

从供销社回家的山路上，我走走停停就把画本完整地看了一遍。对海娃的机智勇敢，我佩服得五体投地；对日本鬼子的惨无人道，我痛恨得咬牙切齿。我叔伯姊妹成群，回到家小妹一张扬，引来一群小伙伴，圆脑袋聚在一块儿。我蘸着口水翻一页，大家瞪圆了眼珠子，聚精会神地看着。可笑的是，书在我手里，他们颠倒看娃娃，竟也看得那么起劲。其实，我知道，他们在等我看懂记住了，给他们讲。为了讲好这个故事，这本画册我不知看了多少遍，白天抽空看，晚上煤油灯下看，甚至上厕所时蹲坑也一手捂着鼻子，一手拿着画本。我揣摩其中的人物，一遍遍地仔细观察图片上人物的神态动作，图文合一，读图读文字。关键人物的细节，我一招一式地模仿，白天做事自言自语跟文本对话；晚上吹灯闭着眼睛，脑子里还在放映海娃送信的画面，为他把鸡毛信藏在绵羊尾巴下叫好又担心，为他能否逃出鬼子的魔掌提心吊胆，为他粗心丢了鸡毛信捏着一把汗，真正达到了物我两忘的程度。

三

我还记得当时讲故事的情景，门前大槐树的阴凉下，兄弟姊妹们蹲在我面前，画本上的旁白及人物对话，我灵活地口语化，讲得栩栩如生。鬼子的凶残嚣张、海娃机智藏信、蹑手蹑脚逃走、脱衣抢小褂的动作，我模仿得惟妙惟肖。弟弟妹妹们听完故事，也对小人书中的人物产生了深刻的印象。小妹说："日本鬼子坏透了。"她用铅笔把鬼子的"眼珠"全扎"瞎"了。我哭笑不得，心疼了好一阵子。

我喜欢这本小人书，崇拜海娃是一位抗日小英雄，遇到恶劣的环境丝毫不怕，面对敌人的凶残，敢于面对，会想办法。我告诫自己，和平生活来之不易，一定得珍惜当下的幸福生活，好好读书。从此，我翻开了人生读书的扉页，一本本读了下去。是书改变了我的命运，影响了我的人生。

万丈高楼平地起。我读通读精了《鸡毛信》，也许就像达·芬奇画鸡蛋一样，拿下了读书的基本功。

这册儿童启蒙读物，启迪了我的心智，我的文学梦想就从这儿扬帆起航了！

（原载《山西日报》2019年4月26日读书版）

与树哥鹊鸟为邻

　　说来有意思，我和一棵大杨树隔窗成了邻居。我不知它树龄几何，看着它朝气磅礴的样子，心态也年轻了许多，顺口就叫了一声树哥。今年疫情防控阶段，我干脆把卧室窗台充当写字台，图的是能与树哥朝夕相处。

　　三生有幸，我居住的单元楼是城与郊的分水岭，前大门对着车水马龙的繁华大街，后窗外是城郊大片的田园风光。十七层楼，我住四层，后窗正对着一棵大杨树，树身竟和四层楼并肩齐眉。说它远也不远，平视能看得清树冠，俯瞰能看得清树身；说它近也不近，树冠高高地伸向天空，当太阳照到我的后窗，它也全身披上了阳光，且不影响我家采光。树杈上还有鹊巢一窝，能看到喜鹊夫妇出双入对，能听到它们细语呢喃。我的屋是混凝土建造的楼房，它的窝是用采来的树枝垒成的，由粗壮的树身擎着，众枝丫捧着。树哥怀里的鸟窝与我百米之遥，隔空不用微聊，拉开窗帘，它们是镶嵌在窗口最靓丽的风景。树哥伟岸的身躯，在周围众多植物中鹤立鸡群，那鹊巢更是高高在上。整整两个月，早晨听喜鹊叫，看喜鹊的俏模样，我的心与它们一起变得清新轻灵。白天，树哥陪我读书写作；晚上，树哥为我站岗放哨。开窗对望，互相欣赏，相看不厌，彼此熟稔，两情相悦，互成对方意中人。

　　庚子年的春节，我宅在家里，为不虚度光阴，我开始爬格子、码文字。春寒料峭，树哥更显得粗壮，光秃秃的枝丫，在寒风中凛然地站成一道风景，借寒风呼啸，吹着口哨，威武洒脱地告诉我，春天会来的，黎明前的黑暗终会过去……

2020年2月5日，家乡迎来春节后的第一场雪。鹅毛般的雪花，在窗外纷纷扬扬，落在树哥的头上、身上，有的雪花，稍做停留便随风飘向大地。依窗而望，天地间一片迷茫，混沌一片，雪压在枝头，也压在我的心头。看不到踏雪的人们，看不到玩雪的孩子，听不到汽车的引擎，村庄里也没有鸡犬相闻。我枕着飕飕的风声睡去，连梦都没有。早晨，窗外的村庄一片银装素裹，抬眼望，远山旷野，都被白雪覆盖，只有村头路口防控抗疫的红色条幅格外醒目。树哥浑然天成，穿上了雪衣裳，变成一幅水墨素描画，树杈上的鹊巢也戴上了雪帽子。我突然担心起喜鹊来，雪下到它们屋里了吗？大风会把巢摇破吗？它们冷吗，有吃的吗？细细观察，我惊叹了，它们真的是能工巧匠啊，选择这么粗壮高大的树杈，把一根根树枝衔来，精心设计，搭建成稳固安全的"家"，树哥把它牢牢揽在怀里。哦，喜鹊起床了，随着欢快的叫声翩然飞去，它不停地"喳喳喳"，是在告诉我："有办法，有办法。"呵呵，我自嘲杞人忧天，连鸟都能面对困难，何况人呢？一阵风掠过，树哥抖一抖身体，伸一伸手臂，雪沫儿"簌簌簌"地跌落，仿佛迎着严寒在做早操，我也跟着伸胳膊展腿深呼吸。瞬间，心里的阴霾散去，黯然感伤也杳无踪迹，好久没有如此令人心旷神怡的感觉了。

正月十五，2020年的第一轮圆月，挂在窗外的树梢，月还是那月，但我怎么看都是冷冰冰的，没有往年的皎洁温柔。往年的今天，县城的大街小巷，已挂满花灯，街上赏灯、观月、猜谜、看热闹的，熙熙攘攘，人流如织。我透过玻璃窗，向树哥诉说衷肠：小城虽静，却是安全的，天涯共此时。

春天的脚步近了，树哥从沉睡中醒来，伸了伸懒腰，春风的纤手在枝头挂满了褐色的杨絮，如毓秀雅致的装饰，随风摇曳。春暖花开，今春杨絮儿成了迎春花，紧接着嫩嫩的叶儿萌萌地堆满枝头，千片万片绿叶如花瓣，嫩中泛红的叶尖如花蕊，一束束绽满枝头，风儿掠过，满树春潮涌动。打开窗户，缕缕清新的空气扑面而来，穿堂而过，树的气息，也浸满了屋子。我静坐窗前，低头，文思如泉涌；抬头，润眼润心，天然的风景摄人魂魄。再看养在家里的花花草草，许是照顾不周，它们萎靡不振，没有精气神儿，有两盆还生了虫子，病歪歪的。我开始小觑起它们来，不是移情别恋，而是不喜欢它们生存的依赖，没有脊梁，令人生厌！

烟花三月，大自然换上了绿装，稠密的叶子遮挡了我的视线，不见了鹊巢，只有满眼的绿色，一树的绿叶荡漾。每早拉开窗帘，送上一声问候："树哥，早上好！"树哥的身体不停地摇晃，绿叶"哗哗哗"，喜鹊"喳喳喳"，似乎在回应我。望着庞大的树冠、轻灵的鸟影，我精神振奋，感慨万千。

叶 菩提， 树 如来。 一片树叶不起眼，可它们是一个生命共同体，联手营造了一个家，这个家顶天立地。它们是一条根上开枝蔓叶长出的众多兄弟姐妹，站在"父亲"的肩膀上，各占其位，互不侵犯，和平共处，团结友爱，各尽其责，手牵手，肩并肩，努力向上，把阳光雨露的营养输送给"父亲"。风来了，它们同舟；雨来了，它们共济；太阳出来了，它们共温暖；黑夜来了，它们同面对……凝视着它们，我想起了一首歌："我们都有一个家，名字叫中国，兄弟姐妹都很多，景色也不错。家里盘着两条龙，长江与黄河呀，还有珠穆朗玛峰儿，是最高山坡……"树哥——珠穆朗玛峰——中国！我把这三个词汇，用破折号连成一体，心里满满的自豪与感动！

"人间四月芳菲尽，山寺桃花始盛开。"庚子年的春天姗姗来迟，树哥挥动着千万"手臂"在欢呼！一轮红日从东方升起，和煦的阳光照着树哥，也透过窗口照进我的心房。

"喳，喳喳，喳喳喳"，喜鹊亮开歌喉，我奔出家门，张开双臂，与树哥深情相拥。高山仰止，情感笃定。感恩之情，激荡于心头！

（原载《国际诗歌网》2020年6月7日，
入选2020年《中国当代散文精品300篇》，获三等奖）

小院里的樱桃树

一

樱桃好吃树难栽。这个常识，我小时候就存储于脑海了。在大山里长大的我，从来没有见过樱桃树，也不知道樱桃到底长什么样，有多么好吃。心里想，想吃樱桃肯定是像癞蛤蟆吃天鹅肉那般难吧。

1998年3月28日，我乔迁新居，在县城有了个像样的独家二层楼小院。小时候我跟奶奶住在土窑洞里，奶奶说："楼上楼下，电灯电话，那是神仙住的地方。"我做梦都想住在这样的地方。如今我实现了我们这一代人的梦想，感觉是多么幸福和快乐啊！可是等住进来才发现，地是水泥地板，再也闻不到泥土香；楼房林立，再也看不到自然生态之美。

小院的西墙边留有一个小花池，我从山里挖回一棵香椿树，栽到里边，但怎么看都不太协调，干脆挖掉又栽了一棵无花果树，几年间无花果树枝条长得细溜溜长，虽叶子浓绿，但树形不中看，特别是那树名，不开花就结果，听着就扫兴。挂了果，果子不好看，孩子们也不爱吃。我寻思着，一定要栽一棵樱桃树，亲口尝尝人间美味。

二

2005年春天，几经周折，终于弄到一棵小樱桃树苗。准备移旧换新，没想到光挖树坑就让我大费周折。原来的无花果树树根已扎得很深很深，我用铁镐挖，用铁锹铲，很有点为了新人笑不管旧人哭的样子。为了打破樱桃好吃树难栽的神话，树窝里的沙石统统挖出，就怕这棵娇贵的树受委屈。听父亲说过，根深才能叶茂，我从远处弄回几袋子落叶黑土，让樱桃小苗根须自由舒展，扶正埋土踩实，算是大功告成。

院里栽上了樱桃树，初看那小苗儿真有点娇贵，嫩溜溜的枝条已经发了小芽芽，我天天给它浇水，盼着它快快活过来，快快长大。俩孩子看着我浇水，就差拔苗助长了。不过，这棵小树很争气，一星期就有了起色，不几天芽儿就冒了出来，像绿鲜鲜的花骨朵。我把它当作自己的孩子来照顾，不让它渴了，不让它饿了。我怕它长不高，又不想用化肥。那时家里养着波斯猫、京巴狗，干脆在树窝里填上些沙子，充当宠物的厕所。那只狗挺有趣，常跷着腿，把尿洒在树上。猫很矜持，大小便都要挖坑，完了还要掩盖"事实"。

充足的养分使这棵小树长得飞快，几年过去，树梢就超过了院墙，而且枝繁叶茂。可是不知怎么啦，树长高了，开了花也不结果。什么问题？我细心打听问询，答案有两个：一是树在四面围墙里，不吃风；二是花没授粉。不吃风是事实，没授粉，难道樱桃树还有"男女"之分？这问题着实难办，它又不是动物，找个配偶，人挪活树挪死，这是古人总结出来的真理，去哪儿授粉呀？总不能再栽棵树吧，再说我也搞不清它是男是女啊！

一家人经过民主讨论决定，先解决不吃风的问题，锯掉院里低处的几枝，让它全力以赴往高处长。被锯掉了几大枝，我心里七上八下的，毕竟这几年樱桃树为小院带来了绿荫。看着树身上留下的疤痕，我心里如打翻了五味瓶。但是不舍哪有得啊？我自我安慰：忍痛割爱也算成树之美吧。

　　让我吃惊的是，这棵树具有顽强的生命力，这一年它主杆磅礴地把树冠擎出了院墙，枝丫自由地伸向蓝天。我还注意到树根部滋生了一丛一丛的小枝，我怕与母体抢营养，影响主杆发育，一枝不留地铲掉，没想到铲了又长，长了再铲。让人惊喜的是，那年刚开春，万树还没长叶，樱桃树密密匝匝长满了花骨朵，枝头泛出点点红艳，在明媚的春光里，小院如置身于一片希望的田野里。那缕缕花香，更是浸润着岁月的味道，散发着芬芳，将朴素的小院装点得生机盎然，活色生香。随着春风的吹拂，花骨朵渐渐绽满枝头，那颜色没有梨花白，也不是桃花红，那种嫩黄让人遐想联翩，远远望去，仿佛天边飘来的云烟；细瞧花蕊粉不粉白不白，却恰到好处，那么柔软、那么可爱，好像刚刚出生的婴儿粉嫩嫩的脸蛋，肌肤绸缎般细腻柔美。蜜蜂来了，在花间打滚；小鸟来了，在树上亮着歌喉。满树的艳阳天，为我们带来丰收的希望。

　　正在这时，一场春寒袭来，树上下起了花瓣雨，一夜之间，满树的樱桃花香消玉殒，小院铺上了细碎的花瓣地毯。仰望树上只有花蕊可怜巴巴地支撑着，被寒风吹得瑟瑟发抖。可怜我的樱桃花儿哦，刚开花就夭折了；才出生的嫩叶子也耷拉下脑袋。我那个伤心呀，抱住树许久没有松开，只想用温情抚慰受伤的树，希望花蕊别落尽，留点希望在枝头。可春寒无情，冻伤了所有的花，一夜之间，花儿落尽，空欢喜一场。

三

　　改革开放大潮一浪高过一浪，我们家的生活芝麻开花节节高。大儿子结婚有了孩子，我们也随之住到了单元楼上。有几年，小院闲置，只有那只京巴狗在院里养着，它几乎天天在树下"施肥"，树根部年年枝节丛生，年年得清理几次。樱桃树青年时期，青春靓丽，强壮繁茂，然而年年开花，依然年年没有收获。一家人除了我，大家对它已不抱希望了，爱人干脆寻来一把斧头，要把它砍掉。我不忍心看着费了九牛二虎之力用心血养育的樱桃树还没吃上樱桃就被砍掉。我做出拼命的架势，挡在树前，不管爱人说什么，我就是不同意。为此，我俩各执一词。他说养了个白条，只开花不结果，要它何用？我说春天赏花，夏天为小院遮阳，它把小院变成一座天然凉棚，我们生活在天然的氧吧不好吗？儿媳开玩笑说："公说公有理，婆说婆有理。"我和爱人谁也说服不了谁，我生怕哪天看不紧，爱人来个先斩后奏，一进门树不见了，我还不得伤心死啊！为了保护它，我把电话打给太原的婆婆，请她为我撑腰做主。婆婆出马，一个顶俩，挽救了这棵树的生命。爱人不服气，拿上大剪刀，爬上平房"咔嚓咔嚓"把树冠剪修了一番，砍树风波总算过去了。

树是留下了，可不结果成了我的一块心病。我站在树下向树祈求：亲爱的，结果子吧，没有大的，小的也行啊！哪怕不好看、不好吃，我也不会嫌弃的。

又是一年春草绿，我发现修剪过的樱桃树变了模样，一番花开花落，绿豆般的小果果挂满了枝头。终于结果了，一家人欣喜若狂，等着果子成熟，好尝一尝自家樱桃的滋味。可半道又出了状况，有一天，我发现，浓密的绿叶，好多卷了起来。这又是怎么啦？旱了吗？浇了足够的水，叶子依然打着卷。我搭梯上房，捋开树叶，我的天哪，叶子被虫卵当了巢！这可怎么办呀？叶子被吃光，樱桃自然会流产，这一年我不是又空欢喜了？看着高高在上的树冠，枝枝丫丫，风一摇，树上下起小冰雹，沮丧，心灰意冷。也许小院真的不适合种樱桃树。

四

2018年初春，小儿子谈了对象，到了谈婚论嫁的时候，给孩子装修新房，我们也顺便把小院简单收拾了一下。我和大儿子一家住回小院，被冷落的小院，有了烟火味，有了孩子们的嬉闹欢笑声，樱桃树上鸟儿鸣唱，樱桃花开得热热闹闹。可到了收获的季节，偌大的树上开玩笑似的，只有能数清的几颗樱桃。樱桃树夏天为小院搭起凉棚，从树上时不时掉下虫子来，在院子里纳凉时，俩孙子经常被蚊虫叮咬，我更是被蚊虫一咬就是一个大包，奇痒难忍，真有受够了的感觉。爱人再次动了砍树的念头，但树大了，院里的树是不能乱砍的。所以还是解决当下问题，为树喷药，把害虫治一治。大儿子背着喷雾器把枝枝叶叶喷了个遍。真是神奇，那一年樱桃树叶变得水灵灵、绿鲜鲜的。原来是虫子捣的鬼！消灭了害虫，满树绿叶婆娑，满院空气清新。事实胜于雄辩，爱人又一次放下了举起的斧头。

2019年，樱桃树率先为小院带来春的消息。一冬的酝酿，太阳光刚温柔了一点，春风先催熟了满树的花骨朵。从巷口往进走，远远地就看见从院墙伸出的樱桃树上一片红艳，我心里一阵狂喜。从外围看，这棵树已成气候，从小院二楼看，树冠的枝丫几乎占满了小院的空间。我庆幸自己坚持留下了这棵树。好像在一夜之间，满树的花骨朵张开了笑脸，乳白色的花瓣包围着嫩黄色的花蕊，每一朵都是一个生命在颤动，每一朵都是一颗果实在酝酿，一棵树就是一片花的蘑菇云。小院浸在春光下，泡在花香里，数不清的蜜蜂在花朵间穿梭，还有鸟儿在枝头婉转歌唱。此时搬个小凳子坐在树下，风过枝摇，从树上落下花瓣雨，仰头透过浓密的绿叶看小块蓝莹莹的天，低头欣赏漏在小院里碎银一样的阳光，一种心如止水、安逸舒心的感觉包围了我。

这一年，我见证了樱桃从开花到结果，再到长大成熟的过程。樱桃堪称晋南家乡第一果。人间四月芳菲尽，山寺桃花始盛开。我家院子里的樱桃自然成熟了，终于要收获了，我喜上眉梢。它由绿变黄，再由黄变红，油绿、澄黄、通红，没成熟的半黄半红，成熟的红艳艳，光洁照人，玲珑如玛瑙，小如珠玑，水汪汪、亮晶晶，那不是一般的诱人。我想，或绿或黄或红摘下，串起戴于脖子上、手腕上，可以与翡翠玛瑙相媲美。熟了的樱桃吃起来味道甜中微酸，醇香四溢，薄薄的皮里全是汁水，轻轻咬开，汁水和着口水从口角溅出，挂于嘴边，晶莹剔透，伸舌头舔进去，咂咂嘴，唇齿留香，爽到心底。樱桃一股脑儿全熟了，一家人快乐地分享，亲戚邻居也尝到了我家樱桃的甜美。

五

2020年，因为疫情，我宅在单元楼里两个月没出门。疫情过去了，春天也过去了。等我们重新搬回小院，樱桃树把一春的寂寞全绽放在了枝头，满枝绿油油的叶子中藏满了小果果。孙女、孙子看着满树的绿珍珠，欣喜得像两只出笼的小鸟儿。

转眼樱桃就熟了，满树一片红云，醉我眼眸。宅家一春的郁闷，瞬间烟消云散。站在树下仰头看哟，那一树数不清的星星，枝枝丫丫串着的珍珠玛瑙，红得欲滴，只看一眼便令人垂涎三尺了。这时，我发现没有一丝风儿，树叶亦不晃动，又不见鸟影，只从啾啾、唧唧、嘟噜的鸣叫声中判断，已有好几种鸟儿栖息于树上。细细观察，它们早已开始品尝熟了的樱桃了。我心里不舒服了，这是不劳而获，侵占我的劳动果实呀！我迫不及待地搭梯上房，想把这些鸟儿赶走。然而不管我怎样拍手、怎样摇树、怎样恐吓，那些鸟儿一点儿都不害怕，即使飞走，转眼又飞回来了。有一只还明目张胆地当着我的面，站在高高的枝头，吞食熟透了的樱桃。我拽住枝条使劲摇晃，这只鸟穿着黑红相间的外衣、浅灰衬衣，边展翅在我头顶盘旋边嘟嘟噜、嘟嘟噜地厉声大叫……听起来像是吵架骂人。我瞅瞅这只鸟："快走开，我不与你计较！"

我摘下几颗红"珍珠"，放进嘴里，刹那间，天然的香甜唤醒了食欲。啊，太好吃了！此时此刻，两个孩子已着急得在院子里跳脚了，我回应着孩子们，挑熟透的采摘，那种快乐让我飘飘欲仙了。听到小孙子在地上叽叽喳喳，才发现孙女已从梯子上爬了上来。"哎哟哟，我的天，危险！""上上上，我也上来了！"孙子也顺梯子爬了上来，我吓得吐吐舌头，到嘴边的话又咽了回去。他们等不及了，冒险上了平房，要亲手采摘樱桃，来犒劳自己了。孙女站在平房上，伸手摘下熟透的樱桃，高兴地大叫："我们进采摘园了，真好吃呀！"她看到漂亮的小鸟不怕人，在和我们抢樱桃吃，兴奋地说："鸟把樱桃树当成餐厅了，奶奶，高处的我们够不着，就让小鸟吃吧。"小孙子也边吃樱桃边咿呀呀地应和着："进采摘园了，小鸟叽（吃）吧。"眼前的情景，交相辉映，温馨快乐……是啊，小院变成采摘园，树冠成了鸟儿的餐厅，人与自然和谐共生，诗情画意真实地存在于我们的生活之中。

我与俩孩子边摘边吃，幸福的滋味似大海的波浪在心底里涌动翻腾。我突然发现，今年的樱桃比去年大了许多，还没有虫子。再看叶子绿鲜鲜的，我幡然醒悟：樱桃能丰收，蜜蜂功不可没，鸟儿也帮了大忙呀！蜜蜂为树传播了花粉，小鸟为树消灭了寄生虫。蜜蜂采花收获了花蜜，小鸟与我们分享劳动果实，理所当然啊！我深为自己驱赶小鸟的行动、片面的思想感到惭愧。至此，我也深悟到"樱桃好吃树难栽"的真谛。

凝视着历经磨难终于修成正果的樱桃树，唐代张祜的《樱桃》一诗涌上心头："石榴未拆梅犹小，爱此山花四五株。斜日庭前风袅袅，碧油千片漏红珠。"

（原载《作家新干线》微刊2020年10月29日）

倾情绝恋

一个春和景明的日子，我家有了一只鹦鹉，是朋友送的。它蓝莹莹的背，白项圈，白眼圈，灰头巾，黑眼珠，粉红的鹰钩嘴，搭配优雅和谐的色彩、小巧玲珑的体形，让我一见钟情。闲暇无事时我总要逗逗它，我一打口哨，它就叫。可是，我总觉得它的叫声里充满着一缕哀怨，像是在哭诉。

有一天早晨，我又逗它，它竟然眼露凶光，发火，不耐烦。为什么？我招你惹你了？于是，我跟它打手势、瞪眼睛，可它把脸扭向一边，不再理我。为弄清原因，我咨询了这只鹦鹉的原主人。

原来，朋友养了一对鹦鹉，是牡丹情侣鸟，它们还有个好听的名字，叫爱情鸟。我性急地问："那一只呢？"朋友有点生气地说："我本想把鸟笼挂外边让它们透透气，那一只却咬开笼子上放水的小门，逃走了，这一只正欲逃被我捉住。那只不见了，这一只天天吵吵吵、闹闹闹，真被它吵烦了。"

我问："逃走的是夫君，还是爱妻？"

朋友说："没搞清楚，你可以到市场上再配一只，卖鸟人能分辨出公母来。"

听了朋友的话，我感到自己真的是孤陋寡闻。我是第一次听说鹦鹉叫爱情鸟。在我的印象中，在天的比翼鸟叫蛮蛮，它们比翼齐飞，形影不离；

鸳鸯鸟，你恩我爱，朝朝暮暮。经常出现在视线的喜鹊，每年给牛郎织女搭桥，也可作为坚贞爱情的见证。但是，鹦鹉为什么叫爱情鸟？我把它的名字拆成两部分，去掉鸟字旁就变成"婴武"，有点意思。婴，古代释义项饰，我把它看作小鸟依人的妻；武，那就是英勇洒脱的男士了。有了这样的想法，我又仔细观察，可还是不知这只是鹦妻还是鹉夫。

为了弄个明白，也为给孤鸟再寻一伴侣，我提着鸟笼走向花鸟市场。鸟语花香，自古花鸟不分家。在一个大棚花海深处，我找到了一户养鸟卖鸟人家，这里饲养着各种鸟，尤以鹦鹉居多。

我把笼子放在一群鹦鹉的大笼子边，看它的反应。这只鹦鹉，左瞧瞧右看看，似乎在寻觅。然后，它对着大笼叫起来，像诉说着什么。我叫来养鸟的年轻人，告诉他我的意图，他不分青红皂白，从大笼里抓了一只就放进我的小笼里。嘻！我的鸟似临大敌、如遇仇人，立刻翎毛倒竖，豆眼圆睁，一声大叫，扑过去就啄那只鸟的头，那只鸟被啄得血淋淋的，抓住鸟笼的一角，大声鸣叫，像是在呼救。"快快快，快弄出来，这只就不是人家的菜。"我着急地说。

"等我爸过来，给你配一只吧，他能摸出公母来。"年轻人边往外捉鸟边说。

"噢，你刚才是乱点鸳鸯谱了。"我笑着说。

年轻人不好意思地笑了笑，拿起电话请示。放下电话，他轻声说："请稍等片刻。"

等人的空儿，我把鸟笼换了个位置。我想，人找对象讲究眼缘，鸟肯定也是吧，何况这是只"爱情鸟"。

只一会儿工夫，大鸟笼里有一只绿莹莹的鹦鹉抖了抖翅膀，两只脚抓住鸟笼，对着小笼里的鸟开始鸣叫，那声音轻轻的、柔柔的，好像在发求爱的信息，听起来，那么温柔多情。莫非它们对上了眼儿？等到卖鸟的老板来了，我就指定要这只。主人先捉住我的鸟，在尾部摸了摸，又捉住他那只摸了摸，放进我的小笼里。他告诉我，我带来的这只是"男士"，不用说从笼中捉出的是位"姑娘"。我看它们互不反感，站在一根横杆上怪有夫妻相，就掏了钱，提着鸟笼带回单元楼，与我卧室窗台上几盆花放在一起。我想给它们一个好环境，也算给自己营造一个鸟语花香的小天地吧。

仔细观察，我家这位鹩男士有点拘谨，不善言辞，而"娶"进笼的鹦"姑娘"，则是一副热心肠。你看它一会儿轻声慢语，一会儿点头哈腰，一会儿啄啄羽毛，一会儿蹦蹦跳跳……我给它们喂上鸟粮、倒上水，鹦先到食盒前，"咚咚咚"啄起食来。它饮完水，站在鹩的对面开始"说话"。我一高兴，随口唱道："笼中的鸟儿成双对，绿水青山带笑颜。从今后再不受那孤独苦，夫妻双双把歌吟。"我的歌声激起了它俩的兴趣。鹦"唧唧，唧唧"，鹩"嘎嘎，嘎嘎"，鹦"嘎嘎嘎"，鹩"嘣嘣嘣"，它们一唱一和，好像夫唱妇随。叫够了，它们双双眯着眼睛似乎要休息了。我拉上窗帘，把它们隔于窗台上，忙我的事去了。

第二天清晨，天刚蒙蒙亮，窗外麻雀、喜鹊叽叽喳喳的叫声把我家的鹦鹩给吵醒了，它们亮开了嗓门大声叫唤。我有熬夜写作的习惯，早晨想多睡一会儿，可它们越叫声音越大，有点像吵架。我爬起来，拉开窗帘，哎呀，鹩竟然用嘴啄了新进门的鹦"姑娘"，鹦的羽毛零乱，明显受了委屈，但它没有还嘴。我大声指责鹩："坏东西！"鹩也大声叫唤："嘣嘣嘣。"似在学舌。我又训斥："真不听话！"鹩："嘎嘎嘎。"鹦还是小鸟依人的样子，没有脾气，一会儿又靠近鹩，为鹩梳理羽毛，凑上去耳鬓厮磨，而鹩却冷若冰霜。鹦没有善罢甘休，去啄了米，嘴对嘴地喂鹩，鹩咽下米粒，站在横杆上，依然不冷不热。

看到此情此景，我心里有点疑惑，脑子里涌现出一连串短语：捆绑不是夫妻、强扭的瓜不甜，还有一厢情愿等，难听点就是鹦拿热脸贴了鹩的冷屁股。鹩是旧情难忘，想从一而终？还是没相中眼前的"姑娘"？我心里掠过一丝不安。难道是好心办了坏事？鹩站在横杆上情绪低落，我打口哨，它看我的眼神却有点像翻白眼。

由此，我想到了"磨合""适应"这两个词，又想到"不打不成交"这句俗语。过了磨合期，彼此适应了，也许会好吧。怀着好奇与试探之心，我每天都观察它们，期望它们的感情有所变化。其间，窗台上的栀子开出了一朵朵洁白的花，兰草细嫩绿丝带一样的叶子娉娉婷婷地伸向鸟笼。我依然每天喂食倒水。一天，我发现鹦不再抢着进食，它等到鹉吃饱喝足了，才"喷喷喷"叫着去进食，然后紧挨着鹉站立。鹉的眼神变得柔和，鹦为它梳理羽毛它也不再反感；有时鹦把嘴凑过去，鹉也迎合着亲一亲。可等鹦想向鹉进一步表达爱意时，它却立马飞离横杆，抓住笼门使劲地咬着，它的嘴简直是一把老虎钳子，那是在反抗、逃避，想逃走。我拧紧了鸟笼门，鹉歇斯底里地咬烂了食盒。看来，鹉与鹦只想做兄妹或朋友，关于夫妻的事，它不肯越雷池一步，鹦的行动是触碰了它的底线。

太阳渐渐毒辣起来，单元楼里有点闷热，我搬到了小院居住，自然花鸟也跟着搬了家。那处小院里，有一棵高大的樱桃树，树上栖息着许多鸟，屋檐下还有一窝燕子，真是莺歌燕舞、鸟语花香的环境。鹦好奇新鲜地东瞧瞧西望望，鹉的眼神多半望向樱桃树，望向蓝天。我把鸟笼与花盆放在樱桃树下。

又一天早晨，樱桃树上喜鹊喳喳喳，麻雀唧唧唧，火燕嘚溜儿嘚溜儿，真像是一场音乐会。笼中的两只鸟，第一次亮开嗓门大叫着："喷喷喷，嘚噜嘚噜，啾喊啾喊，叽喔叽喔……"听起来婉转动情，但我不知道它们在说啥。从它们行为表情上推测，应该是对目前的环境很满意。看着它们你唱我也唱，感情和谐融洽了许多，我的心也渐渐趋于平静。我在想：兄妹就兄妹吧，知音朋友也不错嘛，只是鹦求爱若渴成了遗憾。每当看到鹉的绝情、鹦的落寞，我心里总会有点惋惜。

接下来，连续发生了两件事：一件是两只火燕不知什么时候在我家大门后神龛里垒了窝，还下了蛋。这还了得？什么东西呀，这地方也是你占的？

鸟胆包天，我从小对火燕就有偏见，听大人们说，这是一种不吉利的鸟，看到它容易得眼疾。于是，我把它连窝端了出来，可又不忍心伤了它们的孩子，就放在了樱桃树杈上。那两只火燕鸟发现后，火大了，绕着树转圈，"叽里咕噜"骂个不停，再不进窝孵化小鸟。我试着把窝连同鸟蛋放进了鹦鹉笼里，这对鹦鹉也火大得不行，四颗鸟蛋被啄烂了两颗，我只好又放回树杈上。此事后，我发现鹦鹉之间的关系恶化了，早晨不再鸣叫，连晚上也各卧各的，谁也不挨谁。

另一件事是，一天儿媳带孙女、孙子到朋友家玩，捉回来一只小狗。院子里又添了只大狗笼。这只小狗像一团雪球，从狗笼里出来后，蹦得老高，对着鸟笼"汪汪汪"叫唤。小狗对鹦鹉而言也许是庞然大物，也许它们压根不喜欢与狗同住一个屋檐下，它们同时发出"恰恰恰"的声嘶力竭的叫声。可是没办法，既然都为宠物，那就得听主人安排，不喜欢也不行。为安抚鹦鹉，我暂时把狗笼子搬到楼门下，两天相安无事。一天中午，太阳火辣辣的，大树的阴凉蔽不住鸟笼，我要出门办事，害怕鹦鹉晒坏了，就把鸟笼放于楼门下，急着出门也没想那么多。也许就这随手一提，铸成了大错。离开的时间里，不知道狗与鸟之间发生了什么事，等我办事回来，在门外就听到小狗狂吠乱叫。进门一看，只见鸟笼上的小水桶滚在一边，鸟笼空空如也。咦！笼门完好无损，鹦鹉从哪儿逃走的？顾不得细探，先找找鸟飞哪儿了。我打口哨，仔细搜寻，鹦从樱桃树上飞了下来。我大喜，捉住放进笼里。噢！鸟儿是咬开了放水边的小门逃跑的。我继续打口哨，想把鹉也召回来，可努力了好长时间，也不见鹉的踪影。我把鸟笼挂于树下，放进小米，倒上水，鹦伶仃地歪着头，发出"喷喷喷，喷喷喷……嘟噜嘟噜……"的叫声，我侧耳静听，朦朦胧胧间听到树上有"啾喊、啾喊"的声音，可睁大眼睛搜寻，只见树叶儿晃动，不见鹉的身影。我搭梯上平房扒开树叶儿寻找，又上二楼去看树冠，最终没有寻到。我怀着侥幸心理：笼中养大的鸟，翅膀不会太硬吧？野外找不到吃的，一定会飞回来吧？我梦想，第二天早晨开门大吉，有个惊喜。但是，一天过去了，两天过去了，第三天早晨，鸟笼里依然是鹦形单影只。奇怪的是，我喂的小米还是半食盒，鹦这几天是在绝食啊！

第四天，是个周六，孙女不上学，儿媳也休息。早晨，我把鸟盒里的小米换成了鸟粮，已经病歪歪的鹦卧在横杆上，只睁眼看了看，没有一点要进食的样子……

下午，儿媳打电话说，樱桃树上栽下一只鸟，头破血流，不一会儿，笼中的鹦也死了。电话里传来小孙女小孙子的哭声，还有小狗的叫声……

放下电话，我急忙奔回家。儿媳说，那只头破血流的鸟儿，正是丢失了几天的鹉，许是笼子里的鹦，看见自己爱恋的鹉死亡，便随之而去了。儿媳怕我看到伤心，把它们装在一个小盒子里埋了。

面对这倾情绝恋的鸟儿，我在惊心动魄、感慨万千之余，不禁泪湿两眶……

（原载《海河文学》杂志2019年第4期、《江山文学网》2019年7月31日，斩获精品）

一条丑陋的狗

我曾养过一只大眼睛、短嘴巴，身披惊袍的京巴母狗，取名"美妞"。它青春期引来一群公狗上门求爱，我自然大门紧闭，不给这群来路不明的狗留机会。不过，好长一段时间，总有两条公狗在大门外坚守，有时还争风吃醋。我讨厌之极，猛一开门，手摸石头、脚跺地，吓唬一番。有一条长得比较帅的狗，看看没有机会，便死了心，另寻新欢去了。而另一条通身纯白、长相丑陋的狗，却不然，你赶，它走，你返回，它也跟着返回。我大声斥责："丑八怪，滚开！"可不管我怎样赶、怎样骂，它不气不恼，还哼哼唧唧地赖在大门口，真有一股磨缠劲儿。我气得不行，管不了它，只好把自家的美妞看紧了，不让它们有丝毫接触的机会。平时家里有人，美妞不是被圈进笼里，就是拴在树上，出门用链子牵着，绝不丢手。那条狗急得在门外直打转转，立起身用前爪"呼哧呼哧"挠门，挠不开门竟搞恶作剧，抬腿从门缝往里撒尿，真是可恶至极！可我又无可奈何！

上班时，我小心翼翼地开门闭门，从胡同出来，那条狗摇着尾巴跟到胡同口，眼巴巴望着我离去。下班回来，它又到胡同口迎接我，简直是一副"哈巴狗"的嘴脸。几天下来，我仿佛成了它的主人，瞅它一眼，那双讨好的小眼睛几乎被头顶散下来的卷毛遮住。特别是那长长的嘴巴、黑黑的鼻头，一张嘴露出参差的犬牙，似笑似哭又凶巴巴的样儿，看着极不顺眼。加上嘴巴四周似鸡窝一样的卷毛，我断定世上再没有比它更丑的狗了。人们说，走猫来狗，越吃越有。尽管它找上门来是个好兆头，但我不知它什么来头、有没有主人，又长得这么不像样，实在不想让美妞再生上一窝狗类次品来。

一天早上，我起床有点晚了，慌里慌张出门上班去，走出胡同口，那条狗就跟在后头，走到十字路口，它还跟在后头。我想，狗怕摸、狼怕戳，于是找块砖头狠狠地砸过去，看它还敢不敢跟。没想到，它返回去蹦跳几下，示威似的龇牙咧嘴，依旧我走它也走，真的是"狗皮膏药"，甩都甩不掉。那一天，它竟然跟进校门，我来不及赶它，上课铃响了，就急慌慌地走进教室。等到下课，学生一开教室门，它就挤进门蹲在讲台边，一脸懵逼的样子望着我。一群孩子七嘴八舌，议论起这条狗来。"这狗好难看哇！"有小同学挤眉弄眼地说："哟，老师的狗。""老师咋养了这样的狗哇？"我瞅了一眼，它竟然洋洋得意，朝大伙直摇尾巴。我忍无可忍，拿起教棍，敲向它的腿，它反应够灵敏的，一跳就躲了过去。我明明没打住它，但它猪鼻子插葱，明摆着装大象，"叽呜叽呜"叫着跑出教室，瘸着腿跑出楼道。

那天中午放学，那条狗瘸着一条腿装可怜，又从校门口跟上了我。我回头瞅它一眼，觉得可怜又可笑。没办法，跟着就跟着吧，去哪儿是它的权利。我到家门口，回头吓唬它两声，就推开了门。说时迟那时快，我竟没防备，美妞从门缝钻了出去。这下好了，那条狗腿也不瘸了，带着美妞向胡同那头奔去。

我是家中主妇，下班回来得赶紧做饭呀，于是一进门迅速开火搭上锅，再出去找狗狗。出得门来，我边走边"美妞，美妞……"地叫着，要是平时，美妞早摇着尾巴回来了。可那天，一直走到胡同尽头，才看见它俩钻在角落里，正在享受爱情的美妙呢。看把它们美的，简直羞死人了。"棒打鸳鸯"也来不及了，我扭扭手没办法，只好任由它们去了。

也许，动物有动物的爱情观；也许，是生理需求"饥不择食"。动物世界没有"郎才女貌"，没有西葫芦配南瓜之说。它们缠在一起，旁若无人地行它们的好事。美够了，美妞竟把它的"情人"领回家，进食喝水，完了又黏黏糊糊，互相欣赏，大有情人眼里出西施的样子。我依然很生气，想责备美妞几句，美妞耷拉着眼帘，仿佛做错了事，而那条狗却挡在美妞前边汪汪地叫着，一副护花使者的样子。我深深叹口气：唉，生米已煮成熟饭喽！同时心里多了一分焦虑，如果美妞真怀上了，生下一窝这样的次品小狗来，那麻烦就大了，送不出去，自己真养上一群丑八怪小狗，丢人不说，还不棘手烦恼死呀！我实在是不敢往下想了。

真让我猜对了，就那一次，美妞怀孕了。我想把胎打掉，于是特意买了只鸡，我们吃肉，把骨头扔给美妞吃——因我听人说过，怀崽的小狗吃了鸡骨头，肚子里的小崽子会自然化掉。然而，我想错了，那些鸡骨头，不但没有打掉狗胎，反而为其增加了营养，美妞的肚子一天天圆了起来。那条狗隔三差五就上门来，见了我，它撒着欢儿迎上来，蹭我的腿，扯我的裤角，不管我烦不烦，它都我行我素。也许是习惯了，再正眼看这条狗，我觉得它似乎比先前耐看了一点。

两个月后的一个晚上，美妞分娩了。天呐，真是奇迹，一窝四只萌萌的肉疙瘩，模样竟然吸收了两条小狗的优点，都是白色，眼睛还没睁开，单看那短短的嘴巴，断定丑不了。那条狗又上门来了，早晨我一开门它就挤了进来，看把它高兴的，看着几只小崽子，哼哼唧唧，几多温柔，像是在安慰美妞。看它的眼睛亮汪汪的，这时我才发现，它一身卷毛，修剪过了，头部的卷毛也打理过了，脖儿上还戴了只铃铛，干干净净，显得精神而威武，肯定是洗过澡了。噢，那条狗虽然丑陋，但不是流浪狗，它有家有主人。我突然明白，它到我家来，只是喜欢美妞，笃诚于爱情。

以后的日子就由它们去了，美妞一年总会生一窝，两窝小狗，都是那条狗的种。那些小狗，只只可爱至极，每每刚过满月就被人要走了。

十年后，我大儿子结婚有了孩子，为方便照顾，我也住到了单元楼上，美妞还在院子里养着。我天天回小院去喂它，隔三差五在大门口还能遇到那条狗。我发现，主人不在的日子，那条狗依然来陪伴美妞。它的痴情感动了我，在喂美妞的同时，我特意在门口放了一个食盒，也给它喂点狗粮。后来它干脆就不走了，我在门口放了个箱子，弄了个狗窝，好让这对狗夫妻长相厮守，互相照应。

　　一个深秋的傍晚，我带上小孙女喂完狗回单元楼，刚要进楼道，发现那条狗跟在身后，仔细一看，它嘴里叼着一只小鞋子，我一摸，孩子光着脚丫。啊，原来孩子的鞋掉了，我竟然不知道。我立马明白了，那条狗跟踪我了，歪打正着，在路上捡到孩子的鞋子，一直跟上门来。它跟进门放下鞋子，眼睛直勾勾地望着我，继而摇摇尾巴。小孙女指着狗"咿呀呀"叫着，它立起身舔孩子的脚丫，孩子痒得"咯咯咯"笑着。我放下孩子，伸手摸了摸它的头，又在它的背上拍了拍，它高兴得摇头摆尾。我赏给它两根火腿肠，它高兴得两眼放光，一口吞掉一根，另一根衔在嘴里，掉头下楼而去。我明白了，这一根准是给美妞送去了，我眼里霎时起了雾。就在这年冬天的一个晚上，门外寒风呼啸，有暖气的屋里温暖如春，我早早进入梦乡。睡至半夜，隐隐约约听到狗叫声，后来听出是那条狗，心想一定是嫌外边冷了，可半夜谁愿意起来呀，便没理它。楼道的门上了锁，只有按门铃才可打开，狗在楼下使劲叫唤，后来撞楼道的门，搅得整座楼都不得安宁。我意识到院子里有意外情况了，叫醒爱人去看看，等我们走出楼道，狗马上回头向院子那边奔去。哎哟，自来水管冻破了，从门外就能听到厨房"哗哗"的流水声。等我走进院子，水已从厨房门缝流到院子里，一开门屋里的水已没脚脖深了。我深叹那条狗通人性，真帮了大忙，要不是它及时报告，流几吨水不说，厨房的家具都泡在水里了，厨房柜子里还放着粮食呢。

　　从此，我不把那条狗当"外人"看了，让它进到院子里与美妞一块儿进食。此时的美妞眼睛不亮了，牙齿也松动了，骨头之类的也啃不动了。那条狗不与美妞争食，等吃完美妞的"残羹剩饭"，它依然卧在门外，白天遇到陌生人、晚上只要有动静，它都汪汪地大叫，保护着美妞，看护着院子，甚至整条巷子。我抽出时间，每天夕阳西下，便打开门让它带着美妞，到胡同遛弯，它们相伴相随，有时贴身站着，有时深情对望，有时绕着墙根，一前一后走着。我感叹了，少年夫妻老来伴竟在一对狗狗身上演绎得淋漓尽致！

那年夏天，一个闷热的下午，那条狗又找上门来，"呜呜咽咽"叫着，我跟着它回到院子，看到美妞死了。没病，是老死的。我自我安慰一番，人都有一死，何况一条狗？我让儿子把它送出去埋了，而那只狗又一阵"呜呜咽咽"，似哭似叫，惹得我两眼泪水。儿子说，那天，那条狗一直跟到东环森林公园的一棵树下……

从此，那条狗离开了我们的视线，再也没有回来。

多少年过去了，美妞的俏模样早已模糊了，但那条丑陋的狗的样子，如一尊雕塑，印在了我的脑海里，它的情谊一直萦绕在我的心头！

（原载《西散南国文学》微刊2020年10月15日）

狩"猎"

小时候，我最爱听老猎手席大伯讲年关狩猎的故事。几十年过去了，那惊心动魄的场景，我依然记忆犹新。为了把这个故事写得真切、讲得动听，今年初春的一天，我专程驱车去拜访席大伯。可是，当我走进席家，发现席大伯的遗像已经挂到了墙上，我的心一阵疼痛，两眼模糊了。怀着深深的遗憾，我离开了席家，回访观察了我们小时候狩"猎"的现场。当时的情景，历历在目，我神采飞扬地讲起了那段故事。

一

寒冬腊月，一场大雪给大地披上了厚厚的银装，全村的男壮劳力和猎狗跟着山猪的蹄印，围追堵截，终于把山猪赶进陷阱。看着一群人抬回的庞然猎物，细瞧那长长的猪嘴、吓人的獠牙，我们小孩子关心的是大人们是怎么捉住这只猎物的。席大伯绘声绘色的描述听得我们个个摩拳擦掌，跃跃欲试。我们也学着大人的样子，进行了一场狩"猎"。

大人们有猎枪、猎狗，我们手无寸铁，猎狗也不听我们指挥，能狩什么猎呢？姊妹们开了个"碰头会"，二哥提议说："那大猎物咱们打不得，老鼠还捉不得吗？咱们家的猫老了，捉不动老鼠了，它是咱们家的功臣，我们过年有山猪肉吃，不能让猫干馋着。"大家纷纷举手表示赞同。

　　说到给猫狩猎，二哥说，山中无老虎，猴子称大王。咱家的猫老了，这老鼠翻天了，实在太可恶了，不仅在窑后的麦缸里偷吃麦子，吃够了还把臭粑粑拉在里边，麦子里全是黑黑的老鼠屎。我咬牙切齿地说："每天晚上，我在屋子里睡觉，头顶裱糊的报纸上，总是'咚咚咚'像擂鼓，我觉都睡不好，被它烦透了。它还在上面撒尿，尿印儿一片一片，好似地图，还能闻到老鼠的尿臭味。"堂妹说："臭老鼠晚上在柜子上磨牙，咯吱咯吱响，吓得我钻进被窝，放了屁头都不敢露出来。"

二

　　说起这伙害人精，大家恨不得把它们生吞活剥了。它们干的坏事说都说不完，打、打、打，老鼠过街——人人喊打。目标已锁定，怎么下手？这可得有一个全盘计划。二哥想了一会儿，如此这般地下达了作战任务。

　　姐妹当中我最大，负责侦察老鼠昼伏的踪迹。这个我早有察觉，那老鼠的老巢就在院子靠墙根的地方，那群狗东西，墙里进墙外出，自由着呢。白天，它们肯定在洞里养精神。我绕着墙里外观察了一番，对着鼠洞口踩上几脚，吐上两口唾沫，以示与它们不共戴天。

　　要想把鼠害全部消灭，关键得挖好陷阱，引蛇出洞，诱敌深入。挖陷阱的任务由二哥负责。他想了个万全之策，舀出麦缸里的麦子，再做好伪装，来个请"君"入瓮，等着"敌人"自投罗网。

　　山村的夜干冷干冷的，几颗星星在天上眨着冷冰冰的眼睛，猫头鹰"咕咕"的叫声，增加了神秘而紧张的气氛。大家齐心协力，互相配合，有人往出舀麦子，有人装口袋，费了好大的劲儿，才把缸里的麦子舀出来，并做好了伪装。万事俱备，只欠东风了。可我们左等右等，大家都哈欠连声了，也没发现老鼠的一点风吹草动。堂妹说："老鼠成精了，发现我们的秘密不敢出来了吧？"堂弟说："我不等了，回家睡觉去了。"二哥发话，让我们都睡觉去，他坚守岗位。

　　我牵着妹妹的手刚推开房门，就听见老鼠又在头顶"咚咚咚"打鼓了。我脱下鞋子对准报纸颤动的地方甩了上去，先听见"吱吱"，接着"啪啪"两声，两团黑乎乎的东西掉在地上，妹妹吓得惊叫一声，逃了出去。我定睛一看，一只大老鼠翻身向门外逃去。我赤着一只脚追过去，可那臭不要脸的已奔向墙根。我狠狠地说，幸亏你逃得快，再来祸害，绝不会轻饶你。

　　油灯还亮着，我和衣躺在床上，望着头顶被我砸烂的裱糊的报纸，不知道母亲会不会怪我。就在这时，听到二哥的叫声，我和妹妹一骨碌爬起来，向窑洞奔去。

　　哈哈，只见二哥站在与他齐肩的大缸前笑容满面，缸口的伪装已揭去。我站在一个小板凳上探头一看，乐得直拍手：一只，两只，三只……里边有大小五只老鼠，正在上蹿下跳。我用小木棍戳着它们的脊梁，好一顿大骂，大有把"敌人"打倒，再踏上一只脚的那种痛快淋漓感。

　　怎么处置也是个难题。二哥想把老猫放进去，我不愿意。里边空间太小了，又是一窝老鼠，恐怕猫不是对手。再说，猫吃了亏受了伤怎么办？妹妹从外面拉回一根大棍子，二哥拿起棍子一阵乱打，可只听见敲缸的声音，老鼠却安然无恙。这瓮中捉鳖容易，可在瓮中捉老鼠却不是一件容易事，弄不好让它反咬一口，可不是闹着玩的。

　　正在束手无策时，爸爸披衣进来了。姜还是老的辣。爸爸看了看缸里穷途末路的老鼠说："搅，转圈搅。"二哥双手握棍顺时针一圈圈搅着，这臭老鼠应变能力还挺强，几圈下来它们就顺着棍子搅动的方向开始奔跑，二哥手都搅酸了，然杀伤力并不大。父亲说："变方向，再变方向。"这下带劲了，老鼠们一个个晕头转向，找不到北了。鼠与鼠、棍与鼠、瓮与鼠、棍与瓮，组成了一曲紧锣密鼓的音符，一眨眼的工夫，这群害人精有四只被搅碎了骨头，软不塌塌的，躺在缸底一命呜呼了。还有一只也蹬着腿，张着尖嘴喘个不停。二哥正要下手，我说把最后胜利让给猫吧。

　　我"咪咪，咪咪"一叫，老猫一摇三晃地走了进来，二哥提起那只半死不活的老鼠，扔了过去，老猫好久没有显神威了，"喵呜"一声扑过去，一口咬住了老鼠的脖子，那老鼠掉心似的弹着腿，几秒钟后，猫左右看看，拉到一边吃老鼠去了。

三

我们大获全胜，姊妹三个高兴地抱在一起欢呼。可我转念一想，不对，这一网没有打尽。我告诉二哥，那只被我从顶棚弄得摔下来的大老鼠躲进老巢里去了。二哥说，今日天时已晚，它那一摔估计今晚也不会出来了，明天我们再收拾它。

第二天，收拾那漏网的残兵败将的任务，由堂弟堂妹来完成。堂妹先端来一盆洗脸水，从鼠洞口灌了进去，我们拿好武器守着两个出口。可那厮负隅顽抗，不肯出来。堂弟说，不出来也行，除了死法全是活法，活人不会让尿憋死。他机灵地转了转眼珠，回家去了。也许是去向爷爷取经去了，不一会儿，他拿来了干草、辣子和一把扇子。他把干草、辣子塞进墙根的洞口，划着火柴点燃。一股呛人的浓烟，扭着腰向上冒着，堂弟用扇子使劲地朝洞口扇着，堂妹赶快在墙外洞口张好口袋，只几分钟，墙外洞口开始冒烟。

我们站在墙外等着看好戏。我说，不出来就熏死它，以后绝不再与鼠同屋。大家应着：绝不与鼠同屋。可鼠洞里仍没有动静，大家有些气馁，以为老鼠逃走了。这时，我们发现，堂妹的袋子里有了动静，众人快速提起口袋。哈哈！一只湿淋淋的大老鼠终于落网了。扎上袋口，我们一人一脚，威风一时的害人精到西天找姥姥去了……

从那时起，老猫有了接班人，我们再没有受过鼠害的侵扰。但那年为老猫狩猎的事情，在我们童年的记忆里，是浓墨重彩的一笔。

（原载《江山文学网》2018年3月23日，斩获精品）

喜鹊声声

谷雨时节，鸟语花香。清早睡意蒙眬中喜鹊清亮的鸣唱，唤醒了我的记忆。

小时候，老家门前有棵大槐树，树上有一窝喜鹊，多少年与我家睦邻友好，唇齿相依。早上听喜鹊喳喳一叫，我们一天心情会特别好。奶奶讲，喜鹊早报喜，晚报忧。在老人故事里，喜鹊总是那么神奇，人们说万物皆有灵，在我的印记里，喜鹊是最有灵性的。第一次听奶奶讲《牛郎与织女》的故事，与其说是被牛郎织女真挚凄美的爱情所打动，不如说是被每年七七相会时千万喜鹊银河搭桥的精神所感动。听奶奶说，七七晚上星星都会躲到云里，月牙迟迟不肯露面，是怕打扰情人幽会；这天晚上葡萄架下，还能听到牛郎织女鹊桥幽会的悄悄话。

为了证实奶奶故事的真实性，那年七七的夜晚，我叫上姊妹几个钻到奶奶门前的葡萄架下，偷听牛郎织女的情话。奶奶窑洞门前的那顶葡萄架，七月上旬，绿莹莹的"翡翠玛瑙"一串串挂于架下，我们几个聚在一起，顾头不顾尾，几颗圆脑袋头碰头钻于架下，听着彼此紧张的呼吸、怦怦的心跳，似乎真听到了有人在窃窃私语，吓得我们齐刷刷回头弓腰，差点趴于地上。回家后聚在煤油灯下，大伙儿互相问听到了没有，大家异口同声"听到了"；又问："他们说啥？"大家又异口同声："没听清。"然后大家都哧咻笑了起来。

春回大地，喜鹊夫妇出双入对，呼朋引伴，来来往往。细瞧，那是在筑巢，它们叼来树枝，耐心地搭窝。也许鹊妈妈有宝宝了，它们正为孵蛋做准备呢。初夏槐花开了，朵朵小白花清香四溢，引来无数蜜蜂在花间嬉闹着，此时总有一只鸟在巢里待着，对周围的美景与热闹无动于衷。妈妈说那是喜鹊夫妇在轮流孵小鸟呢。想到不久的将来就有鹊宝宝诞生，我很想看看喜鹊蛋长什么样子，是白色的还是灰色的，有多大？于是我瞅准机会爬上树，想一睹为快，没想到我刚爬到树垭杈上，就被喜鹊发现了，它们双双在窝边盘旋，叫声凄厉，像警告，又像呵斥。我仰头细瞧，隐约看到几只蛋在巢里躺着。没想到这时喜鹊又双双向我猛扑过来，羽翅几乎碰到了我的头发，要不是我用手挡着，说不定我的黑眼珠就被啄去了。我退缩了，抱住树咻溜溜滑下来，它们才喳喳叫两声，解除了警报。

盛夏来临，知了在树上吱吱地叫着，太阳在头顶热辣辣地晒着，鹊宝宝孵出来了，喜鹊夫妇忙着飞出飞进给孩子们找吃的。此时喜鹊的家被浓浓的绿叶遮下一片阴凉，鹊宝宝们肯定不会被暑热困扰。没过多久，那几只鹊宝宝就从窝里伸出脑袋，时而还能看到站到窝边的娇小身影。此时喜鹊要时时提防猫与蛇的侵袭，只要发现有情况，它们就会拼命保护孩子。一次一只黑猫不怀好意地爬上了树，被喜鹊追着啄打，猫只好退避三舍，放弃捉食它们的念头。

小喜鹊的翅膀渐渐硬了，窝里已显得很拥挤，出窝学飞的时候到了。老喜鹊起了个大早，一声紧一声地叫着，鼓励孩子们展翅飞出鸟巢。鹊妈妈边示范边鼓励，最弱小的一只也滑翔下来。我看见了很想捉住一只，拿在手上摸一摸它美丽的羽毛。于是，我展着一双小手追来追去，可鸟儿再小它也会飞，想抓住也没那么容易。喜鹊妈妈边叫边助飞，护送孩子们飞落树枝，睁着小眼睛挑衅似的看着我……

随着年龄的增长，外出求学工作了，我不再与喜鹊为邻，可只要见到喜鹊，心里就如同射进一缕阳光，即使看见一个掠影，也会定定地看上一会儿；远远地听到喜鹊鸣叫，总要搜寻它的身影。

与喜鹊有更深的情结，还是公爹去世安葬后的第二天清晨。那是2009年谷雨前后，八十三岁的公爹去世。送葬仪式完毕，回到家看着婆婆孤寂伤心地坐在床边一动不动。那晚我和她相拥而卧，一晚上都在找话安慰她，可老人还是沉浸在失去老伴的悲痛中。天快亮时，我隐约听到窗外有鸟儿飞落的声音，以为是鸽子觅食，拉开窗帘，竟然看到两只喜鹊落在封了阳台的玻璃上，叽叽喳喳的，叫得正欢呢。我疑惑，刚失去亲人悲痛之极，这一大早有什么喜可报的？可婆婆听到喜鹊叫一骨碌爬起来说："你爸上天了，到好处去了，喜鹊一大早是来送喜报的。"听着喜鹊的声声鸣叫，看看婆婆脸上露出的放心的笑容，我真相信了喜鹊与神界相通的传说。

这几年城市绿化的脚步加快，喜鹊的身影又频频进入我的视线。最初是去年冬天开车回乡村的路上，我惊喜地发现，路边光秃秃的杨树上的喜鹊巢成了一道靓丽的风景。春回大地，万树发芽吐绿，我送小孙女上幼儿园，于近道从城郊穿村而过，几声喜鹊的叫声吸引了我，我抬头张望，几排平房旁高大的杨树上，两只喜鹊站在各自的窝旁互诉衷肠。小孙女说："奶奶，它们在说啥？"我抬头看了看鹊巢说："它们在比谁盖的房子漂亮。"此时杨絮正吐蕾，阳光正明媚，喜鹊在旧房上又盖新房，听听它们欢快的叫声，那是在歌颂自己的幸福生活吧！

更让我惊喜的是，今年初夏有一对喜鹊夫妇，在我家车水马龙的店门前的大树杈上安了家，满足了我喜欢它们、想多看它们几眼的愿望。它们勤劳地衔枝搭了一座像编筐一样的窝，有时轻声细语，有时你恩我爱地互相梳理羽毛，有时站于枝头引吭高歌。看看它们的巢，听听它们好听的歌，感觉人与自然如此的和谐。尤其是近几天，我发现喜鹊夫妇的小宝宝们出窝练飞了。我喜出望外，默默祈祷：报喜鸟，你们尽情地唱吧，唱出国泰民安，唱出生态平衡。在你们的歌声中，到处青山绿水，鸟与人类永远睦邻友好……

（原载《新锐散文》微刊2017年7月5日）

蝙蝠印象

　　我写过的动物有小狗小猫，写过的飞鸟有燕子、喜鹊，却从未想过把蝙蝠当笔下菜，以飨读者。想到它似鸟似兽、与众不同的模样，我动了把它的认知连成一篇文字的念头。

　　认识蝙蝠，是从奶奶教我的两句童谣开始的："会飞不是鸟，有翅不长毛。"奶奶说，鸟生蛋，蝙蝠生崽；鸟翅是羽毛，蝙蝠翅是绒毛。传说蝙蝠是老鼠偷吃了盐变成的，所以又叫盐蝙蝠。家乡人做饭放多了盐口头禅"燥蝙蝠"，吓唬小孩多吃盐会变成"盐蝙蝠"，就来源于这一传说。听了这些，童年的心里有了奇思妙想：若能捉住老鼠喂它吃盐，看看它怎样长出翅膀那该多好！可惜一直没有机会。小时候我读过《木偶奇遇记》，主人公匹诺曹说谎鼻子就变长了。在物质匮乏的年月，家里吃盐要从十几里外的供销社去买，还要常检查盛盐的瓦罐是否盖严，害怕一个老鼠坏了一罐盐。我心里愤愤然：老鼠这个偷粮贼，啥都偷吃，你偷吃了仙药变成的也是妖怪，绝对变不成神仙。

　　虽然只是传说，但远远看见它的模样像老鼠，所以看到蝙蝠就想到鼠的德行。先看看这个"鼠"字，要多难写就有多难写。启蒙老师教这个字时，以形象释义，天下老鼠爱吃米，它肚子里装满了米粒粒。这个字写起来费劲，我开始鼠"头"写不好，笔顺搞不清，写出来圆不圆、方不方，非常难看。好不容易摆顺了，不歪瓜裂枣了，后边那斜勾里又多放了两粒米。老师幽默地批评："你别当老鼠啊，多偷两粒米会撑破肚皮。擦掉重写。"一整页擦掉，不怕写，就心疼浪费了橡皮、铅笔，我边写边在心里咒骂："老鼠过街人人喊打，你头顶长疮，脚底流脓，叫个臭名字还这么难写。"后来，我从观察中发现了蝙蝠的活动规律，蝙蝠真与老鼠相仿，白天躲起来不见踪影，晚上出来活动。不一样的是，它们一个在地上，一个在空中。我问父亲，老鼠干的是偷鸡摸狗的事，见不得人，白天躲在洞里，晚上出来偷粮。蝙蝠它住哪儿？晚上出来干啥？父亲告诉我，蝙蝠怕光，白天钻在阴暗的洞穴里，晚上出来找飞虫吃，所以它又叫"夜蝙蝠"。噢，原来它与燕子一样是益鸟。父亲纠正说，蝙蝠不是鸟，它是胎生，幼崽吃妈妈奶长大。那冬天咱这儿没飞虫，它们吃啥？父亲耐心地告诉我，好多地方的蝙蝠与候鸟差不多，随季节和燕子一样迁徙，咱这儿的蝙蝠和青蛙一样冬眠。越来越多的问题，一个个弄明白了，发现这种小动物生存本领很强，好想捉一只看看它那对肉翅膀。我常常梦想自己的胳膊变成翅膀，能在天空飞翔。我还想看看蝙蝠到底有几只脚。因鸟是两只脚，鼠是四只脚，二合一，难不成蝙蝠三只脚？我家有一孔已不能住人的窑洞，里边放些柴火、玉米棒、牛草之类的东西。一天中午，母亲让我去拿牛草，我一开门，一眼看见原来挂筐的横杆上吊着两团黑乎乎的东西，鸟不像鸟，老鼠不像老鼠。我怕它跑了，马上关住门，找来一根棍子，再轻轻开门，一棍子打过去，一只掉地上，一只飞出门逃走了。我大呼小叫着，叫来弟弟妹妹，找来一个罐头瓶，用两根小棍把它夹进去，放在院子的石板桌上，仔细观察。它像啥？姊妹几个对着透明的玻璃瓶进行研究，各抒己见。它浑身黑不溜秋的，长着一层柔软的绒毛，像老鼠。它鼻子朝天，又像猪鼻子。牙齿好恐怖哟，两颗牙尖尖的，像老虎的獠牙。翅膀上没有毛，像一层薄膜，透过薄膜，可以清晰地看到里面的骨骼，像雨伞的骨架。看它不动了，我把它倒出罐头瓶，拉展它的翅膀细瞧，噢，真像春天放上天的风筝，能张能合，像折叠的扇子。最后发现，它有两条细麻秆腿，爪子上有五个趾头，展开像鹦鹉的爪子，蜷住是两个结实的钩儿。它特殊的面孔，加上一对翅膀和两只脚，有鸟的形状，却没有鸟的喙。原来蝙蝠是个四不像的小怪兽。噢，大自然伊甸园里，造物主竟然塑造了这么个典型物种。

看清了蝙蝠的真面目，心里对它有了几分惧怕，我那一棍子只是把它击晕过去了，等它睁开眼睛，大家散开，它趁势一振翅膀，逃之夭夭。父亲知道此事后提醒我们，蝙蝠身上有毒，让它咬了可不得了，中了它的毒就没命了，吓得我们把手洗了又洗。我知道父亲从不说假话，不是吓唬我们，一段惶恐之后，只敢在夜幕降临时，远远地望着蝙蝠那叶扁舟似的身影，再不敢有捉蝙蝠的奢望。

蝙蝠晚上出来，是有火眼金睛吗？我问过有经验的爷爷，也问过父亲，他们都没给我答案。直到有一天，我在四年级教科书中读到《蝙蝠与雷达》，才了解到蝙蝠是人类发明的功臣，堪称人类文明的老师。我搜集到一则谜语：非禽非兽小眼窝，自小掌握超声波；旋转、追逐样样会，捕捉蚊虫更利索。在课堂上，我和学生共同探讨了蝙蝠与雷达的关系。课文里有句话：蝙蝠能在夜里安全飞行，靠的不是眼睛，而是嘴和耳朵。准确地说，它靠嘴巴发出的超声波，遇到障碍物反射回来，传进耳朵，从而确定飞行方向。科学家从蝙蝠身上得到启示，以天线和荧光屏代替蝙蝠的嘴和耳朵，发明了雷达，从此开启了飞机在夜间安全飞行的先河。蝙蝠的特异功能，是与生俱来的，它靠自身本事生存于大自然中，不仅没有伤害过人类，而且给人类以启示。我不再小觑蝙蝠，若真是老鼠的后裔，那也脱胎换骨，跻身于良善之列了。

我有意查找了有关蝙蝠的资料，原来从它的名字，就能看出几分不平凡。在我国历史上，蝙蝠曾是吉祥、好运的象征。由于蝙蝠的"蝠"与"福"字同音，而且蝙蝠还会在天空飞翔，所以就有了"福从天降"的寓意。在人与自然和谐相处的年代，蝙蝠被看作益兽，蝠谐音"福"，人们常雕刻五只蝙蝠，寓意"五福捧寿""五福临门"。所谓"五福"，是指长寿、福贵、康宁、好德、善终，把人生的美好包揽无遗。人们在古建筑上装饰蝙蝠，日用器物雕琢成蝙蝠的样子，衣服设计成蝙蝠衫，其间无不饱含人们对蝙蝠的喜欢和崇拜。

因工作，我住进了城里，随着城市建设，钻天的高楼拔地而起。我已记不清有多少年，连蝙蝠的影子都不曾见过了，回一次老家来去匆匆，也无缘与它有照面的机会。科学研究证明，蝙蝠自身带毒，却不传毒。它的基因自带免疫系统，能与病毒和平共处。这一点，人类是望尘莫及的。蝙蝠深居简出，如果人类不去招惹它，病毒就无缘接触人体。它从远古进化而来，多少物种优胜劣汰，在地球上消失了，而蝙蝠与人类相互依存，井水不犯河水，不与人争食，还消灭害虫，集病毒于一身，远离人群，仙居幽宅深洞，值夜班，做着护卫庄稼的工作，和鸟、蜂一样……这样的小精灵，人类应该与它和谐共处啊！

（原载《山西日报》新媒体2020年3月4日，收入《山西文艺界作品集》，

《社会扶贫》杂志2020年第5期）

第四辑 经丘寻壑

智者乐水水如画，仁者乐山山无涯。

生命本身是一次旅行，要在乎沿途风景。

亳清河畔是我家

一

我的老家在黄河岸边，后来小浪底移民搬迁，新家便安在了县城的亳清河畔。

1995年，我调往县城工作，作为移民，享受优惠待遇，家随工作能安在县城，这是多么令人兴奋的事啊！然而，当得知新住址的环境后，我的心就凉了半截。移民一区，在亳清河畔，那时，这里还是杂草丛生的乱河滩，岸上是城郊农民的庄稼地。整条河上，县城段只有一座桥叫军民桥。1996年夏天，新家刚打好地基，就遇到一场大雨。亳清河道排水不畅，洪水如一头冲出笼子的猛兽，怒吼着从左家湾方向奔涌而来，冲毁了军民桥。桥上的房子塌了，有人被洪水卷走了，瞬间，舜王大街成了"泄洪道"。我站在家门前，看着洪水肆虐的景象、听着乱石撞击的声音，内心深处恐惧极了。每当夜深人静的时候，浑黄的河水扭曲着，吞噬庄稼、冲走田地、卷走沙袋的那一幕幕，便会浮现在眼前，成了我的一块心病。

洪水退去后，亳清河病恹恹的，偶尔有几声蛙鸣，像母亲病中的呻吟。乱石滩上到处是建筑垃圾、生活垃圾，还有挖沙筛沙留下的死水潭，杂草丛生，蚊蝇乱飞，空气污浊，河水污染，严重影响着人居环境。

1998年，我住进移民新居。安全的心病没解除，又遇上了一个新问题。住在河边，没有水吃。我们在自家小院里打了水井，抽出来的水，稍一沉淀，桶底就有一层像苔藓一样黏糊的东西，别说是吃了，连衣服都洗不干净。那时候的亳清河，是一条名不见经传的小河，枯水期便断流，人们几乎忽视了她的存在，雨季洪水泛滥，人们又惊慌失措。多少人连她的名字都读错了，"亳"与"毫"一笔之差，混淆不清，把bo读hao的大有人在。母亲河如无人照顾的耄耋老人，又脏又邋遢，在岁月沧桑里伤痕累累。

二

垣山县委、县政府，于2013年启动了亳清河县城段综合治理方案。挖掘机的"轰隆"声不绝于耳，眼看着河底排水涵洞落成，河道清淤疏浚完工，河槽的大床铺上了鹅卵石；两岸筑起坚固的大堤，根据地势截流成湖，拦成一个个跌水堰，溪流间打造成齿形的人工混凝土"掠石"。齿上人走，流水从槽内冲出，"哗啦啦"跌落，挤压成一渠渠流瀑，形成一道道风景。还有拦水堤，"Z"形、"S"形、"C"形，让流水如丝帛般轻轻滑下。漫水道流水缓急，各据流韵弹着音符。岸上十步一坛、百步一台、千步一亭，广场、园林、假山、花树……不是江南，胜似江南。不经意间，世代春天、逸景花苑、锦绣花苑、滨河花园，一座座居民楼，相继聚拢到亳清河两岸。清澈的河水，倒映着楼群，倒映着树木，倒映着花草，倒映着蓝天白云，幻化成人们向往的世外桃源。人们临河而居，楼上观景，门前散步，优哉游哉。亳清河，成了舜乡人的母亲河。

三

2020年初，我们宅在家里抗疫，近两个月足不出户，解封时，已是人间四月芳菲尽了。我带着孙女孙子，走出居民楼，直奔亳清河畔，只想揪住春天的尾巴，抖落一春的寂寞。这里依然是花的世界，一场春雨，满岸的花儿如刚刚出浴的仙女，穿上了斑斓的衣裙。两岸斜面的大花坛里，像闪亮的烟花，仿佛与我们心灵相约，点亮五彩灯盏，把多日的寂寞释放在笑脸上，三色堇、金盏菊、雏菊、虞美人、风信子……有的灼灼如火，有的玉骨冰心，有的端庄秀丽，有的内敛含蓄，有的小家碧玉……蝶儿飞舞与花比美，蜜蜂采蜜花间穿梭，小孙子睁大好奇的眼睛，欢快地尖叫着，奔跑在花间的甬道上；小孙女张开双臂，满世界追着花蝴蝶，欲拥入怀；我大口呼吸着花儿的鲜香味儿，迷醉于千姿百态的花蕊中。在层层叠叠的花瓣里，影影绰绰，有的像白色的绒球，有的像金针银丝，有的像蜗牛触角，还有的像小姑娘长长的睫毛。每束花蕊都似琥珀玉雕而成，与花瓣协调搭配，加上深浅不一、翠色欲流的叶儿的陪衬，真令人看不够、爱不够。舜乡人善待大自然，大自然便给舜乡人以善报，疫魔肆虐之时，花草树木、蓝天碧水充当我们的保护神，我们才安全无虞呀！

四

盛夏之日，沐浴中的母亲河别有一番风韵。我喜欢打着雨伞徜徉于河岸听雨敲打头顶雨伞的声音，看天上筛下的雨豆豆在干净的地面汇成小溪，欣赏风平浪静的堰湖里漾出的千千万万的小"酒涡"，瞧着调皮的小鱼儿钻出水面吐泡泡。一场大雨过后，亳河不再是祸患，反而成了一道大气磅礴的风景线。站在跌水堰边，听"哗啦啦"的流水声，看跌落的水柱抛洒万斛珍珠，心中澎湃激荡着愉悦之情。哦！水漫大堰堤的样子，多像母亲的织布机。即刻，李白的《公无渡河》诗萦绕于我的脑际："大禹理百川，儿啼不窥家。杀湍湮洪水，九州始蚕麻。"我想到缫丝织绢的嫘祖，想到嫘祖帮黄帝化干戈为玉帛。母亲河，她在夜以继日地织着一匹匹玉帛锦缎，调节流量，努力让大自然更和谐。我突然明白了，人们为什么把自己赖以生存的河叫母亲河，因为她不仅归拢了小泉流溪，更容纳了一场场雨水，包容人类对她的伤害，以一个母亲的恩赐，造福于人类！

夏日的傍晚，到河边纳凉遛弯的人很多。吹拂的凉风、燃烧的云彩、夕阳的余晖、依依的垂柳……母亲河被大自然的孩子簇拥着，彰显出浓浓的幸福与温柔。一座座堰湖内荡漾着熙熙波纹，鸭子摇着"小船"，白鹅曲项高歌。高远的天空映于河底，更显得空旷辽阔。河底"龙宫"里有高楼，亦有云彩，还有飞鸟的剪影。我从建设路出发，逆流而上，到历山路过六个路口，每个路口都有一座桥，桥上车水马龙，桥下碧波荡漾。加上溪流漫堤，游人款款迈步搭石，儿童溪里嬉水捞鱼。有人在琉璃亭内打扑克，有人在体育器材旁锻炼身体，有人在甬道上竞走跑步，有人在平台上跳广场舞，有人在大桥下伴着手风琴学唱革命歌曲，有人拿着话筒伴着音响唱流行歌曲，有人拉着胡琴清唱戏曲，还有人甩着鞭子抽陀螺……每当此时，我都会随口吟咏《阿房宫赋》中的名句："长桥卧波，未云何龙？复道行空，不霁何虹？……"漫步堤上，环境舒适，歌舞升平。我深切感到我们的生活环境变了，人们的生活品位提高了，满满的幸福与自豪感油然而生。

夜晚的河，睁着明亮的眼睛，注视着这个美丽的世界。星星和月亮，沉醉于河底。堤岸霓虹灯闪闪烁烁，分不清是天上还是人间。等到夜色渐浓，休闲娱乐的人们退去，虫儿唧唧声、青蛙呱呱声愈发清晰动听，恰似天籁之音。河岸的灯合上眼睛进入梦乡，一条条溪流仍不知疲倦。没有月亮的夜晚，母亲河也不会迷失方向，依然向前悠然着，跌宕着……

五

母亲河变得美不胜收，成了名河。关于她名字的来历，有两种说法：一说亳河与清河在垣曲境内汇聚，名字取两河名字各一字而来；一说亳清河又名清河，发源于山西省闻喜县狮子铺村，东穿垣曲，经商汤古都亳城而得名。经我实地观察，这两种说法都不够准确。

说起来有缘，我的父母1985年从南山严重缺水的山庄迁居于王茅北河村，亳清河从我家门前流过，河旁不远处有股泉，水从地下咕嘟嘟往出冒，汩汩流淌。这股水就在古汤都城墙外不远处。据说，此水叫白泉。白泉字典里解释为白色的泉水，亦泛指清泉。按地理位置，这该是古汤都的护城河。是否这一大支流来自亳城，纳入清河而叫亳清河，有待考证。

20世纪80年代末到90年代，我的父母健在，每次回娘家我都要带孩子到出水泉边玩，那水清凌凌的，冬暖夏凉，四季恒温，不管旱涝，地下水源源不断，自成溪流。流域内河草茂盛，蓄潭里有荷莲，小鱼小虾成群。我曾挖来荷莲养在娘家的陶瓷缸盆里；多次拿着笊篱去捞虾，一次竟能捞小半桶。弓着腰的青色虾米，活蹦乱跳的，洗净腌制油炸，金黄金黄的，味道极鲜美。北河村、寨里村、上亳村、下亳村，人畜吃水，田地灌溉，都靠这股泉水。农家人靠水吃水，在临河的田地里种上了大棚菜，靠着一渠清水，搞活了经济，脱贫致富，过上了好日子。

六

黄河小浪底工程完工后，下亳村（原商汤古都）开发了千亩荷塘，初夏赏莲，夏末采莲蓬，秋季收莲藕，成了家乡的一大产业。每到七月中旬，千亩荷池，被圆圆的荷叶覆盖，朵朵荷花笑盈盈地从碧盘间秀出。花儿穿着深绿色莲蓬，酷似为莲沐浴的喷头。我记不清楚有多少次回娘家走进荷塘。我喜欢荷花，更喜欢带露的荷叶，张张碧盘里滚动着琼汁玉液，令人惊喜得心颤。双手掬盘，轻摇慢荡，碧盘里的珍珠滚动，一不小心摇落水中，再也找不见了，而碧盘里连露珠的一点痕迹都找不到了。我曾倒掉瓶里的矿泉水，小心翼翼地收取滴滴甘露，当作花露水来美容。人们赞美莲出淤泥而不染，荷叶又何尝不是？它纤尘不染，连水都不沾。漫步流连于荷塘，想到古代汤都文化。脚踏在风水宝地上，想到黛眉娘娘扶持汤王"仁行天下，开明施仁"的故事，几多感动、几多自豪。民间流传，黛眉爱莲，护城河里挤满了微笑的莲。莲从远古繁衍到今，她清幽高雅、纯洁无暇的美，吸引过多少人的眼眸；她的表里如一，出淤泥而不染，荡涤洗礼过多少人的灵魂！如今家乡人借富民政策、借古都水利条件优势，挖了鱼塘，养了鸭子，亳清河成了家乡人的生命河、观赏河、经济河。

2018年，亳清河荣膺"国家级水利风景区"的美誉。她已成为"美丽舜乡，生态垣曲"一张靓丽的名片。2019年，沿黄旅游公路垣曲段加快了建设步伐，母亲河开启了北到左家湾、南到古城湿地的改造治理，整条河流，将以全新的姿态，恭迎八方来客。

每当有人问我家住哪里，我都会自豪地回答："亳清河畔是我家！"

（原载《运城日报》2020年11月26日副刊头条、《大河之东》2020年黄河流域生态保护和高质量发展《文艺采风作品集》）

醉美望仙大峡谷

初夏的一天早晨，太阳刚露出笑脸，我与文友一行人，已行驶在去望仙的盘山公路上。两边的灌木泛着新绿，空气中弥漫着槐花的甜香味，我的心也在胸腔里欢快地激荡。

大约半个钟头，已到达望仙。我们没来得及欣赏景区门前的湖光山色，便迫不及待地迈向了大峡谷的石板路。沿着溪流向峡谷深处行进，脚下是光溜溜的青石，若不是人工在上面凿出大脚印，说不定在你专注于风景时，会脚底一滑摔个底儿朝天。

溪流时宽时窄，时缓时急，时而悠闲慢步，时而激流勇进。落差大处，那绿水贴着青石无声地滑落，或跌于墨潭，或撞击于石上，碎花飞玉。看一看两岸黑黝黝的青石，赏一赏留于青石上的墨宝，走一走绿荫搭起的凉篷，听一听灌木间百灵的轻弹吟唱，嗅一嗅甜中带香的空气，山翠色欲流，水石上轻漫。阳光从林间漏下斑驳的银光，那种清净、纯天然的境界，真是天上人间，让你飘飘欲仙，醉得一塌糊涂。此时此刻，我才真正体味到"望仙"的来历。

一路顺流而下，掠搭石、下石阶，走到鸳鸯潭边。看着两潭亲密相依，卿卿我我，不禁浮想联翩。及至三潭，那种豪迈的气势更演绎得淋漓尽致：一条白练从高高如刀削般的青石上跌落，跌落，再跌落。瀑泻于潭，潭流于瀑；瀑滑落于青石，潭接纳包容于瀑。我真分不清，是先有潭还是先有瀑。此时你不必较真，只需静静地观赏，无须说话，要不你会打扰淙淙流水。山路越来越陡，逼近百丈悬崖，探头俯视，眼前是一眼望不穿的深谷，那从上游飞奔而来的溪流，一头撞了下去，无着无落地跌入深深的谷底。

看到谷底旁平台上那影影绰绰的小矮人，我疑惑：这两岸笔陡的悬崖，人就是插翅飞下去也会胆战心惊吧，他们怎么下去的？车到山前必有路，眼前却不是柳暗花明。承载游人下去的是悬崖上的栈道。我心里打起了小鼓，抖着双腿试探着迈上石阶，硬着头皮向斜刺里走去。眼看着前方落空，似乎没了路，此时你根本顾不得眩晕，一门心思想着路在何方。等你走到尽头转过身来，脚下又有了石阶，几个转身就下来了。噢，前路不通及时转身也是一道风景啊！让人不寒而栗的百丈悬崖，走起来不过如此。我打破了晕高的惯例，雀跃着钻进水帘洞，像淘气的小孩，任由那玉珠溅满我的脸庞，淋湿我的头发……我振臂欢呼，当年孙悟空找到的水帘洞，原来在这里！

疯够了，我走出水帘洞，回头仰望悬崖上的石级，像是活脱脱的一把大折尺摆在那里。我由衷感叹大自然的神奇，感叹人的巧夺天工。

移目黑龙潭，潭水面积有几百平方米，潭水深不可测。相传，这是东海龙王三太子小黑龙的地盘。伫立崖底，仰望苍穹，但见三面绝壁环抱，状似一口大酒瓮，苍天只有瓮口那么大，只听见蛙声呱呱，看见一只黑鸟在上空盘旋。细赏那陡崖，百丈瀑布凌空飞泻，其声山呼海啸，震耳欲聋；其形如白练，似银蛇飞舞。是谁把银河大堤捅破了，让天河势如破竹，从天而降？远古的传说、鲜活磅礴的气势，震撼了多少人的灵魂！我被大自然超人的魅力所折服，亮开嗓门大声呼喊，以表示满心的愉悦。黑龙潭的上空，立刻瓮声瓮气与我来了一曲二重唱……

我正如痴如醉，忽听前方有嬉闹的声音，抬头远望，一帘瀑布从高高的顶部倾泻而下，青幽幽的山石衬托着流泻的清水挂在天地间。只有马良的神笔才能画出这样辉煌绝妙的山水画吧？走近瀑布，才感觉到它势如千军万马，向壁底岩石冲来。山风从山谷里吹来，那帘白布在半空扭了个腰，"哗哗哗"抛下千万晶莹剔透的珍珠，珍珠摔到青石上，又碎成小瓣，变成无数小水珠飞溅开来。站在瀑底附近大青石上仰望的人，顿时如沐春雨，嬉笑着，逃跑着……

我靠近瀑底站立，任凭那碎雨钻进脖儿，砸到脸上，尽情享受大自然的洗礼，那种惬意直透心底。此时，你就是有天大的郁闷，也会随着扬起的水雾、升起的彩虹，消失得无影无踪，留于心间的只有安逸、淡然……

走到谷底，已是山穷水尽。人们说，上山容易下山难。想走出大峡谷，就要攀登那从山顶挂下来的石阶，那石阶陡而远，没有一定的体力和耐力、不出一身汗你是爬不上去的。由于多日不锻炼，还没爬多远我就感觉腿脚酸软，口干舌燥，气喘吁吁了。抬头看，前面有两位文学老前辈，边精神抖擞地向上攀登边向我们挥手喊着加油，文友五六岁的小女儿也乐呵呵地向上爬着。我暗暗为自己鼓劲儿：不能败在老人和孩子手下。于是，加快了脚步

实在爬不动了，便靠在一棵树上休息片刻。环视左右，发现这儿没有土壤，这棵对把粗的柏树长在岩缝中间，长这么大该有多艰难呀！树给了我战胜自我的勇气，于是我又开始了攀爬。爬到山顶回头望，大峡谷尽收眼底。大自然的神奇博大，又一次震撼了我的灵魂。

走出大峡谷，我们才细看景点门前的那面湖。此时阳光明媚，微风轻拂，空中浮动着苍耳的种子。湖岸杨柳依依，万条垂下的绿丝带婀娜多姿。湖水碧绿，微波粼粼，有小船荡漾在湖面上。我轻轻地吟唱："让我们荡起双桨，小船儿推开波浪……"这种诗情画意，让我想起西湖的美、昆明湖的绿、漓江的静。

美了，醉了！望仙处处是仙境，在这里你会返璞归真，感受到大自然的原汁原味！

（原载2017年9月7日江山文学网，

入选《中国最美游记》2018年卷）

漫步云中草原

　　这几天酷暑难耐，心中难免焦躁。恰逢有人在朋友圈里疯传舜王坪的照片，还言之凿凿地说高山草甸的气候如何凉爽，似乎与仙境无异。刹那间，我就动了前往游览的心思。不承想《垣曲人家》几位文友拍手响应，于是很快组成团队，我携着老公，带上小孙女，与大家到云上草原消暑去，也过一把天上人间、世外桃源般的生活。

　　早上六点，我们就出发了，翻过一道道山岭，绕着之字路，拐着马蹄弯儿，盘山公路如玉带环腰，在翠绿的浓荫间缠绕。看着壁立千仞的山峰、深不见底的沟壑，我想象着坐落在大山顶的舜王坪模样：舜王坪是一座飞来的蓬莱仙阁吗？

　　不到两个钟头，我们就来到了舜王坪的山下。站在大门前抬头望，一条长长的石板台阶路向天边延伸；天边飘着一朵朵云，在我们头顶撑起一把大伞。台阶两边花儿朵朵，芳草萋萋，丝丝凉风携着缕缕清香迎面扑来。阳光柔柔的，懒洋洋地照在头上。我们就像走在春天的脚步里，走在天地间的水彩画上。小孙女高兴地跳着唱着，完全忘记了爬山的苦累。她一会儿惊叹，一会儿又大叫："这么多花呀！"一会儿蹑手蹑脚去捉蝴蝶，一会儿又摆手轻嘘："蜜蜂在采蜜呢！"看着"绣"满花的山坡，小孙女把一首儿歌改成了一首诗来唱："一朵一朵好漂亮，满坡都是花儿香。开在山坡放光彩，好像无数小眼睛。"

由于陶醉在美景中，边看边走，丝毫没感觉到累，2300多米的石板坡，不知不觉被我们丢在脑后。爬上了真正意义上的舜王坪，眼前的风景真把我们惊呆了：目之所及是花的海洋，一望无垠的绿野上尽是五彩缤纷的鲜花。野旷天低，风吹草动花点头……草原，草原，云上草原！花海，花海，草原花海！可看不到牛羊漫步，也没有骏马驰骋。

相传这是舜王躬耕的地方，有千年传颂的犁沟佳话。本是人间仙境，谁不想把自己陶醉的笑影留住？谁不想与这样的美景合影？我深深地感叹，在人类大力改造大自然的时代，舜乡竟然留住了这么一大片原汁原味的草原，四周高山擎起，茫茫原野披着彩装……

我臂弯里搂着小孙女，索性以花海为床，不管不顾地躺下去，望着蓝蓝的天上白云悠悠，嘻嘻的笑声在草丛花影里缭绕……

小憩沉醉，我站起来再度环顾四周，东西两条栈道蜿蜒着伸向远方，无论向南还是向北都看不到花海的尽头。这不是仙境吗？！舜王坪上，哪儿都是风景，若不是随步游道的标记，你一不留神就会迷失方向。有人说向西走到尽头就是下山的路，于是我跟着人流漫步在向西的栈道上。

栈道两边花草向我们招手颔首，不知名的花开满整个草甸，星星点点，斑斑斓斓，红的似火，粉的似霞，黄的似金，白的似雪……还有许许多多说不清道不明的颜色。花儿形态迥异，各领风骚，有的小鸟依人，花瓣迷人地张着笑脸；有的热情奔放，像束束火把高高举起；有的层层叠叠，尽情绽放，露出丝丝花蕊；还有的如一团粉色的绒球，羞答答地低着头……这五颜六色、千姿百态的花儿，盛开在碧绿的地毯上，是一种怎样的境界呀！我脑海里掠过都市公园的花影、绿化带上的草坪，但这里没有园丁栽培，也没有人工修剪施肥，更没有人松土浇水，大自然鬼斧神工，人怎能与它媲美？

走入舜王庙，我们虔诚膜拜，送上一分祝福，许上心中所愿。说来也怪，舜王坪这么高的地方竟然有一眼泉，还有个诗意的名字——奶泉。小泉很小，我睁大眼睛也没有看见泉眼，但一汪清冽的泉水却取之不尽、用之不竭。要不仔细看，还真看不出那草丛里有清凌凌的水在汩汩流动。我倒着矿泉水洗了手，双手掬水捧于嘴边，"咕咚、咕咚"，好甜好爽，真比冰镇的奶茶还好喝。大家争先恐后用空瓶装上神水，满满的感动，满满的期许……

舜王坪的天，如小娃娃的脸，说变就变，刚才还是晴空万里，瞬间头顶飘来一片云，大有山雨欲来风满楼之势。远处的山被云覆盖了，天边的草甸上也游动着轻柔的白纱，风景有了朦胧感，别有一番情趣。我们紧赶几步来到草原的边缘，下山的云梯石阶就挂在我们脚下，站在巨石上俯瞰，山谷里正升腾着一团团云雾，有的地方如披轻纱，有的地方却像成堆的棉花。隐约听到沟底牛儿的铃铛声，那云那雾，如长了翅膀，向我们飞来。小孙女高兴得手舞足蹈，轻声说："我在云上啦，我摸到天啦！我们晚上可以坐在月牙上荡秋千啦！"此时此刻，我真实地感受到唐代诗仙李白《夜宿山寺》中"不敢高声语，恐惊天上人"的诗情画意。

来到娥皇、女英的梳妆台前，我郑重地对着石镜端正衣冠，危襟正坐在台前平石上，享受当年娥皇、女英的待遇。此时山谷里的云正向我们飘来，刹那间我们如浴云海、如披罗纱，隔几米远只能听见人声却不见人影，人间天上的景致在这里演绎得淋漓尽致。我飘飘欲仙，恍惚间回到远古，娥皇、女英身穿红衣，外披白色拖地的罗云，向我们翩翩走来……

不知不觉太阳已经西斜，小孙女说她肚子唱歌了，我才意识到我们竟然忘记了时间，忘记了吃饭。顺着石板路向下走，犹如钻进茫茫林海，松林遮天蔽日，松下厚厚的松针踩上去软绵绵的……六个多小时的游玩，腿肚子已经发软。那连理松、那鉴心台、那御剑峰、那千层饼……风景靓丽，其中的传说个个精彩，但我们已无暇游赏。颠簸在回家的路上，我在心里盘算着，明年的暑期，一定再来舜王坪……

（原载《江山文学网》2017年8月19日）

拜舜井 说孝"舜"

我听过舜帝的许多故事，尤其是他挖井的故事，在我脑海里打下了深深的烙印。今年正月十五元宵夜，我有幸参加了拜谒舜井的活动，实现了一睹舜井风采的愿望，表达了我祈福的心愿。

有人问我，一年三百六十五天，为何把元宵夜作为祭祀圣典的时间？我按自己的理解做了回答：舜是中华民族的圣贤，在五帝中舜以贤德孝悌享誉千秋，位列历代孝子首位。又因舜井渊源，吃水不忘挖井人。正月十五虽是个民俗节日，但从西汉已受重视，被看作祭祀天神的先声。上元祈福，这是老百姓的信仰，老祖宗留下来的传统。拜谒舜井就是敬舜帝，敬他的圣贤，敬他的孝德，让德孝文化枝繁叶茂，代代相传。

正月十五那天，还真有点神奇。县城闹元宵热闹非凡，可老天从早到午阴沉着脸，寒风刺骨，加上才下了雪，又湿又冷。过了中午，天奇迹般晴了，天上没有一丝云彩，树梢没有一缕清风，太阳把七色阳光温柔地洒满舜乡大地。我们一路顺风，太阳还没有落山，就来到舜的故乡——神后村。

为什么叫神后村？据村里一位老人介绍，神指舜皇，后指娥皇、女英。舜井就坐落在神后村东南民居中。这是一块群山环绕的风水宝地，走在这神圣的土地上，满眼热闹喜庆的气氛。大路两边、井亭周围张灯结彩，舜王神像挂在亭中央，亭前摆放着祭祀的供品。看样子万事俱备，只等第一轮圆月升起。

仰望舜王的神像，我摸一摸井上的辘轳，探头望一望深不见底的井水，不由想起有关舜井的故事来。这个故事，我小时候听母亲讲过，当老师后也不止一次给学生讲过。如今真实地站在舜井前，想象当时的情景，目睹眼前之情境，情感的波涛瞬间汹涌起来。有关这眼井的故事，又一次在脑子里浮现出来。

舜有幸福的童年，生母特别爱他。可天有不测风云，母亲过早地病逝了。舜父给舜娶了一位后妈，这位后妈本来就不喜欢舜，后来又有了自己的儿子，更是把舜看作眼中钉、肉中刺。舜父偏听偏信，也把自己的亲儿子不当儿子了。顽愚的父亲，狠毒的继母，还有异母的弟弟，设连环计，多次陷害舜，想置舜于死地。他们修补谷仓，仙梯纵火，一计不成又生一计。他们让舜挖井，挖好了又让他淘井，待舜下到井底，便下石填井。好在舜睿智，心里有了戒备，在挖井时多了个心眼，挖了另一偏道出口。等舜下到井里，井外一顿暴石雨砸了下来。他们满以为计谋得逞，可万万没想到，舜先他们一步回到家中，这让害人的"三人帮"很是惊讶，以为舜有神灵护佑，能在险井中化险为夷。而舜对家人变本加厉的虐待、加害，没有一味地仇视和冤冤相报。他没有捅破那层窗户纸，对父母孝敬如初，对弟弟依然友好。后人这样做诗赞美舜："队队春耕象，纷纷耘草禽；嗣尧登宝位，孝感动天心。"舜把仁爱做到极致，使铁石心肠的父亲、蛇蝎之心的后母、傲慢无礼的弟弟悔悟了。

舜登上帝位之后，乘着有天子旗帜的车子去给父亲请安，和悦恭敬，遵循为子之孝道。他以孝敬父母之心爱戴子民百姓，关心百姓疾苦，勤政于民。他以孝行天下，天下太平，风调雨顺，国泰民安。

我细细品味"孝顺"一词，这和"孝舜"读音完全相同。百善之首，以孝为先。孝顺本是一种责任，是和谐家庭的润滑剂。孝顺这个词，孝在前，顺在后，我把它理解为孝敬父母，事业、仕途才能一帆风顺。父母之爱是与生俱来的，家有一老如有一宝，有父母的地方就是家。常回家看看，父母才是自家要敬的"神"。孝顺的儿女，会陪父母好好说话，会常给父母洗脚洗发，会牵着父母的手四处走一走，远行会给父母报平安……孝在当下，孝在平时的柴米油盐中。孔子说："父母在，不远游，游必有方！"当今社会，众多独生子女享尽了父母的养育之爱，也应勇敢挑起孝敬老人的担子。年轻人外出求学、外出打工，闯荡世界，虽然忠孝不能两全，但也不要以此为借口。世上的钱赚不完，工作也干不完，父母老了，你拿回的钱买不到孝顺，保姆代替不了亲情，敬老院里老人也会孤独。"风枝不可静，泣血竟何为？"等父母走向黄泉，哭有何用？祭品再高档也是给外人看的，死者寿衣穿得再多也不会再知温暖……

　　站在舜井前，脚下是三个蓄水方塘，其方位造型酷似"品"字。由此我想到农村一句老话："门前三口品字塘，家乡富贵人丁旺。"我想到了小学生的"品德"课程，品与德组成的是最美的词，舜和井都有高尚的品德。舜井是一口老井，千百年来自然漫溢，清凌凌的井水喷涌而出，形成一道自然风景，生生不息，滋养着一代代村民。夏季井水清凉，冲鸡蛋成丝状，解渴败火；严冬井水温热，用瓢舀水直饮如饮凉开水。如今古井不波，其实舜井的水脉从无断流过，它与时俱进，听从当今政府的"调遣"，已成为后河水库的主流，成为整个舜乡取之不尽、用之不竭的源头活水。饮水思源。我忽然觉得面前的老井与我们的母亲有一样的品德，她无私、圣洁、博爱、默默无闻，从不计回报。是她以甘甜的乳汁养育了一代代舜乡人啊！我突然明白了，为什么要在每年第一轮月圆日祭拜舜井，为什么有这么多人从四面八方聚拢来参加这个盛典。这是一种朝圣，是感恩古井无私的馈赠，是保护大自然意识的提升……这是人与自然和谐，国泰民安，社会繁荣昌盛的最好见证！

　　明镜似的圆月，从瞀冢山后升起来，把整个神后村照得如同白昼。银灰色的天幕上，几颗星星眨着亮闪闪的眼睛。舜井前人头攒动，彩灯闪烁，鼓乐齐鸣。我双手合十，对着舜井鞠躬拜谒……

（原载2019年3月9日《黄河原创文学》微刊）

红叶深处有人家

听说望仙"恶"沟要改建成康养小村，我一头雾水。一打听才知道，不是"恶"沟，而是"鹅"沟。这个"鹅"有两种说法：一是黛眉娘娘小鹅修炼成仙，变成一只白天鹅，展翅飞向天庭的路上在此小憩，落脚的山沟就变成天鹅展翅飞行的样子；二是天盘山上有个天池，风景如画，胜比仙境，一只天堂里的天鹅下凡游玩，流连忘返，落脚于此，大山就变成天鹅的样子了。

说到"鹅"，我立马想到骆宾王笔下的"鹅，鹅，鹅，曲项向天歌"，又想到安徒生笔下丑小鸭变成天鹅的童话故事。于是，我深深地向往起这个地方来。

金秋十月，县文联组织到望仙采风，我有了到那里一探究竟的机会。

那天的阳光几多柔美，行驶在去望仙的盘山公路上，满山的风景已使我醉意朦胧。五颜六色的树叶，让我联想到多种水果与蔬菜的色彩，桃红、枣红、辣椒红、石榴红、山楂红，橘黄、杏黄、柿子黄……多日手机一屏障目，久违的果彩菜色在这里一股脑儿映入眼帘。山坡野岭，赤橙黄绿青蓝紫，甚至还有说不上来的色彩，在盈盈绿意中，隆起一堆堆火苗、一座座金山。霜降欲来，大自然的巨手神笔，已把层林尽染。举头望，看着蓝天下南去的大雁，元代张可久《秋怀》中的妙句涌入脑海："雁啼红叶天，人醉黄花地。"想到要访问的小村就在彩叶摇曳簇拥着的山沟里，心里就多了一分闲逸柔情。

车子七绕八拐地开进一个村子，停在一块收割过玉米的田里。地塄上红丢丢的酸枣，向我们张扬着它的小巧玲珑；脚底软乎乎的小路，散发着泥土的芬芳；路边的野菊举起黄花束束；五颜六色的喇叭花，张圆了一张张小嘴巴；小蜜蜂旁若无人地与朵朵花儿拥抱亲吻。耳闻公鸡"喔喔"的叫声，思绪瞬间回归到童真时代的农耕田园。陶渊明"平畴交远风，良苗亦怀新"的韵味，潜入心底。那种平和淡泊、与世无争，心与自然泯然的田园之美，让我心旷神怡！

走进村庄，又一只公鸡"喔喔喔"地啼叫，它的声音高亢，像对客人的问候，又像诉说着多日的寂寞。一个妇女一臂挎个筐，一肩扛个蛇皮袋，从大路那头走来。看到我们，马上放下袋子，解开口绳，热情地让我们品尝那红丢丢的山楂。农家人实诚憨厚，我们也不做假，品尝那纯正酸甜、开胃解馋的山楂。眼前的情景，如一幅淳朴的油画，定格在心灵深处。

我跟着大伙走上倪姓大院上边的那面斜坡，据说以此路为界，上边住的是老户胡家。胡家原来有丰厚的家业，农户人家艰苦创业盖起了几座大瓦房，可惜被日本鬼子烧了个一塌糊涂，后来又修缮成如今的模样。但土坯墙上斑斑驳驳，小洞土眼，我想是子弹留下的痕迹。一排石头齐齐整整地立在路边，形成一面石塄，它以众多石块叠成罗汉，已在这里迎来送往多年。一仰头，我看见石头上方院墙上，挨挨挤挤地生长着仙人掌，它由一株而开枝蔓叶，像极了历经苦难，繁衍了子子孙孙、和和睦睦、亲亲热热的一家人。它们经历了风雨磨砺，枝枝叶叶变得顽强而独立。上去，那一堆堆、一簇簇仙人掌浑身长满了小刺，披一身绿衣，丑里吧唧的样子。细看它在秋风里开出了五颜六色的小花，猩红的、粉红的、金黄的、淡蓝的……给那朱红大门的小院带来了勃勃生机。脚下原始的石子路，多少年来多少人丈量踩踏，已变得凹凸不平，被打磨得光溜溜的。有老乡介绍，这面石塄已有近五百年历史，这条路上不知磨烂了多少双鞋，走出了多少后生娃娃。

石塄上方有三座院子，最里边的院子住着人，门外不大的空地里，有几垛金黄的玉米棒子，在炫耀着丰收的殷实。久违的农家屋子，溢满泥土的味道。一行人高兴地站在这里摆好各种姿势照相，我也在这儿留了影。三座院子都不见主人，大门都是铁将军把守，但是，推开已"耄耋"之年的木门，院里的风景能看个大概。两边靠石塄的院子里都摆满了泥囤蜂窝，其中左边院子里有棵大杏树，枝叶从墙头伸了出来。看着半青半黄圆圆的杏叶，引起我遐思翩翩。若是春天，那一定是杏花满园，香飘十里；若是夏天，那一定是杏儿累累，甜香扑鼻。

坐在门前的石墩上，我边欣赏周围景致边等待院主人归来，想进院子看一看。细打量，这里真是原生态，连门口台阶缝儿里都长了绿泱泱的香菜，也许是种子落在这里，偏隅而长了。从门外细看，蜂儿往来穿梭，一派忙碌的景象。

主人回来了，是一对中年夫妇，男主人真是姓胡。他打开里边那扇门，邀请我们进去看看。没想到，门不大，里边却很宽敞，且院中有院，刚才门缝所见那是一孔之见。我打趣地说：胡兄弟有宝屋在内，住的是院中院、房中房，比城里人生活逍遥多了。男主人憨厚地笑笑，女主人从家里拿出软柿子和核桃招待我们。灶旁小筐里萝卜、白菜、大葱、香菜，鲜着呢。灶膛里柴火锅台，漆黑的大锅被主人擦拭得油光闪亮。这原始的煮饭方式，引起我多少童年的回忆。我问，隔壁两座院里是谁养了那么多蜂？男主人纠正说，那是土蜜蜂，不用养，它们采撷周围天然的花粉。我问一年能割多少蜂蜜，男主人笑笑说，两座院子，一共有一百二十多窝。这村子蜜源好，纯天然的，自采自酿。一年割几茬，大约能收两千多斤。一听这个数字，我震惊了。这是无本万利，大自然的馈赠呢。

胡兄弟拿钥匙开了门，我便走进了蜜蜂大观园。迈上石条台阶，跨过木头门槛，进到院子里。整个院子被那棵大杏树遮去大半边的光，树冠与北边和东边的土墙房并肩齐眉。阳光轻轻柔柔，从半绿半黄的杏叶中垂下斑斑光点，绿茵茵的苔藓为青砖铺上了地毯，落叶给绿毯做了天然点缀。我小心翼翼地踏上绿地毯，古人"应怜屐齿印苍苔，小扣柴扉久不开"的诗情画意，在心中蔓延。几排圆柱形的土蜂窝在屋门前列队欢迎我们。如今正是采菊花蜜的时节，蜂窝中蜜蜂进进出出，车水马龙。我入迷地看着这些小精灵，思绪飞回南山老家。小时候，父亲上山放羊，收回一窝土蜂，带回时它们熙熙攘攘，抱成了一个大圆球。父亲说，蜂是大自然赐予的精灵，不和睦的家庭养不住。看着胡家这么多窝蜂，足以说明这家人的善缘……满载归来的工蜂，它们是采花使者，忙忙碌碌，无怨无悔，每天不知要采多少花朵，来来往往飞多少路程。它们是大自然的弄潮儿，只要有花开，它们就不会停下辛勤的采撷；它们是鲜花的大众情人，花儿张开笑脸，随时欢迎它们来访，奉献温暖的怀抱；它们是团结协作的典范，辛勤采蜜，一年年为人类酿出花蜜，为蜂族繁衍出子子孙孙……看着一窝窝蜂囤儿，这该是由一窝而繁衍下来的，这么多窝得多少年啊！看看附近的环境，这里没有城市的喧闹，只有静听花开的悠闲。空气更是未受污染，自然清新。还有厚重的民俗人文，真是养生休闲的好地方。

我凡事总想探个究竟，鹅与天鹅有关，沟和水有关吗？为了证实"鹅沟"来历的真实性，我追着老乡问这问那，想从他们口里挖掘出乡土故事来。经过问询，真还有了一些线索。原来这道沟里真有水，还挖过一眼银泉，居住在路下气派的砖瓦房的倪姓人家，就是挖泉挖到了银子，后来居上，富甲一方的。

清朝以前，这里只有几户人家。庄后沟里有一眼小泉，泉水清冽，水质甘甜，泉眼无声但是细流不断，只够人吃，从不外流。后来倪姓兄弟逃难，跟着扛着包袱、挑着家当的父母，来到这个只有胡姓的村子，为胡姓人家扛长工。倪姓兄弟起早贪黑，辛勤劳作，为主人劈柴担水，放牛耕田，胡姓人家也从不把倪姓人家当外人看。而村里增加了人口，水就不够吃了，胡姓人家也不霸道，与倪姓人家互相谅解，共渡吃水难关。倪姓一家人为人厚道，从不与老户争水吃，父母教育他们，老户先入为主，按风俗理应先来后到，有水先让老户吃。兄弟俩在泉下方挖了个深潭蓄水。按照父母的教导，胡姓兄弟经常给挑不动水的老人挑水，等到老户都取足了水，才给自己家挑水吃，从不浪费一滴水。雨季尚可，旱季经常没水做饭，要晚上去守水。

一天晚上，兄弟俩披着皎洁的月光，抬着木桶来到水泉边，隔远看见有一只大白鹅在泉边踱步，它丰满洁白的羽毛、长长的脖儿、优雅的体态，在月亮地里格外引人注目。加上月光如银，树影婆娑，兄弟俩恍恍惚惚，似乎来到天堂。他俩被美如天仙的大鹅迷醉了，于是放下水桶，想捉住这只大鹅，可等他们走近了，那大鹅若闲庭漫步，一双修腿，娉娉婷婷，伸着脖儿，文文雅雅地朝着沟边一条小路走去。兄弟俩跟在其后，百十步远，大鹅驻足，用足扒拉脚下的泥土，又低头用大嘴在脚下啄一啄，像极了掘井挖泉的动作。大鹅又向着兄弟俩"哦哦"地大叫几声，兄弟俩意识到，大鹅是在向他们暗示什么。只一瞬间，大鹅振翅，向月亮飞去，一眨眼便消失在月影里……两兄弟如梦方醒：哦，这是天鹅仙子显灵了！他们跑过去细瞧，被鹅刨过的地方，湿漉漉的一片，他们趴在地上侧耳细听，大地底下有如鸣佩环之声，还有潺潺的流水声。兄弟俩像发现了新大陆，高兴得一会儿手舞足蹈，一会儿抱在一起转圈。他们找来石头摆成一个泉形，准备在这儿挖一眼泉。

天机不可泄露。第二天，兄弟俩耐心地等到月亮爬上树梢，才带了水桶和工具来挖泉。他们在昨天做的记号上压块红布，拜过土地神，就开始动土了。挖了几尺深，铁镐挖下去溅起火花，用锨铲出土，底下是一块又光又平的大石板，兄弟俩费了九牛二虎之力，搬起石板，露出一个石盆。兄弟俩几乎惊呆了，石盆里闪着银光，与皎洁的月光交相辉映。他们定睛细瞧，那里面是白花花的银子，还夹杂着小块闪闪发光的金子。兄弟俩没想到挖泉竟然挖出了聚宝盆，他们双膝跪地，向着天鹅飞走的方向，深深三拜，然后小心翼翼地取出天赐的金银，放进抬水的木桶，再从石盆外围掏开去，想取出聚宝盆，没想到往开拓展，往下打去，石盆四周的下方露出泉眼，清凌凌的泉水汩汩地往出冒。一会儿工夫，石盆里就注满了水。古人把水视为财，有了水整个山沟就灵动起来。兄弟俩把金银放进木桶，抬回家。有了厚实的家底，他们置下了田地，盖起了瓦房，上学堂念了书，娶到了媳妇，走上了富裕之路。但是，他们致富不忘曾收留他们的胡姓人家，经常帮助他们。他们至善至淳的行为，完美地诠释了《道德经》里的一句话："上善若水，水利万物而不争，处众人之所恶，故几于道。" 倪姓人家没有因天意之财而享清福，依然勤劳持家，睦邻友好，与人为善，接济贫困人家。天盘山下，从此风调雨顺，人丁开始兴旺，一座座大瓦房平地而起，小村兴兴旺旺发展起来，享誉十乡八里。不起眼的小村里，走出了很多莘莘学子，他们学业有成，如天鹅，如凤凰，飞离村庄，走上祖国需要的岗位。

为了证实这个故事的渊源，我拜访了那眼泉。入眼的泉景有点落寞。是呀，如今各家各户都有了自来水，泉边早已没有了取水的扁担和晃动的水桶儿了，但是泉依然在不知疲倦地贡献着甘甜的乳汁，滋润着一方的农田。我低头细赏，发现有一朵白云倒影在水里，哦，那祥云真像翱翔的天鹅仙子！

抬头环视，鹅沟，红叶秋菊簇拥的小村，天生丽质、勤劳淳朴是你的本真。如今政府要在这儿栽下梧桐树了，有了阳光雨露的沐浴，有了富民政策的支持，凤凰还巢、天鹅图腾的日子还远吗？

（原载2020年3月14日《黄河原创文学》微刊）

三上桃花岭

　　"满树和娇烂漫红，万枝丹彩灼春融。何当结作干年实，将示人间造化工。"每到桃花盛开的时节，我就不由得想起唐代诗人吴融的《桃花》一诗。我爱桃花，更爱家乡的山桃花。

　　去年，岭回山桃花公园在县城东郊落成开园，圆了我就近观赏桃花的梦。

　　今年三月上旬，没有等到桃花盛开，我就带上小孙女、小孙子，驱车前往桃花岭。

　　行驶于东环路上，打开车窗，一股淡淡的清香扑鼻而来。孩子们如出笼的小鸟，一边叽叽喳喳地叫着"香，真香"，一边嘻嘻哈哈地你推我、我推你打闹着，欢声笑语，其乐融融。

　　透过车窗，极目望去，噢，原来是东环公园的梅花开了。白里透黄、黄里透绿的蜡梅，娇艳似火、红艳满天的红梅，洁白如雪、白净无瑕的白梅，聚在一个园子里争奇斗艳。我满心欢喜，还没有到桃花岭，心儿已被梅香醉了！

　　第一次走上桃花岭，仿佛回到了日思夜想的故乡。这里山山岭岭、沟沟洼洼、田间地头，漫山遍野，到处是山桃乔木。虽然大批的桃花还没有开，但桃花姑娘已带来了春的消息，整个桃林已殷殷泛红。桃花岭上桃红点点，花骨朵儿一树树、一簇簇、一串串，打着朵儿，含着苞儿，花瓣儿紧紧地抱着花蕊，像一颗颗红豆簇拥于枝头。有些不怕冷的桃花姑娘，如星星点灯，睁开了好奇的眼睛。桃树下的泥土已经解冻，踩上去松松软软，泥土香掺着桃花香，弥漫了整个桃园，空气中好像都能拧出混合味儿的香水来。一棵棵山桃树，在微风中抖动着满枝满丫红艳艳的花蕾，她们好像已攒足了劲儿，只要一夜春风就会张开笑脸。

孩子们乐坏了，一会儿在桃花林间的小路上奔跑，一会儿钻进桃林间嬉戏。小孙女在一朵粉红色的花骨朵前驻足，仰着的笑脸比花骨朵还好看，咯咯咯的笑声在桃林间回荡。此情此景，让我恍若回到童年，回到生我养我的那个桃花盛开的小山村。

那时，我还是扎着羊角辫的小姑娘，背着书包奔走在蜿蜒的山路上。只要看到路旁有红艳艳的山桃花骨朵，就喜欢得不得了，就会钻进灌木丛，折下几枝带到学校，插在灌了水的瓶子里，摆在教室的窗台上。水灵灵的一瓶插花，为简陋的教室增添了一抹春色。嗅着淡淡的花香，看着桃花慢慢展开，再看着花瓣一片片落去，心里有着不同的感受……

喜鹊的鸣唱、孩子们的欢笑声，让我回过神来。看时间，不知不觉已过了两个钟头。走下桃花岭，满心的期待：等到花开时，一定再来看桃花。

等着盼着，三月中旬，岭回桃花节开幕的消息如一缕春风吹来，醉了我的心扉。于是，我与文友约起，桃花岭不见不散。

第二次行驶在东环路上，梅园飘来怡人的清香，田地里的小麦泛着新绿，油菜花也打起了精神。远远地向岭回望去，像是一朵朵粉红色的云，布在那道线条柔美的山岭上。啊，这岭回的景色真美啊！

文友们已先我一步走进桃园深处。我沿着田间小路直奔桃花岭，这里已变成花的海、花的潮。目之所及，漫山遍野桃花红遍。先前的花骨朵，全部绽放了，每一个花瓣都呈现出玲珑剔透的美。我似一只恋花的蝶儿，飞进了花丛中，以一双猎艳的眼睛，观察着满世界俏丽的色彩。那一朵朵盛开的粉红色的桃花，犹如一个个小仙女，楚楚动人。她们没等到绿叶出来陪衬，就迫不及待地闪亮登场。你瞧瞧这些朵儿，有的孤芳自傲，俏立枝头；有的结伴牵手，前呼后拥；有的背靠背，笑迎八方来客。可你用心欣赏，似乎满树绽开笑脸的全是一个模子里刻出来的同胞姊妹，椭圆的花瓣粉嫩欲滴，红艳艳的花托捧着羞答答的花蕊迎风婆娑起舞，好像是在窃窃私语。面对这似锦的繁花，我一直笑脸相迎，心情愉悦舒爽。小蜜蜂来了，旁若无人地在花间忙碌着。花蝴蝶也来凑热闹，在花朵上翩然。文友们个个笑得像花儿一样，或站在桃花树前，或立于桃花丛中，摆出各种姿势，一次次按下快门，与花树融为一体，留存在记忆的深处。

一阵春风拂过，满树的花儿摇曳，在明媚的阳光抚慰下，花朵上有无数小精灵在跳跃。我眨眨眼睛，再次走近一棵棵山桃树，静静地与花儿对视。朵朵桃花脉脉含情，片片花瓣妩媚动人，透着灵气，荡着春色。我由衷感叹：山桃花，你长在荒山野岭，从不要求人们为你做什么，每年春天，你都把缕缕清香无私地奉献，给人们带来美的享受，你的娇艳令多少人心醉神迷！

山桃花正开得热闹时，一股寒流袭来，预报说还会有雨夹雪出现。我担心盛开的桃花，便让爱人开车，再一次行驶在东环路上。

路旁鹅黄色的柳丝被春风梳理得飘飘柔柔，杨树在春风中抖动着挨挨挤挤的毛毛虫，那一块块油菜地里也撒满了金黄。远望桃花岭，那里依然是一片云絮花海。

为了赶时间，我没有用脚丈量那段土路，让爱人把车径直开到桃花岭上。这里依然是桃花的世界，没有明媚的阳光，薄薄的雾为这沟沟岭岭披上了白纱，整个公园显得朦朦胧胧。

这一次走上桃花岭，眼前依然是花团锦簇、花影抖动。我漫步在花间小路上时，发现花瓣已洒满小路，树上的那些花朵已脱下了粉白的盛装，花托衬着花蕊，更显得红艳、简单而秀美。嫩绿的叶子，从枝头、花朵的旁边探出头来，胭脂红的花托配上嫩绿的叶，显得那么协调妩媚。此时，一幕温馨幸福的景象映入我的眼帘：一位老大爷，一手挂着拐杖，一手牵着老伴的手，在花间小道上散步赏花。我受到感染，也挽住爱人的胳膊，走向花海深处……

微风徐来，清香弥漫，偶尔有花瓣落在我的头上、衣服上，一种诗情画意般的感觉浸满我的心胸。徘徊在花树间，多日的繁忙劳累消失得无影无踪，只有安逸淡然留在心头。我轻轻地唱起了那首歌："我能想到最浪漫的事，就是和你一起慢慢变老。一路上收藏点点滴滴的欢笑，留到以后，坐着摇椅，慢慢聊……"醉意朦胧中，我意识到，我们的生活环境在返璞归真，原生态世外桃源般的景致，已悄悄来到我们的生活。

春雨欲来风满楼。游人渐渐散去，小雨细细密密、弯弯斜斜、轻轻柔柔地从天空飘落下来。我推开爱人举到我头顶的雨伞，聆听如酥的小雨沙沙沙，低吟着小调。再看桃花在风雨中的模样，她们嫣然含笑，更加俏丽妩媚，更加醉人心扉。

恋恋不舍地走下桃花岭，回头遥望，一种幸福温馨的感觉涌上心头……

（原载2019年3月16日《尚明书坊》微刊）

亲近诸冯大峡谷

今年五一长假情况特殊，麻雀不宜往热闹处飞。我郁郁寡欢，正感到惆怅，接到吕步震老师电话："运城有两位新闻界朋友要到诸冯山大峡谷考察观光，你能一同前往吗？""诸冯山？那可是舜帝出生地呀！那里人烟稀少，还有个大峡谷，没听说开发呀，一定是纯天然的喽！"我与吕老师通着话，脑子里闪过一连串信息，立刻回应："大好机会，求之不得，明早一定同行！"

我很崇拜吕老师，他对舜文化挖掘、研究颇深，著书立说，几十年如一日，胸中已蓄满了舜文化的墨水和典故，能和他一同前往，三生有幸。

我们和运城的李记者及小姚，一路顺风，来到诸冯山，先拜谒了姚墟、舜乡泉、握登坟、务成下痒教化等。匆匆下山，已近十点，太阳火辣辣地悬在头顶，汽车在山路上颠簸了个把钟头，停在了群山相拥的一座小山前。仰望山顶的建筑物，吕老师介绍说："山顶是玉皇阁的旧址，是一位叫张建峰的年轻人投资修复重建的。他考察了玉皇阁的来历，从古史和县志、村史资料得知，当时玉皇阁每年七月七盛会的繁荣景象，吸引了四省八县的游客云集，各地侠客、商贾、文人墨客纷至沓来，敬香膜拜，求运求子，香火鼎旺……"我问："为什么搁浅停工了？"吕老师说："原本张建峰开发是有信心的，许是资金不足吧！"

　　爬上玉皇阁坐落的山头，眼界豁然开朗，我注意到一块断裂残缺的石碑，仔细辨认碑文，"乾隆五十一年嵌次"虽有点模糊，但还看得出来，这该是玉皇阁建庙时间和旧址的铁证。咨询过吕老师，原来庙宇被日本鬼子炸毁了，只留下残垣断碑。环顾周围，有五座包形山头，把玉皇阁簇拥在中央，四周漏斗扇面形山坡满是松柏，翁郁苍翠，有一种古老的涵养之美，让人神清气爽。俯瞰一道石峡，恰似蛟龙横卧于山峪之间，临峡俯视，眼域之内，如斧凿刀劈且又精心雕琢过的盆景，气势磅礴，撼人心灵。侧耳细听，似松涛激荡，又似瀑布咆哮，在此之间，一溪活水穿峡而过。抬头望诸冯山宽宥的脊背，山不高，那是尧天舜日的仙境。低头看，沟不深，这是禹导浚的圣地。若山间挂着瀑布，定是飞花溅玉，激荡豪迈，气贯长虹，势不可挡……也许这就是虞舜德孝文化源远流长的风水所在。我迫不及待，想一睹芳容。

　　山路又窄又陡，李记者小心翼翼地驾车向谷底驶去。大约十分钟，一行人便置身于峡谷之中了。为识峡谷真面目，我们顺流而下，与清凌凌的溪水一道儿，沿着河沟、顺着落差、依着山脚，一路同行。

　　我游过黄河小三峡、云台山大峡谷，望仙大峡谷也去过多次，可从来没有见过天然的峡谷风景。我们一走进峡谷，有一种返璞归真之感，仿佛回归童年，变成了顽童。随着溪流蜿蜒，踩着水中石，走过来跳过去，有时像小学生跳方格，有时又像小孩雨后踩水潭，鞋湿了也不在乎。一湾又一湾，目之所及，大河滩就是石头家族的摇篮，其家庭成员多得像天上的星星，有的老态龙钟，有的年富力强，有的小巧玲珑，大的小的、黑的白的、红的灰的、圆的方的、站着的、躺着的、坐着的、群居的、单挑的、相拥的、抱团的……大小不同，各种颜色，各具情态。大自然原生态的神奇，远远超出人们的想象。

　　注目细品那些石头，它们有的凌空展翅，灵若飞鸟；有的腾蹄奔跑，憨态可掬；有的浮游水中，栩栩如生。它们大模大样，随你看，随你摸，随你踩在背上，随你握在手里，随你揽在怀里，随你把它比成什么，随你给它起什么名字，好听也罢，难听也好，它不计较，也不生气。"看看，这多像一只龟，那多像一头鸭嘴兽！""啊，这是只飞行的大蝙蝠！""哦，这块大石头当床不错，那边还有枕头！"一声声惊叹，在峡谷里回荡。还有的石头像卧着的石马、饮水的怪兽、爬行的老鳖，它们一个个天赋神态，有一种与生俱来的气势。我把它们或当圣人仰视，或当情人拥抱，或当石椅端坐，或当石马轻骑，或当闺床躺卧，或当宠物把玩……与它们亲密接触，抚摸它们的肌肤，感受它们的心跳，体验它们的雄健，欣赏它们的顽皮，感悟它们的坚强……多少年没有这么疯过了。

我突发奇想，这么多石头，里边有古人打火的"火镰"吗？我请有经验的吕老师，找一块石头现场实验一下。吕老师平时老到深沉，今天一脸慈祥，乐呵呵地在乱石堆里寻找着。可找来找去，我使出吃奶的力气，也没有擦出一点火星！瞬间灵魂摆渡，穿越时空，仿佛回到茹毛饮血的远古，体会到人类钻木取火、金石取火是多么不易！

站在谷底，我才体会到"横看成岭侧成峰，远近高低各不同"的真实含义。仰望周围的山石，如刀削斧劈，笔陡峻峭，从不同的角度观赏，模样不同，风格迥异。它们有的像古猿头像，有的鹤立鸡群，有的如大龟饮水，有的似青蛙鼓鸣……每一块都是神来之笔。我大声喊："您好！"崖娃娃瓮声瓮气给予回音。俏立石缝的崖柏，也挥舞着手臂回应。崖柏从细小的石缝中破石而出，勇敢地腾空站立。"枝迎南北鸟，叶送往来风。"长在没有泥土的石缝里，争取阳光，汲取石缝中流下的雨水，生命力何其顽强！它们盘根错节，咬定青山，自强而独立。崖柏与石同在，风雨同舟，万年不变。山石养育了它们，崖柏也护佑了山石。开天辟地，地壳运动，岩浆爆发，塑造了壮丽河山；崖柏后来居上，锦绣于山石，成了永不褪色的绿色花朵！深情仰视，大石岿然不动，风过枝摇。我在想，远古的人类祖先，是否就曾在磐石上攀爬，在崖柏间跳跃？认真观察山石上一道道似曾开凿的印痕，这就是禹导浚时疏通淤塞留下的痕迹吧？我"哦呵呵——"对着山石呼喊，大山坚定豪迈地给予回音！

吕老师告诉我，他查过资料，《垣曲县志》载："沇水河，治东半里许为济水，支流其性见状不常，南流入黄河，一名湛水，旧名舜清河。"眼前的溪流，应该是原来的舜清河。看着河床两岸岩石上的水印儿，你很自然地会想到，此河原来水势浩渺，河水随落差大小，时而激流勇进，跌宕起伏；时而平缓，波澜不惊，舒缓慢流。在一座高崖前，一帘瀑布的印儿深深吸引了我。哇，原来这里真有瀑布呀！瀑布从高高的山顶直溜溜地挂了下来，好宏伟呀！石头没了棱角，山为纸，水为墨，神笔挥就，水墨素描山水画！我想，滴水都可穿石，何况一帘瀑布的力量！没流水瀑布依然在那儿挂着，若有水定是一座抛撒万斛珍珠的屏。用眼把量，百丈高、几丈宽，清幽幽的瀑身诉说着它的气势恢宏。我站在瀑底仰望，那是"飞流直下三千尺，疑是银河落九天"的场景。可是为什么断流？是当年玉皇阁的景点？现在是干旱枯水期？

咦，有瀑影，却没有流水，在山上听到的声音从哪儿来？再次侧耳倾听，涛声依旧。噢，明白了，是周围风过柏林的呼啸声。如果瀑布咆哮与之合奏，加上百鸟婉转鸣唱，那会是怎样的惊天动地，震撼心灵，悦耳动听呢！

沿河岸边走边看，全身心地投入，不知不觉，太阳已西斜。李记者说，手机定位显示，已到河南境内了。此时我才感到，天气炎热，口干舌燥，肚子咕咕叫了。先前只顾观景，陶醉于山水之中，有这么好的水，竟然没顾上喝一口。于是掬捧水，洗把脸，还嫌不痛快，干脆趴下"咕咚、咕咚"喝个够。哎哟，水清凉甘甜，比矿泉水要好喝得多。

时间关系，我们原路返回，依依不舍地离开了诸冯大峡谷。

上到山顶，再次回头凝望，挥挥手，说声再见，就此别过，后会有期！

（原载2020年5月9日《金三角大小事》微刊）

秋登白马山

国庆佳节，我与爱人和文友相约，用火脚板去丈量向往已久的白马山，研究一下这位老寿星歪着头在想什么，看看它到底与白龙马有何联系。

太阳刚露出笑脸，我们已驱车来到山前的一座小山村。大自然捧出了第一道开胃饭：屋前一树树山楂果，比女儿红还招人喜欢。俊俏的小果果，随手摘下一颗丢进嘴里，比圣女果还要爽甜。房后的山坡坡，落满了红果果，弯腰拾起，咬一口，"哎哟"，里面全是虫子！呸、呸、呸！难怪树妈妈都淘汰了你，表里不一的东西，谁人不弃！

从山村到白马山脚，得过几道沟、翻几座山。进山的路像条大蟒蛇，从村旁向山里蜿蜒。我们踩在它的背上，爬上了第一座小山。一树黄栌已换上了喜庆的红衣衫，借着微风招摇着数不清的小圆扇。站在这里举目远望，大山的一面映入眼帘，它高大魁梧，风度翩翩，膝下聚拢着绵延起伏的一道道山岭。仰望大山，它慈祥得像子孙满堂的老寿星，又像鹤立鸡群的领头羊。我对着大山大声喊："您好，老寿星！"大山与我和声："您好，老寿星！"呵呵，我们也成了老寿星。得到大山的回音祝福，一条小溪穿肠而过！

为赶时间，大家迈开"11"号，疾步行走在腰带似的山路上。山路坑坑洼洼，向脚底诉说着恩怨。小路边如云的树冠，霸气地一手遮天。那么明媚的秋阳，吝啬地只在枝叶的指缝间漏下一点点。我偏爱这一路的荫凉，一路幽静，正与我的心投缘。路旁好看的野果向我们抛着媚眼，紫色的花束张着笑脸。大蜘蛛垂吊着荡秋千，两只花喜鹊在老树上轻语呢喃。一切的一切都是这么随缘，大自然赋予人们与生俱来的纯净美好。我在心底低念：感恩今生的遇见，感恩今生有此眼缘！

转过一道山岭，山谷里似有松涛声声，细听却像马儿轻轻嘶鸣。疾步前去，原来是小溪姑娘沿着山沟撒欢儿，她的腰身是那么柔软，见缝儿就钻，遇石头就拐弯儿。遇到落差，她没收住脚，一头撞下来，汗滴泪珠儿甩成了八瓣，跌落的"哗哗"声似疼痛的呻吟，又似跳崖的呐喊。流瀑下聚了一汪水潭，清凌凌的面容纯洁得没有一点儿杂质。她在这儿小憩，又一边深情地歌吟，一边轻快地弹琴。我低头以潭为镜，照一照自己的笑脸，掬起一捧捧水"咕咚、咕咚"喝个够，真比矿泉水还甜。哼一曲小调，满心的喜欢。

终于来到白马山脚下，熟透的山核桃落满了沟沟坎坎。这样的山货真是稀罕，我们人人睁圆眼睛，可着劲儿捡。有人拾起握于手中把玩，有人捡起石块想把它砸烂，敲击声如马蹄声在山沟里回荡。美味深杂其中，抠出星星点点塞进嘴里，这才是真正的少吃多甜，甜香味儿唤醒了食欲，香酥了舌尖。我用情太深，没注意脚下，被绊了个趔趄。低头一看，是藤。环顾这里有许多藤，那一根粗粗的，与她的大树哥肌肤相亲、耳鬓厮磨般亲热。爱人问："这是藤缠树，还是树缠藤？"我双手抓藤，荡一荡秋千，唱起了刘三姐的歌儿："山中只呀见藤缠树，世上哪见树缠藤？青藤若是不缠树啊，枉过一春啊又一春……"爱人笑笑："应该是青梅竹马，两相情愿。"我也笑笑："一对相爱的人儿，你情我愿，共浴爱河，相互缠绕。"哦，明白了，藤与树，爱上了就不离不弃，相互搀扶，相伴终生，这就是人间的白头偕老啊！

眼前的路越来越陡峭了，形态各异的大石头哟，你是拦路虎吗？登山的人可不怕，能爬上就爬上，爬不上就绕行。仔细瞧，心生疑窦，是巧合吗，这些石头竟然与世界人种类同，三种肤色，有模有样。年龄也与人类相仿，竟然也有老、中、青。嶙峋突兀的是石老人，平如碾盘、壮如大象的是石中年，看似有些顽皮的应该是石娃娃。我禁不住在心中问：你们在此打坐修炼了多少年？都已成仙了吧？那块伟岸的大石，莫非是石猴所变？站在石前合张影，感觉人也有了精气神。感叹之中，我发现，石头多与松树为邻。望着其遒劲的树干、鹤骨般的松颜，脑海里出现一幅"寿比南山不老松"的祝寿画面。这一棵棵松树长在石缝里、石崖上，生生世世与石为伴，与石同在，春夏秋冬，栉风沐雨，有着顽强的生命力。谁无暴风劲雨时，守得云开见月明。人生长寿的真谛，似乎就在于此。

走进原始森林，爬过一段险路，出了一身臭汗，活动活动筋骨，我们一个个变成了快活的小鹿。这里至今未曾有光头强一样的伐木人，原生态的一株株大树，多少树龄不敢妄评。有高寿的，几人才可抱得住，腰不驼背不弓，依然苍劲蓊郁；有年富力强的，树冠遮天蔽日，枝叶郁郁葱葱；有独木成林的，一大片全是一个根上的子子孙孙。有一棵腰上生了木瘤，许是啄木鸟为它治过病，在肚子上开刀打了个洞，小松鼠随遇而安，辟为自家居所。再往前走，有一棵树特别引人注目，树身粗壮低矮，离地两尺有余就分叉了，仿佛它们的老父亲用宽宥的脊背托着他的四个孩子，长成独立的四棵树，它们如擎天的柱子一般，并驾齐驱，个个腰板挺直。我置身于四"兄弟"的环抱中，伸开双臂与它们深情地拥抱，感佩之情流淌于心间。这就是兄弟同心，携手共进，共同成长的最好例证啊！

再向上已找不到路了，脚下是多年败叶化腐的黑土，踩上去软乎乎的，如同刚解冻的泥土。这里到处是大自然的供奉。芬芳的野花，绿茵茵的苔藓，绿油油的小蒜，黑木耳被晒干打着卷，挨挨挤挤的蘑菇，伞包一样的马皮泡……有人采了蘑菇，有人摘了木耳，有人挖到一棵老参。我没有过多的奢望，采下一朵小花别于头上，拿出手机自拍一张，自我陶醉，好像年轻了十岁！

　　终于爬上了一片开阔的高地，大树好像是谁刻意栽种修剪过的，树间距这么均匀，有离群的，也有三五棵抱团长在一块儿的。摩天的树冠，枝连枝，叶搭叶。阳光如玉帛般从树间隙垂下来，轻轻的，滑滑的。在这块开阔的、天然的凉篷里，有几座石头房子，这就是所谓的白马寺庙。因年代久远，风雨磨砺，已成残垣断壁。门前的拴马石、石碑、水井、石鼓、石槽、石盆等，看上去有点落寞，但足以说明当年香火兴旺。有文友告诉我，这里就是白马山的马背。环顾四周，它修长、丰厚、壮实、洒脱，南北走向，真是马背的样子。在这里，我仿佛回到了童年，与文友的孩子玩捉迷藏的游戏，摆各种姿势留影。我们的笑声，在浓郁的树林里回荡。前方传来绵长悠扬的呼叫声，我们一鼓作气向山顶爬去。此时我们已顾不得欣赏老树的风姿了，因树间没膝的草丛，足以让我们大开眼界。方圆几百米，六七十度的斜坡上，挂着一幅草场水墨画。那密密丛生的草，细细的叶尖一顺儿朝下，均匀地铺满了整面山坡。这该是马脖颈的"鬃毛"，要不咋能长得这么顺溜？人工的草场根本无法与它相媲美。一行人童心大发，有人蹚着草河逆流而上，有人坐在"草垫"子上歇息，我干脆躺在软绵绵的"席梦思"上，与草儿做回越轨的情人，和它亲密接触，让草儿凉飕飕的小手伸进我的脖儿，亲吻我。欣赏着一碧如洗的天空，蓝天树影为被，草甸落叶为床，我眯着眼睛温存片刻，天堂般的清静美好涨满心房。

　　这里是手可摘星辰的地方。站在这里，高高在上，一切的艰难险阻都被踩在脚下。举头仰望，天依然旷远，碧蓝的天幕上有鸟儿展翅飞翔。毛主席《沁园春·雪》磅礴的诗句在心海涌动，我高声朗诵："天高云淡，望断南飞雁，不到长城非好汉，屈指行程二万……"这里三面都是百丈悬崖，眼界极为开阔。向不同的方向张望，远处鳞次栉比的楼房、连绵不断的山峦、星罗棋布的村庄、丝带一样的公路……哦，我想到了南山抽水蓄能发电工程，仿佛听到了轰隆隆的机器声；我想到了小浪底引黄工程，恍若看到气势恢宏的亚洲第一高泵；我想到了扶贫移民工程，仿佛看到南山人脱贫致富，奔走在通往小康的路上；我想到了退耕还林工程，短短的十几年，南山涵养了植被，还原了生态，这里变成了青山绿水。我发自内心地慨叹：白马山，你是徐悲鸿笔下的骏马图腾，你歪着头，是以满意的眼光，注视着家乡翻天覆地的变化；白马山，你是西天取经的白龙马，你带着仙气，有着灵气，以你博大的胸怀，生生不息，滋养护佑着家乡的一草一木！我站在高高的岩石上放声歌唱："哎，唱山歌哎，这边唱来那边和，那边和……"细听，却没人与我对歌。我的歌声飞向茫茫的林海，道道山岭是我的观众，阵阵松涛是给我的掌声。我心旷神怡，醉在其中！

太阳将要落山，我们依然在山上徜徉。我在想，皑皑白雪的冬天、繁花似锦的春天、枝繁叶茂的夏天，白马山有多销魂呢？

星星点灯时，我回到了家，带回了满满的收获，魂儿却留在了大山里……

（原载俪人《西部散文选刊》杂志2019年第2期、

《社会扶贫》杂志201年第5期）

难忘帽儿岭

我的老家营沟村，有一道岭叫帽儿岭，之所以叫这个名字，是因为它状如一顶官帽子。岭身是村庄，背靠着的层层梯田，岭顶碾盘般的巨石酷似一顶帽子，巨石裂缝中四季葱郁的柏树，是那顶戴花翎。山庄对面的北山，风度翩翩地牵着这道岭，它稳如泰山，为北山撑着腰，又友好地与八洼的八道岭挽着臂。岭靠着山，山扶着岭，岭挽着岭，也许这就是风水中的靠山之说吧。

岭顶开阔平坦，能远眺四方。小时候，我们姊妹从八洼或邻坡拾柴、捋叶叶或摘山桃回来，都会到这里歇脚。那平整干净的巨石，我们或坐或趴或躺，玩不够歇不爽是不会回去的。

我站在岭顶平石上北望，面对藏王寨那层层梯田、绿树掩映的村庄、隐约可见的茅屋，令人产生无限遐想。再低头看那高崖下的板涧河，如玉带缠绕着山脚，有趣的是，它从马驹岭向东奔腾而来，一头撞到帽儿岭崖下，溅起朵朵浪花，折向西另谋生路，绕着村庄峰回涧转。一条河忽而向东，忽而向西，忽而向南，不管坡缓崖陡还是乱石丛生，它不折不扣，坚忍不拔地向前，向前。

看到如此壮美的景观，我不禁想高歌一曲。于是，我先清清嗓子："哎——哎——""哎——哎——""你好吗？""你好吗？"我发现竟然有人和着我的腔调在叫，瓮声瓮气，毫不客气。"唱山歌哎，哎——哎——这边唱来那边和，那边和……"你听，山谷里的歌声比我唱得还悠扬动听。弟弟妹妹发现了这一情况，也亮开嗓门大叫了起来，多人多腔，和声不一，河谷里"哎——啊——"的声音，此起彼伏。我们正在疑惑，是哪路神仙口技这么厉害，竟能模拟众多声音？

从八洼赶牛回来的四爷爷，为我们揭开了这个谜底：那是"崖哇哇"的声音。我们异口同声："崖哇哇是谁，这么厉害？"四爷爷指指脚下的高崖说："你们看，这刀劈般的山崖，跌落百丈空旷的河谷，你们的叫声在河谷里遇到阻力返回来了，这种回音就叫崖哇哇。"噢，这么有意思呀！我们又张开了嘴："哎——哎——""哦呵——哦呵——"你叫一声，它也叫一声，你住嘴了，它也不叫了……热闹的气氛惹得四爷爷也亮开了歌喉，河谷里立刻传来粗犷豪迈的二重唱……

帽儿岭四季都很美，花美，果美，叶美，柴也美。春暖花开的日子，站在帽儿岭向上仰望，北山坡是桃花的世界，整面山坡被粉红浸染。此时我们的村庄被桃花掩映着，空气中能拧出甜润的香水来。村庄里的姑娘和小媳妇们常常折些花骨朵插入花瓶，让简陋的家也添一抹春色。待到满山粉黛落尽，叶儿翠色欲流，山桃叶是喂猪的上品。等我们背着捋满叶子的口袋返回时，不管累与不累，在帽儿岭照歇不误。转眼夏天来临，山桃千树万枝果实累累，我们姊妹一行到山上采摘，个个筐满袋圆。虽然毛桃惹得我们像孙猴子那样抓耳挠腮，但是有桃胡油吃的诱惑超过难忍的痒痒，帽儿岭上依然回荡着我们"咯咯咯"的笑声。天高云淡，秋天来了，与帽儿岭情同手足的八洼岭上，满山红叶似彩霞般绚烂。光是那红似火、黄似金这两种色彩就会让你流连忘返。冬季千叶落尽，我们从北山坡、八洼拾来成捆柴火，烧暖炕，做饭，蒸馒头……

帽儿岭还是羊的聚散地。老辈们对村名各有说辞，多年没有定下。有人说因山环水绕，遍地药材，叫药沟；有人说因这里特别朝阳，是南山冬小麦最早熟的地方，叫阳沟；有人依据历史上刘秀在此安营扎寨，说叫营沟。后来村民搬迁，这里成了联络亲情的大本营，才定名营沟。其实这里土地肥沃，而且坡场是放牧的绝佳胜地儿，因此这儿又名羊沟。队里的羊群每天早上从帽儿岭放出去，下午太阳落山时羊群就在这里集结点数赶回羊圈。小时候农忙季节，麦假、秋假间我就当过羊倌。我跟父亲学会了打口哨，还掌握了唤羊的技巧。

早晨，当太阳从东山露出笑脸，我拉开酸枣刺，打开羊圈的门，羊儿们一股脑儿从羊圈出来，向帽儿岭撒着蹄儿，不用吆喝，它们就向崖边奔去。虽然崖陡如削，可这些羊儿个个都是攀崖高手，一眨眼的工夫羊群就到达马驹岭、八洼那肥美的青草坡上。放眼望去，虽没有"风吹草低见牛羊"的诗意，但看着那绿茵茵的山坡上游动着朵朵白云，听着悦耳清脆的铃铛声，那也是一种绝美的享受。作为放羊倌，你尽可放心，因为那开阔的天然牧场周边没有庄稼，只要羊儿走进山里，它们就是这座山的主人，愿去哪儿吃草就到哪儿去吃，渴了随时到板涧河，想喝多少就喝多少。

等到日落西山，羊儿们草饱水足，会按时自觉地在帽儿岭会合。每当此时，不管有无观众，一场好戏照常在这儿上演：好斗的公羊要摆擂打架，扬角摆尾，低头撒蹄，冲刺相撞，厮杀得很是激烈；多情的公羊"咩咩咩"，向母羊献着殷勤；小羊羔从百米外的羊圈奔来，羊妈妈甩掉公羊的纠缠，"咩咩"地呼唤着自己的儿女，小羊找到妈妈，撒着欢儿钻到妈妈身下，用头顶顶那两罐罐饱胀的奶，仰头衔住奶"咕咚咕咚"地喝起来，好温馨的一幅羊儿归憩图啊！等它们快活够了，你点够数打响口哨，头羊在前边带路，羊群会顺顺当当被赶回羊圈。

有时也有意外。一天午饭后，天闷得慌，父亲说天恐怕要变了，要我早点去赶羊，以防有羊恋坡。我想，每天羊吃得肚儿都背起来了，不回来在坡上干什么？心里这么想着，但大人的话还是要听的，我顺便问了一句："羊不回怎么办？"父亲告诉我："口袋装些盐巴，到时撒在帽儿石上，并大声呼唤，恋坡的羊自然会回来的。"那天傍晚，太阳果真钻云里了，我怡然地躺在帽儿石上，跷着腿，哼着小曲，头羊的铃铛脆儿响。嗯，该赶羊回圈了，可一点数少了好儿只。我放眼在山坡上找寻，有几只羊真恋在半山腰不肯回来。我亮开嗓门，"咩——咩——"叫起来，那"崖哇哇"的和声传遍整个河谷、山坡。我边叫着边掏出盐巴撒在帽儿石上，羊群也"咩咩"叫着，呼啦啦围了过来。再看那几只恋坡的羊儿，已向山下奔来，一眨眼的工夫归队了。我吹响了口哨把羊赶回了羊圈。

如今家乡虽然移民了，但帽儿岭还在那里，通向帽儿岭的路虽然长满了灌木丛，但板涧河从尢间断过流淌。我们多年没有与"崖哇哇"进行过二重唱了，它肯定寂寞了。好想好想再看一看那里的风景，好想好想再听一听"崖哇哇"悠扬的回声！

（原载《江山文学网》2017年10月3日，斩获精品）

山水相恋小三峡

深秋一日，我与文友相约，游览了黄河小三峡！

来到风景区，我才真正明白，要游览的黄河小三峡分别是孤山峡、八里峡和龙凤峡。站在景区门前，环顾周边灿烂的红叶，俯视如茶色玻璃般的黄河水，顿觉有一股和煦的春风在心中荡漾。我们在孤山峡岸口登上游轮，穿上红艳艳的救生衣，来到三层甲板上。凭栏远望，碧水映着蓝天，阳光洒下满河的碎银，在鱼鳞瓦片般的水面上闪动着耀眼的光辉。一声如进军号角般豪迈的汽笛声响过，脚下的游船缓缓启动了。抬眼环顾，群山环抱，游船宛若驶入蓬莱仙境。两岸悬挂着的天然油墨画，一幅幅映入眼帘：犀牛望月、旗杆山、双轿峰、翠屏峰、八角山……自然、人文相交相融，栩栩如生。加上天意的涂鸦、明丽的色彩，从未有过的惬意浸满心胸。

收回目光，侧耳细听，船与水的撞击声，如鸣佩环，如劲风穿过松林，又如纤手轻拂古筝流泻出的音符声声。我疾步走向船尾，向东望，水系一马平川，温情脉脉，看不到滚滚东逝、浪花淘尽的豪迈之气。船开足马力，向上游疾驶。迎面走来的母亲河，已返老还童，不再是"黄脸婆"的模样，眼前尽是翠绿。为让我们欣赏美景，游船放慢速度，像在碧波里悠然漫步。河面被犁开，船尾翻滚着白色浪花，孔雀开屏般向两岸推去。秋风冽冽，飘逸着游人的秀发，招展了船头的旌旗，吹皱了满河的绿波，摇撼着水中大山的倒影。一只白色水鸟贴着水面，似蜻蜓点水，又似顽童甩出的漂石，几起几落后，消失在视线的尽头。浪花的撞击声、游人的赞叹声、相机的咔嚓声，声声入耳，醉我心头。站在船头，我与山水深情对望，文友不失时机地把我的身影定格在山水之间。

转眼之间，游船进入"万里黄河第一峡"。这里，峭壁如削，碧水如画。山崖上偶尔有一小洞，我想，里边该是水鸟的巢穴吧，或许亦有寒号鸟、燕窝之类的吧。迎面的孤山、龙凤山、孟良山，自打盘古开天辟地，就在此打坐修炼了吧？也许它们早已是天庭的神仙，不然，经千年的风雨侵蚀，怎会依然挺拔、依然隽秀、依然朝气蓬勃？它们把母亲河拥抱入怀，热恋着，亲吻着。那种情真真、意切切，那种你缠我绕、我搂你抱，那种你中有我、我中有你，那种北方大山的阳刚之气、南方之水的柔情蜜意，在这里演绎得淋漓尽致！山山相挽，重峦叠嶂，绿树红叶，碧水蓝天，船在画中游，人在画中醉。

仔细观察两岸的山石，我想大禹治水该是在此河段吧？鲧山禹斧的故事该是发生在这里吧？大禹治水，三过家门而不入，为国为民舍小家的精神，感动过多少人啊！舜是历史上德孝始祖，我们又是舜乡人，大禹根据舜帝的旨意治水，总结鲧的治水经验，用"疏顺导滞"的方法，开拓河道，那是人间天上的大智大勇。那时候没有机械，没有爆破技能，单凭人力，那是怎样的艰难啊！没有蚂蚁啃骨头的精神，没有愚公移山的壮志，要完成如此浩大的工程，是不可能的。侧耳倾听，开山的号子声仿佛在山水间回响，两岸的鬼斧神工，一定是禹开凿河道时一锤一钎留下的印迹。大禹开创了改造自然、兴修水利的先河，人们称禹为"神禹"，那是中华民族写进骨子里的艰苦创业的精神之魂。

船行至龙凤峡，我注意到，这里有座山，似凤凰展翅，如蛟龙戏水，有一种龙凤呈祥的情调。导游说，当年"京娘化凤"与真龙天子赵匡胤相依相随的爱情故事，就发生在这里，"龙凤峡"因此而得名。入眼的情侣岛、兄弟岗、姊妹峰、桃花洞……成双成对，一片温情，让我遐思万端。

醉意朦胧中，游船已掉头回返。此时，我才注意到，峡谷上空有座玻璃吊桥，还有高空索道。仔细瞧，那是一座天桥，桥上的小矮人，走走停停，一定是害怕了、腿软了吧？高远的索道好像几根细细的电线，缆车似挂在电线上的几只小小的"吊篮"。文友说，午饭后坐缆车到山那边，再从吊桥上返回来，我一阵兴奋。

其实，我是恐高的，那么高险，我敢上吗？可既然来了，又不想留下遗憾，硬着头皮也得体验一把。

下午，我怀着冒险的心理，去乘跨河缆车。站在索道缆车入口，多少个安全保证也压不住我怦怦的心跳。迈出忐忑颤抖的腿，刚坐进六人座的"小房子"，缆车旋即腾空而起，我的心一下子也悬在空中，双手交叉按住狂跳的心房。凌空俯视，啊，八里峡变成了一道盆景。八里峡童谣随即涌上心头："八里坪，八里川，八里胡同，八里山。"抬头，蓝天上白云悠悠；低头，碧波上游船滑翔，壮观狭窄的大峡谷更是尽收眼底。这里，是黄河贯通的关键所在。正是由于八里峡的贯通，才使家乡垣曲因淤塞的湖水外泄而形成今天的万里黄河。举目远望，我似乎看到了垣曲的南山，联想到与此山水相连的"河堤"村名的由来。在小浪底移民搬迁以前，河堤村被称为南山小北京，可在远古时代，这里叫河底村。河底本身就是马虾鱼鳖的家园，可见这里远古时代就是洪涝重灾区。后来改为河堤，也许在大禹治水以后，根除了水患，河流变得畅通无阻，才在清朝时改"河底"为"河堤"。

我正遥望着家乡的南山出神，缆车一晃悠，到站了，心还处于激动之中。我们区区凡人，也能腾云驾雾，一眨眼就跨过一座大峡谷，这真是人定胜天啊！

走下缆车，我们又游览了桃花岛、玄天洞……走马观花，来不及细赏，已夕阳西斜，到了下山的时候了。真的是上山容易下山难啊，笔陡的水泥路，让人走起来心颤腿抖，一不留神脚底抹油，一屁墩摔下去，说不定就溜到山底了。人生呀，不走的路也得走三回，什么事情都可能遇到。无限风光在险峰，可风光也与风险同在。等走到那座吊桥，我已满头大汗，骨头酥软了。可开弓没有回头箭，回去只有吊桥这一条路，此时就是爬，也要爬过去。我拿出破釜沉舟的架势，站在桥头稳了稳神。

此时，太阳红彤彤的笑脸向西山沉去，天边云蒸霞蔚，一片红艳，大河上下宁静祥和，上游一只回归的游船向桥下驶来，红衣游客在向桥上挥手，我放声大喊："哦——呵呵——"这声音来自心底，是压惊壮胆，也是欢歌。我穿好安全鞋，背好行李包，踏上了玻璃桥。一脚下去，感觉吊桥往下一沉，只感到腿软发麻。义友们鼓励我，为我加油。我想起"紧过搭石慢过桥"的谚语，手扶桥栏，眼望前方，一脚一脚朝前边，不敢往下看，只在心里为自己唱着："妹妹你大胆地往前走，往前走，莫回头。"

夕阳无限好，一道彩虹从河底穿过吊桥，射向天边的云霞。我走到了桥中间，腿不再发抖，试着看玻璃桥下自己的倒影，清凌凌的河水，蓝天下一桥飞架南北的影子，好美啊！头顶上，有两只喜鹊"喳喳"地叫着飞过，像是为我唱赞歌。哦，天空一座桥，水里一座桥，天上人间！黄河——银河，吊桥——鹊桥。我放开脚步，翩然向对岸飘去。吊桥上的人儿与天桥上的"仙女"，倒影成双！

走到桥头回望黛眉山，我向望乡楼挥了挥手，在心里说："黛眉娘娘，隔在您与汤王之间的天堑已变通途，娘家不再咫尺天涯……"

（原载俪人《西部散文选刊》杂志2021年第3期，
获全国第二届郦道元山水文学大赛一等奖）

情醉曲江海洋王国

　　当看到首届"曲江海洋公园杯"全球华语散文大奖赛征文启事的那一刻，我就萌发了到海洋馆一睹为快的念头。

　　幸运的是，我正好收到了憨仲老师海洋馆采风的邀请。陕西与山西，素为秦晋之好；垣曲与曲江，相隔不太远。这是难得的缘分、绝佳的机会呀！加上好友邀约，一同前往，还有远道而来的文友相聚，想想都不亦乐乎！我马上回应憨仲老师："曲江，不见不散！"

　　我喜欢大海的壮阔，喜欢鱼儿的灵秀。我曾在山东日照领略过大海的波涛汹涌，眺望过它的一望无垠、水天一色，体验过沙滩捡拾贝壳的温馨和浪漫，但海底是什么样子呢？我虽隔屏欣赏过五光十色的珊瑚、五花八门的鱼族……可那是对面不相识、隔屏如隔山的感觉啊！多少次我想变成一尾鱼儿游到海底看看，与海豚零距离接触，亲耳听听鱼儿们窃窃私语，亲眼看看珊瑚虫的杰作……

　　这一天，终于在2019年6月16日变成了现实。

　　由于车子在路上出了点状况，我们姗姗来迟，心里焦急自不必说。那天烈日当头，一路风尘，等赶到曲江海洋馆大门前，我已是焦渴难忍，喉咙里仿佛燃烧着一团火。当在馆前小广场听完王飞老师和憨仲老师热情洋溢的欢迎辞，我的心情骤然平静了。抬起头，我看到巨幅宣传画上的北极熊，瞬间犹如一股凉风迎面拂过。它窄扁流线般的体形、洁白层叠的棉袍、傲然站立的姿势、慈父般的眼神，嘴微微张着，是在说"欢迎光临"吧？两只黑白分明、憨态可掬的企鹅，站在高高的岩石上跃跃欲试，那是随时准备跳下，与远道而来的朋友们拥抱吧？霎时，温馨和谐的气氛包围了我，还没走进大门，先被这栩栩如生的巨幅画卷迷醉了！我长吁一口气，嗅到了大海的味道。

踏进海洋馆大门，"曲江海洋极地公园"八个蓝色大字映入眼帘。这么大气磅礴的名字，令人震撼！地球上四大洋，大大小小六十多个海，要浓缩容纳在一个"馆"的大地里，那得多大的气魄、多大的胸襟啊！海水不可斗量，要知道，地球表面积的71%都是海洋的大卜。

一入馆，我直奔北极熊的乐园。一只大白熊领着孩儿，大摇大摆地从冰洞里走出来，绕着"海岸"踱着方步，从容淡定，没有一点称霸一方、唯我独尊的样子，倒是有点国宝大熊猫的温顺和蔼。是饲养员驯伏，磨掉了它暴躁的棱角？是远离尘嚣，收敛了它孤独的冷漠？抑或是长久的圈养，让它适应了这里的环境？正在这时，大白熊下水了，我有了近距离仔细观察它的机会。它狗刨式摆动着四肢，那宽大的熊掌简直就是船桨，它忽而迅速前凫；忽而优哉游哉躺在水面；忽而又眼观六路、耳听八方，专注于自己的领域。我在想，它萌萌的外表下掩盖的，一定是称王称霸的内心吧？若发声大吼，地球也会抖三抖吧？此时此刻，它像极了辽宁舰遨游大海，像极了南海的渔政船在巡视钓鱼岛……

离开极地冰雪区域，我一头钻进海底隧道。哇！我首先被浩大的鱼缸式玻璃隧道震撼了，那里四面通透，恍若进入了水晶宫，更像赤裸裸地置身于大海里。高高的拱形洞顶，那是蓝蓝的天空，两边透明的墙壁可望到尽头，脚下水平的底能看透深浅。头顶是鱼，脚底是鱼，左边是鱼，右边也是鱼。大鱼小鱼，白的、黑的、黄的、粉的、花的……到底有多少种鱼、多少尾鱼，有几人能说得清楚？头顶掠过成群结队的鱼儿，它们在蓝莹莹的晴空里穿梭飞行。噢，满天的流星"鱼"！噢，蓝天下的"和平鸽"！噢，天河里的美人鱼下凡！侧耳倾听鱼儿划水的声音如纤手轻拂古筝，如群鸽吹响哨子……

我定睛细瞧，鱼儿有几对鳍清晰可数，一张一合的腮如脉搏跳动，银色的鱼鳞闪闪发光，它们在水里滑翔，洒脱飘逸，尽显流线美。我情不自禁地模仿起鱼的动作来，恍若与鱼儿共游。这里上是隧道，下为栈道，天高海深，天海相连，鱼与人真诚对视，融为一体。一只大白鲨过来了，它闭着嘴，还露着几排尖刀似的牙齿，我耳畔响起了吃鱼游戏里的紧张声乐，心跳突然加快了。假若它的大嘴张合，不是把小鱼儿们全吃进肚子里去了吗？它向前游，我追着它挥手：别、别、别……别以大欺小。人们根深蒂固的思想中，就是大鱼吃小鱼。可是，今天我看到，大鱼招摇过市，小鱼或鸣锣开道，或两边陪同，或尾随嬉戏。小鱼与鲨鱼共处，没有杀戮，没有血腥。我追问导游为什么，她只告诉了我三个字："喂饱了。"这话惊到我了。猛兽的秉性，通过人的努力，竟然也可以变得人性化。人类改造自然，"上九天揽月，下五洋捉鳖"，已梦想成真了。想想当今太平盛世，人民安居乐业，衣食无忧，生活小康了，哪里还需要偷？何需弱肉强食？

走进热带雨林馆，我与嶙峋的怪石撞了个满怀。迈向通幽的小径，形形色色的鱼族部落让我大开眼界，醉了眼眸，醉了心扉，真的如刘姥姥走进了大观园，又像孩童飞落天外星球。蓝色的灯光明明灭灭，加上亭台楼榭，小桥流水，树影婆娑，充满了神秘的色彩。廊柱、小木屋、砖墙、地窖、走廊，甚至犄角旮旯里，海峰、海岛、海洞里，都是五颜六色、各具情态的鱼儿——鲸鲨、长江胭脂鱼、古巴跳鱼、铁球鱼、北极黑鱼、金龙鱼、泰国虎、银鼓鱼、血鹦鹉、狗鱼、石鱼、射水鱼、狐狸鱼……应有尽有。我一一把它们与名字对号，观察它们的颜色与形态。在不停地按下快门的同时，我的思维也跳跃着快速存储。

这里的鱼儿，藏龙卧虎。最大的海鱼、最长寿的鱼、跳得最高的鱼、最耐寒的鱼、最霸道的鱼、最有趣的鱼、最毒的鱼、最懒惰的鱼、游得最快的鱼……连同热带海底风情，一览无余。部落之间同顶一片蓝天，唇齿相依，各具特色，遥相呼应。

再往前走，一个圆柱体大鱼缸吸引了我。鱼缸那个高哇，简直上可到天堂，下可到龙宫。我变成调皮的顽童，围着螺旋式的台阶，上上上，上到顶；下下下，下到底。站在大缸前，借着柔和的灯光，透过水晶般透亮的海水，我模仿小丑鱼滑稽的动作，学燕子鳐翩翩起舞，像蝴蝶鱼、神仙鱼一般穿梭。我张开双臂与大缸深情拥抱，抬头仰望，有一群鱼儿边游边吐泡泡，如碧盘的水面撒满了珍珠；低头俯视，有鱼儿潜到"海"底，正与蟹兵虾将玩藏猫猫的游戏。我的心里满满的惬意柔情、满满的梦幻般和谐之美。

走累了，但视觉还没有尽兴。走进海豚表演剧场，正遇节目表演升始。光溜溜、胖乎乎的小家伙们，在驯技师肢体语言指挥下，与"师傅"团结合作，准确无误地表演着高难度动作：倒立，竞速，纵身跳跃，转呼啦圈，跳水上芭蕾……最出彩的一幕是海豚载着驯技师横跨水面，他们配合默契，身轻如燕。等驯技师与海豚牵手鞠躬谢幕，台下响起雷鸣般经久不息的掌声。台上一分钟，台下十年功。教练花费了多少心血，人与海豚经历过多少年磨合，才会执手相牵，步调一致，感情融洽，心心相印！缘来缘去，源于海洋共同体，源于海洋是人与鱼共同的家，源于我们都是龙的传人。

我轻轻地哼起《赶海的小姑娘》："腥咸咸的海风哟，清爽爽地刮，吹乱了小姑娘缕缕黑头发……"

这一天，我回归童年，丰盈了视觉盛宴，收获了温馨宁静，整个身心深深地陶醉在海洋的王国！

（原载《江山文学网》2019年10月30日，斩获精品）

飞往重庆

全国第二届郦道元山水文学大赛，通过征稿、初评、终评，在金秋十月，落下了帷幕。我的游记《山水相恋小三峡》，获得一等奖，我的心情异常激动！

梦想在期待中，有了日子，期盼中的心情更是激动不已。得悉组委会把颁奖采风地点选在重庆的消息，我不禁心潮澎湃，久久难以平静。重庆，是国家历史文化名城，是北魏郦道元写出千古传诵、脍炙人口的《三峡》之地，也是我向往已久的地方！想想一群志同道合的文友将在这里聚首，心情就无比舒畅。西散南国文学社散文主编若兰、秘书长许江等老师，为尽地主之谊，早已拉开迎接参会文友的序幕，一次次不厌其烦地为大家规划路线，发地标导航线路图。我每晚都在群里关注着来自全国各地获奖者的信息，陆续加上了王同尧、赵永福、陆悦、唐盛明老师的微信。得知仰慕已久的卢小夫和林腙主席要前往颁奖，心里又一阵激动。多日的隔屏交流，终于有了见面的机缘，满怀期待，没有不去的理由。

见我心意已决，孩子们表示支持。他们说，重庆是个好地方，能去领个大奖，能到山城游山玩水，能饱尝特色美食，能享文友相聚之乐，这是一举多得的美事，何乐而不为？于是，孩子们兴致勃勃地同我一块儿筹划起行程来。谁知，一个不好的消息传来，青岛又有了疫情。"疫情"这个老鬼，不仅令孩子们徒增烦恼，也让我忐忑不安。一向办事果断的我，此时也有点犹豫了。去？不去。不去？去。就这样反反复复，不能定夺。我天天盯着电视新闻，关注疫情变化，当看到"疫魔"这个老鬼被扼杀在摇篮里时，我终于下定决心，让老伴当保镖，前去参加颁奖盛典。我主张去时坐飞机，回时坐高铁，方便在空中和地面，对家乡、对巴渝蜀道有个全方位的观赏。如今的高科技，真的是为人们的出行带来快捷和方便啊，脚不出门，儿子就帮我们在手机上买好了飞往重庆的机票，连到重庆酒店接机的"的哥"都预约好了，我悬着的心总算平稳地回到了肚子里。临行前的准备不可少，说出来不怕大家笑话，别看我平时手机不离手，要弄个健康码还真的是不会，要出门了才不耻下问。儿子三番五次地示范，我亲手操作，终于弄懂了扫健康码的程序。口罩、手套、洗漱用品等必需品，一样样提前准备齐全，这时就万事俱备，只欠东风了。

那天下午四点三十分，我从运城登上了飞机。飞机扶摇直上，呼啸着直插云霄，我激动地脱口而出："我们上天了！"坐在我旁边的爱人，用责怪的口气说："呸呸呸，谁上天了？"我心里咯噔一下，马上改口说："我们飞上天了！咋啦？大鹏展翅，有什么不妥吗？""咬文嚼字的，穷拽！"爱人是讽刺还是调侃，我不想追究，但心有灵犀，我知道他想到了家乡老风俗，出门坐船时女人不可多嘴，若不小心说出不吉利的话，会像魔咒，会途遇不顺甚至翻船的，何况今天坐的是飞机。我虽嘴犟不服软，但心里暗自一沉。现实中，我恐高啊，站在几层楼上都不敢向下直视。因有晕高"前科"，我更害怕晕机。曾记得第一次坐飞机去北京，我老老实实关掉手机，飞机起飞的一刹那，我晕得天旋地转，眼前都是重影，双手交叉，按住心跳，闭上眼睛，在心里一遍遍重复着："阿弥陀佛，老天保佑，安全着陆！"事后想想那滑稽的样子，自己都能笑出声来。从天空下来，同行的朋友问我坐飞机啥感觉，我回答说："当然是坐飞机的感觉。"惹得众人大笑。这一次，我把手机调成飞行模式，打开摄像头对准舷窗，再试着把目光投向窗外，选好风景，"咔嚓、咔嚓"按下去。这招真灵，转移了注意力，没有了眩晕的感觉。瞅一眼飞机荧屏显示的高度和位置，我们正在山西的上空飞翔。我哼起了山西民歌："人说山西好风光，地肥水美五谷香，左手一指是太行，右手一指是吕梁……"凌空看看家乡的地貌，那该是吕梁山和太行山揽着六大盆地的自然风光。家乡的大好河山，变成一幅盆景或一张地图摆于眼前，那是怎样的宏伟气魄啊！我迫不及待地从舷窗望去，哦！天空碧蓝如洗，我从未见过这么清纯逼眼的蓝色。此时飞机已在平流层了，这一层在对流层之上，没有水汽，没有微尘，不怕飞鸟干扰，地球上的云雨雪雹，都不影响飞机安全飞行。我突然明白，人们说出行坐飞机最安全，不无道理啊！原来眩晕恐高，都是心理作祟啊！我自嘲地笑笑，认真地观察起舷窗外的风景来。天空一望无垠，蓝莹莹、亮晶晶的水洗蓝间飘动着丝帛一样的白云。蓦然间，我深悟出"天高任鸟飞，海阔凭鱼跃"所表达的自由自在的感觉。侧耳倾听，没有飞机引擎声，坐直身体，恍如坐在家里的床头，对面的舷窗一如电视荧屏。凝神俯视，蓝天之下，云雾挡住了视线，看不到家乡的崇山峻岭、河流原野，映入眼帘的是望不到头的云山云海，大片大片的云絮犹如云海里激起的朵朵浪花，宛若无际的草原上涌动着的白色羊群，又像被风娃娃吹皱了的纯白的绫罗床单。太阳公公红光满面，深情地注视着这张云天铺就的大床，它该有一种君临天下的感觉吧！厚厚的白生生的云床，托起了圆圆的红彤彤的太阳，天外有天，云下云上两重天啊！若在地面仰视，那是阴天了，也许云层里正抛洒着晶莹的"水晶豆"吧？我深深地感叹了，纯洁的云代表的可是清新的空气呀！山西是煤乡，曾几何时，大工厂、大烟囱，小灶、小烟囱，冒冒冒……烟煤黑烟滚滚，无烟煤白烟缭绕，柴火做饭、木炭烤火，多少烟柱扭着身姿飘向天空，变成了雾霾……空气污染了，山不青了，树不绿了，水不清了，太阳戴上了面罩，月亮不再皎洁……好在人们幡然醒悟，退耕还林，大刀阔斧地治理，还原了绿水青山。如今，那些直插云霄的黑烟囱，已销声匿迹，家家户户接上大暖，柴火锅台、蜂窝煤炉、木炭火盆，早已进了博物馆。做饭用上了电饭煲，取暖用上了地暖、空调……短短几十年，太行山、吕梁山间的六大盆地，真是日新月异，人民的生活奔小康，生活环境发生了翻天覆地的变化。我又一次想到"大鹏振翅举山岳，翔龙过影超九天"这副对联，情不自禁地小声哼唱起《草原上升起不落的太阳》："蓝蓝的天上白云飘，白云下面马儿跑……"说句心里话，我为家乡的巨变而自豪。

恍惚间，飞机已至四川的上空。太阳要落山了，那橘红的光把周围的云朵染成了金黄色，我纵目向下望去，哦，四川的天晴着呢。"蜀道难，难于上青天"的诗句，早已刻印在我的脑际。四川有着特殊的地理风貌：三山围着四川盆地、青藏高原、横断山脉、云贵高原、秦巴山地……每个词都令人敬畏。想到这些山，我记起了《四渡赤水出奇兵》中的第一句："横断山，路难行，天如火来水似银。"随即，毛泽东主席《长征》中的名句又映入脑海："五岭逶迤腾细浪，乌蒙磅礴走泥丸……"从舷窗往下看，我真实地体验到了什么叫大格局、什么叫居高临下、什么叫一览众山小。真的，那一刻，映入眼帘的，山不是山，川也不是川，茫茫原野变成一个大沙盘，曲里拐弯的公路缠绕在山顶山腰，一辆辆汽车恰似一个个小蚂蚁。我知道，那是天梯云端高速公路。人定胜天啊，不畏艰难，定能战胜自然，这一道理在这里演绎得淋漓尽致。

"重庆就要到了，请旅客们坐好，保持安静。"我心里一阵激动。我看到了重庆，它静卧在四川盆地之中，栖息在长江和嘉陵江交汇处。那伟岸的渝中半岛、林立的高楼大厦、纵横交错的桥梁、绿波荡漾的山城，次第入我目来。

按捺不住激动的心情，我在心里高呼着："啊，重庆，我来了！"

（原载《青年文学家》杂志2021年5月上）

行走山城

山城，是重庆的别称之一。

2020年10月23日4点30分，我从山西飞往重庆，参加全国第二届郦道元山水文学大赛颁奖活动。坐在飞机上，鸟瞰山城美景，虽是大视野，却总有一种隔着玻璃看风景的感觉，不解渴啊！下午6点40分安全着陆，心里喜滋滋的。一想到明天就能走进山城，浏览向往已久的风景，享受地域美食，见到仰慕已久的文友，我的心就活蹦乱跳起来！

走下飞机，随着熙熙攘攘的人流向前涌动，我睁大一双好奇的眼睛，环顾着偌大的机场。老伴紧紧拉着我的手，害怕一不留神把我弄丢了。瞅一瞅老伴，我暗自好笑，大半辈子夫妻，从没在大庭广众之下牵过手，此刻，牵着他的手，我还真找回一点儿当年谈恋爱的感觉。突然，手机响了，一个重庆男士的声音："我是你预约的滴滴司机，告诉我你在机场几层、什么位置。""噢，几层？我不知道在几层。""那好，到二层出口，我去找你。""哦，知道了。"孤陋寡闻的我，心中暗想，飞机场也分层次啊！仅仅过了短短几分钟，一位年轻的小伙子便微笑着向我们走来。我有点纳闷了，素不相识的滴滴司机，竟然在茫茫人海中找到了我们，这或许就是他的职业本能吧。

傍晚的环城高速，车流如潮，一辆辆汽车像甲壳虫，慢悠悠向前爬行。

早到宾馆的文友，几次打来电话，说他们已推杯换盏了。这个时候，心急也吃不了热豆腐啊。我主动与司机攀谈起来："师傅，重庆有什么好玩的、好看的、好吃的，向我们介绍介绍呗。"司机笑了笑，马上嘚瑟上了："重庆的山美、水美、桥美、灯光美、吃食美，当然，数不清的美女也是一道靓丽的风景。"司机一口气说了一大串，他那"王婆卖瓜"发自内心，话语中有几多骄傲、几多自豪，听得我心里痒痒的。我透过车窗，向外张望，映入眼帘的，是黑黝黝的天幕下一眼望不到头的闪闪烁烁的灯光，天上有，地上有，地下还有，有孤芳自赏的，有群灯璀璨的，还有长龙形一闪一闪游动的，像星星眨眼，像萤火灯笼，像流星滑过，好一幅天上人间之美景！

　　正陶醉其中，司机提醒说："叔叔阿姨，请坐好，我们要上山了。""上山，我们要住的宾馆在山上吗？"心中暗自担心：山上偏僻，宾馆条件能好吗？还没等我开口，司机又开了腔："呵呵，新恒泰江景酒店就在山上啊，不在山上怎么观赏江景呀？"说话间，我们身体不由自主地向后倾，车子已在扶摇直上了。目光投向窗外才知道，是汽车上天桥了。看到桥下高低错落、色彩斑斓的灯光，倒映在江水中流光溢彩，格外诱人，我不禁感叹："不览夜景，枉到重庆啊！"不知桥有多高、河有多深，我打开车窗，一股火锅香味扑鼻而来，沁人心脾。我还未过瘾，新恒泰宾馆就到了。

　　按照宾馆接待人员的指点，我们的入住房间在十四楼。走进电梯，我发现是观光电梯，隔着玻璃便可清晰地看到外面的景致。有点恐高的我，还没有反应过来，电梯就启动了，顿时我感觉脚底悬空，一阵眩晕。我双眼紧闭，双手扶住玻璃墙，眨眼间，十四楼就到了。爱人笑话我说，看把你吓的，脸都白了。我做出拧耳朵的姿势说："胡说，几十年夫妻，竟不知我长得白，说我脸是吓白的。"又迅速变换手势，关上电梯门，按下一楼键，想挑战一下自我，再体验一把直上云端的快感。我靠着电梯临街窗口，腾云般下到一楼，又驾雾般上到十四楼。我向老伴打了个"胜利"的手势，自豪地说："看我脸还白不？"

　　拿上房间钥匙，跟在老伴后面寻找房间，楼道竟像胡同一样，曲里拐弯，狭小而拥挤。正感觉不适，老伴对号找到最边上的一间房，麻溜地打开门，摁开灯。我直奔窗口，拉开窗帘，窗外的风景刹那间震撼了我的心灵。目之所及，是灯的世界，天上是灯，地上是灯，桥上是灯，江上是灯，楼上是灯，明明灭灭，闪闪烁烁，五彩斑斓，往昔对灯的概念被彻底推翻了。映于眼底灯的颜色，红彤彤，蓝莹莹，绿油油，金灿灿……还有好看而又说不清的颜色。盘卧在江上的大桥，巨龙一般仰头甩尾，桥上车辆来来往往，川流不息，汽车前灯尾灯、远光近光，交织成流动的灯河。霎时，毛主席《菩萨蛮·大柏地》中的词句涌入脑际："赤橙红绿青蓝紫，谁持彩练当空舞？"远远望去，远处一座高楼上，殷红的"重庆小商品批发"几个大字赫然入目；向下俯视，依偎在那栋高楼脚下的"重庆长途汽车站"字样十分醒目。原来，我们所处的位置，是随着山势建在山顶上的一座高楼哇！人们常说，万丈高楼平地起，我们刚走过的马路，竟是二层建筑的楼顶，我们住的是楼外楼啊！此情此景，客串了李白《夜宿山寺》中的意境："危楼高百尺，手可摘星辰。不敢高声语，恐惊天上人。"我站在了离天最近的地方，伸手就可摘到天上的星星。要不是害怕惊动天上的神仙，真想放开嗓子，高歌一曲，以表达内心的愉悦。

　　心里太兴奋了，我不顾长途劳顿，又拽上老伴，下楼到不远处的桥上溜达。凉风习习，空气中似乎飘着牛毛一样的细雨，仰头凝望钻天的高楼，低头欣赏层层叠叠的虹桥，甩臂走在桥上，俯瞰脚下行驶的汽车，恍若进入一个梦幻的世界。直视大桥，龙一样雄壮威武，凤一样高雅美丽。远处的天桥，纵横交错，四通八达，桥的尽头还是桥，桥桥相连，蔚为壮观。依山而建的楼房，万家灯火。顺江远眺，远处天幕上没有星星，天幕下却群星灿烂。侧耳倾听，汽车的喇叭声、舟船的汽笛声，隐约而朦胧，梦语一般。我打开夜景摄像头，站在桥上摆好姿势，让爱人把我的笑容定格在灯火阑珊处。

　　怀着兴奋的心情参加完隆重的颁奖仪式，参会的一行文友便到重庆各个景点采风。坐在采风的大客车上，对窗看山看水，我理解了"城是一座山，山是一座城"的真正内涵。城就顺着地势建在山上，山依着两江而站立，两江又顺着山势而流淌，山势雄伟，水势浩渺，别有一番景象。站在山前仰望，台阶随山势拾级而上，如一架天梯直挂下来。依山而建的楼房，层层叠叠，或耸立于蜿蜒的石阶旁，或掩映于绿树层林的山坡上，所有的建筑巧夺天工，浑然天成。整座山酷似凯旋的大将，穿着绿色戎装，那些建筑如将军肩头、胸前佩戴着的勋章，显得那样磅礴大气、那样阳刚洒脱！

　　重庆的路随地势走向高低不一，旅游观光全凭两条腿走路，或平坦的马路，或飞架的高桥，或依山攀升的石阶，不管走到哪样交通道上，都有生命绿树相伴相随。树的高大令人震惊，似乎在与楼比高、与山比高，甚至与天公比高。走在天桥上，大树从桥两边夹道伸出"手臂"，随着微风向游人招手，与树伴勾肩搭背，秀着恩爱。走在马路上，大树遮天蔽日，为路搭起了凉棚；走在山石坡旁，树根盘根错节，悬根露爪，却依然顽强地向天空伸着枝丫。低头看，地面潮乎乎的，那些铺过老砖的山道，绿绿的苔藓为其美缝，勾勒出古朴的轮廓之美。走在其间感觉不到累，还有一种惬意的美。我在想，若把四川大盆地比作大摇篮，那渝中半岛就是摇篮中的宠儿，它栖息在两江交合之处，天时、地理条件形成了多阴多雨、湿润潮热的气候，成就了四季绿树成荫的美景。树如人生啊，树与树也在竞争，为了生存，它们栉风沐雨，为了沐浴阳光雨露，它们在拼命地长高。处在别的树臂下，采不到阳光，就会因溺荫缺"钙"长不高，被大自然淘汰。如今是秋末，山西家乡已是秋风扫落叶的季节，而这里的树依然翠色欲流，充满勃勃生机。加上它们高大粗壮、蘑菇云般的树冠，引来游客的好奇和啧啧称赞！

　　那天，我们一行人走进了渝中最繁华的"解放碑"步行一条街。站在解放碑前，周围一座座商业大楼直插云天，汉白玉石碑高高矗立在深深的市井中。目睹石碑周围簇拥的鲜花，崇敬之情油然而生。这里没有车辆的噪音，我们靠"11"号穿行在街道的人流中。我惊奇地发现，每走一段路就能看到一棵大树巍然屹立，古态盎然，枝杈横伸，斜出虬曲，粗壮的枝干几个人才能抱过来，叶片儿油绿光亮，走近它就走近一片绿色。仰头观赏，以为这就是巴金笔下为鸟儿营造天堂的"榕树"，可是细赏又不像，榕树是有气根的，这里的树是独木，却没有成林。我问树下歇脚的游客，这叫什么树，他们摇头。我绕树三匝找答案，在一棵树上找到了标签。原来它们是与榕树有同样气质的黄葛树（黄桷树），是重庆的市树。我想起了重庆的一句童谣："黄葛树，黄葛桠，黄葛树下是我家。"难怪它的身影处处可见呢。我坐在一棵树下，深情地望着它，深深感叹，好高大、好粗壮、好茂盛啊！看看周围的建筑，深悟适者生存的道理。为了采光，它把枝丫伸向高空；为了抗旱，它把根深深扎在地下；超强的适应力，造就了它的长寿延年。"大树底下好乘凉"，它为一代代人挡风遮雨，没有休眠期，一年四季以生命绿色净化着空气，释放着氧气。一花一世界，一树一菩提。难怪佛经里把黄葛树称为菩提树。菩提就是觉悟呀，释迦牟尼当年能在树下大彻大悟，也许就在于此吧？我崇拜起黄葛树来，在大树下大彻大悟，高兴得像个孩子，时而站在树下，时而又从树的不同方位走出来，让老伴咔嚓咔嚓，与树合影。树旁留下我的足迹，回荡着我的笑声……

在大树下逗留了许久，我突然发现与大伙走散了，同行的文友一个也不见了。伸手拉起老伴，东张西望，真是怕啥有啥。问路？笑话！费了九牛二虎之力，也没搞清东西南北。可笑的是，我绞尽脑汁，说干嘴也没说清从哪边来，要到哪里去，连老伴这个老司机也迷失了方向。我埋怨老伴，保镖工作不称职，自己都丢了，还说保护我？这两天来，跟着采风团队，每到一个景点，团队领导若兰，尽地主之谊，充当高级导游，她在前举个小红旗，我们到了一个地方，用眼一搜，便寻到了组织。现在不见了打旗子的人，只好用尽目力寻找文友的身影。终于，在人群里，看到穿着鲜亮黄色上衣的红藕老师，马上投奔靠拢过去。这时李福云老师向我们走来，我松了一口气，可没有想到，他们也迷路了。

　　红藕给若兰打了电话，开了导航，在前边引路。我们紧随其后，满以为能找到大部队，没想到兜了一圈又回来了。一遍遍问路，指路的人很礼貌，但他们说，这里只讲上上下下，不讲东西南北……我突然醒悟过来，地图是平的，而山城是立体的，这里地图上的两个地方，也许是上下几层楼，可能是山上山下，导航都失灵了，人当然晕头转向，哪儿还能找到北呀！哈哈哈……我们来到魔幻一条街，走进了迷宫，演绎了当局者迷的情景剧。红藕打电话请求支援，一眨眼柳生魁老师笑着来到我们面前。原来大伙就在路对面，我们走过去下个斜坡就到了原点——解放碑前。

　　再次站在解放碑前，行注目礼，它如山城的镇山神针，高耸在楼宇之中。苍劲有力的"人民解放纪念碑"几个大字，发出森然的寒光，这是七十年前为纪念在抗战中牺牲的烈士而立，解放碑是一座丰碑、一座里程碑、一座精神灯塔、一张文旅名片。一碑一年代，一街一世界，它见证了历史，述说着时代的变迁。

　　行走山城，步履匆匆，特殊街巷，艺术载体，每到一处，都留下了难以磨灭的印记！

（原载2020年12月15日《西散南国文学》微刊）

走进"金沙河"

晚秋时节，落叶像翩翩彩蝶，飞入大地母亲的怀抱；早晨白雾茫茫，远处的山山岭岭仿佛穿上了白色的纱裙。我和爱人起了个大早，从山西垣曲出发，去邢台河北金沙河面业集团洽谈业务。

说实话，我对拥有3500余年建城史、800余年建都史，被称为"燕赵第一城"的邢台，仰慕已久。进入邢台地界的那一刻，视野霎时开阔起来。放眼望去，野旷天低树，只见沃野不见山；成片的麦田，泛着嫩鲜鲜的绿意……加之爱人在粮油行业打拼多年，正值创业黄金时期，渴望能与大企业强强联手，这次受邀洽谈业务，爽朗的心情又增添了一分喜悦。

走出邢台高铁东站，一缕秋风吹来，让人感到十分惬意，我脑海里掠过唐代文学家刘禹锡的诗句："自古逢秋悲寂寥，我言秋日胜春朝。晴空一鹤排云上，便引诗情到碧霄。"心里诗情画意般美好。

金沙河面业的声誉，我早有耳闻，但百闻不如一见啊。一走进金沙河公司的大门，一抹抹靓丽的风景便在眼前闪现：长长的葡萄架巷道，果实累累的柿树，红丢丢的山楂……来不及细赏，营销部经理葛世静就拉住我的手，热情地说："咱们先吃饭，吃完饭再慢慢看。"

进入大餐厅，哟，吃饭的人真多。他们手里都端着两个碗，两列长长的队伍，整齐划一。咦，奇怪，一列长队里全是迷彩服，另一队里都是老年人。我问小葛："这里吃饭的怎么都是军人和老年人？"小葛笑了笑说："迷彩服是我们厂里的工服，老年人是个旅游团，来厂里旅游参观的。"我好奇地问："面粉厂还接待旅游团？随便打饭，不刷票、不收钱？"小葛平淡地说："工人是金沙河的家里人，吃饭当然不掏钱；参观的人是客人，进餐也是免费的。"

我曾跟着爱人到过许多粮油加工生产厂家，他们都把我们当"上帝"一样招待。这次却不同，小葛给我和爱人每人发了两个碗，让我们排在一列迷彩服队伍的后边，随着队伍自己打饭。多少年来，我第一次像高中生那样，秩序井然地排着队，心里觉得暖暖的。我侧身望着大师傅打饭的麻利劲儿，满心好奇，满眼放光，啧啧称赞！

等我和爱人走到打饭台前才发现，面条、馒头、豆包、烩菜、土豆片、炒白菜……花样真是不少。饭菜的香味扑鼻而来，看着哪一样都有食欲，都想尝一尝。一样样打过来，两个碗已盛得满满的。我刚开吃，就听到前台大师傅的吆喝声：不够的可以回碗啊！我看见小葛两只碗里打的饭菜都很少，就问了句："你的饭量这么小？"小葛微微一笑说："咱这里打多少得吃多少，不能剩下，这叫'光盘'行动。我们的老板和各层领导，与工人一样，都在这儿排队进餐。"我瞅着满满的两碗饭菜，有点担心，吃不了兜着走可要闹笑话丢人了。我侥幸有爱人做饭囊，可一看他打了满满一碗面，正吃得滋呼溜香，旁边还放着半碗菜、一个馒头。他边吃边说："这面真好吃。"我说："馒头筋道且面香味十足。"小葛告诉我们说："厂里有五千工人，每天来这里参观的人也不少，天天饭菜不重样，原料都是厂里生产的粮油蔬菜，人人吃得饱，营养均衡、健康。"我好奇地问："面粉厂还生产油和蔬菜？"小葛自豪地说："我们自己种菜，厂里还有一座果山呢，下午我带你们开开眼界。"小葛吃完饭，把剩余的一点点菜汤也喝进了嘴里，然后擦桌子，洗碗，放消毒柜，做事干净利落。我也规范了一下自己的行为，肚子是有点撑了，但是有一种踏实且痛快淋漓的感觉。

吃完饭，小葛说："先到工人宿舍休息一会儿吧。""工人宿舍？"我有点疑惑地问。印象中面粉厂的工人，都是白头白面的，但我是来做客的，就得客随主便。我们跟着小葛边走边聊，她指着一片楼群说："这都是工人宿舍，工人与家属拎包入住，三室一厅，水、电、暖都免费。"惊讶之余，我竖起大拇指："工人住宾馆，还不用掏钱，真的是少见。"

小葛看着我瞪圆的眼睛说："这是老板的精准'扶贫'行动。我们招来的工人大部分是贫困山区没有经济来源的农民，经过培训上岗的。"

"工资高吗？"

"还行吧，最低标准5800元，而且平时不花什么钱，生活日用品什么的，我们有职工超市，那里的物品都是从厂家采购回来的，金沙河人享受的是出厂价。"

说着话就来到一座职工宿舍楼下，小葛说："2门202房间，开门的钥匙在门上，我不上去了。"我又一次瞪大了眼睛："连宿舍的门都是敞开的，东西不怕丢吗？"小葛说："不会的，吃住都是公家的，工人宿舍由专职环卫工人打扫，干净着呢。放心吧，来厂里进货的顾客、观光的游客，落在厂里的财物，工人捡起都会归还的。"

工人宿舍宽敞舒适，干净卫生，我倒头睡在洁白如新的床单上迷糊了一阵，与小葛预约的时间就到了。我和爱人兴致勃勃地下了楼，小葛带着我们徜徉在金沙河面业集团公司的大院里。

秋日暖阳明媚，微风轻拂，清新的空气中弥漫着柿子的涩香味儿，眼前一片明艳。那红彤彤的一树树山楂，似一群群红衣小精灵，在枝头抛着好看的眉眼。一树树大柿子，红的红得耀眼，黄的黄得可心，绿的绿得温柔。有的三五成群聚在一起，压弯枝杈；有单个儿的，孤独地站在枝头。我站在一棵树下，抬头看累累的果实，低头观赏树间绿茵茵的草坪，有点想入非非。我想摘个软柿子尝尝鲜，还想坐在草坪上来张特写。小葛看出了我的心思，笑着说："看把大姐迷的，柿子不能摘，草坪也不能踏，柿子的欣赏价值高着呢。"哦，我突然明白了，果树代替花树，果实代替鲜花，春华秋实，以生态美化环境。这果实要滋润多少职工的心田、惊艳多少游客的眼神！将景比景，倘若在这里造了假山，凿了石景，硬化了地面，泥土被埋藏于冰冷的瓷砖水泥之下，没有泥土芬芳，没有寸草绿意，风景呆板，一成不变，那就是没有灵魂、没有生命、没有内涵的美丽啊！

从果林的缝隙远望过去，那是成片的翡翠绿，走近是大片的蔬菜。棒槌一样的白萝卜、碗口大的芥蓝、大腹便便的大白菜、嫩鲜鲜的西葫芦、绿莹莹的西蓝花、白生生的花菜……我能想到，春夏季这里一定是大蒜、菠菜、西红柿、黄瓜、豆角的天下了。噢，厂子里的后花园竟然是大片露天菜园。我走进萝卜地，抓住一撮萝卜缨，恍若回到童年，"拔萝卜，嘿哟嘿哟拔萝卜……"不是专职菜农耕种，这菜哪能长得这么喜人！小葛告诉我，金沙河集团有各行劳动者，工人食堂里的蔬菜，都来自这里，原生态，绿色环保，又实惠。我想到童话《小白兔和小灰兔》里的一句话："只有自己种，才有吃不完的菜。"呼吸着清新的空气，眼望着绿油油的菜地，我感叹老板思路超前，花样繁多，能把各行各业与集团效益联系在一起，真是站得高、看得远啊！这里的环境似花园、似果园、似菜园，这里人文生态合一，是一座名副其实的生态园，是一片既润眼又能创造财富的康养胜地。工人在这里劳动，又在这里养生。此时此刻，我真的羡慕"金沙河"人的幸福生活了。

在我的惊叹声中，小葛带着我们走进生产挂面的车间。这里全盘自动化设备，整个车间里很少见工人的身影，一条龙机械化操作：和面、压制、切割、烘干、包装、打包。车间与外界隔绝，从玻璃窗望进去，一帘帘挂面经过一道道工序流程，最终变成一包包挂面。而外面却是文化长廊，外墙整面墙壁是以德孝为主、以工人事迹为背景的宣传画。细细品味，那是现代工人的精神世界，爱心、责任心、感恩心，在这里得到十足的张扬。我在一幅画前驻足，小葛告诉我，这是厂领导在年节为职工家属送慰问金的场面。慰问金每个工人都有，领导要亲自送到家属手里。另外，职工双方父母生日，厂里备有可供二十人参加的一桌生日宴，而且寿星有生日蛋糕，还有1000元的红包。这是为职工解除后顾之忧，更是对劳动者的尊重和感恩。我亲身感受到，这里的老板与职工没有尊卑之分，他们抱成团，风雨同舟。凝视着图片，我恍若看到了众人拾柴火焰高的壮观场面。我想不到更合适的褒义词来赞美这样的经商理念，他们把"无奸不商"的丑陋踩在了脚下。小葛提醒我往前走，到"总指挥部"（电脑程控室）看看。我再次回眸细赏，通道的里墙是一道透明玻璃，里面热火朝天，外面清雅幽静，干干净净，让人目不暇接。我伸手在墙上摸了摸，没有一丝粉尘。若不是亲眼看见，我真的不相信，生产挂面的大厂房里，竟然是一道道人文风景线！

我跟着小葛穿过一道道风景，走进了面粉生产总厂。已感动佩服得一塌糊涂的我，仰望着一个个擎天的大粮仓，一连串地发问："这粮食储备是多少啊？这么多麦子来自哪里？粮源充足吗？质量可靠吗？"

小葛如数家珍般道了个明白："邢台处在冀、鲁、豫三省交界的大平原上，这里是中国冬小麦主产区，有优质的粮源。我们成立了农业合作社，有国家农科院指导、育种并种植，质量可靠有保障。我们自建的原粮储备20万吨的仓库，还与中粮集团联手新陈代谢。我们高价格收购原粮，严把采购质量关。"望着高高的粮塔，看着进粮出面处排着的长长半挂运输车队，一种深深的感佩之情在心中涌动！

走进制粉车间，那一组组自动化机器快速运转着。小葛指着望不到头的制粉机介绍说："这是国际上最先进的轻研细磨制粉机，面粉原有营养不会被破坏；那是高压气力输送管，粮食不会受污染；里边是高方平筛子，产出的面粉精细而均匀；那是机器人抓手，在自动码垛。"

将要结束参观，小葛笑眯眯地说："我们企业的宗旨是，为员工创造福利，为大众创造健康，为社会创造和谐，为客户创造价值。"看着有序的运作，看着一眼望不到头、垛垛整齐的面粉，看着一辆辆的叉车来回穿梭，我由衷感叹道："真是不一样的金沙河、美味营养的金沙河、环境优雅的金沙河、高素质的金沙河、人品商品都是榜样的金沙河，这里彰显着轻快和谐的新时代的节奏啊！"河北金沙河面业集团，恰似一颗镶嵌在邢襄大地的明珠，光芒四射，熠熠生辉！

我和爱人坚定信念：今天牵手，付出诚意，明天收获的一定是共赢！

（原载《黄河文艺》杂志2021年春夏合刊）

心里亮着一盏灯

爷爷是个文人，父亲酷爱读书，家风熏染，我在懵懂年少时，就爱上了读书，有了当老师教书育人、当作家激扬文字的梦想。

十年寒窗苦读，为理想插上了翅膀。教师梦在奋斗中变成现实，三十六年职场生涯，我在教书中挥洒着青春，在育人中享受着快乐。不知不觉，我便踏进了岁月的深处，两鬓染上了"霜花"。尽管我已年过半百，文学爱好搁置多年，但经过岁月的磨砺，人生阅历更加丰富，认真读书积累了知识，语言锤炼凸显了个性……退休在即，理应重拾文学创作之笔，加快实现文学梦的进程。于是，我观察生活，感悟时代，搜集素材，用心思考。说实话，享受着如今的幸福生活，目睹着祖国翻天覆地的变化，我心中仿佛有一团旺火在燃烧，用文字表达的欲望越来越强烈。

2017年，我的工作历程圆满地画上句号。虽然要做家务、带孙子、照顾生意，但有了自由支配时间的权利。时间就像海绵里的水，只要愿挤总是会有的。我合理安排时间，伏案挥笔，写心之所想、述心之所愿。我深知，生活所遇，岁月美好，只有文字才可以超越生命，得到永恒。

真的是天道酬勤，一篇篇文学作品倾情而出，正当我发愁找不到投作品的门路时，拥有"镖"县长美誉的八叔王维学，引我拜见了县作协主席王士敏老师。从此，王士敏主席成为我文学起步的第一位老师。他看了我的几篇作品后笑着说："'孺子'可教，厚积薄发，好好努力，定会有所收获。"
他真诚的鼓励，助燃了我思想的火花。他手把手地指导，牵线搭桥，引我认
识了网络平台的几位编辑。抱着试试看的心理，我向《垣曲人家》（现为
《黄河原创文学》）投去了第一篇纪实散文《历练》。此文记述的是爱人在
几十年生意场上，摸爬滚打中的商海沉浮、酸甜苦辣、斗智斗勇的经历。虽
然长达万字，因是生活的写真、真实的体验、真情的流露，吸引了许多读
者，阅读量很快突破千人大关。

　　从此，芝麻开门，隔三差五就有一篇作品发表于文学网络平台。在网络
上学习交流，文字任由我调遣，美文任由我选择。夜深人静，我畅游在文字
的海洋里，舒展四肢，放开思绪，尽情松懈紧绷的神经，轻轻叩响记忆的门
扉。早晨醒来，点开微信，朋友圈里的信息应有尽有，订阅号里的作品丰富
多彩，让我目不暇接，便有选择地阅读、留言、点评、转发。我知道，只要
踏上创作之路，就意味着要历尽千辛万苦。驾驭着文字，在情感的海洋里泛
舟，哪有一帆风顺的道理？创作途中，步履蹒跚，我真需要有人扶一把，梦
想得到一位"点石成金"的老师。

　　人才辈出的王氏家族，是我骄傲和自豪的资本。我把鬼谷子、王通、
王勃、王翰、王之涣、王维、王昌龄、王安石等王氏名人，视为偶像，崇拜
有加。王勃"海内存知己，天涯若比邻"的诗句，更是被我运用到网络交友
中。在网络交往中，只要发现王姓作者，我就会感到格外亲切，就情不自禁
地想加其微信。就这样，我同散文作家王友明大哥相识、相知，成为知己兄
妹。许是血脉相连、心心相通的缘故，每每读他的作品，都有一种似曾相识
的亲切感，有一种心灵的共鸣。从2016年相识以来，我读过他的许多散文，
尤其是读了他发表在《山西日报》《山西晚报》《三晋都市报》《火花》
《山西老年》《支部建设》《东方散文》《学习强国》等报刊、平台的作
品，我仰慕不已。他驾驭文字的能力，深厚的文化底蕴，平易近人、质朴真
诚的处事风格，让我深为佩服。网络世界快捷方便，他扶持了数不清的文学

新人，我有幸成为其中之一。

桃李不言，下自成蹊。从加上微信的那一刻起，不管何时何地，只要我发去求助信息，友明大哥都会及时解疑释惑，有求必应，从不拖延与推辞。我写出的作品，几乎全让他过目，大哥的阅读速度和一丝不苟，常常让我感动到语塞。我真的不知道该用怎样的语言表达，只是说："哥，我又不知道该说啥好了！"他马上回言："那就不说，谁叫我是你哥呢，哥哥可不是白当的。"我兴奋地说："哥，有您大手扶持，我多么骄傲；有您把关引领，我多么荣幸啊！"他迅速打出一行鼓励的话语："不要跟在我后头，扔掉哥哥这个小拐杖，勇敢地朝前走，一定能超过我！"我有点自卑地说："妹走过的路还没有您过的桥多，即便有心，恐怕妹也没那本事啊！"

每次与大哥交流，心里都仿佛亮着一盏灯，他的话语，句句通透，让我感到温暖又舒服。有大哥提携推荐，我把发文的触角伸向远方。每当写作上有了进步、发表了一篇文章，大哥总在第一时间分享留言，鼓励支持。他的用心用情，一次次感动、激励着我迈开大步朝前走。学问学问，边学边问。每当写作中遇到棘手问题或理不清头绪时，一个在微信这头，一个在微信那头，从谋篇布局到中心表达，从怎样开头到怎样结尾，从遣词造句到标点符号，大哥一对一耐心线上授课辅导。有大哥精心指点，我创作更有劲头，可以说是健步如飞了。沉浸在创作中，我写文，读文，点评，忙得不亦乐乎。大哥又鼓励引导我向纸媒投稿，稿件一次次被采用，更激起了我的创作兴趣。

生活变充实了，心态变阳光了。腾不出手的时候，脑子也不闲着，抬头看风景，低头谋篇章。爱人直截了当地说："人家都在打麻将、跳舞跑步、耍手机，你一辈子教书还不够啊，退休了还在学习，啃那么多书干啥？经济社会，写文章有人看吗？能挣几个钱？"我知道，爱人是怕我身体吃不消，累坏了。我没有反驳，用言行做了回答。人生不朽是文章啊！我利用可利用的时间，活出了自己的精彩，既为社会传播了正能量，又愉悦了心情，百利而无一害，何乐而不为？好事多磨，渐渐爱人不反对了，还以我为荣。创作氛围变了，精神面貌也上了档次。家庭和谐了，写起文章来鲜如活水，畅如溪流。短短几年，仅散文、随笔，我就创作并发表了近百篇，还有小说、童话、剧本等。近50篇作品刊登在国家级、省（市县）级报刊上。2019年我成为山西省作家协会会员，2020年我成为中国散文学会会员，相继成为几家网络平台的签约作家、报纸杂志社的理事，作品多次获得征文奖。每次获得殊荣，对我来说都是莫大的鼓励和鞭策。我不骄不躁，谦虚低调，百尺竿头更进一步，前行的脚步迈得更有力了。

岁月匆匆，转瞬已奔花甲之年，我有了紧迫感。文人都把作品看作自己的"娃娃"，老来得"子"，哪个不爱呀！哪个"娃娃"，不是经过辛苦"孕育"、艰难"分娩"、精心打扮，才带出来与读者见面啊！靠熬夜爬格子敲键盘，烹饪出的文字盛宴犹如一颗颗小星星，散落在全国各报刊或网络平台，那种成就感，让我欣喜。我常常为能超越自我而感到自豪，但又着实害怕，怕我的"娃娃"走失了。你别说，时间一长，想看哪篇，不下点功夫，还真的难以寻觅。故而，我才有了把读者认可、自己满意的作品，捆扎成束，正式出版的意向。

思来想去，我把散文集的名字定为"春声燕语"。一是，我作文起步以写爱人"生意经"为开篇，我的小小成功，有他的一份功劳；二是，家庭和睦，没有怄气困扰，文字才充满阳光；三是，这个合成词读起来叮咚有声，充满和谐温馨，提纲挈领，与书的内容相吻合。全书共分为四辑：纸短情长、岁月流光、茶余饭后、经丘寻壑。亲情友情，岁月磨砺，闲暇嗜好，大好河山，揽于胸怀，流于笔端。这本书，全是我的故事、我的痴情、我的笃爱。美梦成真，真是人生中最幸福的滋味！

在《春声燕语》即将付梓之际，我要向装帧设计的陕多奇先生，题写书名的张民相先生，辑中漫画的冯雷明先生，倾情作序的王士敏先生、王友明大哥，以及精心编辑的出版社的老师们，表示由衷的感谢！我还要感谢家人们的全力支持与辛苦付出！

一生的信仰，因为经历，让我更加懂得珍惜。文学创作的道路永无止境，笔耕不辍，钟情翰墨，未来的路途上，我依然会激情满怀！

王小燕

2021年9月10日于舜乡